SP Fiction
Casanovas
$20⁰⁰

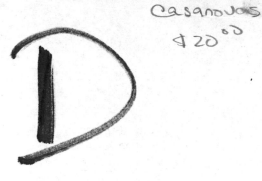

D0796403

ANNA CASANOVAS

LA
PARTITURA

Música para Adam

SA PL TITANIA

Argentina • Chile • Colombia • España
Estados Unidos • México • Perú • Uruguay • Venezuela

Para Marc, Ágata y Olivia.

Existen dos maneras de ver: con el cuerpo y con el alma.
El cuerpo puede, a veces, olvidar, pero el alma siempre recuerda.

Solo el que ha conocido el extremo del infortunio puede sentir
la felicidad suprema. Es necesario haber querido morir,
para saber cuán dulce es la vida

El conde de Montecristo
ALEXANDRE DUMAS

Solo con el corazón se puede ver bien,
lo esencial es invisible a los ojos

El principito.
ANTOINE DE SAINT-EXUPÉRY

1

Nunca le había gustado Londres, ni siquiera antes, cuando no había estado nunca y lo único que sabía de la ciudad era lo que había leído en algún libro o visto en películas o series inglesas. A diferencia de su hermana, a quien siempre le había fascinado todo lo anglosajón en general y la capital del viejo imperio británico en particular, a Charlotte, Londres siempre le había parecido gris, oscura y con demasiada gente. Había decidido instalarse allí por eso, por lo poco que le gustaba y porque allí podía acabar con sus estudios tal y como había prometido que haría.

Tampoco le gustaba hacer promesas, esa había sido una excepción. La idea de romperla se le había pasado por la cabeza seguida de un reguero de culpas: culpa por lo que había sucedido, culpa por las decisiones que había tomado, culpa por todo. Culpa seguida de un enorme vacío. No tenía sentido que se sintiera culpable, ya no, igual que tampoco lo tenía que incumpliera esa promesa, la última que iba a hacer. La única.

Había ocasiones, instantes, en los que deseaba poder cambiar, porque tal vez así sentiría que quedaba algo de vida en ella. Porque quizá entonces una chispa volvería a brillar y a calentar el frío y árido interior en que se había convertido su corazón. Pero solo era una ilusión, todo había quedado atrás.

Lo único que se había llevado de casa era su bici amarilla. Iba con ella por la ciudad. Ese detalle podía parecer absurdo a simple vista, pero esa bicicleta amarilla era lo único que se había llevado de casa y cuando se montaba en ella cerraba los ojos unos segundos y fingía que todo eso era solo una pesadilla de la cual algún día despertaría. Después, abría los párpados y recordaba que no, que su vida ahora era eso. La universidad donde estudiaba, la Royal Holloway, estaba cerca del aeropuerto. No iba hasta allí en bici, iba en tren; la bicicleta amarilla la acompañaba hasta la estación de tren y la esperaba hasta que regresaba horas más tarde. Habría podido alquilar un piso más cerca de la universidad, supuso mientras esquivaba un taxi, pero Egha, el enclave donde se encontraba la universidad, aún le gustaba menos que Londres. Al menos el ruido de la ciudad enmudecía los recuerdos, en el campo de Surrey había demasiado silencio.

Tampoco le importaba, en realidad.

Llevaba la música muy alta y los auriculares, metidos en los oídos, no se caían gracias al gorro que se había puesto para apartarse el pelo de la cara. No le veía sentido a llevar casco, a ella ya le había pasado lo peor que podía pasarle. Caerse al suelo y romperse la crisma no le parecía nada por lo que debiera preocuparse.

—¡Eh, cuidado!

Sin embargo, no le gustaba que los taxistas le diesen golpes con los retrovisores y que pasaran junto a ella sin tener cuidado.

Vivía en la zona de Southbank y, aunque no lo hacía en la parte turística, esa semana ya les había indicado a dos japonesas y a una alemana dónde se encontraba el London Eye. Bajó de la bicicleta, se la cargó en el hombro y subió la escalera hasta su apartamento; lo había alquilado por Internet. En realidad era más pequeño de lo que anunciaba la inmobiliaria, pero no podía quejarse. Había pagado varios meses por adelantado, no le habían hecho demasiadas preguntas y el agua caliente funcionaba.

Dejó la bici apoyada en la pared y se quitó el gorro y los zapatos. Iba a prepararse un té y a seguir buscando trabajo. Necesitaba algo que se ajustase a su horario y, a poder ser, agotador. Era lo único que le funcionaba para dormir un poco; no iba a volver a tomar pastillas nunca más, la aturdían y ella no quería eso, necesitaba ser consciente de todo. El agua hirvió, la vertió en la tetera en la que acababa de poner dos sobres y se instaló en la mesa. Había hecho acopio de todas las revistas que había encontrado en las tiendas del barrio, allí solían haber anuncios de trabajo de la zona, y buscó también su portátil para hacer algunas consultas. El edificio tenía una wifi excelente, en eso no había mentido la inmobiliaria.

Las clases de ese día no habían sido nada del otro mundo, sus preferidas. Se había limitado a escuchar, tomar apuntes y esperar a que sonase el timbre que indicaba el final de una y el principio de otra. La gran mayoría de alumnos del último año tenían una actitud impaciente, como si no pudiesen esperar a que llegase el último día. Ella, sin embargo, se limitaba a dejar que pasasen las horas unas detrás de otras. Había creído que no volvería a la universidad, que había dado por zanjado ese capítulo. No se le había pasado por la cabeza volver, y allí estaba. Tenía que estar allí, acabar con ese último curso que había dejado a medias años atrás y después ya vería qué hacía.

Tal vez nada.

Esa nada que no paraba de crecer y acabaría engulléndola. No estaría tan mal y era justo lo que se merecía, aunque aún no había llegado el momento.

Se llevó la taza a los labios y se quemó. Justo entonces oyó el sonido de unas pisadas acompañadas de unas risas en la escalera, sus vecinas habían vuelto a casa. Eran dos chicas amables, habían intentado darle conversación días atrás y ella había estado arisca. Dudaba que volviesen a intentarlo. Tendrían más o menos su edad, probablemente allí acabarían sus semejanzas. Aunque esos últimos meses hubiesen sido completamente distintos, ella no tendría nada en común con sus vecinas. Volvió a acercarse la taza, esta vez con algo más de cuidado y, al comprobar que no quemaba, bebió un trago largo de té. La lluvia no la había pillado, pero acababa un poco helada al pedalear cerca del río. Puso en marcha el ordenador y fue directa a una web de empleo, tecleó el nombre de la ciudad y seleccionó unos barrios concretos. No tuvo suerte. Abrió una de las revistas. Ella había dado por hecho que ya no existían esa clase de publicaciones gratuitas y la realidad le había demostrado lo contrario. Un anuncio captó su atención de inmediato: una librería, The Scale, buscaba un empleado con flexibilidad horaria. No había más detalles, se citaba la dirección del local, que casualmente conocía pues había pasado por allí unas cuantas veces, y se requería a los interesados que mandasen el currículum a la atención de Gema. The Scale era una librería bastante antigua y también famosa, de esas que aparecen en las guías turísticas y en las fotos de los blogueros viajeros. Había oído hablar de ella en la universidad, porque su originalidad radicaba en que vendía libros cuyo argumento giraba en torno a la música, ciertos instrumentos y también partituras y libretos.

Tal vez debería de olvidarse del anuncio.

«Cobarde».

La palabra resonó en su cabeza y arrancó la hoja de la revista para colocarla con un imán en la nevera. Ella no era cobarde, lo que estaba haciendo no tenía nada que ver con la cobardía ni con la valentía, era sencillamente lo que tenía que hacer. Dado que estaba en la cocina, que en realidad solo estaba separada del comedor por una barra americana, decidió abrir el paquete de galletas y tomarse unas cuantas con el té. Prepararía un currículum y al día siguiente lo dejaría en The Scale; si la llamaban, iría a la entrevista y si no, seguiría buscando trabajo. Se había imaginado de camarera en algún restaurante de la ciudad o de dependienta en alguna sección de unos grandes almacenes. La música ya no formaba parte de ella, la había arrancado de las puntas de sus dedos, de sus oídos, incluso de sus sueños. Entonces, ¿por qué iba a dejar el currículum en The Scale, una librería en la que a todas luces volvería a estar rodeada de instrumentos, músicos y partituras?

Porque sintió que era una señal, una especie de mensaje de su hermana. Una estupidez.

Si no hubiese visto el anuncio, se maldijo de nuevo, pero no le duró demasiado.

Oyó más ruido en el piso de arriba, las notas de una canción de moda bajaron por el hueco de la escalera. Charlotte buscó los auriculares, le habían costado una fortuna, pero habían valido la pena, eliminaban cualquier sonido del mundo exterior, con ellos quedaba completamente sorda.

Sumida en ese silencio tan postizo y absoluto abrió la bolsa y sacó al azar uno de los libros de la facultad. Lápiz en mano repasó los apuntes del día y no pensó en nada, no le asustó comprobar que cada vez se le daba mejor fingir que estaba completamente sola en el mundo y que no importaba.

Horas más tarde cerró el libro, bebió una taza de té frío y comió tres galletas de chocolate antes de dirigirse al dormitorio y prepararse para acostarse.

A la mañana siguiente, cuando se despertó, vio que la pantalla del teléfono móvil brillaba. Tenía un mensaje de su hermano: «Esto que estás haciendo es una tontería. Vuelve a casa».

Le habría gustado ser capaz de borrarlo; no, le habría gustado no temblar cuando leyó las dos líneas que había escrito Thomas y le habría encantado no derramar ni una lágrima, ni siquiera esa que se deslizó por su mejilla y que se secó con rabia. No lo borró, pero se obligó a no pensar en él mientras se duchaba y vestía para empezar el día.

Pedalear le sirvió para sacar parte de la frustración y de la rabia. Cruzó el puente y se dirigió a The Scale. Había impreso el currículum tras comprobar que los datos fuesen correctos y no contasen demasiado. Charlotte no quería mentir, tampoco le hacía falta, pero en el improbable caso de que alguien de The Scale le hablase de Nashville, ella se iría sin más. La librería estaba abierta pero desierta de clientes. Era temprano y no era la clase de establecimiento al que acudías para comprar un periódico o una revista junto con un café para llevar. Dejó la bicicleta junto a una papelera en la esquina, no quería perder el tiempo buscando un lugar mejor, y entró quitándose el gorro de lana.

—Hola, buenos días.

Había una chica detrás del mostrador de madera, estaba abriendo una caja de cartón y levantó la mirada al oírla.

—Buenos días.

Charlotte pasó junto al piano que había a seis pasos de la entrada, tenía el taburete gastado de la gente que se sentaba en él para tocarlo. En la universidad había oído a hablar de los conciertos que se organizaban allí, aunque nunca había asistido a ninguno.

—Hola —repitió casi para obligarse a no acercarse al instrumento—, vengo a dejar el currículum. Leí el anuncio en la revista.

La chica la miró sorprendida durante unos segundos.

—Claro, el anuncio —reaccionó al fin—, perdona, aún estoy algo dormida.

Charlotte dejó el papel encima del mostrador sin demasiadas ganas.

—No te preocupes. Gracias.

La chica bajó la vista y empezó a leer.

—Aquí dice que estás en el último año de música.

—Sí. —Charlotte se arrepentía de no haber dado media vuelta y haberse dirigido a la puerta. No tendría que estar allí y sin embargo había ido por voluntad propia porque había sentido que tenía que hacerlo. Todo eso era una monumental estupidez.

—Se lo daré al jefe, tranquila. Tengo el presentimiento de que te llamará, eres la primera en aparecer y tu aura encaja con la mía.

Ella quería decirle que no lo creía así, que lo más probable era que cuando ese jefe viese el currículum no le llamase especialmente la atención. Aun así, le respondió y se contuvo de no mencionar nada sobre su aura.

—Si tú lo dices...

—Genial, yo soy Gema. —Le tendió la mano y Charlotte la aceptó—. Creo que nos llevaremos bien.

—Claro.

Si algún día coincidía de verdad con Gema en alguna parte, le diría que no podía ir por la vida haciendo esa clase de afirmaciones ni hablando de auras con desconocidos.

Sonó el teléfono, Gema encogió los hombros en señal de disculpa y contestó. Charlotte aprovechó para irse de allí. Mientras le quitaba el candado a la bicicleta vio a dos chicos de unos dieciocho años entrando en The Scale con lo que parecían ser unos currículums bajo el brazo, y pensó que ellos encajarían a la perfección con lo que fuese que estuvieran buscando en la librería y con el aura de Gema.

Pedaleó aún más rápido que antes y se dirigió a la estación. No hacía el mejor tiempo del mundo para ir en bicicleta, pero estaba acostumbrada. La lluvia le parecía bien y el gorro la protegía lo suficiente para no tener aspecto de loca cuando llegase a clase. Si quisiera podría coger el metro a pocos metros de su casa y viajar casi directamente hasta la Royal Holloway. Unas semanas atrás, una mujer que se había sentado a su lado en el vagón había insistido en explicarle todas las combinaciones posibles de trenes y metros después de arrancarle donde estudiaba —Charlotte no entendía la necesidad que tenían ciertas personas de entablar conversación con desconocidos—, pero ella quería ver el cielo durante unos minutos, tenía la sensación de que así estaba un poco menos sola. Si pudiera, iría en bicicleta de Londres a Egham, pero se conformaba con pedalear por unas cuantas calles.

Llegó a Victoria. Había elegido esa estación porque disponía de un aparcamiento para bicicletas cubierto y con cámaras de seguridad. Dudaba que las cámaras sirviesen de algo y dudaba aún más de que un ladrón se interesase alguna vez por su bicicleta amarilla, pero aun así aparcaba allí desde el primer día. Bajó a la estación, los primeros minutos no solían ser un problema, el sudor frío empezaba después y también las náuseas. No tenía claustrofobia, lo que le pasaba no tenía nada que ver con que estuviera encerrada en un vagón de metro, de tren o de lo que fuera, tenía que ver con que era incapaz de hacer ese trayecto sin pensar en el motivo que la había llevado hasta allí. Respiró por la nariz y se quitó el gorro, tenía un calor espantoso a pesar de que todavía tenía gotas de lluvia en el pelo y en la cara.

El altavoz de la estación anunció su tren y corrió hacia el andén. Si lo perdía tendría que quedarse allí hasta que pasase el siguiente y no estaba segura de poder soportarlo. Tenía miedo de irse y de no seguir adelante. La presión que le impedía respirar y las náuseas se hacían soportables cuando llegaba a la universidad y la actividad la envolvía, lo único que tenía que hacer era entrar en ese tren. Llegó a tiempo, la puerta se cerró tras ella y tras un pitido se pusieron en marcha. Se dejó caer en una silla, dejó el bolso en la de al lado y se secó la frente. Cerró los ojos y apoyó la cabeza en la ventana. Cuando llegó a su destino tenía las marcas de las uñas en las palmas de las manos, pero un día más había conseguido llegar a clase y no traicionar la poca verdad que le quedaba.

Las clases de ese día eran tan aburridas como las del día anterior. Cualquiera que dedicase unos minutos a leer con atención la lista de asignaturas en las que se había matriculado Charlotte se daría cuenta de que cumplían dos objetivos: el primero, reunir los créditos necesarios para terminar la carrera de música; el segundo, no tocar ningún instrumento y no acercarse ni por casualidad al solfeo. No tendría que haber sido posible. De hecho, cuando ella rellenó los papeles estuvo tentada de acercarse al empleado que la atendió para preguntarle si era correcto. Nadie tendría que terminar esos estudios sin tocar, escribir o leer una nota durante un año. Era lo que ella quería, sin embargo, le parecía absurdo y cruel que el destino hubiese decidido concederle precisamente ese deseo.

Entró en el aula 121, los números capicúa la hacían sonreír; era una de las pocas verdades sobre ella que no habían cambiado. Se sentó en el fondo. Desde que había empezado el curso nadie le había dirigido la palabra y, si de ella hubiera dependido, habría seguido así hasta el último día. Pero ese día ya había empezado con mal pie y tenía sentido que nada le saliera según lo previsto.

Un chico se sentó a su lado.

—Hola.

Decidió ignorarlo. Pero al cabo de un segundo el chico dejó un papelito con una carita sonriente sobre la mesa. Se giró hacia él, le había visto por el pasillo, nunca estaba solo y por el cuello de las camisetas que llevaba se escapaba el final de un tatuaje que Charlotte intuía le bajaba por el brazo. Por su mente desfilaron las escenas de esas novelas que solía leer en verano cuando su vida era otra y pensó que esa parecía sacada de una ellas.

—Estás sonriendo —le dijo él—, creía que siempre tenías esa mueca asesina fija en el rostro.

—No estaba sonriendo.

—Lo estabas. —Se sentó cómodamente—. Quiero saber por qué.

—Pensaba que pareces sacado de una mala película romántica.

Él sonrió.

—Eres más psicópata de lo que pensaba. Me gusta. —Le ofreció la mano—. Me llamo Clarence y mi novia se alegrará mucho de conocerte.

Charlotte tuvo que sonreírle.

—Hola, Clarence, yo soy Charlotte. Pero prefiero que me llames Lottie, si es que tenemos que seguir hablando.

—A mí me llaman Trace, sí, es horrible, lo sé. Todo empezó por el tatuaje. Fue una estupidez. —Señaló el tatuaje de una fórmula matemática que tenía en la muñeca, una matriz. Trace en inglés—. Nunca hagas una apuesta con un amigo que estudia física matemática. Al menos no me obligó a tatuarme el número pi, odiaría ser un cliché.

—Genial, Trace, y ahora que nos conocemos, ¿te importaría callar un rato? Quiero escuchar la clase.

El profesor entró y Trace se giró una última vez hacia ella.

—Tienes que venir a cenar con nosotros. Nora quiere conocerte, sufre porque siempre estás sola. —Se encogió de hombros.

—Dile a Nora que no se preocupe. —Charlotte no tenía ni idea de quién era la tal Nora, aunque supuso que sería la novia que él había mencionado antes. Pensó en esa señora del tren de semanas atrás, la que había insistido en explicarle los entresijos del sistema ferroviario inglés, y también en Gema, la chica de The Scale. Se suponía que los británicos eran altivos y antipáticos, pero a ella parecían dispuestos a demostrarle lo contrario—. Estoy bien así.

—Esto es la facultad de música, hay un alma torturada en cada pasillo, así que no te hagas la interesante, Lottie. No podrás resistirte a Nora, yo lo intenté y llevamos tres años juntos.

—Cállate.

Él se quedó en silencio y anotó algo en un papel, lo rompió y se lo pasó a Charlotte.

—Es la dirección del local donde ensayamos. Ven mañana, conocerás a gente.

No le dijo nada más durante el resto de la clase.

Charlotte pensó que entre Gema y Clarence le habían estropeado el día completamente. Pero cuando fue a buscar el tren para volver a Londres recibió una llamada que lo empeoró. Era el propietario de The Scale, el señor Vila, su currículum era el que más les gustaba y querían contratarla. ¿Por qué les habría dejado el currículum? No se sentía capaz de trabajar allí... sin embargo, sin saber cómo, le dijo que sí, que no tenía ningún problema en empezar esa misma tarde.

Charlotte dudaba mucho que lo hiciera.

Unos minutos después ya no tenía ninguna duda al respecto, en cuanto llegase a casa lo llamaría y le diría que había cambiado de opinión. Él probablemente se sentiría aliviado, visto estaba que ella no era de fiar y que era una veleta emocional, y lo cierto era que no estaba preparada para estar cerca de un piano. Lo mejor sería que siguiese buscando un trabajo de camarera.

«O siempre puedes volver a casa».

Ese día no había logrado mantenerse firme en nada, no había borrado el mensaje de Thomas, había aceptado un trabajo relacionado directamente con la música, aunque iba a dejarlo antes de empezar, y hasta había conocido a alguien en la universidad. Trace la había saludado al irse y una chica preciosa con el pelo azul oscuro, también. Dedujo que era Nora y tuvo que reconocer que Trace tenía razón, la sonrisa de esa chica era contagiosa y resultaba casi imposible resistirse a ella; aun así, Charlotte lo había conseguido. Al menos por el momento.

Podría haber tirado el papel con la dirección, aunque tampoco habría sido un gesto tan dramático porque, después de haberla leído una vez, la recordaba a la perfección. No era difícil, estaba a pocas manzanas de su casa. El tren se detuvo y, al reanudar, la marcha titubeó un poco. Charlotte sintió que entendía perfectamente el comportamiento de esa máquina. Ella había vuelto a empezar, al menos por un tiempo, o eso suponía; sin duda prefería esa definición a la de su hermano, que insistía en que únicamente había huido. Esa mañana llena de acontecimientos había sido como un campesino plantando semillas. Tenía que decidir si dejaba crecer esas plantas o si las dejaba morir.

Había elegido Londres y la soledad, ¿quería de verdad cambiar uno de esos dos factores?

2

El sonido del timbre había cambiado desde que había vuelto a casa o quizá antes nunca se había parado a escucharlo. Al principio se planteó desconectarlo, cuando le hacía retumbar la cabeza y le provocaba el impulso de arrancarse los ojos, pero poco a poco se había acostumbrado. No había tenido más remedio. Podía cambiarlo, pensó mientras bajaba la escalera y oía también a su gata Nocturna acercándose a él. A ella también la había odiado al principio. Si no hubiese sido un regalo de su hermana, la habría llevado al primer centro de acogida de animales que hubiese encontrado, aunque de haberlo hecho lo más probable era que la gata se hubiese escapado y hubiese vuelto con él; era terca como una mula.

«Como tú», le respondía siempre su hermana cuando él se quejaba. Entonces Adam sonreía porque ¿qué clase de persona regala una gata en vez de un perro guía a alguien que acaba de perder la vista? Alguien como Jenn, al parecer.

—Has tardado mucho.

—Yo también me alegro de verte, hermanita.

Cerró la puerta tras notar que el viento frío de Londres le daba los buenos días.

—No hagas bromas sobre tu ceguera.

Ah, sí, su ceguera, cómo podía olvidarlo. No podía.

—¿Es demasiado pronto para bromear sobre ello? Nunca me había planteado si existe un protocolo sobre este tema. De existir, seguro que lo ha escrito un inglés: Cómo estar ciego con educación. —Se giró hacia el lugar donde se había detenido Jenn. Ella sabía que él se sentía más cómodo si la persona con la que estaba hablando se movía despacio, así tenía tiempo de situarse.

—No, Adam, no es que sea demasiado pronto —suspiró—, pero me siento demasiado culpable.

Él la estrechó entre sus brazos sin decir nada. Adam y Jenn siempre se habían tenido el uno al otro, aunque al mismo tiempo siempre había existido una especie de distancia entre los dos; quizá se debía a los años que los separaban o a que habían perdido a sus padres en ese accidente de coche cuando él, Adam, acababa de cumplir los dieciocho, convirtiéndolo así en algo más que en el hermano mayor. La ceguera, las circunstancias que la habían provocado, les había cambiado profundamente a los dos y Adam empezaba a darse cuenta de que la relación con su hermana también había dejado de ser la misma, para mejor. Era absurdo que algo tan horrible como perder la vista tuviese alguna buena consecuencia, pero eso era lo que estaba pasando entre él y Jennifer.

Adam había descubierto que echaba de menos a Jenn y, aunque despertarse por la mañana y seguir a oscuras le resultaba un infierno, no quería que su hermana se diese cuenta. Jenn tenía que superar lo que había pasado y el papel que ella había desempeñado en todo aquello. Adam no quería que la distancia de antes reapareciese entre los dos. Quería eliminarla para siempre.

Él buscaba maneras de sacar el tema, de obligarla a hablar de esa noche ocho meses atrás. De momento ninguna había funcionado, a pesar de que contaba con la ayuda de las amigas de ella. Con Jenn todavía en sus brazos sonrió al recordar lo escandalosa que le había parecido Keisha en el pasado y lo agradecido que le estaba ahora. El único avance que había logrado había sido que Jenn se fuese del piso que había compartido con Ryan y se instalase con ella.

—Ya estoy bien —susurró Jenn—, puedes soltarme. No quiero arrugarte la camisa.

—No me daría cuenta.

Jenn golpeó cariñosa el torso de su hermano mayor y después, sin que él se diera cuenta, se puso de puntillas y le plantó un beso en la mejilla.

—He venido a buscarte para salir a almorzar. No puedes decirme que no, Adam.

Era exactamente lo que iba a decirle, hoy no le apetecía salir a la calle. No lo temía, no tenía ninguna intención de convertirse en un loco ermitaño; lo único que sucedía era que apenas había dormido y enfrentarse al exterior le exigía todavía mucha concentración. Meses atrás no habría dudado en aceptar la invitación de su hermana, aunque lo más probable hubiese sido que Jennifer no lo hubiese encontrado en casa una mañana como aquella. Ahora estaba a menudo y era lo que él prefería. Muchos aspectos de su vida anterior perdían atractivo cuando intentaba reincorporarlos a su nuevo yo y dudaba que se debiese únicamente a la ceguera. Sin embargo, almorzar con Jennifer no era uno de ellos. Todo lo contrario, quería estar con ella, pero no había pegado ojo en toda la noche y la falta de sueño le habían provocado un dolor de cabeza que se convertiría en migraña si tenía que salir. El médico le había explicado que las punzadas que sentía ahora en las sienes —como si alguien le estuviese clavando agujas en los lóbulos laterales— desaparecerían con el tiempo, cuando acabase de acostumbrarse a su nueva e irreversible situación y los sonidos y la oscuridad no le afectasen tanto. Lo que a Adam le costaría más asumir, él lo sabía perfectamente, era que la gente que lo conocía lo mirase con lástima o incluso con cierta incomodidad. Él no era famoso, pero Londres, en contra de lo que cree el resto del mundo, no es una ciudad tan grande ni tan cosmopolita, al menos en lo que a chismes se refiere. El trabajo de Adam le había otorgado cierto estatus, cierta reputación, y la historia de su ceguera había aparecido en las noticias. A veces alguien lo reconocía y el suspiro que acompañaba al saludo y las palabras de consuelo o de pésame conseguían sacar lo peor de él. Adam se mordía la lengua y se apresuraba a alejarse de esa persona cuando en realidad quería gritarles: «No estoy muerto, solo me he quedado ciego».

Tampoco se había convertido en una persona mística ni especialmente religiosa, sencillamente empezaba a darse cuenta de que tenía suerte de estar vivo y quería hacer precisamente eso, vivir. Aunque su nueva vida fuese completamente distinta a la anterior. Y esa nueva vida exigía que se tomase un analgésico para aliviar un poco el dolor de cabeza y que fuese a comer con su hermana pequeña.

—Está bien, de acuerdo —aceptó a regañadientes—. Espera aquí, iré arriba a ponerme los zapatos. No, no hace falta que me acompañes.

Los primeros meses había necesitado la ayuda de Jenn, había necesitado prácticamente la ayuda de todo el mundo, pero ya no. Él no era idiota, sabía que existían situaciones en las que siempre dependería de alguien, pero se había esforzado mucho por minimizarlas y subir a su dormitorio, en la casa en la que llevaba viviendo desde hacía más de tres años, no era una de ellas.

Fue hacia la escalera, notó la incomodidad de Jenn al apartarse para dejarlo pasar. Antes nunca habría dicho que las reacciones de los demás eran palpables, quizá no lo eran cuando podías verlas, y nunca habría imaginado lo mucho que utilizaba los ojos para entender los sentimientos ajenos. No le dijo nada a su hermana, ella le diría que eran imaginaciones suyas y se negaría —otra vez— a hablar del tema. Subió con Nocturna maullando a su lado y entró en el dormitorio. En su mente veía ahora la habitación iluminada, veía la cortina arrinconada en la esquina para que entrasen el sol o las calles de Primrose Hill, veía las zapatillas de correr a los pies del sofá y esa fotografía en la que él y Jenn estaban con sus padres encima del mueble que había bajo la ventana. Era del último viaje a Brighton. Se frotó el rostro, de nada servía lamentarse, se apretó el puente de la nariz y notó que la cicatriz le escocía. Sabía que la quemazón no era real, la piel había sanado a la perfección, sus ojos no lo habían logrado y a veces su mente se negaba a aceptarlo, de allí los dolores de cabeza.

Fue al baño que estaba junto al dormitorio, en el pasado nunca se había parado a analizar lo conveniente que resultaba tener las dos habitaciones tan cerca. Lo habían diseñado así al reformar la casa; Erika, su ex, había insistido. A Erika le gustaban mucho las comodidades y en su vida no tenía cabida nada ni nadie que no se las proporcionase, como había demostrado que lo abandonase después de que él volviese a casa. Había esperado un mes, le recriminó ella cuando él la insultó por haberlo engañado.

El dolor de cabeza aumentó en cuestión de segundos. Pensar en su ex solía producirle ese efecto.

Abrió el agua del grifo y se refrescó la cara. A tientas encontró el bote de analgésicos y se tomó uno. Recordó una discusión horrible en la que Erika le preguntó si, ahora que estaba ciego, seguía poniéndose frente al espejo, ¿dónde iba a lavarse los dientes si no, en el retrete? No quería pensar en Erika, le había costado adaptarse a su nueva vida y lo había logrado, y pensar en su egoísta y fría ex le hacía sentirse como un estúpido y se ponía furioso porque no tenía más remedio que reconocer que las diferencias entre él y Erika meses atrás no eran tantas. Se secó el rostro y se echó un poco de colonia. Si todo estaba en el lugar preciso no tenía ningún problema para encontrar lo que buscaba. Eligió un par de zapatos negros del armario. Sonrió al recordar lo que le dijo una enfermera en su último día en el hospital: «Es una suerte que le guste tanto el negro y siempre se vista de ese color, así no saldrá a la calle hecho un payaso». La señora le colocó un jersey en la mano, negro, supuso él, y Adam sonrió por primera vez desde que el médico le había confirmado el estado de sus heridas y cedió al extraño impulso de abrazar a esa pobre mujer. Hasta ese instante ni siquiera se había dado cuenta de que solía vestir siempre de negro. Compraba la ropa que le gustaba sin prestar atención, sin fijarse en nada.

Otro aspecto de su vida que había cambiado drásticamente: ahora sentía la necesidad de absorber y retener cada detalle.

Jenn estaba esperando a su hermano en el sofá. Había dudado si ojear uno de los libros que seguían en las estanterías o encender la tele, pero había descartado las dos opciones. Cuando no estaba con Adam, podía contener en cierta medida sus ataques de culpabilidad, pero en esa casa sentía náuseas solo con imaginarse haciendo algo que él ya no podía hacer.

Nocturna saltó sobre su regazo y, al levantar la vista, vio que Adam acababa de bajar la escalera. Se puso en pie y le sonrió. Sentía un profundo alivio cada vez que lo veía vivo frente a ella; esa cicatriz que le surcaba desde la raíz del pelo hasta el pómulo izquierdo le recordaba lo cerca que había estado de perderlo. Y que todo había sido culpa suya.

—¿Adónde piensas llevarme a almorzar?

—¿Llevarte? ¿Eso implica que tengo que pagar yo? Porque si es así, tendrás que conformarte con un café.

—Bebo té.

—Lo sé.

—Está bien —suspiró él con una sonrisa—, invito yo.

A pesar de que se alegraba de pasar la mañana con Jenn, Adam presentía que esa visita no era solo para ir a almorzar con él; ellos hablaban a diario, el día anterior ella no le había comentado nada sobre esos planes y el cuero del asiento del taxi no paraba de quejarse bajo los dedos de su hermana. Estaba nerviosa.

—¿Qué sucede, Jenn? —se resignó a preguntarle. Si pudiera verle los ojos tal vez adivinaría qué la tenía tan preocupada, pero ya había decidido que de nada servía soñar en imposibles.

—No te enfades.

—Esa frase garantiza casi con total seguridad lo contrario. Dime qué te pasa.

—No vamos a almorzar solos.

—¿Con quién has quedado, Jennifer? Si esto es otro de tus intentos para encontrarme pareja, deja que te diga que puedo apañármelas perfectamente solo. El fin de semana pasado sin ir más lejos...

—Si tiene que ver contigo desnudo, no quiero saber qué hiciste el fin de semana pasado, Adam. Me estoy tapando los oídos.

Que ella le explicase lo que estaba haciendo logró que el incipiente mal humor de él se desvaneciera.

—¿Con quién vamos a almorzar?

—Con Montgomery. No te enfades.

Adam giró el rostro hacia la ventana, no se había quitado las gafas de sol y agradeció la protección. La luz ya no le hacía tanto daño como al principio, pero no quería que Jenn viese que acababa de apretar los párpados. Él llevaba semanas evitando a Montgomery, lo más parecido a un mentor que tenía. Desde que se había quedado ciego, Montgomery lo trataba como si fuera a hundirse ante la menor crítica o comentario fuera de tono. Antes no tenía ningún problema en discutirse con él o en decirle siempre lo que pensaba. Adam había tardado unos días en darse cuenta de que su amigo y profesor había cambiado y, cuando se lo echó en cara, a Montgomery no le sentó nada bien. Llegó incluso a alzar la voz, una buena señal, Adam estuvo a punto de cantar victoria y de abrazarle, pero entonces Montgomery se fue dando un portazo.

Monty —lo llamaba así cuando quería hacerle enfadar y ahora estaba furioso con él, así que quedaba justificado— le había llamado varias veces desde entonces y había dejado los pertinentes mensajes en el contestador, mensajes afables en los que se culpaba de lo sucedido y le pedía perdón por haber perdido los nervios. Adam lo había estado evitando porque tenía miedo de estrangularlo si se le ponía delante; su ceguera no iba a ser ningún problema para encontrar el cuello de un hombre que medía metro ochenta y cinco y pesaba casi cien quilos. Además, él era aún más alto, más fuerte y mucho más joven. Podría ser su hijo, su nieto incluso.

—No estoy enfadado —dijo tras unos minutos.

La mano de su hermana se posó en la que él había dejado en el asiento del coche y le apretó los dedos. Lo que más echaba de menos no era ver, jamás se acostumbraría a la pérdida de la visión y no era de la clase de hombre capaz de buscarle el lado romántico a esa desgracia, pero lo que más echaba de menos era poder hablar de lo que pensaba con normalidad. Él nunca se habría definido como un hombre extrovertido o en contacto con sus sentimientos, pero, ahora que no podía hablar de ellos porque al hacerlo hería a Jenn o incluso a Montgomery, lo necesitaba. Iba a tener que buscar la manera de convencerlos a ambos de que había cambiado y que estaba dispuesto a ser feliz, que no iba a derrumbarse si alguien pronunciaba la frase «me alegro de verte» delante de él o si se dirigían a él con un «mira, Adam». Estaba harto de tener que andar de puntillas por la vida. Y que tuvieran pavor de pronunciar cualquier verbo relacionado con la vista delante de él le ponía de los nervios.

—Tenéis que hacer las paces. Marianne me llamó para decirme que estaba insoportable.

Adam soltó el aliento.

—Monty es insoportable. Y Marianne, una santa por llevar tantos años casada con él.

—Ha intentado disculparse, ¿por qué no le has cogido el teléfono?

—Porque no quiero que se disculpe, me gustó discutir con él. —Se atrevió a mirarla. Él sabía que no la veía, pero guio los ojos hacia donde estaba su hermana. Quería que ella sintiese que lo que iba a decirle era importante—. Igual que me gusta discutir contigo, Jenn. No voy a romperme. Tenéis que dejar de tratarme como a un enfermo. No lo estoy. Solo estoy ciego.

Los brazos de Jenn le rodearon el cuello.

—Oh, Adam.

Él la abrazó y se dijo que no podía enfadarse con su hermana porque lo abrazase y le diese un beso en la mejilla, y tampoco por la lágrima que ella le había pegado en la piel. No podía enfadarse por eso y afortunadamente el taxi se detuvo y evitó que tuviera tiempo de hacerlo. Jennifer pagó al conductor; reaccionó tan rápido que Adam no tuvo tiempo de buscar la cartera. Todavía le faltaba práctica en eso de abrir la cartera y reconocer los billetes y monedas por el tacto. Bajó del vehículo y metió la mano en el bolsillo del abrigo para extraer el bastón plegable que llevaba.

—No hace falta. —Jenn lo detuvo y le tomó la mano para ponerla en su antebrazo—. Podemos entrar juntos.

—De acuerdo —sonrió Adam—. Así al menos me mirarán por ir acompañado de una mujer guapa.

—Y a mí me odiarán todas las mujeres del restaurante por ir colgada del brazo del hombre más atractivo de la ciudad.

—No digas tonterías, Jenn. Si no me falla la memoria, soy el hombre más atractivo de Inglaterra y tú la chica más guapa de toda la isla. Y nada de lo que hagas podrá demostrarme lo contrario.

—Estás loco, Adam.

—No creo —bromeó con ella, sabía que la había hecho llorar y quería compensarla—. ¿Entramos de una vez?

Había estado en ese restaurante en ocasiones anteriores y podía recordarlo bastante bien. Ser buen observador y tener buena memoria le habían ayudado muchísimo desde su salida del hospital. Jenn no se apartó de su lado y, tras saludar al metre, que les recalcó lo mucho que se alegraba de verlos, sortearon los obstáculos que se interponían entre ellos y llegaron a la mesa donde los estaba esperando Montgomery.

Montgomery llevaba diez minutos esperando, había llegado temprano, como siempre; las prisas no le gustaban y había salido de la Royal con tiempo. Había ido andando, ya no podía salir a correr como antes y le iba bien hacer un poco de ejercicio. Se arrepentía de haberse discutido con Adam, sabía perfectamente que él estaba furioso porque lo llevaba entre algodones, pero ¿qué esperaba? Les había dado un susto de muerte a todos. Jamás olvidaría esa noche, la llamada de la policía, el trayecto desde Kensignton hasta el hospital y lo que siguió después. Hasta esa noche él ni siquiera sabía que era la persona de contacto de Adam, la segunda. Primero estaba Jennifer, obviamente.

Vio llegar a los dos hermanos y se puso en pie. Sonrió al ver a Jennifer y se le revolvió el estómago un segundo ante las gafas de Adam.

—Hola, gracias por traerle, Jenn. —Abrazó a la chica y le dio un beso en la mejilla—. Me alegro mucho de que estés aquí.

—Yo también, Montgomery.

—Lamento haberme comportado como un cretino, Adam. —También lo abrazó. No le dio oportunidad de rechazarlo. A lo largo de los años que hacía que se conocían esa no era la primera vez que lo abrazaba, aunque quizá sí fuera la que lo hacía con más fuerza.

—Tienes que dejar de tratarme como a un enfermo, Monty.

—Lo sé —reconoció al instante y ni siquiera se enfadó por el uso del diminutivo. En realidad, le pareció una muestra de cariño y le gustó, aunque no pensaba decírselo.

Adam le devolvió el abrazo antes de soltarlo y se sentaron a la mesa. Jenn se encargó de la conversación mientras ellos dos recuperaban la compostura, y les habló de la última aventura de Keisha, su compañera de piso. Había quedado con un contacto de Twitter e intentaron colarse por una ventana del teatro donde Jon Snow, el actor que interpretaba ese personaje en la serie Juego de tronos y del que nadie recordaba su verdadero nombre, estaba ensayando su próxima obra de teatro. Últimamente los escenarios de Londres estaban repletos de actores de series de televisión.

—Esa chica tendría que replantearse muchas cosas. No debería quedar a las doce de la noche en un callejón de Londres con un tipo del que solo sabe que se llama Sirius89.

—Eres demasiado mayor para esto, Montgomery.

—No, no lo soy, es un milagro que tu amiga solo tuviera que explicarle a la policía por qué estaba intentando escalar la pared de ese edificio y no haya terminado en la morgue o en la cárcel. Seguro que ese tal Snow pide una orden de alejamiento.

—Déjalo, Montgomery, Keisha es así, probablemente pensó que alguien con un alias sacado de Harry Potter no podía ser muy peligroso, ¿me equivoco? —intervino Adam.

El camarero los interrumpió, dejó los platos y se retiró. Adam oyó que su hermana y Montgomery empezaban a comer con normalidad, mientras él le preguntaba a ella por su trabajo y ella le respondía que se alegraba de haber vuelto y que, aunque le encantaba la nueva escuela, seguía echado de menos a los alumnos de su anterior clase. Eran instantes como aquellos los que más daño y miedo le provocaban a Adam, cuando no podía ver la mirada de ilusión de Jennifer. Ni la mirada, ni su sonrisa, ni el modo en que seguramente se había sonrojado al oír a Montgomery dándole ánimos, diciéndole que era una magnífica profesora. Sacudió la cabeza porque durante un segundo recordó la última vez que sus ojos de verdad captaron la imagen de su hermana: a él le subían a la ambulancia y ella no paraba de llorar a su lado. Había intentado arrancarse ese recuerdo, por qué no había quedado ciego segundos antes, se preguntó, así la recordaría sentada en el sofá riéndose de él o disfrazada de oveja cuando eran pequeños, o tal vez arreglada para asistir al baile del instituto.

Alargó la mano en busca del tenedor. Se obligó a recordar que había decidido ser fuerte y optimista. La gente siempre relaciona comer con el sentido del gusto o del olfato y no es consciente de la importancia que tiene la vista en este acto tan cotidiano y necesario. Él no lo fue hasta que la perdió. Había elegido unos platos fáciles después de que su hermana le leyese la carta, una ensalada y pasta; aun así, no quería tirar nada al suelo. Pedir ayuda no le resultaba fácil, pero se estaba acostumbrando.

—Jennifer, descríbeme el plato, por favor.

Oyó que dos tenedores, el de Jenn y el de Montgomery, tocaban los platos de cerámica. Oyó que su hermana suspiraba y que Monty carraspeaba. Fue su amigo quien le describió la distribución de la ensalada y del resto de la mesa, copas, botellas de agua, de vino y del pequeño jarrón con una margarita y un tallo verde sin identificar con absoluta precisión utilizando como referencia las posiciones de las agujas de un reloj.

—Gracias. —Adam se colocó la servilleta y pinchó el primer bocado. Tenía ganas de sonreír y lo hizo.

—De nada. Quién me iba a decir que un día me alegraría de que mi padre me hubiese obligado a asistir a esa maldita escuela militar.

—Oh, esto tienes que contárnoslo, Montgomery —le pidió Jennifer.

—¿Qué queréis saber?

—Todo.

Adam no podía imaginarse a Monty de pequeño, y mucho menos en una academia militar. Debía ser alto y desgarbado y con cara de sabelotodo, por no mencionar su gran pasión por la música y por decir siempre lo que pensaba.

—Está bien, de acuerdo.

Les cambiaron el primer plato por el segundo, y Montgomery describió el contenido del de Adam en medio de la anécdota que estaba contando y Adam lo interpretó como prueba fehaciente de que el otro hombre estaba intentando acostumbrarse a su ceguera. No dijo nada, no quería darle más importancia, a pesar de que la tenía toda, y alargó la mano en busca de la copa de vino. Oía las conversaciones de las otras mesas, el trajín de los empleados del concurrido restaurante e intentó pintar la imagen tras los párpados. No lo hacía para torturarse, simplemente no podía evitarlo. Si hubiera perdido la capacidad de imaginar, habría muerto, de eso no tenía ninguna duda, y, dado que la retenía, no cesaba de utilizarla. Se imaginaba el aspecto que tendría la familia que ocupaba la mesa que quedaba a su izquierda, las frases que le habían llegado al azar le decían que estaban de vacaciones, aunque el padre tenía acento londinense. Después intentó recordar el aspecto del camarero, creía haberle reconocido la voz y, si la memoria no le fallaba, era un hombre bajito con la cabeza rasurada y una barba blanca perfectamente cuidada.

Intentó imaginarse el aspecto que tendría hoy Montgomery. No llevaba traje, lo había notado al abrazarlo, pero ¿se habría puesto una pajarita y una de esas camisas a cuadros que su esposa aborrecía o llevaba una de esas azules que, según él, le hacían parecer más joven? La ropa no le importaba a Adam, antes no le había prestado nunca demasiada atención, pero se había dado cuenta de que esa clase de detalles le ayudaban a crear fotografías mentales más precisas. Más reales. ¿Estaría Montgomery sonriendo relajado o tendría los ojos enrojecidos por el cansancio y el insomnio? Eso era lo que a Adam más le preocupaba, no quería olvidar las expresiones de las personas que formaban parte de su vida.

—Jenn, ¿Montgomery tiene ojeras?

—¿Qué?

—¿Disculpa? Yo no tengo ojeras.

—Sí, sí que tiene —le respondió Jennifer—. Parece cansado.

—¿Por qué estás cansado, Monty?

El almuerzo estaba siendo muy agradable, su hermana había hecho bien en obligarle a salir de casa e ir a comer con ella y con su amigo, la comida había estado bien y él había conseguido no derramar nada y no llamar la atención. Había llegado el momento de averiguar cuál era el verdadero motivo de todo aquello.

—Quiero que vuelvas al trabajo. Tienes que volver a componer.

—Que yo recuerde —Adam dejó el cubierto y la preocupación por su amigo a un lado—, hace mucho tiempo que no trabajo para ti, Montgomery. Y no pienso volver a componer.

3

Montgomery Dowright supo que había formulado su petición de la peor manera posible en cuanto vio la mueca irónica de Adam; la respuesta verbal de su amigo únicamente se lo confirmó. Era lamentable que un hombre de su supuesta inteligencia y recursos intelectuales, por no mencionar ni su edad ni su experiencia, hubiese sido tan torpe y tan brusco. En su defensa solo podía decir que estaba emocionado.

Era la primera vez en mucho tiempo que volvía a estar frente al Adam que él recordaba.

Adam no trabajaba para la Ópera de Londres, lo había hecho años atrás, al terminar los estudios y durante bastante tiempo, pero desde el principio Montgomery había sabido que no iba a poder contar con él para siempre. Adam tenía demasiado talento y era demasiado inquieto.

Y no había nada que lo retuviera en ninguna parte.

Lo que Montgomery había querido pedirle era que no renunciase a la música, pero había metido la pata y su amigo se había puesto a la defensiva después del fiasco.

Adam había seguido comiendo y bebiendo, charlando casi igual que antes, pero sus movimientos eran más bruscos, una advertencia clara de que se levantaría y se iría si Montgomery verbalizaba lo que estaba pensando. Así que Montgomery intentó morderse la lengua, pero no lo consiguió del todo:

—Tienes que volver a componer, Adam.

—No, Montgomery, no tengo que volver a componer. ¿Te importaría llamar al camarero? Creo que al final me tomaré ese café que he rechazado antes.

Montgomery dio por zanjada la conversación y le sonrió a Jenn encogiéndose de hombros. Lo había intentado, pésimamente, y no había funcionado. No se daría por vencido, esperaría y atacaría otro día. Tal vez al final su padre le había hecho un favor apuntándole a esa academia militar. Irónico, pensó.

Adam no necesitaba el dinero que la Ópera pudiera ofrecerle y, aunque Montgomery se alegraba de la buena salud financiera de su amigo, todo sería mucho más fácil si necesitase urgentemente un empleo. Sin embargo, Montgomery tenía el presentimiento de que, incluso en ese caso, Adam se resistiría. La fuerza de voluntad de Adam era quizá lo que lo había salvado esa noche en urgencias y lo que había evitado que sufriese una depresión al salir ciego del hospital, la fuerza de voluntad y su espíritu luchador; y también esos eran los mayores obstáculos que Montgomery tenía que sortear si quería que Adam volviese a componer y a tocar. Su amigo había decidido que la música no formaba parte de su nueva vida y no iba a resultarle nada fácil convencerle de que se equivocaba.

Podía parecer presuntuoso, quién era Montgomery para juzgar a Adam, pero no lo era.

Montgomery había conocido a Adam en una época muy difícil y, si la música lo había salvado entonces, también lo salvaría ahora. El problema era que, cuando tenía dieciocho años y perdió a sus padres, Adam se refugió en cierto modo en la música y ahora, con la ceguera, estaba haciendo justamente lo contrario, estaba huyendo de ella.

Montgomery no podía quitarse de encima el presentimiento de que, sin la música, Adam dejaría de existir. O peor, moriría. Dios, él jamás permitiría eso. Montgomery quería a ese chico testarudo y obstinado como si fuera hijo suyo. Y le gustaba creer que los padres de él opinarían igual de estar vivos. Nadie que hubiese escuchado una de las creaciones de Adam le encontraría el menor sentido a que él dejase de componer.

Los padres de Adam y Jennifer habían sido personas precavidas, buenos padres que habían hecho las previsiones necesarias por si algún día les sucedía una desgracia. Probablemente ni el señor ni la señora Lewis se habían imaginado que ese día llegaría tan pronto, o que les llegaría estando juntos, pero así había sido. El matrimonio falleció en un accidente de coche; había unas obras, llovía y un coche se saltó la intersección. Murieron en el acto y Adam y Jennifer recibieron una considerable cantidad de dinero. Por fortuna para los dos jóvenes también heredaron la inteligencia y el carácter previsor de sus padres, al menos en lo que se refería a asuntos económicos. Adam, aunque era mayor de edad cuando los perdió, se encomendó al gestor de la familia e invirtió con cautela y la dosis justa de temeridad. Ni Adam ni Jennifer eran millonarios; los dos trataban con mucho respeto el dinero que habían obtenido del seguro, pero Montgomery sabía que los hermanos gozaban de estabilidad económica.

Otra prueba de la inteligencia de Adam, o así lo interpretaba Montgomery, era que desde el principio había reconocido y defendido su vocación y talento para la música. Monty sabía que, en ningún momento, ni siquiera después del accidente de sus padres, Adam se había planteado cambiar el piano por nada. Jennifer era igual, siempre había querido ser maestra y en eso se había convertido.

El dinero no serviría para convencer a Adam, y también sería inútil recorrer a conceptos como la seguridad o la estabilidad que proporcionaba tener un trabajo. Había sido una estupidez empezar así la conversación.

Tendría que haberle recordado que él respiraba a través de las partituras que componía, que los momentos más felices de su vida habían trascurrido frente a un piano, probablemente sin público, y con un lápiz o uno de esos absurdos rotuladores negros que él tanto insistía en utilizar y Montgomery tanto odiaba. Tendría que haberle hablado de eso, de las noches y de los días que se había pasado buscando la nota perfecta y de lo vivo que se sentía cuando la encontraba. Tendría que haberle dicho que él amaba la música, que ese siempre había sido el amor de su vida y no esas mujeres despampanantes que lo habían utilizado, o se habían utilizado mutuamente, supuso.

Tal vez hubiera gente que pudiera vivir sin amor, pero no era el caso de Adam.

El amor de su vida era la música y sin ella él jamás sería feliz.

Tendría que haberle dicho todo eso, pero tras ese pésimo principio había preferido no insistir, pues le había echado de menos durante los días que habían estado enfadados y no quería repetirlos. Por suerte, Adam también debía de haberle echado de menos porque lo abrazó al irse y le prometió que hablarían pronto.

Montgomery abandonó el restaurante sin resolver ese asunto y, de vuelta a casa, lo asaltó la añoranza y recordó cómo se habían conocido él y Adam diez años atrás.

En esa época, él era director adjunto de la Royal Opera de Londres y había aceptado dar un par de conferencias al mes en la universidad sobre cómo gestionar salas de conciertos, teatros y óperas, aunque nunca había logrado convencer a ningún músico o compositor sobre la importancia de una buena organización o gestión de dichos establecimientos. A eso se dedicaba, allí residía su magia a pesar de que era un músico competente y de que tenía un oído excelente para detectar el talento, Montgomery Downright había prosperado inusitadamente rápido en una institución tan arcaica como la Royal porque era un genio de la contabilidad y gracias a él los números rojos habían empezado a desaparecer del balance. Le gustaba su trabajo, siempre había defendido que la música y las matemáticas estaban mucho más relacionadas de lo que ninguna de las dos áreas de conocimiento reconocía públicamente. Eran amantes, así solía explicarlo él cuando alguien se interesaba de verdad por su filosofía, amantes secretas que se deseaban la una a la otra de noche y de día fingían no conocerse. Adam se rio el día que Montgomery pronunció esa teoría en voz alta; no se rio con desprecio, soltó una carcajada sincera, de esas que salen del interior de la caja torácica y que provocan una sonrisa en las personas que la escuchan.

—Es genial —dijo aquel día Adam sentado en la última fila del aula—. Gracias, profesor.

Montgomery no supo qué decirle, el joven se calló, balanceó el bolígrafo entre dos dedos y el resto de asistentes, que se habían girado a mirarlo, poco a poco volvieron a darse media vuelta.

La conferencia llegó a su final, Montgomery esperó frente a la pizarra en la que había garabateado unos datos. Él prefería salir el último y pasear tranquilo por el pasillo. Utilizaba esos minutos para recordar sus años de estudiante y le gustaba oír las notas que se escapaban de las distintas salas de ensayo que había esparcidas por el edificio.

—No quería ofenderle, profesor.

Levantó la vista de la agenda y se encontró con el joven de la carcajada.

—No soy profesor, solo doy estas conferencias de vez en cuando.

—Yo soy Adam, Adam Lewis. —Le tendió la mano.

—Montgomery Downright. ¿Por qué me ha dado las gracias, señor Lewis?

—Por hacerme reír —confesó Adam con naturalidad—, y por recordarme a mi padre. Murió hace un par de años.

—Lo siento, señor Lewis.

—Llámeme Adam. —Se encogió de hombros—. Mi padre era abogado y solía decir que la música le parecía más una ciencia que un arte. Me ha recordado a él.

—Entiendo. ¿Y usted qué opina, Adam?

—Opino que la música es pasión, un sentimiento. —Se llevó una mano al pecho durante unos segundos y después se tocó la frente—. Y que hay que saber gestionarlo con cabeza.

—Es una teoría interesante.

—No me haga demasiado caso —siguió él—, mi hermana dice que aprendí a tocar el piano para ligar, aunque yo no recuerdo que me interesasen demasiado las niñas en el parvulario.

—¿Aprendió a tocar tan joven o está fanfarroneando, Adam?

—Las dos cosas.

Aquel día Montgomery volvió a casa sin más, aunque en su siguiente visita a la universidad buscó a Adam Lewis entre los alumnos y preguntó por él a uno de los profesores con los que solía tomar un café antes de empezar la clase. Coincidieron de nuevo y charlaron otra vez por el pasillo. A lo largo de varios meses Montgomery llegó a esperar con ciertas ansias y mucha curiosidad esas conversaciones, y hasta le habló a Marianne, su esposa, de ellas.

La cordial amistad que nació entre Montgomery y Adam habría seguido un camino tranquilo o quizá se habría interrumpido si Montgomery no hubiese oído a Adam tocar el piano una mañana. Ese día él no tenía que acudir a la universidad, pero el director de la Royal, su predecesor y en aquel entonces jefe, le pidió que lo sustituyese en una audición. La Royal Opera iba a celebrar un concierto con estudiantes de música. Había sido idea de Montgomery, quien se había ganado el apoyo de la dirección casi de inmediato, e incluso ahora era uno de los proyectos que más lo enorgullecían. Dado que los estudiantes de música no recibían la misma contraprestación económica que los miembros de las orquestas profesionales, las entradas tenían un precio muy asequible y la ópera que representarían sería también muy popular. El objetivo del concierto era demostrar que la Ópera formaba parte de la vida diaria y que cualquier persona podía entrar en ese edificio y dejarse llevar por la música. Y al mismo tiempo ofrecer a los estudiantes la posibilidad de tocar allí y de descubrir que, por impresionantes que fuesen esas paredes o la historia que contaban, solo era un local donde la música sonaba increíblemente bien.

El director de la Royal iba a seleccionar los músicos junto con un equipo de profesores de la universidad y dos miembros de la fundación que los ayudaba a financiar el acto, y le pidió a Montgomery que ocupase su lugar, pues se había olvidado de anular una cita con uno de los donantes más importantes de la institución.

A Montgomery le gustaba escuchar música y odiaba —todavía ahora— hacer la corte, así que aceptó entusiasmado sustituir a su jefe en la universidad.

Adam se sentó al piano durante unos segundos, los que Montgomery tardó en reconocerle y en comprobar que el nombre de su peculiar amigo estaba efectivamente en la lista de candidatos. Le molestó que este no se lo hubiese dicho. Pero el principio de enfado desapareció en cuanto Adam tocó la primera nota.

Montgomery se quedó sin aliento y recordaría la emoción de ese momento hasta el día de su muerte. Adam daba vida a la música. Esa partitura, que él había escuchado miles de veces y que incluso sabía tocar, era otra a través del talento de Adam. No, Adam tenía mucho más que talento, tenía pasión y alma y estas impregnaban del primer al último compás. Llegó al final de la pieza y el silencio ofendió a todos. Montgomery giró el rostro hacia los hombres y mujeres que estaban sentados a su lado. «¿No vais a decirle que siga tocando?», pensó. Se miraron absortos y la única que consiguió reaccionar fue una de las profesoras que le entregó a Montgomery la carpeta con el nombre de Adam. Él, que seguía en el pequeño escenario de la sala, se apartó del piano y les dio las gracias por haberle escuchado.

De aquel día hacía casi diez años, pero Montgomery sabía que Adam jamás se recuperaría del todo si abandonaba la música, por mucho que él insistiese en que estaba perfectamente bien y que ahora su vida había cambiado y prefería darle otro rumbo.

Ese era el verdadero motivo por el que había terminado la discusión con Adam de un portazo.

Claro que le había molestado que este le recriminase que lo tratase como si fuese a romperse, que fuese considerado con él y con su ceguera; lo entendía, pero ¡joder, estaba ciego y había estado a punto de morir! Sin embargo, lo que de verdad le ponía furioso era que Adam aparcase la música y fingiese estar dispuesto a seguir como si nada. Él sí que podía estar años sin tocar, por extraño que le hubiera parecido de joven; él era feliz gestionando la Ópera, salvándola de la ruina y acercando la música a la gente. Esa era su obra, su composición, conseguir que la ciudad de Londres y quizá parte de Inglaterra le perdiese el miedo a las óperas y a los conciertos, y que niños y mayores disfrutasen con ellos. Adam no, Adam necesitaba vivir la música, necesitaba componer y Montgomery, aunque solo se había atrevido a confesárselo a Marianne, temía lo que pudiera pasarle a su amigo si se apartaba para siempre de ese mundo.

Llegó a casa, le había pedido al taxi que lo dejase en uno de los jardines que había cerca para caminar el resto del trayecto. Vio la bicicleta de Marianne en la entrada. Con sus sesenta años se mantenía en forma e insistía en ir en bici por el tranquilo barrio donde vivían.

—Ya estoy en casa. —Colgó la bufanda junto al abrigo, la había llevado alrededor del cuello todo el día sin llegar a anudársela.

Marianne apareció con su pelo plateado y esa sonrisa que lograba que Montgomery siguiese preguntándose, incluso después de tantos años de matrimonio, cómo había conseguido conquistarla.

—¿Cómo ha ido? ¿Cómo está Adam?

—Bien, más o menos.

—¿Y Jennifer cómo está?

—Jennifer está bien, está viviendo con una de sus amigas y ha vuelto al trabajo. Ha empezado en una nueva escuela. Creo que necesitaba empezar de cero.

—Esa niña seguro que saldrá adelante. —Se puso de puntillas para darle un beso—. Ven, vamos al jardín de atrás. He comprado flores nuevas.

Montgomery se dejó hacer; él nunca había aprendido el nombre de ninguna de esas flores que tanto le gustaban a Marianne, pero le encantaba escuchar a su esposa hablar de ellas.

—Adam no quiere oír hablar de componer, ni de tocar el piano —le dijo con la esperanza de que Marianne le ofreciese una solución.

—Tienes que darle tiempo.

—Adam no necesita tiempo. Si existiera una medalla al mejor ciego del año, Adam la ganaría, Marianne. Se ha adaptado tan bien a su ceguera que da miedo, ni siquiera está enfadado. Él ha... ha aprendido a utilizar ese jodido bastón, lleva esas gafas de sol negras a todas horas y yo... Dice que quiere llevar una nueva vida.

—Y tú quieres que sea igual que antes y eso, cariño, es imposible.

—No —sacudió la cabeza—, no quiero que sea igual que antes. Quiero que sea él. Adam necesita la música para ser él.

—Quizá ha cambiado.

—No, imposible. Para Adam la música es como respirar.

—¿Estás diciendo que se ahogará si no vuelve a tocar? —Marianne conocía a Montgomery y sabía que su esposo era el hombre menos dado a la exageración del mundo.

—No lo sé. Esa noche, cuando nos llamaron del hospital... —Se frotó el rostro y después miró a su esposa sin poder esconder el miedo que todavía sentía al recordar el instante en que contestó el teléfono y le dijeron lo que había sucedido—. Adam está vivo y es un hombre muy inteligente. Cualquiera que le viera diría que está dispuesto a luchar, a seguir adelante y que se ha tomado lo de quedarse ciego con mucho optimismo.

—Pero tú no crees nada de eso.

—Sé que Adam es un hombre capaz de sobreponerse a cualquier percance. Sobrevivió a la muerte de sus padres y sobrevivió a esa noche hace meses. Pero lo de la música es una decisión consciente, no sé si se está castigando o si tiene miedo.

—Sea lo que sea, cariño, me temo que lo único que puedes hacer tú es ser su amigo, estar a su lado y esperar.

Marianne lo abrazó y Montgomery buscó consuelo en que el almuerzo había sido un verdadero éxito. Tal vez su esposa tuviera razón y lo único que necesitaba Adam era tiempo, pero no había nada de malo en recordarle lo que la música significaba para él.

—No pienses más en eso, Montgomery.

—Está bien.

Jenn volvió al colegio después del almuerzo. Días atrás, cuando Montgomery la llamó para pedirle ayuda, no pudo negarse. Ella sabía perfectamente lo difícil y frustrante que resultaba adaptarse a la nueva actitud de Adam, aunque jamás olvidaría el papel que había jugado Montgomery esa horrible noche.

Ella tendría que haber dejado a Ryan mucho antes, no tendría que haberle dado esa segunda oportunidad, ni la tercera, ni la cuarta. Si lo hubiese echado de su vida entonces, Adam no estaría ciego.

Jennifer tenía catorce años cuando sus padres murieron en aquel accidente de coche y los recordaba a la perfección, aunque, algunos de esos recuerdos se habían difuminado con el tiempo. Adam había hecho lo imposible por sustituirlos y por cuidarla y Jennifer tenía que reconocer que ella no siempre se lo había puesto fácil. Su hermano mayor la había salvado entonces y había vuelto a hacerlo con Ryan. Ahora le tocaba a ella estar a la altura y demostrarle a Adam que podía ser la mujer que él creía y que sabía estar a su lado y ayudarle. Pero él no se dejaba y, además, cada vez que veía a Adam la culpabilidad la carcomía y tenía ganas de llorar, y después se ponía furiosa consigo misma por ser tan egoísta. Montgomery era la ayuda que necesitaba. El director de la Royal Ópera se había convertido en un buen amigo de ambos a lo largo de los últimos años, y tanto él como su esposa formaban parte de la vida de Adam y de la suya. Jennifer tenía una relación maravillosa con Marianne. Durante la semana que estuvo en el hospital para recuperarse de la paliza de Ryan esa mujer fue a verla cada día y no se movió de su lado hasta que empezó a contarle todo lo que había sucedido y, lo más importante, lo que iba a hacer en cuanto le diesen el alta.

La terapia la había ayudado muchísimo, estaba aprendiendo a dejar de sentirse culpable por haber elegido a un hombre como Ryan y, poco a poco, volvía a confiar en sí misma. Ayudar a Adam era ahora lo más importante.

El almuerzo había ido muy bien, Monty había conseguido hacer sonreír a Adam y, durante una hora, todo había vuelto a ser como antes. Hasta que Montgomery le había pedido a su hermano que volviese a componer. Jenn opinaba lo mismo, Adam necesitaba componer, y le dolía no saber por qué este se empañaba en mantenerse alejado de la música. Adam se había negado, incluso se había puesto sarcástico como si aquella conversación fuese ridícula o le hiciese gracia, pero ella le había visto cerrar el puño encima del mantel. Por mucho que fingiese que todo estaba bien y que llevaba una vida tan plena como cualquiera, a ella no podía engañarla. Su hermano mayor no podía eliminar la música de su vida. Ella era incapaz de recordar a Adam sin música a su alrededor. Él le había regalado una canción cuando cumplió los dieciséis, compuesta por él, obviamente. Y todos los años añadía otra composición a la colección. Eran canciones cortas y, cuando Adam se ponía al piano para tocárselas, añadía letras horribles que la hacían enfadar, pero para ella eran y serían siempre preciosas.

La relación con su hermano no siempre había sido fácil; en realidad, esos últimos años había sido bastante difícil o, mejor dicho, inexistente. Sí, él seguía llamándola por Navidad y por su cumpleaños, que era cuando le regalaba la canción, pero se ignoraban bastante durante el resto del año. Era como si no consiguieran conectar. Jennifer siempre había sabido que su hermano la quería y que podía contar con él, pero cuando hablaba de él con sus amigas o incluso con el desgraciado de Ryan comparaba a Adam con un seguro de vida; sabía que estaba allí si lo necesitaba, pero no recurría a él en su día a día. Hubo una época en la que lo intentó, pero a Ryan no le gustaba —sintió náuseas— y dejó de llamar a Adam para quedar con él. Y Adam no se dio cuenta de que ella había desaparecido de su vida. Hasta que un día las cosas empezaron a cambiar. Ella aún no sabía por qué.

Fue andando de vuelta a casa. Compartir piso con Keisha era una de las mejores decisiones que había tomado desde que salió del hospital. Ojalá lo hubiese hecho antes. Subía la escalera cuando recordó algo, una de las pocas conversaciones que había mantenido con su hermano algunas semanas antes de la paliza de Ryan. Habían quedado para almorzar; ella le había llamado aprovechando que Ryan estaba fuera de la ciudad y Adam la sorprendió y aceptó, por eso se acordaba. Pensó en la alegría de Adam, en el brillo que había en sus ojos al hablarle del proyecto que tenía entre manos. ¿Era ese el día en que las cosas habían empezado a cambiar entre su hermano y ella? Buscó el móvil en el bolso y llamó a Montgomery.

—¿Sí? ¿Jennifer? ¿Estás bien?

Ella cerró los ojos un segundo. ¿Cuándo dejarían sus amigos de preguntarle eso?

—Sí. Estoy bien. Creo que sé cómo convencer a Adam de que vuelva a componer o, como mínimo, a acercarse a un piano. La partitura que encontró Gabriel. Antes de... antes de perder la vista estaba obsesionado con ella.

Montgomery sonrió, Jennifer casi sintió la sonrisa a través del teléfono, y le dio las gracias por haber recordado ese detalle. En medio de todo lo que había sucedido los últimos meses y del trabajo habitual de la Ópera, se le había pasado por alto la opción más clara. La partitura. Ahora le parecía tan evidente que se avergonzó de no haberlo pensado antes. Esa partitura, ese proyecto que en un principio les había parecido un imposible, era quizá lo único que lograría recordarle a Adam que la música formaba parte de él. Pero no podía volver a meter la pata como en el restaurante. Adam no era idiota y era imposible que él se hubiese olvidado de esa partitura. Él jamás se olvidaría de algo así. Tal vez incluso su decisión de dejar de componer y de tocar tenía que ver no solo con la ceguera sino también con esa partitura inacabada, pensó Montgomery. No podía llamarle y decirle que retomase aquel proyecto sin más, Adam se pondría a la defensiva y se negaría en redondo. Y tampoco podía obligarle, todo lo relacionado con la partitura era o un secreto o una locura. Tenía que haber una manera de conseguirlo. De repente, sintió que era primordial que resolviesen el misterio de la partitura, sintió que la vida de Adam en cierto modo dependía de ello. Era absurdo, tendría que hacerle caso a su esposa y dejar de darle vueltas al tema. Llamaría a Gabriel y seguro que entre los tres lograrían despertar de nuevo el interés de Adam.

Jenn se guardó el móvil en el bolsillo y siguió subiendo los escalones. Giró en el rellano del primer piso y chocó con la nueva inquilina, una chica que llevaba una bici colgada del hombro.

—Lo siento —farfulló ella.

—No pasa nada.

Jenn la había visto en un par de ocasiones, pero era la primera que le oía la voz. Días atrás, Keisha le había dicho que la había invitado a pasarse y que la recién llegada se había negado sin casi apenas saludarla ni darle las gracias. No parecía muy simpática. Según Keisha, la nueva inquilina no era inglesa, sino probablemente americana o australiana. Jenn no sabría decirlo, a ella no se le daba bien lo de identificar acentos y solo la había oído pronunciar una frase. Esa chica bien podía ser de Cornwall y más británica que ellas. Por no saber, ni siquiera conocían su nombre; en el buzón solo figuraba el número de apartamento. Su información se reducía a esas pruebas circunstanciales y a que la había visto salir del edificio con una bicicleta amarilla en el hombro y un gorro algo pasado de moda plantado en la cabeza.

La oyó tararear y se detuvo.

Sonrió de oreja a oreja.

Su vecina de nombre y origen desconocido tarareaba una canción de Chopin.

4

Gabriel Vila prefería pasar el invierno en Londres que en Mallorca. La mayoría de ingleses creían que estaba loco al descubrirlo, pero la mayoría de ingleses desconocían que los inviernos de Mallorca eran tan húmedos, lluviosos y fríos como los de Inglaterra. Él había dejado de explicarse. Sus padres sí que habían decidido jubilarse en España; su padre había accedido a vivir en el país de su esposa mientras sus hijos fuesen al colegio y a la universidad con la condición de pasar la vejez en el suyo y su madre había aceptado. Ahora los dos eran felices en Valldemosa y esperaban encantados a que sus hijos y sus nietos los visitasen tantas veces como quisieran.

Gabriel no lo hacía tanto como les gustaría, a él le resultaba muy difícil ir allí y presenciar el día a día del saludable matrimonio de sus padres o estar rodeado de la prole de sus hermanos. Dudaba que el próximo verano fuese capaz de acercarse. La última vez que había estado en Valldemosa había sido para huir del dolor que le provocaba estar en Londres, y sus padres habían tenido el detalle de dejarle solo durante semanas. Él sabía que su madre se habría quedado, pero su padre había entendido perfectamente la situación y la había convencido para ir a visitar a unos amigos instalados en Málaga.

Nadie quería tener público cuando se derrumbaba porque la persona que amaba lo abandonaba del peor modo posible.

Esas semanas en Valldemosa habían ayudado a Gabriel a recuperarse o, al menos, a construir una fachada lo suficientemente sólida para volver a Londres y seguir con su vida. The Scale no podía funcionar sin él eternamente, aunque tras lo duros que habían sido los primeros meses la librería por fin era solvente. Muchos de sus conocidos le dijeron que estaba loco cuando les anunció que iba a comprar la histórica tienda. Adam fue el único que lo miró con curiosidad y le deseó suerte, pero él siguió adelante. Ni siquiera Alice, con quien había empezado a salir cuando compró la tienda, entendía lo importante que resultaba para él aquel proyecto. Probablemente porque él nunca se lo había explicado. Se le daba muy mal hablar de lo que de verdad importaba. Al final, ella había pasado de no entender a odiar el sueño de Gabriel. Y a él.

Ahora a Gabriel solo le quedaba The Scale y sueños rotos que no sabía si jamás sería capaz de reconstruir o si se atrevería a intentarlo. La soledad de Valldemosa le había dado fuerza, pero el rencor y la rabia habían ayudado a hacerle reaccionar. Fuera cómo fuese, tras meses de vagar sin rumbo, por fin había recuperado el control de su vida.

El día anterior, Gema, la chica nueva que se encargaba del turno de las mañanas, le había entregado una serie de currículums y, tras descartar los de los chicos y chicas que probablemente serían excelentes empleados de Starbucks, pero pésimos para The Scale, solo hubo uno que captó su atención. La llamó de inmediato y ella, Charlotte, aunque le pidió que la llamase Lottie, le dijo que podía empezar esa misma tarde.

Él no coincidió con ella. Recibió una llamada de Montgomery Downright y tuvo que ausentarse, pero Gema se quedó y le dijo que, aunque Lottie no ganaría ningún concurso de miss simpatía, había atendido muy bien a los clientes y sabía lo que se hacía con las partituras y los instrumentos de The Scale.

Él se habría quedado, quería estar presente el primer día de trabajo de su nueva empleada, pero la agenda de Montgomery era muy complicada y el director de la Ópera había insistido, diciéndole que se trataba de un asunto de suma importancia. Y en cuanto se lo contó, Gabriel sintió la misma urgencia. Él también estaba preocupado por Adam, meses atrás sus propios desastres le habían impedido ayudar a su amigo tanto como le habría gustado. Ese era el momento de remediarlo, pensó mientras charlaba con Montgomery en la cafetería y los dos analizaban la mejor manera de captar la atención de Adam sin que este les mandase a paseo.

La primera parte del plan había sido fácil, Adam había aceptado ir a visitar a Gabriel en The Scale. Tenía que reconocer que no había sido del todo sincero con él, en realidad le había mentido y manipulado descaradamente, pero no se arrepentía de haberlo hecho. Si no podía solucionar sus problemas, tal vez se sentiría un poco mejor ayudando a su amigo, el mejor que tenía.

—Creía que querías verme para hablar de ti o para desahogarte. Es lo que me dijiste ayer por teléfono.

—Y lo haré, créeme. Gracias a Alice necesitaré desahogarme durante años. Pero antes quiero que hablemos de la partitura.

La actitud de Adam cambió, pasó de casi sonreír por debajo de esas gafas de sol a apretar los labios y echar los hombros hacia atrás.

—Has hablado con Montgomery —afirmó—. Le dije que no quería volver a componer ni a tocar y lo dije en serio. La música y yo hemos acabado. ¿Puede saberse qué os pasa a todos? Estoy bien, me he quedado ciego, no estoy deprimido ni necesito que me salvéis de nada. —Dio unos pasos hacia atrás y se pasó las manos por el pelo. Gabriel esperó porque sabía que su amigo no había acabado de hablar—. Creía que Montgomery se había olvidado de este tema, de la partitura.

—No. Te equivocas. —Lo tenía, pensó Gabriel. Quizá Adam no se hubiese dado cuenta, pero el modo en que había pronunciado esa última palabra le había delatado.

Gabriel había conocido a Adam en la universidad y se habían hecho amigos casi al instante, aunque habían seguido caminos distintos después de graduarse. La noche que Adam fue a parar al hospital y perdió la vista, Gabriel no estaba en la ciudad, ni siquiera estaba en el país, pero se subió al primer vuelo de regreso en cuanto Montgomery lo llamó y le contó lo sucedido. Aún le costaba hacerse a la idea de que Adam, el hombre más cerebral y pausado que conocía, hubiese defendido a puñetazo limpio a su hermana pequeña. Él habría reaccionado igual si hubiese visto a alguien haciéndole daño a una de sus hermanas o a su hermano, pero Adam... Adam siempre pensaba antes de actuar y nunca se dejaba llevar por los instintos. Excepto con la música.

Monty y Jennifer tenían razón, la partitura era lo único que podría hacer reaccionar a Adam. Gabriel lamentaba que a él no se le hubiese ocurrido antes. En su defensa podía decir que esos últimos meses tampoco habían sido fáciles para él, aunque sus problemas palidecían en comparación a los de su amigo, a pesar de que este decía estar perfectamente y no permitía que nadie lo compadeciese ni lo tratase de un modo distinto al de antes.

—¿Y a quién le habéis pedido que siga adelante con el tema?

—A nadie. Todo sigue igual que antes. Los únicos que sabemos de la existencia de esa partitura somos tú, Montgomery, tu hermana y yo. Bueno, y los herederos de Chopin, la Chopin Society e imagino que tu ex, Erika, claro. Pero nadie de la Royal ni de ninguna otra parte sabe nada.

Estaban en el despacho de Gabriel. Adam al final había decidido sentarse en la silla de cuero que tantas veces había ocupado, oía crujir la piel cuando se movía y, si apoyaba la mano en el cojín, notaba cada una de las arrugas, la sutura de la esquina derecha se había deshilachado. Sabía que ese momento iba a llegar, estaba preparado. No tenía sentido que se le retorciesen las entrañas al pensar que otro seguiría adelante con su trabajo. Había sido absurdo pensar que la partitura iba a quedarse para siempre inacabada. Absurdo y una mezquindad de su parte. Que él no pudiera terminarla no significaba que no pudiese hacerlo otro compositor. La música no le pertenecía y él no quería ser su carcelero. Ahora su vida era otra, tal como él no dejaba de afirmar a los cuatro vientos, y tenía que demostrarlo. Tenía que contener las cosquillas que sentía en las yemas de los dedos y aminorar los latidos del corazón; la música ya no podía formar parte de él.

—¿Entonces? ¿A quién se lo pediréis? Si necesitáis que os dé mi permiso para continuar...

—No seas idiota, Adam. Vas a hacerlo tú.

—¿Yo? Te has vuelto loco. —Se puso en pie y estuvo a punto de ponerse a pasear de un lado a otro. No lo hizo. Había estado en ese despacho, pero no lo conocía tan bien como para moverse a ciegas. Furioso, volvió a sentarse.

—No.

—¿Se te ha olvidado que estoy ciego?

—No. —Tomó aire, sabía que esa parte iba a ser la más difícil y sabía que Montgomery y Jennifer habrían sido incapaces de enfrentarse a ello—. Tú no permites que nadie lo olvide, Adam.

—¿Qué has dicho?

—Que te encanta recordarle a todo el mundo que estás ciego.

—Eres un hijo de puta.

Gabriel soltó el aliento. Si él no creyese que estaba haciendo lo correcto, en aquel instante se habría echado atrás y le habría pedido a Adam perdón por haberle atacado. Su amigo se había puesto a la defensiva en cuanto habían empezado a hablar de la partitura y, ciego o no ciego, Adam llevaba meses buscando pelea con alguien. Él podía entenderlo, la necesidad de gritarle a alguien, a todo el mundo, es a veces lo único que te queda. Y si pelearse era lo que Adam quería y necesitaba, él iba a ofrecerse voluntario, siempre y cuando al final el muy testarudo accediese a acercarse a un maldito piano.

—Tú eres el único que puede averiguar si Chopin es el autor de esa partitura inacabada. Tú eres el único que puede entenderla y acabarla. Nadie más. Llevabas meses trabajando en ella antes del accidente —se atrevió a añadir.

—Claro y después saldré a montar a caballo y pintaré un jodido cuadro para el Museo Británico.

Gabriel esbozó una sonrisa y siguió adelante.

—No seas cretino, Adam. Sé que vas a necesitar ayuda, eso no significa que no puedas hacerlo.

—No quiero hacerlo, Gabriel.

—Mentira. Hace meses estabas impaciente por poner las manos encima de esa partitura. Decías que era apasionante, que cualquier músico mataría por algo así. El día que te di esa caja llena de polvo me abrazaste, joder, Adam, tú me abrazaste.

—No me lo recuerdes.

—Mira, sé que te da miedo.

—Tú no sabes nada.

—Está bien, de acuerdo. No sé nada. No tengo ni idea de cómo te sientes. No puedo ni imaginarme lo jodido que es quedarse ciego a los veintinueve años y que toda tu vida se vaya la mierda. Tienes razón. No lo sé.

Adam sintió que iba a estallarle la cabeza. Lo que más le había gustado siempre de Gabriel era su incapacidad para mentir y andarse por las ramas, pero en aquel instante no le habría importado que fuese un poco más delicado.

—Buscaos a otro. De todos modos, ya te lo dije en su momento, dudo mucho que la partitura sea de Chopin.

—Eso no es del todo cierto y lo sabes. Dijiste que había compases que sin duda eran de Chopin y que en cambio otros no. Dijiste que era fascinante que en ese fajo de páginas hubiese tanta pasión, que la composición fuese capaz de despertar un abanico tan amplio de sentimientos. Tengo muy buena memoria.

—Eso fue entonces. Ahora no soy el mismo y no quiero seguir hablando de esto. Tú encontraste la partitura en la buhardilla de Valldemosa, así que Montgomery y tú solitos podéis decidir qué hacer con ella. No me necesitáis para nada.

—Es lo que estamos haciendo, decidimos que tú sigas encargándote del proyecto.

—¿Por qué? Es absurdo. Ya os he dicho que no voy a hacerlo. Además, ¿qué importa?

—¿Cómo que qué importa? ¿Acaso quieres que esa partitura quede inacabada para siempre o que la acabe alguien y la destroce?

—Esa partitura llevaba años en una caja de cartón sin que ni tú ni yo ni nadie supiéramos de su existencia. Por mí puede volver allí.

—No es verdad. Te conozco, Adam. Esa partitura te importa y no sé por qué diablos crees que no puedes volver a componer ni a tocar el piano, pero tengo la sensación de que te estás castigando. Joder, ¡qué sé yo! Según Alice soy un imbécil emocional. Pero, si esa partitura no te importase, ahora mismo no tendrías ganas de pegarme.

Adam respiró profundamente y aflojó los dedos que hasta entonces no sabía que estaba apretando. Había cometido un error al ponerse tan a la defensiva, eso tenía que reconocerlo.

—No me estoy castigando por nada, Gabriel —se obligó a decirle—. Y sé que tengo suerte de tener un amigo como tú, Alice es la imbécil emocional si no se da cuenta. Pero no voy a volver a componer, lo siento.

—No lo entiendo, Adam. ¿Me estás diciendo que de verdad te da igual que le demos esa partitura a Chris Martin, por ejemplo, y que acabe saliendo en el próximo álbum de Coldplay?

En otras circunstancias, Adam habría sonreído; Gabriel sabía perfectamente que él odiaba a Coldplay, pero se quitó las gafas de sol y se apretó el puente de la nariz. Notó la mirada de su amigo encima y, en un gesto desafiante, no volvió a ponérselas. Si su cicatriz le incomodaba, bien podía aguantarse. Él tampoco estaba a gusto con ella. Tendría que haber sospechado que Gabriel no le había pedido que se acercase a The Scale para ir a desayunar juntos.

—Mira, Gabriel, me imagino que Jennifer o Montgomery te han llamado y te han pedido que hicieras esto y te agradezco que te preocupes por mí, pero no es necesario. Estoy bien.

Estaba bien y quería zanjar esa conversación cuanto antes. Nada más.

—Demuéstramelo. Demuéstranoslo a todos ocupándote de esta maldita y estúpida partitura.

—¿Cuántos años crees que tenemos, Gabriel? No voy a hacer algo que no quiero solo para darme el gusto de cerraros la boca a todos.

—Pues hazlo por ti, no puedes vivir sin la música.

Adam cerró los puños, odiaba que su amigo lo conociese tan bien.

—Claro que puedo. Todo el mundo puede vivir sin música, incluso yo. Entiendo que os preocupéis por mí, no es necesario, pero lo entiendo. Puedo incluso entender que todos me preguntéis si estoy bien en cuanto me veis o que tengáis terror a hacer cierta clase de comentarios delante de mí. Tenéis que dejar de hacerlo, tenéis que dejar de verme como el Adam de antes. Ya no soy el mismo y no quiero ni puedo volver a ser el de antes. No me estoy castigando. —Tragó saliva, odiaba las dudas, ¿era eso lo que estaba haciendo?— No es lo que estoy haciendo.

—Entonces ¿qué estás haciendo, Adam? Explícamelo. Tú no necesitas ver para tocar el piano —se atrevió a decirle llegados a ese punto—. Lo hacías en la universidad y sé que puedes hacerlo ahora. Te bastaba con leer una partitura un par de veces para poder tocarla y prácticamente sabértela de memoria, y no hagas que te recite todos los artilugios que existen hoy en día que podrían ayudarte a leer las partituras que no conoces y no puedes ver. Hay algo más. Y no me refiero solo a tocar el piano. ¿Por qué no quieres componer, Adam? Decías que veías la música —recordó una de las frases que Adam le había dicho en la universidad.

—Ya no, Gabriel. —Estaba cansado, muy cansado—. Ya no. Dale esa partitura a otro. Si de verdad eres mi amigo, buscad a otro. Excepto a Chris Martin. —Se puso en pie—. Gracias por decírmelo y por no haberme apartado sin más.

—Odio cuando te pones en plan mártir, Adam.

Gabriel también se puso en pie y caminó hasta quedar al lado de su amigo. Esa última frase, cuando había recurrido a su amistad para pedirle que no insistiera, le había impactado y había decidido dejar el tema. De momento. Juntos abandonaron el despacho y entraron en The Scale y observó a Adam mientras desplegaba el bastón.

—Yo también lo odio. Gracias por entenderlo, Gabriel.

—Deja que te compense por esto. Ahora estoy muy liado, pero ¿por qué no vienes esta tarde a la hora de cerrar y vamos a tomar algo?

—¿No será otra encerrona, no?

—No, por supuesto que no. Tú, yo y unas cervezas, ¿qué me dices?

—De acuerdo. Vendré a las seis.

Gabriel contuvo el impulso de acompañar a Adam hasta la puerta, recordó que antes jamás se le habría ocurrido hacerlo y, tras despedirse de él, volvió a trabajar.

Adam esperó a que Gabriel desapareciese, estaba tan enfadado que iba a necesitar unos segundos para centrarse y caminar sin tropezarse con nada. Se despidió de Gema y, en cuanto oyó el distintivo clic de la puerta del despacho de su amigo, movió el bastón hacia delante con el objetivo de dejar The Scale y esa conversación atrás.

Chocó con alguien.

Alguien chocó con él.

—Lo siento —se disculpó una voz de chica—, no le había visto.

El bastón le había caído al suelo con el impacto y Adam se agachó a recogerlo.

—Es obvio que yo a usted tampoco —farfulló.

—He dicho que lo siento.

Adam sujetó el bastón y, al levantarse, su cabeza topó con el mentón de la chica que seguía entorpeciendo su camino. Aunque ella también se hizo daño, ninguno de los dos se disculpó por el segundo choque. Llevaba una mañana horrible.

—¿Cree que podría apartarse y dejar que me vaya antes de que me rompa algo?

—Claro, váyase. —Ella le estaba colocando bien el abrigo.

—Si me suelta, me iré.

La desconocida no dijo nada más. Adam notó que las manos de ella desaparecían de su torso y se hacía a un lado, y salió de The Scale en dirección al metro. Le sorprendían esos instantes en que tardaba unos segundos en recordar que no veía, como cuando empezaba a andar decidido sin esperar a oír el sonido de la punta del bastón chocando contra el suelo. Parpadeaba como si así pudiese recuperar la visión, algo que sabía que nunca sucedería. Podría haber vuelto a casa en taxi, pero caminar un rato le ayudaría a pensar. Hay momentos en los que nadie quiere estar solo y para Adam lo peor de la ceguera era la soledad. Siempre estaba solo, solo en medio de ese vacío que ningún ruido, ningún tacto, ningún sabor podía llenar. Sonrió resignado cuando alguien le golpeó con lo que, a juzgar por el tamaño, era una mochila llena hasta los topes. No, allí en medio de la calle, bajando hacia la boca del metro con la ayuda de su bastón, no estaba solo. Pero por mucha gente y sonidos que tuviese a su alrededor no podía evitar sentir que nunca nadie lo veía a él.

Charlotte no se consideraba una persona maleducada y le gustaba creer que, a pesar de sus errores y de su innegable egoísmo en el pasado, era capaz de comportarse como una persona normal ante un hombre ciego. Pero saltaba a la vista que no era así. La campanilla señaló que la puerta se había cerrado y ella se quedó allí de pie preguntándose si empeoraría las cosas si salía tras él para disculparse.

Decidió que así sería. Él la tomaría por loca y probablemente no serviría de nada. Mejor sería que siguiera adelante con su plan y se olvidase de aquel desafortunado incidente.

Esa mañana Charlotte había acudido a The Scale con la intención de hablar con el propietario. Había empezado a trabajar el día anterior y había sido un completo desastre. En la tienda todo había ido bien, ella había atendido a los clientes lo mejor que había podido y estos se habían ido contentos; incluso Gema, su compañera, estaba contenta, pero cada nota que escuchaba, cada partitura que vendía le recordaban demasiado al pasado. Iba a decirle al señor Vila que lo dejaba, le diría que le habían surgido complicaciones en la universidad. Había sido un error entregar el currículum y aceptar el trabajo. Una locura. Fue en busca de Gema, la chica estaba colocando libros en una estantería, y le preguntó si el propietario había llegado.

—¡Gracias a Dios que estás aquí! Gabriel está en su despacho, no le gusta que le llamemos señor Vila —le recordó Gema mientras la abrazaba y Charlotte no sabía cómo reaccionar—. Qué rápido has llegado. Gracias. Gracias. Te debo un favor, un favor enorme —separó los brazos—. Te compensaré, Lottie, lo prometo.

Charlotte la observó confusa mientras se ponía el abrigo y se colgaba el bolso. Cuando consiguió articular una palabra no sirvió de mucho.

—¿De qué estás hablando?

—Me he liado con las fechas. No es la primera vez que me pasa —confesó sin ninguna vergüenza—. Hoy tengo el examen de historia y no mañana como creía. Es mi última convocatoria, llevo meses estudiando. Le he pedido a Gabriel que te llamase, has llegado muy rápido. Tengo que irme, te debo un favor, en serio.

No podía decirle a esa chica que no la sustituía. Bueno, técnicamente podía, acababa de conocerla y no eran amigas, pero ella nunca había sido cruel y no le costaba nada quedarse. Ya había dado por hecho que perdería las clases de esa mañana y podía soportar el asalto de recuerdos unas cuantas horas más.

—Claro. No te preocupes. Buena suerte con el examen.

Gema salió corriendo de la tienda y cuando Charlotte iba a dejar el bolso en el armario de los empleados le sonó el móvil. Miró la pantalla y vio el número de The Scale.

Tomó el móvil y, sin contestarlo, se dirigió hacia el despacho. Llamó a la puerta y, al oír la voz del señor Vila, entró. Él levantó las cejas al verla.

—Buenos días, soy Charlotte —lo saludó.

—Ahora mismo la estaba llamando —explicó él con el teléfono aún en la mano—. Pase, adelante. Como seguro habrá adivinado, soy Gabriel Vila. —Le tendió la mano y ella se la estrechó antes de sentarse—. Deduzco que se ha encontrado con Gema al llegar.

—Sí, así es. Gema ya me ha contado que tiene un examen.

—¿Y puede quedarse? Lamento no haberla avisado antes. —Dejó el teléfono y entrelazó los dedos—. Y lamento no haber estado ayer por la tarde. Era su primer día y me gusta estar aquí cada vez que la familia de The Scale gana un nuevo miembro.

—Sobre eso quería hablarle, señor Vila.

—Llámeme Gabriel.

—De acuerdo, yo soy Lottie —le recordó.

—¿Sobre qué querías hablarme, Lottie? —Él entrecerró los ojos como si por fin se diese cuenta de que ella había llegado allí antes de que él o Gema la llamasen.

—No puedo aceptar el trabajo. Muchas gracias por ofrecérmelo, pero no puedo aceptarlo. Aunque hoy me quedaré hasta que vuelva Gema, eso no es problema.

—Gracias. ¿Puedo preguntar por qué no aceptas el trabajo? Ayer, cuando hablamos por teléfono, parecía que se ajustaba a lo que estabas buscando. Y si es por un tema de horarios estoy seguro de que podríamos...

—No, no es eso. Es por la universidad —improvisó—. Me temo que fui demasiado optimista a la hora de matricularme, ayer por la noche revisé los horarios al llegar a casa y no puedo con todo. Lo lamento.

—De acuerdo. Es una pena, Gema me dijo que ayer por la tarde todo fue muy bien. No todo el mundo «encaja con su aura» —bromeó y Charlotte se contuvo para no sonreír. ¿Dónde diablos estaban los ingleses distantes y antipáticos?—. Si la situación cambia, te agradecería que te pusieras en contacto con nosotros. Seguiré buscando a alguien, necesito más personal, pero tal vez podrías ayudarnos de vez en cuando. Hay fines de semana que son una verdadera locura.

—Lo haré —mintió y se levantó para no volver a hacerlo—. Iré a fuera y me ocuparé de la tienda. Vendré a despedirme cuando llegue Gema.

Gabriel le dio de nuevo las gracias y Charlotte estuvo atendiendo The Scale todo el día. El día anterior Gema le había hablado brevemente del propietario de la librería y no se lo había imaginado ni tan joven ni tan hermético. Vila tendría unos cinco o seis años más que ella, pero se comportaba con el distanciamiento de un hombre de setenta años. Aunque le había sonreído y había hecho esa broma sobre el aura de Gema.

A lo largo de la mañana él había ido entrando y saliendo de su despacho para ver cómo iba y, al mediodía, cuando recibió la visita de una chica que se lo llevó a comer, tuvo el detalle de acercarse a ella y preguntarle si quería que le trajese algo o si prefería salir después, cuando él volviese. Él se ocuparía de la tienda mientras ella estuviera fuera. Charlotte le pidió que le trajese un café bien cargado y una ensalada de una cafetería que había visto esa mañana y él se lo trajo junto con un paquete de galletas y un sándwich que insistió en pagar. Por la tarde, aprovechando unos instantes en que la tienda estaba vacía exceptuando ellos dos, Vila se sentó frente al piano de The Scale, un piano vertical, un Bechstein negro que en la parte de atrás tenía una estantería repleta de libros, y tocó tres o cuatro veces la misma pieza. Charlotte cerró los ojos y escuchó. No la había oído nunca; aunque creía reconocer los acordes de un clásico, ahora no sabría decir cuál, estaba segura de que jamás la había escuchado. Vila no era mal pianista, estaba claro que sabía leer una partitura, pero esa en concreto la estaba destrozando. ¿A qué venía tanta insistencia? ¿No se daba cuenta de que la estaba tocando mal? A ella le bastaba con haberla escuchado esas veces para saber que no tenía que tocarse de esa manera. En otra vida tal vez le habría preguntado a su jefe qué estaba haciendo, por qué parecía tan enfadado con esa partitura, él salía del despacho, tocaba, se frustraba y volvía a encerrarse. En otra vida quizá le habría preguntado si le dejaba intentarlo a ella, si podía sentarse al piano y tocarla. Pero en esa vida, la única que tenía, Charlotte se ocupó de los clientes sin dejar de mirar la puerta y sin dejar de preguntarse cuándo regresaría Gema de su maldito examen.

Llegó la hora de cerrar sin rastro de Gema. Charlotte guardó el último ticket en la caja registradora, anotó el último pedido y se dispuso a ir en busca de Vila para despedirse de él y recibir el sueldo que le correspondía por ese extraño día y medio de trabajo. Pasó por delante del piano, la partitura aún seguía allí, el taburete estaba apartado y Charlotte cerró los ojos otra vez.

Cerró los ojos y apretó los puños. El corazón le latía demasiado rápido. Era una estupidez, se dijo; solo era un piano y una partitura desconocida. Podía pasar de largo, llevaba meses haciéndolo. Podía lograrlo, pero esas notas la habían estado torturando toda la tarde, había tenido que morderse la lengua para no decirle a Vila que las estaba tocando mal. Esa última vez, cuando él volvió a equivocarse en lo que claramente era un sostenido y no un bemol, había estado a punto de dejar a esa clienta que buscaba el último best seller en la librería equivocada —aún no entendía qué le había pasado por la cabeza a esa chica para entrar allí y preguntar por ese libro— y correr hacia el piano para pedirle por favor a Vila que dejase de destrozar esa canción.

Abrió los ojos.

El cojín del taburete estaba gastado y tenía una mancha de café, Charlotte se sentó, se colocó frente a los pedales, miró con atención la partitura y empezó a tocar.

Era preciosa, no la había visto nunca, ahora estaba completamente segura; si la hubiese tocado alguna vez no la habría olvidado. En las hojas del atril no aparecía el nombre del autor, solo el título: Folie, locura.

Tuvo que detenerse dos veces, tres si contaba ese compás que la había hecho trastabillar y, cuando consiguió llegar al final, tuvo la absoluta certeza de que esa partitura estaba incompleta. ¿Dónde estaban el resto de páginas? Miró a ambos lados sin encontrar nada, quizá Vila las tenía en su despacho. Suspiró resignada y volvió a empezar; tal vez cuando hablara con él le preguntaría por ellas. Mientras, se conformaría con las páginas que sí tenía. Tocó de nuevo, era imposible que se la hubiese aprendido tras solo tocarla una vez, pero había unos cuantos compases que se repetían y se permitió cerrar los ojos. Era una música tan bonita, tan llena de sentimientos, que Charlotte notó que la jaula en la que había encerrado su pecho se abría un poco.

Se dejó llevar, no pudo evitarlo. Cada nota aflojaba otra bisagra, otro candado, y el rostro de su hermana Fern apareció ante ella, su sonrisa, sus lágrimas, la última promesa que le arrancó.

No.

Charlotte notó que una lágrima le resbalaba por el rostro y apartó las manos de las teclas como si estas fuesen a morderle los dedos y arrancárselos.

—No —una voz la sorprendió—. No. Por favor. Vuelve a tocar.

Abrió los ojos y descubrió al chico ciego de antes de pie junto al piano.

—¿Qué?

Él tenía los brazos cruzados, los dedos de la mano izquierda apretaban el músculo del brazo derecho. Llevaba gafas de sol igual que esa mañana y el bastón no estaba por ninguna parte. Charlotte vio que la puerta del despacho de Vila estaba abierta y que este los estaba observando en silencio.

—¿Quién eres? —le preguntó él—. ¿Cómo te llamas?

—Soy Charlotte.

—Yo soy Adam. —Soltó los brazos y colocó las manos con cuidado encima del piano. Las movió hasta encontrar las de Charlotte y detuvo los dedos encima de los de ella durante un segundo—. Vuelve a tocar, por favor.

No debería. Algo le dijo, sin embargo, que era importante y, tras secarse esa lágrima de antes, miró la partitura y tocó la primera nota. Cuando llegó a la última esperó, no sabía qué decir, lo único que quería hacer era levantarse y salir de allí. Huir de allí.

Adam no podía ni respirar, tenía miedo de moverse y de que alguien le arrebatase aquel instante. Él había escuchado a mucha gente tocar, había asistido a grandes conciertos en lugares increíbles e incluso había compartido orquesta con los músicos más brillantes del país y quizá del mundo, y nunca había sentido nada parecido a lo que le había provocado aquella desconocida tocando Folie. Esa mañana no le había mentido a Gabriel, igual que tampoco le había mentido a Montgomery días atrás, la música no podía formar parte de su nueva vida. No había mentido a nadie, pero a todos les había ocultado lo más doloroso. La música no formaba parte de su vida porque ya no la sentía, ya no la veía. Gabriel había estado a punto de descubrirlo en su anterior conversación, cuando había recordado el modo en que Adam definía su necesidad por componer. Él veía la música y hacía meses que había dejado de hacerlo. Irónicamente, quedarse ciego no tenía nada qué ver con ello. Lo de perder la vista había sido incluso en cierto modo una liberación, ahora por fin podía dejar de fingir.

Adam había dejado de ver la música meses antes del accidente, la ceguera solo le había obligado a aceptarlo.

Pero acababa de descubrir que estaba equivocado y el alivio que había sentido amenazaba con hacerle llorar o suplicarle a esa chica, Charlotte, que volviese a tocar una y otra vez. Había vuelto a ver la música. Cuando ella tocaba, él veía la música.

¿Cómo era posible? Antes de perder la vista lo único que había conseguido hacerle reaccionar había sido la misteriosa partitura que Gabriel había encontrado en Valldemosa y ni siquiera eso podía compararse a lo que le había sucedido al escuchar a esa desconocida tocándola. Por eso había rechazado tan enérgicamente volver a trabajar con esa partitura, porque sería un infierno. Ahora estaba ciego por dentro y por fuera, Adam lo había asumido y, por muy buenas intenciones que tuviesen sus amigos y su hermana, sería una tortura estar cerca de la partitura, de un piano y de la música sin poder sentirla, sin poder verla dentro de él como antes.

La chica tocó dos compases al azar, y Adam no pudo evitar sonreír porque él hacía lo mismo cuando estaba nervioso. O lo había hecho antes. Se sentaba frente al piano y tocaba canciones al tuntún, tal vez canciones de anuncios o la última que había escuchado en la radio. No reconoció la pieza que había tocado la desconocida, aunque en medio de la oscuridad vio las notas y notó que se aflojaba la garra que le cerraba el pecho.

Vio la música. Las defensas que se había pasado meses levantado a su alrededor se tambalearon. Tenía que pensar y sabía que no tenía tiempo; podía sentir la tensión en el aire, la chica se movía nerviosa en el taburete y seguro que se pondría en pie y se iría en cuestión de segundos.

Adam se sentó a su lado para tenerla cerca y hablar con ella. No podía tomar una decisión ahora. Tal vez lo que estaba pasando fuera una locura o algo efímero, y tal vez lo mejor para todos sería que ella se fuera y que él siguiera adelante con su nueva vida, esa que llevaba meses defendiendo ante todos. Entonces olió su perfume. No era especialmente fuerte, recordaba al mar y a la playa.

—Eres la chica con la que he chocado antes.

—Sí. Lo siento. Tengo que irme.

—Espera un momento.

—No puedo. Lo siento. —Se puso en pie y esquivó a Adam para ir a recoger sus cosas. Ya llamaría a Vila mañana, pensó mientras se ponía el abrigo. Llamaría a Gema para preguntarle por el examen. ¿Por qué iba a hacer eso? No, se iría de allí y no volvería a pensar en ellos, ni en la música ni en esa partitura ni en...

—Esta partitura —empezó Adam, se había girado hacia el lugar donde estaba ella— tal vez sea de Chopin.

Charlotte se puso el gorro. Chopin, claro, eso era lo que le resultaba familiar. Pero no, había algo más. Esa partitura tenía algo más.

—No es de Chopin, no del todo. —No tendría que haber contestado, se reprendió a sí misma mentalmente. Tendría que haberse mantenido en silencio.

—¿Qué quieres decir con «no del todo»? ¿Conoces todas las composiciones de Chopin?

Ella decidió que no picaría el anzuelo por segunda vez, aunque se moría de ganas de decirle que sí, que obviamente conocía todas las composiciones de Chopin.

—Gabriel. —Adam llamó a su amigo. Adivinó que no estaba muy lejos.

—¿Sí?

—¿Tú conoces todas las composiciones de Chopin?

—Supongo —contestó este alejándose de la puerta del despacho.

—Charlotte dice que la partitura «no es del todo» de Chopin.

—Charlotte se va —dijo ella—. Buenas noches. —Casi había llegado a la puerta. Unos pasos más y estaría en la calle. Se detuvo, su maldito carácter y la provocación que había creído detectar en la voz de Adam la obligaron—: Los primeros ocho compases no tienen ningún rasgo propio de Chopin. Quizá sean de alguien de la misma época, pero no son de Chopin. Los últimos, tal vez. Adiós.

Cerró y no vio que Adam sonreía y que Gabriel miraba atónito a su mejor amigo.

Primer compás de la partitura.

Una partitura no es un trozo de papel, es el sentimiento que contiene. No somos las notas que nos manchan, sino las emociones que impregnan el aire cuando alguien nos lee, toca, canta o simplemente tararea.

Una partitura es pasión, amor y música.

Música.

Y supongo que podemos preguntarnos qué es la música y un montón de cosas más, como por ejemplo qué sentido tiene la vida y por qué diablos me he entrometido en la historia de Adam y Charlotte, pero creedme si os digo que esto es importante. Si queréis entenderlos a ellos y todo lo que van a hacer a partir de ahora, antes tenéis que conocerme.

Soy yo, la partitura, y aunque me encanta hablar, lo siento, no se me da bien definirme, así que lo mejor será que empiece mi historia por el principio, y el principio se encuentra en un pequeño pueblo a las afueras de París hace bastante tiempo...

Provins, enero de 1829

El hijo de un ganadero de Provins no podía ser músico, ¿de dónde había sacado tal idea? El hijo de un ganadero de Provins tenía que saberlo todo sobre los cultivos que mejor crecían en sus tierras, tenía que comprar otra vaca para el próximo invierno y tenía que casarse cuanto antes y tener un hijo fuerte y sano que lo ayudase. El hijo de un ganadero de Provins no tenía derecho a colarse en la iglesia de Saint Quiriace y escuchar al violinista y al pianista mientras tocaban.

El único hijo del único ganadero de Provins no tenía derecho a plantarle cara a sus padres que tanto habían hecho por él.

Había oído tantas veces todas esas frases que había estado a punto de creérselas. Durante mucho tiempo habían sido como el cric-cric de las patas del grillo; se habían repetido constantemente en su cabeza. Sobre todo cuando padre soltaba lo peor de su ira contra su espalda y madre miraba al otro lado. Había pasado el último año trabajando desde que salía el alba hasta desfallecer; había ahorrado hasta el más mísero franco que conseguía esconder bajo el colchón, y el día antes de partir fue a ver al párroco para decirle que se iba y pedirle que velase por sus padres al menos una vez por semana. Le pidió también que guardase el secreto de su marcha, de esa última visita, durante tanto tiempo como le fuese posible. Esa última noche, tumbado en el frío camastro, el hijo del ganadero, el joven que escribió mi primera nota, dudó de nuevo. Quizá estuviese cometiendo una locura y sus sueños solo le acarrearían la muerte o la más profunda de las desgracias, pero no podía quedarse en la granja ni un día más. Si madre fuese distinta, si le hubiese mirado de verdad a los ojos una sola vez, le habría pedido que lo acompañase. Ella no lo había hecho y él se fue solo. Conocía la respuesta de la mujer que lo había traído al mundo y no se sentía capaz de escucharla.

Esperó a que se durmieran y con lo puesto, una bolsa con sus míseras pertenencias y muy poco dinero, abandonó el hogar. Sería inhóspito, cruel y carente de amor y de comprensión, pero era el único que conocía.

La distancia entre Provins y París fue su primer obstáculo. Tardó una semana en recorrer esos ochenta quilómetros que separaban esas dos partes de Francia con tantas diferencias como si se tratase de dos universos distintos. Fue cauto durante todo el trayecto; el aspecto fuerte y rudo del joven lo ayudaron a ocultar los miedos que le corrían por dentro, pero la tentación de volver, de deshacer el camino hecho y regresar a la granja apareció durante las noches frías o mientras caminaba helado bajo la tormenta. El joven se imaginó poniéndose enfermo y muriendo de unas fiebres en un recodo del camino antes de llegar a la capital. Padre se alegría de ello, lo interpretaría como que el destino le estaba dando la razón. No enfermó, o no demasiado, y cuando llegó a París, a pesar de que el cielo estaba sembrado de nubarrones negros y el suelo cubierto de fango, le pareció lo más hermoso que había visto nunca. A lo largo de los últimos años había hecho infinidad de preguntas a los viajantes o comerciantes que se detenían en Provins y visitaban la granja. Sabía dónde alojarse sin que le tomasen el pelo y fue directamente a la pensión. Había escrito unas semanas antes y confiaba en que su carta hubiese llegado y lo estuviesen esperando. Necesitaba descansar y recuperarse si quería pasar las pruebas de la escuela de música que iban a celebrarse al cabo de una semana.

Tenía que entrar en esa escuela para que yo llegase a existir.

En la granja había fingido que la mesa de la cocina era un piano, también había valido el cabezal de su cama o un montón de heno en el granero. Había tocado el piano de la iglesia a escondidas; el párroco lo sabía y le permitía colarse siempre que conseguía escabullirse de casa, decía que le gustaba escucharle.

Yo estaba escondida en algún lugar dentro de él y, con cada nota que sus manos aprendían, mi necesidad por salir al mundo aumentaba hasta ser lo único que el joven y yo podíamos sentir.

Nunca había tocado un piano tan nuevo y afinado como el de la escuela de música. El joven se sentó, el taburete era demasiado suave, y empezó a tocar.

—Deténgase, joven —le dijo uno de los profesores de la escuela—. ¿Cuántos años tiene?

—Veinte.

Había esperado demasiado, era demasiado mayor y le faltaba talento, pensó él. ¡No!, quise gritarle yo. Él tenía que estar allí. Tenía que tocar y aprender el lenguaje correcto para crearme. El joven tenía miedo y, aun así, no agachó la cabeza y se enfrentó a la mirada de ese hombre. No volvería a la granja, aunque no le aceptasen se quedaría en París y tendría una vida decente. No era suficiente, no podía renunciar a la música, él no.

—¿Cómo se llama?

En aquel instante yo también aprendí su nombre.

—Gaspard. Gaspard Dufayel.

—Monsieur Dufayel, ¿qué quiere de esta escuela?

El cuello almidonado de la camisa le picaba, no estaba acostumbrado a llevarlo cerrado.

—Quiero aprender, monsieur.

—¿Aprender?

—No sé nada de música, monsieur.

La respuesta nos sobresaltó, a mí y al caballero que se había estado dirigiendo a él. El caballero se giró hacia sus dos acompañantes, intercambiaron unas cuantas frases en voz baja y Gaspard empezó a levantarse. Yo quería retenerlo. No existir me impedía hacerlo, él ya estaba ordenando las palabras de despedida en su mente; les daría las gracias por su tiempo y les preguntaría si podía volver a presentarse el año siguiente.

—¿Sabe solfeo, monsieur Dufayel?

—No.

—Usted toca mejor que la gran mayoría de nuestros alumnos del último curso y, sin embargo, no ha mirado la partitura ni una sola vez.

Partitura, eso iba a ser yo.

—No sé leerla.

—Entonces ya va siendo hora de que aprenda, ¿no le parece?

Gaspard entró en la escuela de música de Paris, tenía más clases que el resto de sus compañeros, pero a él no le importaba. Por fin la música formaba parte de su vida, de la nuestra. Empezó a trabajar en la posada donde se hospedaba, necesitaba ganar dinero para pagar la escuela, el alojamiento y no morir de hambre. El matrimonio que regentaba la posada, madame y monsieur Bélier, buscaban a alguien que se ocupase de los caballos de los huéspedes, de hacer remiendos en el trasnochado edificio y de todos esos quehaceres de los que monsieur Bélier no podía ocuparse debido a la edad. Era un arreglo muy satisfactorio para todas las partes implicadas y a Gaspard le permitía descansar lo suficiente para seguir adelante.

Ni Gaspard ni yo nos percatamos del paso del tiempo; los meses desaparecían entre la escuela y sus quehaceres y el año llegó a su fin mucho antes de que él o yo estuviésemos preparados para ello. Él había garabateado mi primer compás en uno de los papeles de Bélier, pero al final lo había tirado a la basura.

—¿Qué va a hacer estas vacaciones, monsieur Dufayel?

Monsieur Pinnon y Gaspard estaban celebrando el fin de año en la escuela. Él era el profesor de solfeo y estaba allí porque su esposa acababa de abandonarlo; había vuelto al campo con su hijo pequeño al enterarse de que Pinnon visitaba con frecuencia a una modista. La modista no había recibido a Pinnon con los brazos abiertos cuando este se había presentado en su casa con la noticia, le había echado y le había asegurado que ella no iba a conformarse con un vulgar profesor.

—Lo de siempre, supongo que podré ayudar más en la posada. Pero cuando acabe el curso... No lo sé, monsieur Pinnon. No lo sé.

Las vacaciones no eran un problema, solo duraban unos días, pero Gaspard y yo sabíamos que el fin del curso se acercaba y entonces tendríamos que seguir adelante. La pregunta era ¿hacía adónde? Todos sus esfuerzos se habían dirigido a ser admitido en la escuela de París y, tras haberlo conseguido, había perdido la capacidad de desear algo más. Tocar en los bares de la ciudad no le atraía y sabía que con su historia era imposible que lo contratasen en la Ópera o en el Liceo. No era nadie y los don nadie no tocan para los ricos de la ciudad.

Por suerte Gaspard no tuvo que enfrentarse a esa pregunta hasta unos meses más tarde y entonces Francia estaba cambiando. Curiosamente, fue el mismo monsieur Pinnon el que habló con él en su último día en la escuela cuando se encontraron también en la taberna.

—El talento, monsieur Dufayel, por fortuna no entiende de riquezas terrenales y sobrevive en el entorno más inhóspito. Las tres gloriosas, ¿qué le parece? Tenemos un rey nuevo y a Luis Felipe y a su corte les gusta la música. Tal vez el pueblo se morirá de hambre, pero mientras agoniza oirá a otros tocar el piano.

Gaspard asintió. Había oído las noticias, en Lyon el precio de la seda se estaba tambaleando y toda la ciudad dependía de ese comercio. En París observaban atentos, la gente estaba preocupada, hambrienta y pasaba frío. La música era la menor de sus preocupaciones a pesar de que era muy necesaria, quizá más en ese momento que en cualquier otro.

—Gracias por todo, monsieur Pinnon —le dijo Gaspard. No sabía qué debía decirle exactamente, mi joven creador era muy cauto en cuestiones monárquicas, algo que yo le agradecía pues no quería que le separasen la cabeza del tronco sin motivo—. Ha sido un auténtico honor conocerlo.

El profesor se puso en pie, vació la jarra que había estado bebiendo y, tras darle una palmada en la espalda, abandonó la taberna. Gaspard se quedó, se sentó al piano que había en el fondo y tocó sin que nadie le prestase atención. Tocó ese primer compás que ya formaba parte de su ser y yo noté que lo extendía, tenía más profundidad, más emoción, quizá aún me faltaba algo, pero no se me ocurrió mejor manera de celebrar que mi joven granjero había cumplido su sueño de graduarse en la escuela de música de París.

Unos meses más tarde, Gaspard, que seguía alojado en el hostal mientras trabajaba allí y se buscaba la vida como músico, recibió una carta el director de la escuela, monsieur Matrás, donde le pedía que fuese a verlo cuanto antes. Matrás no era como el resto de profesores que había tenido, él no era ni rico ni aristócrata, pero su esposa era la hija pequeña de un conde y eso le garantizaba cierto acceso a la clase más alta de la sociedad parisina. Matrás llevaba esa distinción cual medalla de honor. Era una lástima que presumiera más de ello que de sus amplios conocimientos musicales.

—Tengo una propuesta para usted, monsieur Dufayel.

—Usted dirá.

Ese hombre tan práctico siempre había sabido captar mi atención.

—Un amigo de la familia, el conde de Lobau, quiere contratar los servicios de un buen profesor de piano para sus hijas. Normalmente esta escuela no se dedica a esta clase de servicios, pero dadas sus peculiares circunstancias, monsieur Dufayel, pensé en usted. Al conde le encantó la idea.

Contuve mi reacción inicial. Matrás se había comportado con prepotencia, había dispuesto de la vida de Gaspard como si esta no importase y lo había hecho con el único objetivo de contentar a ese conde. A pesar de ello, Gaspard era inteligente y tomó en consideración la propuesta sin el enfado que a mí, su creación, me había causado. Tenía que reconocer que ser profesor de piano de unas señoritas de clase alta podía ser la solución a sus problemas. Dispondría de un buen alojamiento y de tiempo para pensar qué quería hacer más adelante. Ahorraría el grosor del salario, sus gastos serían casi ridículos si formaba parte del servicio de la familia del conde, y quizá así podría abrir su propia escuela más adelante.

—¿Cuándo tendría que empezar?

—Esta semana. El conde es un hombre al que no le gusta esperar. Déjeme asegurarle, monsieur Dufayel, que le preparé una excelente carta de presentación. Fue usted un alumno ejemplar y sé que su situación personal es distinta a la del resto.

No hizo falta que Matrás añadiese que los antiguos compañeros de Gaspard gozaban de la influencia necesaria para encontrarse ellos solos un buen trabajo o para tocar el piano cuando les apeteciera en las cenas y fiestas de sus familias. El director dio por hecho que Gaspard aceptaba el puesto de profesor de las hijas del conde de Lobau y no se equivocó.

—Gracias, monsieur. Fue un privilegio formar parte de esta escuela.

Se estrecharon la mano y Gaspard comprendió que esa etapa de su vida había concluido. Sintió un miedo especial, distinto al de la noche que abandonó la granja, pero en cierto modo parecido. La música que siempre había corrido por sus venas, la que le había impulsado a darme forma, lo hacía ahora de otro modo, con mayor sentido de la orientación y fluidez.

El carruaje de Lobau fue a buscarlo. El conde no estaba dentro, obviamente; para Lobau un profesor de música tenía la misma importancia que un mozo de cuadras, por mucho que la sociedad insistiera en otorgarle una categoría más elevada. A Gaspard no le importó, él había aprovechado esos últimos días para despedirse de los compañeros, algunos quizá amigos, que tenía en París, y dar las gracias al matrimonio Bélier; los posaderos habían sido generosos con él y en cierto modo le habían permitido formar parte de su vida. Les prometió que iría a verlos y lo cierto era que mi joven creador tenía intención de cumplir esa promesa. Gaspard se quedó dormido con el traqueteo y, cuando el carruaje se detuvo, tardó unos segundos en recordar dónde estaba. El conductor le abrió la puerta.

—Bienvenido, monsieur.

—Gracias.

Gaspard observó la mansión, que apenas se encontraba a una hora de la capital y, sin embargo, parecía sacada de un cuento de hadas. Oyó el trinar de unos pájaros y se fijó en los árboles, en el bosque que abrazaba la residencia del conde. Tenía que estar allí, tanto Gaspard como yo presentimos que aquella casa iba a formar parte de nuestra historia.

La puerta se abrió y apareció un hombre. Gaspard entrecerró los ojos, le resultaba extrañamente familiar. ¿Le había visto en la escuela? ¿Matrás había enviado a otro candidato?

—Buenos días. —Gaspard se adelantó y se dirigió al desconocido.

—Buenos días, usted debe de ser el nuevo profesor de música.

Gaspard no consiguió ocultar cierto alivio, nadie se había adelantado ni le había robado el puesto de trabajo. Debo confesar que la inocencia de Gaspard fue lo que me gustó de él, mi primera nota había salido de esa mente llena de alegría y ganas de sobrevivir.

—Sí, soy Gaspard Dufayel.

—Encantado. —El desconocido le tendió la mano a Gaspard—. Frédéric Chopin.

—Dios mío, monsieur Chopin, he oído a hablar mucho de usted.

A pesar de que Chopin debía de tener la misma edad que mi Gaspard, era un maestro compositor, un gran pianista; un salón de París tenía la suerte de contar con su presencia y allí era donde Gaspard le había escuchado y admirado.

—Gracias. De vez en cuando la condesa de Lobau me invita, insiste en que le enseñe a tocar el piano a ella y a sus hijas, pero ya le he dicho que no es posible. Me alegra descubrir que han encontrado a un buen candidato.

—Espero serlo, monsieur.

—¿Qué es lo que más le gusta de la música, monsieur Dufayel?

A Gaspard nunca le habían preguntado algo así.

—Que me hace sentirme libre, monsieur Chopin.

—Curioso. A mí también. ¿Me permitirá compartir esa libertad con usted en mi próxima visita?

—Será un honor.

Chopin le sonrió.

—Creo, Dufayel, que seremos amigos, ¿a usted que le parece? Algunos dirían que es una decisión precipitada, pero así soy yo, me precipito, y quiero que seamos amigos.

Gaspard no pudo evitar responder del mismo modo y yo sentí que Chopin tenía razón, que entre ellos dos había cierta afinidad.

—Yo también.

Chopin entró en el carruaje que Gaspard acababa de abandonar y partió rumbo a París.

Ni Gaspard ni yo tuvimos la menor duda de que volveríamos a verlo y que la música nos uniría.

Una nota más, una nota más apareció en mi cuerpo. Todas tienen importancia y todas aparecen a su debido tiempo. Y cada una la escribe la persona adecuada.

6

Un año atrás, Gabriel había vuelto de Mallorca con una caja llena de recortes, papeles y cuadernos viejos; tras años de alquilar apartamentos y visitar hoteles, sus padres por fin habían comprado una casa vieja en Valldemosa, habían reformado lo necesario —el resto lo harían sobre la marcha— y se habían jubilado allí. Gabriel no solía visitarles, pero cuando Alice lo abandonó decidió que era el momento perfecto y viajó a la isla. Una vez allí, y después de mirarlo a los ojos, sus padres le dejaron solo en la casa y él acabó ejerciendo de mozo de mudanzas. Se pasó horas en el ático llenando bolsas de basura hasta que una caja se desplomó encima de él y el contenido se esparció por el suelo. Lo recogió todo con la intención de tirarlo, pero un nombre captó su atención.

Frédéric Chopin.

Él había estudiado música, pero de todos modos habría reconocido el nombre del compositor y sabía que había vivido en la isla de Mallorca durante los años que había durado su relación con la escritora francesa George Sand. Otro desgraciado al que una mujer había abandonado, pensó. La pareja había vivido en Valldemosa y, al parecer, en algún momento ellos o alguien de su entorno había estado en la casa que los Vila habían comprado. Gabriel leyó fascinado los papeles que encontró y, a partir de ese momento, observó aquel ático desvencijado con otros ojos. Vaciarlo se convirtió en su misión, al menos así estaba ocupado. Por desgracia no encontró nada más, exceptuando unas pocas pertenencias. En ninguna otra caja apareció rastro de George Sand, su familia o la de Chopin. Nada excepto un rollo de papel lleno de pentagramas musicales.

A su regreso a Londres, Gabriel llamó a Adam nada más aterrizar y agradeció la distracción, pues le obligó a alejar a Alice de su mente.

Una cosa era no pensar en ella en Mallorca, cuando estaba exhausto después de colocar ventanas nuevas en el dichoso altillo o de pulir el suelo de madera, o cuando se sentía como Robert Langdon en *El código Da Vinci*, y otra era no hacerlo en Inglaterra.

Uno de los cuadernos de la caja sin duda pertenecía a George Sand, había anotaciones en las que se hacía referencia a Chopin y a Dudevant, el marido de Sand. Gabriel no tenía intención de quedarse con nada. Se pondría en contacto con el British Museum, conocía a un restaurador, y le entregaría el cuaderno junto con el resto de cartas, papeles y fotografías de la caja. Ni él ni su familia pretendían hacer ninguna clase de negocio con esos objetos del pasado de la escritora y del músico. Solo había unos papeles cuya existencia iba a mantener en secreto de momento y eran el motivo de su reunión con Adam.

Ellos dos se habían hecho amigos en la universidad y Gabriel siempre se había burlado de la fascinación que Adam sentía por la historia de la música y por las personas que la habían creado. Tal vez él supiera qué hacer con esos papeles y, si no, siempre estaban a tiempo de entregárselos al restaurador del Museo Británico junto con el resto de objetos que había rescatado de ese ático. Él y su amigo habían seguido rumbos muy distintos al terminar los estudios. Adam, tras aquel primer concierto como estudiante en la Royal Opera de Londres, se convirtió en pianista suplente y con el paso del tiempo llegó a ser titular. Gabriel se fue a Estados Unidos, donde trabajó en una pequeña tienda de instrumentos de Brooklyn hasta que murió el dueño y los herederos vendieron el edificio al mejor postor. Había ido a Nueva York para asistir a un curso, tenía una habitación alquilada justo encima de la tienda y una tarde ayudó al señor Donaldson a entrar unas cajas. Esa tarde se convirtió en otra y después en muchas más. Durante esos meses cambió, no sabría cómo explicarlo, pero comprendió que quería eso, formar parte de una comunidad, de un barrio, utilizar la música para hacer sonreír a alguien, para ayudar a una niña pequeña a hacerle un regalo a su padre. Él no compondría como Adam ni tampoco dirigiría un gran negocio como Montgomery; él quería algo sencillo y lleno de significado. Por eso compró The Scale y a alguien debió de parecerle buena idea, porque el destino le recompensó mandándole a Alice —ella nunca tendría que haber paseado por allí —, se enamoraron y se casaron un poco precipitadamente (aunque a él nunca se lo pareció).

Mientras él intentaba sacar a flote la tienda, Adam no duró demasiado como pianista de la Ópera; a él le gustaba tocar, pero necesitaba componer. Al principio compuso canciones para anuncios, series de dibujos animados y alguna que otra canción para cantantes famosos, y su reputación no tardó en crecer y en cierto modo distanciarlos. Gabriel sabía que su amigo había cambiado, él también lo había hecho, y cuando encontró esos papeles en el ático, pensó que tal vez servirían para recordarles a ambos la época de la universidad y cómo eran entonces. Él necesitaba recordar una época en la que había sido feliz.

Sí, esa había sido su idea y cuando Adam escuchó la historia de los papeles por primera vez no le hizo demasiado caso. Seguramente le escuchó porque se sentía culpable por no haber estado a su lado cuando sucedió lo de Alice. Gabriel no se lo echaba en cara, los dos habían hecho un montón de estupideces últimamente, y lo cierto era que Adam cambió en cuanto tocó la partitura por primera vez. Ahora se daba cuenta.

Esa tarde, después de volver de almorzar con su abogada, Gabriel se sentó al piano e intentó tocar la maldita partitura. ¿Qué le había pasado a Adam la primera vez que la había tocado? ¿Por qué había decidido alejarse de ella al quedarse ciego? A él no le producía ningún efecto, ninguno. ¿Cómo era posible que a Adam sí? Esa mañana, cuando habían discutido, la mención de la partitura y de la estúpida idea de que la terminase Chris Martin había sido lo único que había conseguido alterar la nueva y estoica actitud de su amigo ante la vida. Pero por muchas veces que él intentase tocarla no servía de nada, seguía siendo el mismo de siempre y seguía estando hecho una mierda. Había sido una locura creer que un pedazo de papel lleno de notas podía ayudarle en algo, aunque no podía quitarse de encima la sensación de que Adam había empezado a cambiar el día que esa partitura había aparecido en su vida. Su amistad era muestra de ello; Adam había pasado de ignorarle a volver a llamarlo para salir a tomar algo, y eso fue antes de que perdiera la vista, cuando aún estaba con Erika. ¿Por qué a él no le pasaba nada? Él no solo la tocaba mal, sino que además seguía siendo el mismo de siempre, seguía sintiendo un vacío en el pecho porque Alice le había arrancado el corazón. A él esa partitura no le afectaba lo más mínimo, todo seguía igual que antes.

Por eso se había encerrado de nuevo en el despacho, esa partitura a él no le despertaba ningún sentimiento y, sin embargo, esa chica, Lottie, la había tocado como si la vida le fuese en ello y Adam por fin, por fin, había hablado como un ser humano y no como un autómata.

No pudo soportarlo. Más tarde se arrepentiría de ser un mal amigo y un egoísta; tendría que alegrarse de que Adam reaccionase y se emocionase, pero no podía evitar desear que le hubiese sucedido a él, así que se encerró en su despacho y los dejó allí solos; a Adam, su nueva dependienta, o exdependienta, y esa maldita y estúpida partitura.

Adam seguía sentado en el taburete frente al piano de The Scale. No oía a Gabriel por allí cerca, dedujo que su amigo había entrado en el despacho a ocuparse de sus asuntos, fueran los que fuesen, o quizá estaba tan impactado como él por el improvisado concierto que les había ofrecido Charlotte.

Minutos más tarde, no supo cuántos, oyó los pasos de su amigo y supuso que este había decidido abandonar su escondite.

—Esa chica, ¿por qué estaba tocando la partitura?

Gabriel cerró la puerta y se acercó, le colocó una mano en el hombro durante un segundo y después siguió andando hasta el mostrador principal para empezar a cerrar la tienda.

—Esta tarde he intentado tocarla. —Observó el contenido de la caja registradora y vio que Charlotte no había dejado ningún cabo suelto. Dedujo que no iban a volver a verla—. No lo he hecho demasiado bien. Seguro que te acuerdas de lo frustrante que me resultaba tocar en la universidad. Me imagino que se habrá cansado de oír cómo la destrozaba y habrá querido desquitarse antes de irse.

Adam sonrió.

—Jamás he entendido por qué elegiste estudiar música.

—Porque me encanta y porque creía que me ayudaría a ligar. —Gabriel sonrió. Aunque Adam no lo vio, lo adivinó.

—¿Y le has dado la partitura a esa chica? ¿Por qué? Creía que habíamos decidido no enseñársela a nadie.

—No. Me la he olvidado en el piano y supongo que ella... no sé. No te preocupes por eso, dudo mucho que una americana que está aquí de paso sepa nada de una partitura inacabada de Chopin. Su manera de tocarla no se parece en nada a la mía. Por cierto, me alegra ver que utilizas el plural, bienvenido de nuevo al equipo, colega.

—No me preocupa, *colega*. —Adam soltó el aliento resignado. Sabía que Gabriel no dejaría de insistir—. Y tienes razón, su manera de tocar no se parece en nada a la tuya, se parece a la mía, y aun así también es completamente distinta. Así es como tiene que sonar la partitura.

—¿Estás diciendo que mi dependienta, mi exdependienta, ha tocado la partitura bien casi a la primera?

Adam arrugó las cejas. ¿Cómo era posible que Gabriel no se diera cuenta? Él también la había escuchado.

—Sí. ¿De dónde ha salido esa chica?

—Trabaja aquí, o trabajaba, mejor dicho. Empezó ayer y hoy me ha dicho que no puede seguir.

—¿Por qué?

Gabriel cerró un último cajón, Adam se puso en pie al oír el tintinear de las llaves y alargó el bastón para caminar hacia la salida.

—Vamos a por esa cerveza que te prometí antes y te cuento lo poco que sé.

El pub estaba a pocos metros de la tienda, ellos lo habían visitado infinidad de veces, pero aun así Adam caminó junto a su amigo. No se fiaba de que los muebles siguiesen en el lugar exacto que él recordaba o que los clientes no se moviesen.

Ocuparon una mesa en una esquina, Gabriel fue a por dos jarras de cerveza y bebieron un poco antes de retomar la conversación.

—Lo de esta mañana no ha sido una encerrona, Adam. De verdad creo que deberías volver a trabajar en esa partitura. Te he visto cuando oías a esa chica tocarla; esa partitura no te da igual. La música no te da igual.

Durante unos segundos, Adam intentó ponerse en la piel de su amigo. ¿Qué haría él si Gabriel se hubiese quedado ciego? ¿Le permitiría alejarse para siempre de aquello que lo definía? ¿Qué diferencia había entre empezar una nueva vida y huir de la vieja?

—No puedo, Gabriel. —Optó por ser brutalmente sincero—. Es curioso, ciego puedo recorrer la ciudad, puedo ir a cualquier parte, vivir solo y hacer prácticamente lo mismo que hacía antes. Pero no puedo componer. No puedo porque no tiene nada que ver con la ceguera.

—Claro que puedes, puedes tocar y existen programas informáticos que...

—Lo sé. No se trata de eso... Necesito ver la música, Gabriel. Necesito verla, tocarla, sentirla, y ahora no puedo. Tal vez podré volver a hacerlo algún día —añadió más para consuelo de su amigo que el suyo propio—, pero ahora no.

—Yo te he visto tocar y componer con los ojos cerrados, Adam.

—Lo sé —sonrió—, y no creas que no me parece irónico, pero no puedo. Lo he intentado. —El silencio cambió, fue obvio que esa afirmación había sorprendido a Gabriel—. No puedo componer. Y no puedo seguir con la partitura. Dejemos este tema tan deprimente, por favor, y cuéntame qué tal te va todo. ¿Alice aún sigue enfadada contigo?

Fue un modo muy brusco de alejar la atención de él, pero funcionó.

—Si por enfadada entiendes que no me habla y que me ha mandado los papeles del divorcio, sí, Alice sigue enfadada conmigo.

Adam escuchó a su amigo y echó de menos poder verle el rostro. Había gente con quien no le pasaba, personas que no escondían sus reacciones y que eran visibles a través de sus palabras o del tono de su voz. Había personas que realmente desprendían un eco igual que una tecla de piano que se suelta despacio y cuyas emociones resonaban hasta alcanzarlo. Y había personas como su mejor amigo que conseguían retener los sentimientos dentro y no los dejaban escapar. A Adam, aunque no había sido consciente de ello, se le había dado bien leer a la gente cuando veía, y ahora se sentía analfabeto.

—¿Alguna vez te has arrepentido de haberte casado con ella?

—No. Nunca.

Sí, esa frase, esas dos palabras escondían muchísimo.

—¿Te has planteado intentar recuperarla?

—Solo unas mil veces cada día —suspiró Gabriel—, pero no serviría de nada.

—No lo sabrás si no lo intentas.

—Tiene gracia que precisamente tú me digas eso.

—¿Yo? —La cerveza subió por la nariz de Adam y se dio cuenta de que había estado a punto de reírse. Igual que antes—. Lo mío con Erika no...

—No me refiero a Erika, me alegro de que esa zorra ya no esté contigo.

—No te contengas, por favor, di exactamente lo que piensas.

—Vamos, Adam, nunca disimulé que tu ex no me gustaba. Cuando nos veíamos.

Durante un segundo Adam pensó si tendría que molestarle más que su mejor amigo se refiriese a su ex pareja en esos términos o que nunca le hubiese gustado. Quizá una parte de él siempre había sabido que Erika y él no iban a acabar juntos. Pero si eso era así, sería increíblemente irónico que hubiese tenido que quedarse ciego para ver la verdad.

—Cierto. Y supongo que ahora es el momento perfecto para disculparme. Lamento no haber estado a tu lado cuando sucedió lo de Alice.

—Compénsame volviendo a trabajar en la partitura.

—No empieces otra vez con eso, Gabriel. —Adam se terminó la jarra de cerveza.

—¿Y qué piensas hacer con tu vida, Adam?

—Todavía lo estoy pensando. Sé que Montgomery me aceptaría en la Royal en calidad de asesor o de consultor, o incluso de pianista, pero no sé si quiero. —No sabía si estaba preparado para estar todo el día rodeado de músicos y de instrumentos y de los sonidos de su antigua vida—. También he recibido varias propuestas de la universidad para dar conferencias. No tengo prisa por decidirme.

—Pues deberías, tal vez engañes a los demás con lo rápido que te has adaptado a la ceguera, pero a mí no. Una cosa es que hayas aprendido a caminar por Londres con un bastón y la otra que te atrevas a seguir adelante con tu vida. Tienes que componer, Adam, y tienes que terminar esa maldita partitura y ser tú, y no este robot que te empeñas en demostrarnos que eres ahora.

Cada una de las palabras de Gabriel dio en el blanco. El dolor tenía ahora más profundidad, porque cuando le herían se sentía más solo e indefenso que antes, pero había aprendido a ocultarlo. Probablemente había sido lo primero que había aprendido en el hospital, justo después de andar con una mano un poco hacia delante para no darse de bruces contra una pared.

¿Por qué se negaban a entender que de verdad no podía componer y que la música había desaparecido de su vida? Creía que por fin Gabriel estaba de su parte, que iban a charlar un rato sin más, y le puso furioso que su amigo aprovechase ese momento para atacarlo.

—Me voy. No, no te levantes, puedo apañármelas solo.

Adam se puso en pie y con el bastón por delante abandonó el pub. No tenía ni idea de si los clientes lo habían esquivado o si su mal humor le había permitido detectarlos y esquivarlos, le daba igual. En la calle sacó el teléfono móvil del bolsillo del abrigo y llamó al servicio de taxis que solía utilizar. Media hora más tarde estaba en casa con Nocturna ignorándole con su habitual elegancia gatuna. Gabriel no había ido tras él, seguro que él también se había dado cuenta de que, si volvían a hablar, discutirían y ninguno tenía ganas de enfrentarse a las verdades que el otro le diría. Él no le había dicho que era un estúpido por lo que había sucedido con Alice ni que tampoco engañaba a nadie con su comportamiento frío y distante.

Colocó el móvil en el sistema de altavoz y dio la orden a Siri de reproducir la grabación. Las notas de la partitura no tardaron en llegar a sus oídos. Era él tocando; solía grabarse siempre que estaba trabajando en algo para poder escucharse y buscar errores. No existían dos maneras idénticas de tocar. La música provocaba sentimientos y cuando sucedía el milagro de reunir una partitura con la persona indicada para tocarla era mágico. La gente que tenía la suerte de presenciar ese instante sentía la emoción del compositor, los sentimientos que le habían embargado mientras trazaba cada nota. Era lo más parecido a viajar en el tiempo o a meterse dentro del alma de otra persona.

Técnicamente él la tocaba mejor que esa chica, seguramente porque había tenido la partitura durante meses en su poder, pero Adam podía escuchar esa grabación cientos de veces, miles, y nunca vería nada, pero estaba seguro de que, si volvía a oírla a ella, vería. ¿Le sucedería lo mismo si oyera a otra persona tocándola? Tenía el horrible presentimiento de que no.

Él no había sido mal músico, para muchos era uno de los mejores pianistas de Inglaterra; sin embargo, Adam sentía de verdad cuando componía. Si conseguía transmitir alguna emoción cuando tocaba la música de los demás era porque se había pasado horas investigando, leyendo cualquier cosa que caía en sus manos sobre el compositor hasta lograr entender qué le había llevado a escribir esas notas y no otras.

Sonó la última nota y no pudo evitar sonreír en medio de la añoranza que lo estaba abrumando. La grabación prosiguió y sonó una de sus últimas composiciones.

Había compuesto la música para la cabecera de la última serie de éxito de la BBC, Scarlett Holmes. La protagonista era una versión femenina y mucho más inteligente, en opinión de Adam, de Sherlock Holmes, y la actriz que la representaba, Eva Green, no podía ser más acertada. Uno de los productores ejecutivos de la serie y alto, altísimo, cargo de la cadena le había llamado y le había dicho que estaban interesados en que él compusiera la banda sonora. No era la primera vez. Adam había compuesto la música de varias películas y documentales, y también de alguna que otra serie, pero ninguna con el presupuesto y el previsible impacto que iba a tener Scarlett Holmes. Él se había mostrado interesado en el trabajo y al mismo tiempo muy cauto, al menos externamente, porque en su interior empezó a dar saltos de alegría en el minuto uno. Sherlock Holmes era uno de sus mitos, había leído las novelas de Conan Doyle de pequeño y de mayor era gran seguidor de la serie inglesa. Las películas americanas nunca habían acabado de convencerle. La actriz protagonista le fascinaba, ¿existía algún hombre, algún ser humano, que no sintiese fascinación por los ojos y por la voz de esa mujer? Y los guionistas y directores de los distintos capítulos parecían sacados de su lista de preferidos. Le invitaron a la sede de la BBC en Londres para visionar el primer capítulo, la piratería había llevado a que nadie mandase ya ningún archivo a nadie, y él aceptó encantado.

Cuando la luz de la sala de proyecciones se encendió les dijo a los ejecutivos allí presentes que iba a ponerse a componer esa misma tarde. Esa noche Montgomery le felicitó y le riñó por no haber negociado antes, y al día siguiente tanto Jenn como Gabriel hicieron lo mismo en distintos momentos. Erika solo le preguntó cuánto ganaría y le exigió que pidiese más la próxima vez. A Adam no le importó que no le felicitase explícitamente, lo que tendría que haberle preocupado. Se encerró en su estudio, situado en la parte trasera de su casa de Primrose Hill, y prácticamente no salió hasta que tuvo la primera partitura. Erika no se tomó muy bien que no le hiciese caso durante esos meses, pero la noche del estreno de la serie le perdonó; asistieron juntos al evento organizado por la BBC en el Claridge's y se encontró con Eva Green en el baño.

La primera canción que sonó fue Evidence, el título de cabecera de la serie, y Adam sonrió. Había escrito la primera versión en menos de cinco días, después tuvo que pulirla y trabajarla, pero la base ya la tenía. Scarlett Holmes estaba siendo todo un éxito y su música también. Él cobraría derechos durante mucho tiempo. No podía volverse loco y empezar a despilfarrar sin ton ni son, los compositores no eran cantantes y, aunque él no podía quejarse, no ganaba ninguna fortuna, pero sí lo bastante para estar tranquilo. Quizá esa tranquilidad fuese una trampa o la excusa que él estaba utilizando para no tomar una decisión sobre su futuro profesional.

Nocturna se enredó entre sus pies reclamando su atención.

—Está bien, lo he entendido.

Adam se agachó y se quitó las gafas, a Nocturna no le importaría ver su cicatriz ni la mirada perdida. Sonó el teléfono. Su hermana, aunque él le había pedido que dejase de hacerlo, le llamaba cada noche. Decía que era porque quería hablar con él y, en defensa de Jenn, Adam tenía que reconocer que las excusas que ella se inventaba para justificarse eran de lo más originales. Normalmente le hacían reír a pesar de que sabía que el motivo de esa llamada era comprobar que estaba bien y no en el suelo con la cabeza abierta por culpa de un golpe. Sin embargo, aún era pronto. Adam arrugó las cejas, su hermana solía llamarlo cuando se acostaba y eso no sucedería hasta más tarde. No iba a contestar; si era Gabriel, podía guardarse la disculpa para el día siguiente, y no tenía ganas de hablar con Montgomery, seguro que él también insistiría con la maldita partitura. El teléfono dejó de sonar y al instante recibió el aviso de que tenía un mensaje. Mierda. ¿Quién diablos dejaba mensajes hoy en día? Jenn no. Si él por casualidad no contestaba, llamaba y llamaba hasta que le cogía el teléfono. Dejó de acariciar a Nocturna y se puso en pie. Apretó el botón y lo averiguó.

La voz de Erika llegó hasta el techo.

—Hola, Adam. Solo quería avisarte de que mañana por la mañana pasaré por aquí a recoger unas cuantas cosas que me dejé olvidadas. Vendré a las doce. Ciao.

Adam apagó el móvil, la música y se fue enfadado al dormitorio. Oír a Erika solo había servido para empeorarle el humor. Ella no había cambiado, seguía siendo igual de egoísta; ni siquiera le había preguntado cómo estaba. Claro que si lo hubiera hecho él habría adivinado que lo hacía para quedar bien. Y seguía viviendo en ese mundo en que las doce del mediodía eran «por la mañana». Se alegró de haberle pedido, exigido en realidad, que le devolviese la llave. Si oír su voz le revolvía el estómago, no se imaginaba lo que sentiría de habérsela encontrado en casa esperándolo en el salón. El único inconveniente era que mañana al mediodía iba a tener que estar allí. A no ser... Bajó la escalera tan rápido como pudo, pisó a Nocturna, que le hizo saber lo ofendida que estaba, y puso en marcha el teléfono.

—¿Adam? —Jenn contestó sorprendida.

—Sí, soy yo. Llamo para pedirte un favor. ¿Qué haces mañana a las doce?

—¿Te ha pasado algo?

—No. Estoy bien. No me he caído ni me he abierto la cabeza contra ningún mueble. No hace falta que me llames cada noche para comprobarlo.

—Me has llamado tú.

Tenía razón, pensó él, frustrado. Odiaba que Erika siguiese afectándole de esa manera.

—Mañana, ¿puedes estar aquí a eso de las once?

—Sí. Mañana tengo que dar clase por la tarde, así que tengo la mañana libre, ¿por?

—Erika me ha llamado. —Notó la reacción de su hermana por el teléfono—. Vendrá a las doce a buscar unas cosas.

—¿Qué cosas?

—No tengo ni idea. No me importa. ¿Puedes estar aquí para abrirle la puerta y quedarte con ella?

—Claro.

—Gracias. Yo no tengo ganas de verla —se rio—. Mira, por fin le he encontrado una ventaja a estar ciego.

—Ese comentario es de muy mal gusto, Adam.

—Lo sé. Lo siento. —No le gustaba comportarse como un cínico—. ¿Vendrás a las once?

—Por supuesto. Vendré y vigilaré a la señorita Arpía, creo que incluso la insultaré veladamente un par de veces.

—No la líes, Jenn. No quiero tener que soportar otra llamada de Erika.

—Veladamente, Adam. Erika no va a enterarse. Llegaré a las once, no te preocupes. ¿Tú qué harás?

—Iré a ver a Gabriel. Tu plan y el de Montgomery de utilizarle para que volviese a componer no ha funcionado. Hemos discutido.

—No sé de qué me hablas, Adam.

—Seguro. Nos vemos mañana.

—Buenas noches, no te abras la cabeza.

Adam soltó una carcajada y volvió al dormitorio de mejor humor.

7

Podía decirse que haberse apuntado a las clases más aburridas y teóricas de la carrera tenía sus ventajas. Muchas para alguien que había crecido pegada a un piano y que casi había aprendido a leer solfeo antes que el alfabeto. Esto último era una exageración, pero era una frase que podía oírse a menudo en la familia de Charlotte.

Charlotte apenas tenía que escuchar para responder a cualquiera de las preguntas que pudiera hacerle el profesor; leía los manuales para ver si así adormecía el cerebro, no porque le interesasen. Las clases estaban poco concurridas y la gran mayoría de alumnos estaban allí porque no habían conseguido entrar en otra asignatura más interesante.

Ella llegaba siempre puntual, ni unos minutos antes ni unos minutos tarde, se sentaba en la última fila y tomaba notas a pesar de no necesitarlas. Había encontrado su ritmo. Todo en este universo tenía su propio ritmo y allí, en esa monotonía gris y sin ninguna nota fuera de compás, ella había encontrado el suyo.

Esa mañana había logrado olvidar la partitura que había tocado la tarde anterior en The Scale. Mentira, no la había olvidado del todo, los dedos de la mano derecha seguían moviéndose al son de los últimos compases y se había descubierto tarareando esa música misteriosa en más de una ocasión. Daba igual, se dijo, iba a olvidarla.

Igual que olvidaría la voz de Adam, el chico ciego, al pedirle que siguiese tocando.

Había muy poca gente que sintiese de verdad la música. Por muy cínica y fría que se hubiese vuelto Charlotte en el último año, eso seguía creyéndolo. Ese chico la sentía; ese hombre, porque la palabra chico, a pesar de que probablemente no pasaba de los treinta, no le encajaba, como un par de zapatos prestados que nunca terminan de ir bien. Ella iba a dejar de tocar, había dejado de tocar en cuanto se dio cuenta de que lo estaba haciendo, de que no había podido evitarlo después de oír durante todo el día como Gabriel no reconocía el verdadero ritmo de esas notas. Y había vuelto a tocar porque él, el misterioso hombre ciego, le había pedido que lo hiciera.

Había sido un error. Aunque después de haber chocado con él por la mañana y de prácticamente tirarle al suelo era lo mínimo que podía hacer, así era como lo había justificado.

No iba a volver a The Scale, no iba a reclamar el sueldo que le correspondía por esos extraños dos días que había trabajado allí. El dinero no le hacía falta, aún le quedaban ahorros suficientes para el tiempo que iba a estar allí, y no quería correr el riesgo de volver; Gema le preguntaría por qué lo dejaba, vería de nuevo ese piano y tal vez no podría resistir la tentación de preguntarle al propietario de la tienda de dónde había salido esa partitura y de qué conocía a Adam. Establecería lazos, la clase de lazos que no podía permitirse. Ni quería.

No iba a volver. Tampoco tenía intención de entablar conversación con Trace y Nora; la pareja había entrado en clase cuando el profesor ya llevaba unos minutos hablando y se habían sentado cerca de ella. Charlotte los estaba ignorando y ellos fingían no darse cuenta e incluso le habían sonreído tres veces. Tres. Charlotte siguió escribiendo y manteniendo la mirada fija hacia delante; tarde o temprano acabarían por cansarse.

La clase llegó a su final, Charlotte recogió sus cosas decidida a irse. Trace le bloqueó el paso.

—Déjame pasar, por favor.

Él le sonrió, le dio la espalda y le habló a Nora como si no la hubiese visto ni oído.

—Nunca había caído en la cuenta de lo cómodas que son las sillas de esta aula.

—Es verdad, yo tampoco.

—¿Cuántos años tenéis? Dejadme pasar, tengo prisa.

Trace se volvió a mirarla.

—Creía que los antipáticos éramos los ingleses, se supone que vosotros sois la sal de la vida.

Charlotte desvió la mirada hacia Nora en busca de ayuda, pero no encontró ninguna.

—¿Cómo sabes que no soy inglesa?

Él enarcó una ceja.

—Vamos, esto es la facultad de música, se supone que todos tenemos algo de oído.

—Déjame pasar. —Miró hacia la parte delantera de la clase. Dudaba que el profesor le dijera algo si saltaba el banco. ¿Por qué diablos esa clase no tenía mesas individuales? Habría podido esquivar a esos dos sin problemas.

—Ensayamos esta tarde y nos encantaría que nos escucharas y que nos dieras tu opinión. —Se puso en pie. Charlotte supuso que él ya había acabado de decirle lo que quería, aunque seguía sin entenderlo. Trace añadió más información, aunque no le fue de ayuda—. ¿Recuerdas la dirección? También podrías tocar con nosotros.

—¿Tocar? Estás loco. —Miró a Nora—. Tu novio está loco.

—Lo sé. Le adoro. —Se puso de puntillas y le dio un beso en la mejilla.

Charlotte suspiró frustrada, esos dos estaban para encerrar.

—No voy a venir. No sé por qué diablos creéis que voy a venir. Apenas os conozco y, repito, no toco.

—Claro, Nashville, no tocas —lo dijo como si nada, como si con esa palabra no le hubiese arrebatado el suelo de debajo de los pies a Charlotte—. Ven de todos modos.

Trace apartó la silla y se dirigió a la puerta. Nora se quedó frente a la atónita Charlotte.

—Llevas semanas aquí y nunca hablas con nadie. La gente suele juzgar a Trace por sus tatuajes —desvió una mirada afectuosa hacia él—, pero en realidad es la persona más cariñosa que existe. Pásate esta tarde, no tocamos mal y no pierdes nada por estar allí un rato.

—Yo...

—No quieres hacer amigos, lo he pillado. No es difícil de adivinar. Ven, aunque solo sea para dejarnos claro a todos que no quieres tener nada que ver con nosotros.

—No entiendo...

—No entiendes a qué viene tanta insistencia —sonrió—. Trace dice que tengo la mala costumbre de acabar las frases de los demás.

Mira, él no le dirá a nadie que sabe quién eres. Me lo ha dicho a mí porque es incapaz de ocultarme nada. —Durante un segundo, en medio del estupor, Charlotte pensó que esos dos o eran de mentira o eran las personas más edulcoradas que había conocido nunca—. Yo tampoco se lo diré a nadie. En realidad —arrugó unas cejas perfectas—, no tengo ni idea de quién eres. Espero que no te ofendas. Y en cuanto a lo de la insistencia —se encogió de hombros—, no sé cómo explicártelo. Trace tuvo una infancia difícil y digamos que ha decidido que su misión en la vida, además de tocar la guitarra, es ayudar a todos los desamparados. Es su historia, supongo que algún día acabará por contártela. Si de verdad quieres que Trace deje de insistir, ven esta tarde, o cuando puedas, y déjaselo claro. Dile que no necesitas hacer amigos, que tu actitud de animal herido es solo eso, un problema de actitud, ¿de acuerdo? No es tan difícil. Hay capullos en el mundo, tanto Trace como yo lo sabemos, y si tú eres uno de ellos, adelante. Tengo que irme, lo siento, ya llego tarde a clase.

—Adiós —consiguió balbucear Charlotte.

Volvió a sentarse, no estaba segura de poder caminar, y cogió aire varias veces para soltarlo despacio. No sería su primer ataque de pánico, pero sí el primero que sufriría en mucho tiempo y no quería tener uno allí en medio. Entonces sí que no lograría pasar desapercibida.

Ella no era famosa en Europa, ni siquiera lo era en Estados Unidos, no era famosa en ninguna parte. Solo en su ciudad natal, Nashville, y tal vez en Tennessee, su hermana y ella habían empezado a ser conocidas. Nada más. Pero evidentemente no era tan imposible como ella había creído que alguien averiguara quién era. A pesar de todo, y de que ella era desconfiada por naturaleza, tenía el presentimiento de que Trace la había reconocido de casualidad. No sabía nada de ese chico, excepto que era muy inteligente, inquieto y pesado. No era imposible que hubiese viajado a Estados Unidos y hubiese visitado Tennessee, igual que tampoco lo era que en ese viaje hubiese oído a hablar de ellas; al fin y al cabo, él estudiaba música y quería ser guitarrista. Era de lo más comprensible que hubiese ido a uno de los muchísimos conciertos que se organizaban por allí.

El modo en que Trace la había llamado Nashville y todo lo que había hecho hasta entonces demostraban que sencillamente se interesaba por ella como ¿amigo? ¿buen samaritano?

Entraron nuevos alumnos en la clase y Charlotte reaccionó, se puso en pie y abandonó la universidad. Tenía que pensar. Se pasó el viaje en tren dándole vueltas y más vueltas, sabía que era absurdo. ¿Qué importaba que Trace o Nora o incluso todo Londres supieran quién era ella? Nada. Pero ella se había ido de casa, de todo lo que le resultaba conocido, porque necesitaba estar sola. Completamente sola. No quería que nadie le preguntase qué sentía, qué pensaba hacer a partir de ahora o cómo llevaba la pérdida de su hermana. No quería que nadie le hablase de ella. No quería recordarla.

En realidad, Nora tenía razón, la solución era muy fácil, solo tenía que dejarles claro, a ella y a Trace, que de verdad no quería hacer amigos.

Llovía cuando el tren llegó a la estación y Charlotte no tuvo más remedio que pedalear bajo la lluvia. El pequeño apartamento le pareció más frío y solitario que esa mañana. En unas horas había empequeñecido su mundo y todo porque una persona, dos, para ser más exactos, sabían algo de su pasado. Las náuseas la asaltaron casi sin avisar y tuvo el tiempo justo de llegar al baño y vomitar. Era imposible sentirse más sola y más patética que allí, arrodillada en el suelo y con la cabeza metida en el wáter. Esperó hasta que las arcadas desaparecieron, bien por cansancio o bien porque ya no le quedaba nada dentro, se levantó y se cepilló los dientes a fondo. Se echó agua en la cara tres veces antes de atreverse a mirarse en el espejo y, cuando lo hizo, se asustó. Estaba muy pálida y las ojeras que el maquillaje había conseguido disimular esa mañana dominaban ahora su rostro. Fue a la cocina y se tomó una pastilla para el dolor de cabeza. Por primera vez en muchos días no se planteó por qué se había llevado ese neceser de casa y, por primera vez en mucho tiempo, contestó el móvil cuando sonó y vio el nombre de su hermano reflejado en la pantalla.

—Hola.

—¿Charlotte? —La sorpresa de Thomas fue evidente—. ¿Estás bien?

—Sí.

Ella había empezado a sudar y estaba a punto de colgar. Thomas, siendo el hermano mayor que era, se dio cuenta.

—Iba a dejarte un mensaje. —No le hizo más preguntas, estaba dispuesto a mantener él solo la conversación con tal de que ella siguiera allí—. Iba a pedirte disculpas, no tendría que haberte escrito ese mensaje que decía que lo que estás haciendo es una tontería.

—Gracias por entenderlo.

—No lo entiendo.

Charlotte casi logró imaginarse la sonrisa de Thomas.

—Pero lo estás intentado.

—Supongo. ¿Estás bien, Lottie?

No estaba bien, acababa de vomitar lo poco que había comido esos últimos días porque un chico de su clase, un chico que a todas luces era un tipo decente, y su novia, también una buena persona, la habían invitado a un ensayo y le habían dicho que sabían algo sobre ella.

—Sí, estoy bien.

Notó que su hermano se mordía la lengua.

—¿Cuándo vas a volver?

—Aún no lo sé. Tengo que acabar el curso y tengo que... Aún no lo sé.

—¿Puedo venir a verte?

El pulso se le aceleró y durante unos segundos el corazón estuvo a punto de escaparse de su cuerpo.

—No, Thomas. Por favor.

—Está bien. Está bien. No vendré. —Suspiró frustrado—. De momento.

—Te prometo que estoy bien. —Sintió que debía añadirlo, que tenía que tranquilizar a su hermano. En ningún momento había pretendido asustarlo o hacerle daño también a él.

—Te llamaré dentro de unos días, ¿de acuerdo?

—¿Thomas?

—¿Sí?

—Dile a papá y a mamá que lo siento.

Colgó antes de que su hermano pudiese decirle que no tenía que disculparse. Charlotte lo sabía, sus padres nunca le habían dicho que ella hubiera hecho algo mal, sencillamente habían dejado de mirarla, de hablar con ella; se portaban como si ella no estuviese allí, como si ella no estuviese viviendo y sintiendo lo mismo que ellos. Así que al final un día decidió ponérselo fácil e irse de verdad. Ahora estaba en

Inglaterra, en un pequeño apartamento en Londres, una ciudad donde al parecer no dejaba de llover, sin amigos, familia y sin música. Era mejor así.

La melodía de esa partitura misteriosa sonó en su cabeza y recordó las palabras del chico ciego: «Toca. Por favor».

Recordó también la última noche que pasó en casa, lo extraño que le resultó volver a estar en el dormitorio de su infancia y escabullirse a escondidas de sus padres. Ellos no la habían llamado desde entonces y sabía sin lugar a dudas que jamás se presentarían allí sin avisar y que tampoco intentarían llevársela por la fuerza. Thomas era el único que no había cejado en su empeño de ponerse en contacto con ella después de que se fuera tras la muerte de Fern.

Fern. La dulce, preciosa y generosa Fern, su hermana gemela a la que cada día echaba más de menos.

Sus padres les habían puesto esos nombres, Charlotte y Fern, por *Charlotte's Web*, el cuento infantil de E.B. White que el abuelo leía a su padre de pequeño y que su padre regaló a su madre cuando esta se quedó embarazada. En el cuento, Charlotte es una araña que teje mensajes en su tela para salvar a Wilburg, un cerdo, de una muerte segura, y Fern es la hija del granjero de la historia, la única humana capaz de entender el lenguaje de los animales y de hablar con ellos. Había resultado ser una elección premonitoria. Desde muy pequeña, Charlotte había sentido que el único ser humano que la entendía era su hermana y, tras su muerte, no le quedaba nadie.

Cedió a la añoranza y buscó una vieja fotografía en el álbum del teléfono. Se la habían hecho ella y Fern la última semana y, a pesar de todo, los ojos de su hermana seguían siendo los más bonitos que había visto nunca, desprendían felicidad. La miró durante unos minutos, hasta que notó que los suyos se llenaban de lágrimas y entonces apagó el teléfono y fue a por el ordenador. Iba a pasarse las horas siguientes buscando trabajo, pero, aunque había apagado el móvil y las fotos de Fern seguían encerradas en él, ahora que las había visto no podía arrancárselas de la mente. Le resultaba imposible concentrarse en el texto de los anuncios, no distinguía ni el nombre de los establecimientos ni los requisitos que solicitaban a los aspirantes a camarera.

—Mierda.

Apagó el ordenador, se peinó y se puso un poco de colorete para ahuyentar a ese espectro cadavérico de su rostro y volvió a bajar a la calle con la bicicleta amarilla a cuestas. Iba con la cabeza agachada, fijándose en los escalones y manteniendo el equilibrio; la bicicleta aún estaba mojada y le resbalaba. Chocó con una de sus vecinas.

—Lo siento —farfulló de manera automática.

—No pasa nada —respondió la chica y Charlotte no tuvo más remedio que mirarla. Parecía simpática, desprendía la misma alegría que probablemente tendría Fern si estuviera allí. Por eso se fue sin decirle adiós y quedando como una maleducada.

El local donde ensayaba el grupo de Trace y Nora era una vieja tintorería, todavía quedaban las burras de acero en las que en un pasado incierto habían colgado gabardinas, trajes e incluso vestidos de novia. El cartel de neón seguía fuera, sin funcionar; estaba en un barrio al que los cambios llegaban a su ritmo, un ritmo peculiar, supuso Charlotte al llamar a la puerta. A la derecha de la tintorería sobrevivía un restaurante pakistaní y a la izquierda un estudio de tatuajes. Esperó a que la abrieran, no sabía si dejar la bici atada a la papelera de la esquina o entrarla en la tintorería.

—Hola —la saludó Nora con una sonrisa y, si le sorprendió verla, lo disimuló muy bien—, pasa. Me alegro mucho de que estés aquí. —Se dio media vuelta y dejó la puerta abierta—. Puedes entrar la bicicleta.

—Gracias.

Había dos sofás, uno era de terciopelo rosa, Charlotte se preguntó momentáneamente de dónde habría salido, y el otro tenía el típico estampado floreado inglés y encima había dos cascos de moto, mochilas y dos fundas de guitarra.

—Deja la bicicleta donde quieras —apuntó Nora sin dejar de caminar. Se detuvo frente a Trace y le dio un beso con otra sonrisa.

—Está bien.

Trace sujetó a su chica por la cintura y dejó la guitarra que había estado tocando en el suelo.

—Hola, Lottie. Deja que te presente a los chicos antes de que nos oigas tocar.

Ella lo miró y asintió sin decir nada, todavía no acababa de creerse que estuviera allí. Había salido del apartamento porque durante unos segundos había sentido que se ahogaba después de ver las fotografías de Fern. Había huido. Otra vez. Se había cargado la bicicleta en el hombro con la intención de llegar a la calle y pedalear sin rumbo fijo hasta cansarse y vaciar la mente, vaciarse entera. Había girado en la primera esquina, y al llegar a la segunda su destino estaba claro y no había hecho nada para corregirlo, todo lo contrario, había llegado hasta allí y había llamado a la puerta.

—Él es Luca —dijo Trace, ajeno a lo que sucedía en la cabeza de Charlotte, señalando al chico que sujetaba la otra guitarra que, a diferencia de la que utilizaba él, era electrónica—, y él es Peter —el batería levantó una ceja mientras vaciaba un botellín de agua—. Y el piano del fondo lo tocaba Tina hasta que Luca decidió seducirla y después ponerle los cuernos.

—Esa es su versión. —Luca sonrió culpable—. No fue exactamente así.

—Nora ocupa de momento su lugar, pero ella prefiere tocar el violín.

—¿Y qué tocáis exactamente? —Sabía que no debía preguntarlo, solo había ido allí para huir de sus recuerdos. No tenía intención de establecer ninguna clase de relación con ese grupo de personas.

Peter lanzó el botellín hacia la basura que estaba al lado de Charlotte.

—¿Por qué no nos escuchas primero y después intentas ponerle nombre?

Trace tocó unos acordes, Charlotte ocupó un extremo del sofá rosa, entrelazó los dedos y escuchó. No sonaban mal. Nora efectivamente había ocupado la silla que había frente al piano y tocaba más o menos, era una pianista decente. La canción era bonita, Peter y Trace cantaban bien y tenían personalidad, no intentaban imitar a nadie. Charlotte no entendía demasiado de guitarras o de guitarristas, pero podía intuir que Luca tenía un don especial. Durante los primeros segundos intentó mantener una actitud fría, incluso distante, pero la música la arrastró. Era pegadiza, comercial y, al mismo tiempo, distinta; solo le faltaban unos arreglos y que ellos tocasen en sintonía y no cada uno por su lado.

No era fácil tocar en grupo, hacía falta algo más, mucho más que plantarse juntos en un escenario o en un garaje, o en ese caso en una tintorería, y tocar al mismo tiempo. Llegaron al último compás, tenía una estructura muy previsible, aunque lograba emocionar y Charlotte les sonrió cuando terminaron.

—¿Qué opinas? —Trace se acercó a ella todavía con la guitarra en la mano.

—No soy ninguna experta, pero me ha gustado.

—Todavía nos falta mucho, vamos cada uno por nuestro lado —recitó lo que Charlotte había pensado, pero ella no dijo nada.

—Seguro que lo conseguiréis. —Cogió el abrigo que había dejado en el respaldo del sofá—. Gracias por invitarme a escucharos.

—No te hemos invitado exactamente —apuntó Nora—. Trace quiere pedirte algo.

—Queremos que toques con nosotros.

Charlotte se puso el abrigo y buscó la bicicleta con la mirada, después la fijó en Trace con todo el desprecio que sentía. Había sido una estupidez ir allí.

—¿De eso se trata todo esto? ¿Vas a hacerme chantaje?

—¿¡Chantaje!? Pero ¿¡quién te has creído que soy!? Joder, jamás en la vida se me ocurriría hacerle chantaje a nadie y mucho menos para que tocase conmigo. Mierda. Si no fuera porque realmente creo que debajo de toda esa mala educación y esa actitud estúpida hay alguien que merece la pena, te pediría ahora mismo que te largases de aquí y no volvería a dirigirte nunca más la palabra. —Cogió de la mano a Nora como si así pudiera contener el mal humor que le había asaltado de repente y que no se esforzó en disimular—. ¿Qué clase de vida has llevado, Nashville?

Charlotte se negó a sentirse culpable.

—¿A qué viene esto de llamarme Nashville? ¿Si no acepto tocar con vosotros vas a decirle a todo el mundo quién soy?

—¿Decirle a la gente quién eres? —farfulló Trace incrédulo—. Tengo noticias para ti. Lottie, a nadie le importa una mierda quién eres, ¿está claro? Lo de Nashville es un estúpido apodo, sí, mátame, soy de la clase de tipo que les pone apodos a sus amigos, pero tranquila, contigo corregiré el error enseguida.

—A mí me llama Paloma desde el primer día que nos conocimos —apuntó Nora, dándole un beso a Trace en la mejilla —. Creo que deberías irte de aquí, Lottie.

—¿Qué está pasando? —Luca entró. Había salido fuera a hablar por teléfono, y tras él estaba Peter. Ninguno de los dos parecía estar al corriente de lo que Trace acababa de decirle.

En medio del caos, Charlotte desvió la mirada hacia Nora y vio que tenía un tatuaje en forma de paloma en la muñeca. Tenía que hacerle caso e irse de allí cuanto antes.

—Esperad un segundo, por favor. —Trace adivinó sus intenciones y le indicó que se dirigiera hacia la bicicleta que había dejado en el pasillo para poder terminar esa conversación a solas—. No pretendo nada, Lottie. No voy a chantajearte, Dios, ¿por qué iba a hacerlo? —Se pasó las manos por el pelo—. Mira, se me da bien recordar a la gente. Hace tres años estuve de vacaciones en Estados Unidos, tengo primos allí y a uno le gusta el country. Os vi en un concierto, a ti y a tu hermana, y joder, me gustasteis, musicalmente hablando. Nada más. El primer día que te vi en la universidad pensé que me sonabas de algo, pero he tenido tantos trabajos temporales que pensé que sería de eso. La semana pasada me acordé y siempre estás tan sola que pensé que te costaba hacer amigos o, qué sé yo, que echabas de menos tu país. Hablé con Nora, sé que a veces hay gente que no quiere que la ayuden o que prefiere mantener las distancias, pero ella también te había visto y su teoría coincidía con la mía. Creímos que podíamos ofrecerte nuestra amistad y hacer que tu estancia en Londres fuese más llevadera. No voy a hacerte chantaje, nadie va a hacerte chantaje, y sin tan importante es para ti, no le diré a nadie de qué te conozco. Pero nos hace falta un pianista, tú misma lo has visto. Y a ti no te iría nada mal tener cuatro amigos. A no ser que realmente te guste comportarte como una imbécil.

Hacía mucho tiempo que nadie le hablaba así a Charlotte, desde la muerte de su hermana.

Fern, y quizá también Thomas, eran los únicos que alguna vez se habían atrevido a plantarle cara y a decirle que su mal carácter la llevaba a tomar casi siempre la peor decisión posible. Trace no esperó a que ella le contestase, se dio media vuelta y volvió donde lo estaban esperando Nora y los otros dos chicos. Charlotte vio que Nora hablaba con él y se daban un beso mientras que Peter y Luca volvían a coger sus instrumentos. Ninguno iría tras ella, ¿por qué iban a hacerlo? Ella no era nadie. Nadie.

Lo único que le habían ofrecido era participar en su banda y lo habían hecho sin oírla tocar ni una nota. Y le habían ofrecido el principio de una amistad.

Si elegía comportarse como se había propuesto, tenía que irse de allí. Lo único que le había prometido a Fern era que terminaría la carrera de música, que obtendría de una vez el estúpido título. A Fern le enfurecía que Charlotte hubiese dejado los estudios con la excusa de que si no lo hacía, no tendría tiempo para componer las canciones del que habría sido su primer álbum de estudio y que las habría colocado un paso por delante de las grabaciones improvisadas de los conciertos. Fern siguió matriculada, aunque redujo el número de asignaturas, y le dijo a Charlotte que el disco podía esperar, que era una lástima que no cuidase y potenciase más el talento que tenía.

Charlotte dudaba que lo tuviera. Se quitó el abrigo y lo dejó encima de la bicicleta. Caminó de regreso al interior de la tintorería donde estaban tocando otra canción. Quizá la decisión de mantenerse alejada de todo el mundo era una estupidez y un imposible, con esa actitud acabaría convirtiéndose definitivamente en un témpano de hielo o quedaría seca como un desierto y tal vez no lograría terminar el curso. Además, si Fern era el motivo por el que estaba allí, ella querría que al menos tuviese alguien con quien hablar, y con Trace y Nora podría bajar un poco la guardia, ellos ya sabían quién era, más o menos.

—¿Podemos empezar por la canción de antes? —Nerviosa se metió las manos en los bolsillos y apoyó la punta de un pie detrás del otro. Trace podía pedirle que se marchase, ella se había comportado como una cretina. Los otros dos chicos acababan de conocerla y no tenían por qué dejarla tocar con ellos. Y después de lo de antes, tampoco estaba segura de poder contar con la ayuda de Nora.

Trace no dijo nada, el otro guitarrista y el batería la ignoraron. Nora se levantó del piano y se acercó a ella.

—Estaré en esa mesa estudiando. —Señaló con la mirada lo que antes había sido el mostrador de la tienda—. Si me necesitas, silba.

8

Llevaba una semana ensayando con The Quicks —el nombre del grupo solo les hacía gracia a ellos porque de rápidos no tenían nada, al menos a la hora de montar y afinar los instrumentos— y tenía que reconocer que no eran malos músicos. Ninguno de ellos tenía sueños de grandeza ni soñaban con convertirse en los nuevos Coldplay, ni nada por el estilo. Tocaban porque les gustaba tocar y porque les apetecía hacerlo. Para Charlotte, a pesar de que cuando se sentaba al piano no podía quitarse a su hermana de la cabeza, aquello fue como un bálsamo para el alma. Había echado mucho de menos la música. The Quicks tocaban en pubs, bodas y en alguna que otra fiesta de empresa. El dinero les iba bien, aunque apenas les quedaba nada después de pagar el alquiler de la vieja tintorería, arreglar los instrumentos e ir a cenar para celebrarlo. Nora no tocaba con ellos, solo les ayudaba con el violín si hacía falta; ella trabajaba cuidando unos niños tres tardes a la semana y se pasaba por el local cuando podía. Luca estudiaba medicina y, según Trace, para él la banda era una manera de relajarse y de ligar; para Peter era lo mismo que para Trace, una parte más de su día a día. Charlotte admiraba y envidiaba esa normalidad; Trace y Peter tocaban, estudiaban música y no sufrían lo más mínimo. Trace tenía una clara vocación docente y Peter probablemente acabaría trabajando en alguna productora o dedicado a la parte más técnica de la profesión; aunque era un músico decente, le fascinaba cómo la música había pasado de ser un arte a ser casi el resultado de procesos informáticos.

Ninguno le había preguntado a Charlotte qué hacía en Inglaterra, daban por hecho que se trataba de un intercambio. Trace tampoco había vuelto a llamarla Nashville y Nora, aunque solo había coincidido con ella unas cuantas veces, parecía tener un sexto sentido para saber si Charlotte tenía ganas de hablar, aunque fuera de las clases, o estar callada.

Ella no había vuelto a buscar trabajo, no necesitaba el dinero —había ahorrado todo lo que había ganado tocando con Fern y le bastaba—, y los ensayos con The Quicks conseguían lo que había buscado en un empleo: que durante unas horas no pensase en nada. La música de la banda no se parecía ni siquiera un poco a la que ella había tocado o compuesto en casa, en ese Nashville que desde la muerte de Fern se había alejado hasta ser inalcanzable y se había convertido tanto en un sueño como en una pesadilla. Las canciones que tocaba en la tintorería no le recordaban su pasado y tampoco le provocaban, ni de lejos, el efecto que días atrás le había causado esa partitura en The Scale. No entendía por qué seguía reapareciendo en su mente como un eco que se negaba a desvanecerse del todo, la música de esos compases misteriosos y la voz de aquel hombre ciego. Adam, le había dicho que se llamaba. La imagen de él también se negaba a desvanecerse.

—Esta noche tocamos —le recordó Trace—. Tenemos que estar en el pub a las seis.

—Allí estaré.

No eran pocos los pubs de Londres que incluían un piano en su decoración y el de esa noche, The Mayflower, tenía además vistas al Támesis y estaba muy concurrido. Charlotte iría a su casa a cambiarse; tocaban siempre vestidos de negro, e iría andando pues estaba cerca de su pequeño apartamento.

Thomas le había mandado un mensaje esa mañana preguntándole si todo iba bien y ella le había respondido con un único sí. No era mucho, pero había mantenido la promesa de contestarle.

Esa noche iban a tocar ocho canciones, dos eran composiciones de Trace y Nora, una era de Peter y el resto eran versiones de grupos ingleses. Ninguna era estridente, se suponía que los clientes del pub tenían que comer, beber y hablar mientras la música sonaba. A Charlotte le gustaban cómo sonaban, eran fáciles, le recordaban a las películas que veía en el cine con Fern; ella siempre elegía películas para «no pensar», así las llamaba.

Cuando llegó al Mayflower, los demás ya estaban allí; los chicos estaban comprobando los cables del sonido y Nora estaba en la barra charlando con el propietario. Se acercó a ella y la saludó.

—¿Qué quieres beber? —le preguntó uno de los camareros.

Ese día no había comido demasiado, se le retorció el estómago y para acallar la culpabilidad se prometió a sí misma que, cuando volviera a casa, se prepararía una buena cena, una caliente.

—¿Puedo pedir un chocolate caliente? —Pensó que eso serviría.

—Claro. Es inusual, pero la verdad es que preparamos un chocolate estupendo —el chico le guiñó el ojo—, entre otras cosas. Enseguida vuelvo.

—Ese chico te ha tirado los tejos. —Nora le golpeó las costillas con el codo y sin ningún disimulo.

—No digas tonterías.

El chocolate no tardó en llegar y en el espeso líquido marrón flotaban dos nubes de azúcar blancas.

—Espero que te guste lo dulce —le dijo el camarero al dejar la taza—. Si quieres algo más, estoy allí. Puedes pedirme lo que quieras.

—Las pruebas hablan por sí solas —susurró Nora en voz muy baja, gracias a Dios.

—Tú estás loca, Nora.

Charlotte se comió las nubes, intentando contener sin demasiado éxito la añoranza que le provocaron, y después se bebió el chocolate. Hacía meses que no tomaba porque sabía que el sabor le recordaría a casa, pero ese día se concedió el capricho, iba a pensar en ellos de todos modos en cuanto empezasen a tocar.

Dejó a Nora en la barra y fue hacia el piano; no era de los mejores, pero había tocado peores. Fern solía decir que no existía ningún piano malo, sino pianos enfadados con el mundo porque no los tocaban. Sacudió la cabeza. Últimamente Fern se metía demasiado en ella, tenía que ser culpa del chocolate, o de Nora o de esos tres chicos que la habían invitado a tocar con ellos. Tuvo la tentación de salir de allí, pero la descartó rápidamente; ese grupo estaba resultando ser el único modo de contener todo lo demás.

El local se fue llenando canción tras canción, Charlotte oía el ruido de lejos, un zumbido que la acompañaba mientras se perdía en las melodías que tocaba. De vez en cuando abría los ojos —prefería tocar con los ojos cerrados— y veía a sus compañeros, pero solo durante unos segundos. Al finalizar, recibieron un generoso aplauso. Trace dio las gracias y Charlotte se levantó del piano para saludar. Después el pub recuperó el ritmo de cada noche, las conversaciones se reanudaron. Charlotte se agachó para recoger el botellín de agua que había dejado al lado del piano y, cuando se levantó, se tropezó con alguien.

—Eres tú. —Él la sujetó por la cintura—. Hueles a mar. El otro día también lo pensé.

Adam no podía creer que hubiese vuelto a encontrarla. En cuanto la oyó tocar la cuarta canción empezó a sospechar que era ella; al llegar a la sexta, estaba seguro. Todo el mundo tiene una manera distinta de tocar el piano y él, al parecer, era capaz de distinguir la de esa chica, aunque solo la había escuchado aquella tarde en la librería de Gabriel.

Descubrió sorprendido que estaba sonriendo, él no había querido ir a ese pub. Le gustaba ir a sitios en los que no había estado antes, sentía que estaba demostrándose a sí mismo y a los demás que de verdad seguía adelante, pero esa noche estaba muy cansado y, si no fuera porque le debía un favor a Jennifer por lo de Erika, no habría ido. Y se habría arrepentido de ello. Lo presintió igual que cuando empezaba a componer una partitura y sabía qué nota colocar detrás de otra.

Charlotte no supo cómo reaccionar. Quizá tendría que haberse apartado, pero no lo hizo porque, unos minutos atrás, cuando estaba tocando la sexta canción de la noche, había cambiado un compás para añadir uno de esa misteriosa partitura que se negaba a irse de su mente y, al hacerlo, había pensado en él. No podía creerse que estuviera allí, que hubiese vuelto a encontrarlo en aquel preciso instante y que él la estuviese sujetando por la cintura y ella aún no se hubiese apartado. Lo haría. Dentro de un segundo.

No había hecho nada para buscarlo, habría podido ir a The Scale con la excusa de cobrar el dinero que le debían por su trabajo y preguntar por él. No lo había hecho y no lo había hecho adrede. Intuía que ese desconocido sentía la música de un modo parecido a ella y para Charlotte no había nada más peligroso que eso.

—Hola —dijo finalmente.

—Hola. —Él le sonrió—. Quizá no me recuerdes, disculpa, soy Adam.
—Él la soltó y dio un paso hacia atrás para extender la mano.

—Lo recuerdo, nos vimos en la librería, yo soy Charlotte. —Le estrechó la mano.

—Eres la primera persona que no me da la mano como si fuera un anciano.

—¿Un anciano?

—Es por la ceguera. —Sería mejor dejar ese tema resuelto cuanto antes.

—Bueno, no le veo el sentido, pero, en fin. Encantada de volver a... encontrarte, Adam.

Era extraño saber que él no podía verla, pensó Charlotte. Extraño porque, en un misterioso rincón de su interior, aquel donde las personas guardan los anhelos más profundos, quería que él, precisamente él, la viese. Era extraño porque, mientras lo miraba descaradamente, sentía que era profundamente injusto que él no pudiera hacerlo. Era extraño porque tuvo la horrible sensación de que, si ella hubiese tomado otra decisión, o cientos de ellas, en el pasado, si hubiese seguido otro camino, él y ella se habrían encontrado de otro modo y tal vez no se habrían conocido.

Adam había caminado solo hasta el piano, le había pedido a Jennifer que le describiese el interior del local y después se había fiado del bastón y del sentido del oído.

—Has tocado un compás de la partitura.

—Te has dado cuenta. —Charlotte sonrió porque él había descubierto aquel pequeño cambio y sintió, por absurdo que pareciera, que compartían algo especial, un secreto que desconocían el resto de clientes del pub.

—Lamento haberte hecho tropezar, pero quería hablar contigo antes de que te fueras y es obvio que no me habría dado cuenta si te ibas sin hacer ruido o si te quedabas en un rincón de la barra.

Charlotte lo miró. Él parecía sentirse cómodo hablando tan abiertamente de su ceguera, aunque tal vez se equivocara y no fuese más que un método de defensa. Ella había utilizado una técnica similar en Nashville: saca lo peor de ti antes de que lo hagan los demás, así no podrán hacerte daño.

—¿De qué se trata? —Dejó de elucubrar—. ¿Es por The Scale? Lamento haberle dicho al señor Vila que no podía trabajar allí. —Cerró los ojos un segundo—. Mierda. Lo siento. Ahora me has visto tocar y le dirás al señor Vila que le mentí, pero lo cierto es que los horarios de los ensayos son más compatibles con los de la universidad que los de la librería.

—No le diré nada a Gabriel, bueno, quizá sí. Le diré que lo llamas señor Vila. Por lo demás, quédate tranquila, no tengo ni idea de qué me estás hablando. Gabriel solo me dijo que te habías despedido. No sufras por él, seguro que ya ha encontrado a alguien.

—Oh, me alegro. Entonces, ¿de qué querías hablar?

—Me gustaría hacerte una proposición. Un trabajo —añadió consciente de que la primera parte de la frase no sonaba del todo bien. No poder ver las reacciones de las personas era como andar permanentemente sobre arenas movedizas.

—¿Un trabajo?

—Sí, tiene que ver con la partitura. ¿Cómo sabes que los primeros compases no los escribió Chopin?

—¿Cómo lo sabes tú?

Él enarcó una ceja por encima de las gafas, esa desconocida no le trataba con ningún miramiento por su ceguera. A él no le hacía falta verla para saber que se había puesto a la defensiva en cuanto él le había mencionado el trabajo y su relación con la partitura, y que estaba impaciente por irse de allí y dejarle con la palabra en la boca.

—Sé algo de música —le respondió Adam con una sonrisa.

—Yo también, y ahora tengo que irme.

Adam avanzó hacia el piano, tenía una mano apoyada en él, y dedujo que así dejaba pasar a Charlotte.

—¿Llevas el móvil encima? —le preguntó al oír que ella daba un paso.

—¿A qué viene esa pregunta? Sí, lo llevo encima.

—Hace años que no hago esto —Adam se burló de sí mismo—, y nunca pensé que lo haría por una partitura, pero ¿puedo darte mi número?

—¿Cómo sabes que lo grabaré? Puedo decirte que lo hago y no hacerlo.

Él soltó una carcajada.

—Eres la primera persona que reconoce que es capaz de mentirle a un pobre ciego.

—No te conozco, Adam, no sé nada de ti. Pero te aseguro que no eres un «pobre ciego».

—Tienes razón. Este es mi número —lo recitó—. Llámame si quieres saber algo más de esa partitura. Creo que el trabajo podría interesarte.

Charlotte no engañó a Adam. Dudaba que fuese a llamarlo, pero se grabó el número de teléfono de verdad. Entonces miró detrás de él, y buscó entre la gente del pub a Gabriel o a Gema como si ellos dos fueran las únicas personas con las que Adam podía haber ido allí.

—¿Cómo has sabido que era yo la que estaba tocando el piano? ¿Ha sido por el compás? Podría haber sido cualquiera.

Había dado tres o cuatro pasos, estaba cerca de la puerta trasera del pub, la que conducía al despacho del propietario del local y donde ellos habían guardado sus cosas. Podían salir a la calle desde allí y Charlotte estaba segura de que Nora y los demás la estaban esperando fuera.

—Por tu manera de tocar —respondió Adam casi delante de ella, y Charlotte volvió a tener la extraña sensación de que podía verla—. Y no, no podrías haber sido cualquiera.

—Buenas noches, Adam.

—Buenas noches.

Esa noche, antes de acostarse, Charlotte se descubrió tarareando la música de esa partitura y pensando de nuevo en Fern. A Fern no le gustaba la música clásica, la había estudiado porque la habían obligado en la escuela, pero enseguida la había dejado olvidada en un cajón y se había centrado en tocar únicamente lo que le gustaba: country. A Charlotte, sin embargo, aunque era consciente de que nadie lo entendía y de que visto desde fuera no encajaba con ella, le apasionaba. La música clásica era su preferida, la escuchaba a escondidas, igual que un adolescente con padres estrictos escucha heavy metal o el punk más estridente. Ella, que cometía una locura tras otra, que lo hacía todo en desmesura, estaba profundamente enamorada de la música clásica. Nadie sabía eso de Charlotte, solo Fern. Aunque cuando su hermana la había pillado alguna que otra vez escuchando una ópera o tocando una pieza de Mozart o de Chopin le sacaba la lengua y la arrastraba a hacer lo que ella quería. Charlotte siempre hacía lo que Fern quería, era su manera de darle las gracias por ser la única que la entendía y la defendía delante de sus padres, y de todo el mundo en realidad.

Esa partitura, la partitura de Adam —había empezado a referirse así a ella—, la tenía intrigada y él más todavía. Él le había dicho que la había reconocido por su manera de tocar y ella lo entendía perfectamente. Años atrás, una noche de verano, Fern y sus amigos fueron de acampada. Charlotte no los acompañó, esa clase de excursiones no estaban hechas para ella, y salió por la ciudad. Estaba en un local charlando con un tipo cualquiera cuando un grupo empezó a tocar. Charlotte supo al instante que Cary, el entonces novio de Fern, estaba tocando. Se suponía que estaba enfermo y por eso no había podido acompañar a Fern de acampada. Charlotte se había pasado horas consolando a su hermana y animándola a ir. El propio Cary la había llamado insistiendo. Charlotte se dio media vuelta. No podía ser él, pero lo era. No consiguió hacerle ninguna foto, su móvil de entonces no tenía cámara. Se lo contó a Fern y su hermana intentó defender al canalla mentiroso.

—Tal vez no le viste bien —insistió.

—Le oí, me basta con eso.

—Ah, claro, «le oíste». Un método infalible. Todo el mundo sabe que no existen dos personas que toquen igual.

—No sé si existen, Fern. Pero yo reconozco a la gente por cómo toca.

—Imposible. Lo que pasa es que estás celosa.

Estaba celosa. Charlotte siempre estaba celosa de su hermana, pero nunca en ese sentido. Para Charlotte, Fern era la mejor persona del mundo y como tal se merecía lo mejor. Ella habría muerto en lugar de su hermana de haber sido posible. No habría dudado ni un segundo en intercambiar sus posiciones. Charlotte estaba celosa de la bondad y de la generosidad de Fern, de su manera de ver el mundo, de su manera de vivir.

—Puedo demostrártelo —le dijo, todavía lo recordaba.

Esa tarde fueron juntas a la escuela de música donde ellas dos habían aprendido a tocar, y Charlotte le pidió a Fern que le vendase los ojos y que pidiese a los chicos y chicas que estaban allí que tocasen uno tras otro la misma canción, una estúpida canción infantil. Ella los había escuchado tocar a todos durante años y aquella tarde no falló ni una vez. Adivinó todos los nombres.

Fern seguía sin creer que realmente pudiese reconocerse a alguien por su manera de tocar un instrumento. Ella no podía y, cuando así se lo explicó a Charlotte, esta sintió que Fern la envidiaba y, durante un instante, pensó que era agradable. Era agradable tener algo que su hermana deseaba por insignificante que fuese.

Fern rompió con Cary, le contó que Charlotte le había visto y, aunque él intentó mentirle, tras un par de preguntas acabó confesando. El problema no era que Cary tocase en un grupo, ni que le hubiese mentido para escaquearse de esa excursión, sino que se acostaba con la cantante.

Después de aquel incidente, Fern a veces la sorprendía por la espalda, le tapaba los ojos con las manos y, si sonaba música cerca, le preguntaba quién estaba tocando. Era una broma entre las dos.

Adam la había reconocido por su manera de tocar.

Charlotte no tenía ninguna duda de que estaba completamente ciego, lo había notado en la manera que él tenía de escuchar, prestando completa atención. Estaba ciego y la había visto de verdad.

Bajaba la escalera con la bici a cuestas, dándole vueltas a la idea de borrar el número de Adam de su teléfono, no quería tener la tentación tan cerca de ella, cuando chocó con alguien. Levantó la cabeza dispuesta a disculparse con una de sus vecinas y se enfureció.

—Adam, ¿qué estás haciendo aquí? —Sujetó la bicicleta, notó que se le aceleraba el pulso—. ¿Me has seguido?

Él había empezado a sonreírle, quizá incluso a pronunciar su nombre, pero se echó atrás y apretó los labios hasta convertirlos en una fina línea.

—Sí, claro, ayer por la noche te seguí por Londres y he esperado en el portal para sorprenderte esta mañana. Yo también me alegro de volver a verte, Charlotte. Tranquila, me aseguraré de que no vuelva a pasar.

Ella comprendió demasiado tarde que había dicho una estupidez.

—Yo...

—Mi hermana vive aquí. —Él levantó una mano para detenerla—. Supongo que no es la primera vez que alguien te dice eso de que el mundo es un pañuelo, así que ¿me dejas pasar, por favor?

Charlotte se apartó y, cuando él subió, se quedó mirándolo. Le sorprendió notar que sentía una desconocida presión en el pecho y que le dolía un poco soltar el aliento. Era mejor así.

Pasó el día en la universidad, las clases aburridas que tanto la habían reconfortado apenas unos días atrás, el día anterior sin ir más lejos, esa mañana la ofendieron. ¿Por qué estaba esa gente allí? Ella conocía sus motivos, pero ¿por qué estaban ellos? ¿Acaso no veían que la música tenía que sentirse antes que aprenderse, que de nada serviría lo que escuchasen en esas aulas? A media tarde, en la cafetería, consiguió un imposible: discutir con Nora. La conversación había empezado del modo más inocente: le había preguntado qué tal estaban los niños que cuidaba, pero sin saber cómo acabaron hablando de Trace, de cómo se habían conocido, y Charlotte acabó diciéndole a Nora que le sorprendía que una chica como ella estuviese con un chico como él. No, peor que eso, se explicó tan mal que parecía que hubiese insinuado que Nora no era suficiente para Trace. Nora sabía que todo eso eran un montón de mentiras y se enfrentó a Charlotte, le dijo que si de verdad tenía ganas de pelearse con ella lo menos que podía hacer era sacar un tema serio, como por ejemplo por qué se había ido de Nashville y se había instalado en Londres.

Charlotte se levantó y se fue de la cafetería dejando atrás a Nora con una merecida sonrisa de satisfacción en el rostro. Después, se saltó la última clase, tampoco habría servido de nada si se hubiera quedado, y se subió al tren de regreso a Londres. En Nashville era experta en destrozar su vida, pero nunca hacía daño premeditadamente a los demás. No se había ido a Inglaterra para empeorar y, sin embargo, aquel día le había demostrado que todavía era capaz de hacer cosas mucho peores de las que había temido en un principio. Ni Nora, ni Trace ni Adam tenían la culpa de que ella no supiera contener lo que fuera que le pasaba.

Llegó a la ciudad, se montó en su bici y pedaleó directa a casa. No tardó demasiado en cruzar el puente y llegar al edificio frente al río. Dejó la bicicleta donde siempre y, tras tomar aire, subió a casa de sus vecinas.

Llamó, cerró las manos, notó que las uñas se le clavaban en las palmas. No sabía qué clase de recibimiento tendría, se esperaba cualquier cosa y sabía que se lo merecía. No solo había ignorado sus habituales intentos de darle la bienvenida o cualquier atisbo de conversación, sino que esa mañana había insultado al hermano de una de ellas, un hombre ciego y amable que incluso le había ofrecido un trabajo y que parecía opinar lo mismo que ella sobre la música. Mierda. Se estaba frotando la frente cuando la puerta se abrió.

—Vaya. —La chica estaba más que sorprendida—. Hola.

—Hola. Soy la vecina de abajo, Charlotte.

—Lo sé.

—¿Tú eres la hermana de Adam? —La chica se cruzó de brazos y cuestionó la inteligencia de su vecina. Solo ella podía ser la hermana de Adam, la otra ocupante del piso era de origen hindú—. Por supuesto que eres su hermana.

—¿A qué has venido?

Charlotte adivinó que esa mañana, después de que ella insultase a Adam acusándolo de haberla seguido y prácticamente acosado, él le había contado a su hermana lo sucedido y la que había creído inagotable simpatía de su vecina había desaparecido. Volvió a coger aire e hizo algo que hacía muchísimo tiempo que no hacía.

—Necesito un favor.

Su vecina la miró sorprendida.

Charlotte tuvo la sensación de que Fern le susurraba al oído: «bien hecho».

9

Después de salir de casa de su hermana, Adam había pasado el resto del día en la Royal con Montgomery y habían comido con Gabriel, con quien finalmente había hecho las paces. La conclusión a la que habían llegado los dos era que para eso estaban los amigos, para desahogarte cuando lo necesitabas. Al final de la comida, Gabriel le pidió a Adam que pensase de nuevo lo de retomar la investigación de la partitura y Adam los sorprendió a ambos aceptando.

Aceptó porque desde que esa chica, Charlotte, la había tocado, no podía quitarse la partitura de la cabeza. Ni a ella tampoco.

Esa mañana, cuando se tropezó con ella en la escalera del apartamento de Jennifer, durante unos instantes pensó que el destino, ese cabrón que hasta el momento no había tenido ningún pudor en machacarlo, por fin había decidido rectificar y echarle una mano. Al fin y al cabo, era la segunda vez que chocaba con ella, o más bien que ella chocaba con él, en menos de veinticuatro horas...

Pero entonces ella habló y lo acusó de haberla seguido para averiguar dónde vivía. La rabia que sintió, la impotencia, estuvo a punto de ahogarlo y prefirió irse y no gritarle que, aunque hubiese podido, no lo habría hecho. Aunque hubiese podido.

Después, hablando con Jennifer, pensó que en cierto modo era extraño que Charlotte, en los pocos minutos que habían compartido, tuviese problemas para recordar que él era ciego. El resto del mundo parecía no olvidarlo jamás.

Conocer a gente se le hacía difícil, le costaba hablar con alguien cuyo rostro no era capaz de imaginarse, pero hasta el momento se había resignado con facilidad a no saber cómo eran, por ejemplo, las facciones del médico que lo había atendido en el hospital o del chico nuevo que habían contratado en la clínica veterinaria donde llevaba a Nocturna. Adam lo comparaba a lo que hacía cuando iba a un restaurante nuevo o a un sitio donde no había estado antes. Recurría a su memoria, le pedía a Jennifer, o a quien lo estuviera acompañando, que comparase ese restaurante con uno en el que él hubiese estado antes y lo describiera a partir de allí. Podía decirse, supuso Adam, que él ahora veía de memoria. Y con la gente hacía lo mismo. Según Jennifer, el chico nuevo de la clínica veterinaria se parecía a Martin Freeman en moreno y era un poco más alto, y a Adam le bastaba con esa descripción.

Excepto con Charlotte.

Charlotte era la primera persona que a Adam le molestaba, le irritaba, le dolía no ver. Había intentado buscarle una explicación lógica y al no encontrarla lo atribuyó a que ella era la culpable de que hubiese aceptado seguir con la partitura. Era normal que quisiera verla, que necesitase saber cómo era su rostro de verdad y no solo a través de comparaciones que no le harían justicia. Ni siquiera le había pedido a Jennifer que se la describiese.

Tal vez, pensó, si la oía tocar de nuevo podría imaginársela mejor, porque ahora ni siquiera era capaz de eso. Si pensaba en ella, la mente se le llenaba de música y, aunque era una sensación maravillosa, solo servía para confundirle más. Si ella no aceptaba el trabajo, y después de lo de esa mañana Adam dudaba mucho que lo hiciese, no sabía si él sería capaz de terminar la partitura solo.

Pasar el resto del día con Montgomery y comer con él y con Gabriel le había ido bien. No iba a volver a tocar en la Ópera, ni en solitario ni formando parte de la orquesta. Tampoco se veía capaz de componer nada nuevo de momento, pero tal vez podía dar alguna clase y buscar a alguien que le ayudase a leer los documentos que había recopilado sobre Chopin e intentar seguir adelante con la investigación. Adam no les habló de Charlotte, supuso que no tenía sentido adelantar acontecimientos.

—Lo que tú quieras, Adam. A tu ritmo. No hay prisa —le aseguró Montgomery.

Se despidió de sus amigos y volvió a casa andando dando un largo paseo. En el camino pensó en cómo iba a proceder a partir de ese momento. Antes siempre había compuesto solo, él nunca había tenido un ayudante y lo cierto era que ni se lo había planteado. Ni siquiera ahora. Cuando le había ofrecido el trabajo a Charlotte no había sido con la intención de que lo ayudase, sino porque tenía el presentimiento de que ella entendía esa partitura del mismo modo que él y que juntos podrían terminarla. Había sido más un impulso que una decisión premeditada.

Un impulso, se burló de sí mismo al entrar. Fue a cambiarse y se preguntó qué haría si Charlotte no aceptaba su propuesta. ¿Sería capaz de ir a verla? No. Sí. No lo sabía.

Si la hubiese visto tal vez habría podido adivinar cuáles eran las intenciones de ella. Tal vez incluso habría podido entender por qué ella se había puesto tan a la defensiva esa mañana o por qué se había asustado tanto.

Ella nunca le trataba como si estuviese ciego y él nunca se sentía tan ciego como cuando la tenía delante y no podía verla.

Llamaron al timbre.

Nocturna pasó por entre sus piernas, a la gata la intrusión le molestaba tanto como a él. Podía no abrir, en Londres nadie iba de visita sin avisar y menos a la hora de cenar. El timbre volvió a sonar; Adam se agachó y acarició a Nocturna, los dos tenían que resignarse a ver interrumpida la paz. Él tenía intención de prepararse algo de comer —calentar una de las bandejas que tenía en la nevera—, hacer algo de ejercicio en el pequeño gimnasio que tenía en el garaje y meterse en la cama cuando estuviese lo suficientemente exhausto. Había descubierto que, para el deporte, al menos el que practicaba él, no importaba la ceguera.

El timbre sonó una tercera vez antes de que contestase al interfono, no iba a abrir sin más.

—¿Sí?

—Soy Charlotte, la chica...

—Sé quién eres.

Durante un segundo se planteó no abrir, no habría sido humano de lo contrario. Al final apretó el botón y la puerta cedió.

—Hola —dijo ella tras un suspiro—. Gracias por atenderme. Tu hermana me ha dado tu dirección.

—Me lo he imaginado. —No se apartó. Notó que Nocturna le pisaba un pie y maullaba—. Es Nocturna.

Charlotte se agachó, y él notó que el perfume, esa esencia marina, se quedaba en el aire.

—Hola, Nocturna.

—¿Qué quieres?

—¿Puedo pasar? —Ella volvió a incorporarse—. He venido a disculparme, aunque si quieres puedo hacerlo aquí.

Adam la dejó pasar. Al cerrar la puerta una bocanada de aire le rozó el rostro y se dio cuenta de que no llevaba las gafas oscuras. Resignado se apretó el puente de la nariz. Se había acostumbrado tanto a ellas que a menudo le costaba distinguir si las llevaba o no, aunque en un acto reflejo siempre se las quitaba al llegar a casa. Él no notaba ninguna diferencia, claro está, simplemente tenía la sensación que la cicatriz que le cruzaba el párpado y sus ojos grises vacíos de expresión incomodaban a los demás. Podía ponérselas, tenía un par encima del mueble de la entrada y otro en la cocina, estaban repartidos por toda la casa. No lo hizo.

No quería llevar gafas frente a Charlotte.

—Tú dirás. —Se quedó plantado donde estaba y se metió las manos en los bolsillos.

—¿Puedo sentarme?

Ella sonaba nerviosa, no parecía la misma chica que esa mañana le había tratado como si fuese un delincuente de tercera.

—Claro. Dime qué sofá eliges.

—El que está más a la izquierda, cerca de la puerta de ¿la cocina?

—Sí, es la cocina. —Él caminó hasta otro sofá, el que quedaba justo delante del que había decidido ocupar ella—. Ya estamos sentados. Puedes disculparte cuando quieras.

—Estás enfadado —empezó ella y él casi sonríe—. Tienes motivos para estarlo. Lo siento. Sé que anoche no me seguiste.

—Disculpas aceptadas. Me imagino que es obvio que no te seguí.

—Lo es, pero no por el motivo que tú crees. —Ella se movió en el sofá, las patas se deslizaron suavemente por el suelo de madera—. ¿Por qué insistes en recordarme que estás ciego?

—No hago tal cosa. Acabamos de conocernos.

—Cierto, y en las pocas ocasiones que hemos coincidido insistes en que estás ciego.

—Lo estoy.

—Lo sé.

¿Por qué sonaba tan enfadada?

—He aceptado tus disculpas, Charlotte, es evidente que los dos estamos cansados. —Ella entendería la indirecta, ¿no? Quería estar solo. Acababa de descubrir que se había estado preguntando qué haría cuando ella se negase o no apareciese, pero no qué haría si lo hacía. Necesitaba pensar.

—¿De verdad me reconociste por cómo tocaba el piano? ¿Tu hermana no estaba allí?

—Mi hermana estaba en el pub, pero no en ese momento, y aunque Jenn te hubiese visto, no habría atado cabos y no nos habría relacionado. Ella y yo no habíamos hablado de ti hasta esta mañana.

—Ah, es verdad.

—Te reconocí por cómo tocabas y lo corroboré cuando, en la sexta canción, añadiste un compás de la partitura.

—Esa partitura, ¿de dónde ha salido? No puedo quitármela de la cabeza.

Ella no había pillado la indirecta, pensó Adam. Podía decirle claramente que quería que se fuera; la realidad era, sin embargo, que no quería. Prefería estar confuso y un poco enfadado con ella allí que confuso y un poco enfadado a solas. Esa chica extraña y peculiar le hacía sentirse más entero de lo que se había sentido en mucho tiempo, quizá incluso antes de esa noche que cambió su vida para siempre.

—¿Te apetece comer algo? —Se levantó, no iba a cuestionarse la decisión que acababa de tomar—. Yo iba a cenar, ¿tienes hambre?

—¿Vas a invitarme a cenar?

Oyó que ella le seguía.

—No es nada del otro mundo, solo iba a calentarme algo.

—Está bien, me quedo. —Ella sonaba tan confusa y sorprendida como él.

—Deja el abrigo donde quieras, si no lo has hecho ya, pero procura que no caiga al suelo.

—Lo he dejado en el sofá de antes.

Entraron en la cocina, él se dirigió a la nevera y oyó que ella apartaba uno de los taburetes de la barra. Entonces sí sonrió, ella no se había ofrecido a ayudarle.

—Ponte cómoda —se burló Adam.

—Oh, lo siento. ¿Quieres que te ayude?

Adam sujetó la bandeja en la que sabía que había una lasaña; era uno de sus platos preferidos y Jennifer se la había preparado el otro día. En la voz de Charlotte detectó cierta vergüenza y sintió de nuevo esa punzada de rabia y frustración al no poder imaginársela.

—No, no hace falta.

Puso la bandeja en el horno y después fue a por una botella de vino, el sacacorchos y dos copas. Había roto muchas al volver a casa, se había quemado, caído, golpeado con puertas de armarios que no cerraban y se había cortado. Lo había hecho una y otra vez hasta que dejó de hacerlo.

—¿Cuánto tiempo hace que estás ciego?

—¿Cómo sabes que no es de nacimiento?

—Intuición. Te mueves como alguien que antes veía. Y por la cicatriz. Lo siento, ¿no debería mencionarla?

—No, no pasa nada. La mayoría de gente suele evitarlo, pero está aquí —la golpeó con un dedo—, no puedo fingir que no existe. Me quedé ciego hace casi un año, nueve meses más o menos. ¿Quieres que te cuente cómo sucedió?

—No necesariamente, ¿quieres contármelo?

Adam descorchó el vino y sirvió las dos copas.

—Dime basta.

—Basta y la otra copa también. Las dos están perfectas.

Bebió un poco antes de contestar.

—No, no quiero contártelo, aún no. ¿De qué parte de Estados Unidos eres?

—¿Qué me ha delatado antes, el acento o mis malos modales?

—No todos los estereotipos son ciertos, Charlotte. Me imagino que tus modales, cuando quieres, son impecables.

—Cierto. Soy de Nashville. ¿Quieres que te cuente qué hago en Inglaterra?

—No necesariamente, ¿quieres contármelo? —Adam sonrió.

Ella también.

—No, aún no. Háblame de esa partitura.

—Si lo hago, tendrás que aceptar el trabajo que intenté ofrecerte anoche.

—¿En qué consiste el trabajo?

—En ayudarme a averiguar si esa partitura es de Chopin y...

—Yo no tengo ni idea de historia, solo sé lo que me enseñaron en el instituto y te aseguro que en Nashville la historia de Europa no se considera demasiado importante. Además...

—Espera un segundo, Charlotte. —Él levantó la mano y la posó con absoluta certeza encima de la de ella. No dudó y no se equivocó. Ella volvió a tener la sensación de que podía verla. Más aún. Le apretó los dedos un instante y después se apartó—. No tienes que saber historia.

—No te entiendo.

—Tenemos —se arriesgó a utilizar ese repentino e importante plural— que acabar esa partitura.

Sonó la campana del horno y Adam se apartó. Mientras él sacaba la bandeja con las medidas de precaución oportunas, ella insistió en poner los cubiertos. Si él hubiese detectado que el ofrecimiento de ella nacía de la lástima, se habría negado, pero lo único que encontró en su tono fue la cortesía de un invitado.

Durante la cena él le contó que Gabriel era uno de sus mejores amigos y que había encontrado la partitura en una caja en el desván de una vieja finca en la isla de Mallorca. Gabriel había estudiado música, pero su carrera profesional iba en otra dirección. Además, componer nunca le había gustado y los clásicos, menos, pero los conocía perfectamente. Adam siguió con el relato, de vez en cuando oía que Charlotte comía o bebía un poco de vino, pero ella le hizo pocas preguntas y lo escuchaba con atención.

—Entonces, ¿empezaste a trabajar en la partitura antes de perder la vista, es así?

—Sí, así es.

—Y ahora estás buscando un ayudante.

—No exactamente —reconoció Adam—. No tenía intención de seguir adelante con esto. Le dije a Gabriel, a Montgomery y a mi hermana que no quería seguir con la partitura.

—¿Qué te ha hecho cambiar de opinión?

—Oírte tocarla. Esa partitura no puede quedarse encerrada en un cajón de la Ópera de Londres o en algún ministerio. No puede.

—Sería una lástima —reconoció Charlotte antes de ponerse en pie. Adam sintió la distancia—. Pero estoy segura de que hay cientos de músicos en Inglaterra que se dejarían cortar la mano derecha a cambio de trabajar contigo. No, no sé quién eres —añadió al ver que él fruncía el ceño y él recordó que jugaba con desventaja—. Pero si tienes una partitura que posiblemente sea de Chopin en tus manos y te han pedido que la acabes, no eres un músico cualquiera.

—Gracias. Creo.

—Estoy segura de que lo que me ofreces es todo un honor, Adam. —Colocó los platos bajo el grifo.

—¿Vas a fregar los platos?

Adam comprendió que, aunque tuviera la visión intacta, no sabría qué hacer con Charlotte.

—Es lo mínimo que puedo hacer y no, no tiene nada que ver con tu ceguera, así que no pierdas el tiempo haciendo uno de esos comentarios tan británicos sobre si no me he dado cuenta de que no ves.

—Mis comentarios no son británicos.

—Todo tú eres británico, Adam —le aseguró mientras fregaba—. Mira, tú no me conoces. Ni siquiera puedes verme, así que no deberías ofrecerme una oportunidad como esta. Hazme caso, soy la última persona del mundo a la que deberías permitirle que se acercase a esa partitura. —«O a ti», pensó—. Dile a tu amigo Gabriel que te recomiende a alguien o pídeselo a ese otro amigo tuyo.

—Montgomery.

—Ese. —Cerró el grifo y se secó las manos con un paño antes de acariciar a Nocturna, que paseaba por encima del mármol—. Buenas noches, Nocturna, ha sido un placer conocerte.

—¿Te vas?

—Es tarde. Mañana tengo clase.

Ella le había hablado de la universidad y del grupo en el que tocaba. También le había confesado que se había cruzado con su hermana y su compañera de piso y le habían parecido incómodamente simpáticas. Le había contado poco y al mismo tiempo mucho, no había ocultado nada de su vida en Londres, era una vida pequeña. No le había hablado de su familia ni de Nashville, ni siquiera de la música, aunque ella, la música, era la culpable de que ellos se hubiesen encontrado.

Charlotte tenía la sensación de que era eso lo que había sucedido. Caminó hasta el sofá donde había dejado el abrigo, con Adam detrás de ella, y pensó que no le había conocido, le había encontrado. Si

Adam fuese un camino y lo siguiera, ¿qué le esperaría al llegar al final? Jamás lo sabría, reconoció con cierta tristeza.

—Creo que deberías aceptar el trabajo. No podrás quitarte esa partitura de la cabeza.

«Ni a mí», pensó él como un loco. Así se sentía.

—Busca a alguien que de verdad pueda ayudarte, Adam.

Charlotte tenía que salir de allí. Esa cena improvisada, la reacción que le provocaba él cada vez que se acercaba a ella o cuando le hablaba de Chopin, de esa partitura, no tenían cabida en su vida. No tendría que haber ido a verlo, aunque él sin duda se merecía una disculpa por lo que ella le había dicho esa mañana, no tendría que haber ido. Y tampoco tendría que ponerse de puntillas y darle un beso en la mejilla, pero pensó que necesitaba llevarse al menos un buen recuerdo de aquel par de horas, las más dulces y menos dolorosas que había vivido en muchísimo tiempo. Notó el tacto de su piel bajo los labios, la barba que empezaba a asomarse, indicándole que era tarde. Demasiado tarde para ella. Se apartó antes de que él tuviese tiempo de reaccionar o de que ella cometiese una locura aún peor.

—Tengo que irme, Adam.

Adam iba a volverse loco. Charlotte había rechazado ayudarlo en la partitura casi sin pensar, se había puesto a recoger la cocina como si necesitase alejarse de él, eliminar los restos de las frases que habían compartido y dejarlos caer por el fregadero, y después... ¿a qué había venido ese beso? ¿Por qué lo había besado de esa manera? El enfado apareció casi de repente y ganó consistencia cuando oyó que Charlotte suspiraba y daba un paso para alejarse de él. ¿Quién se creía que era? No podía aparecer así en su vida, devolverle la música o al menos la capacidad para volver a creer en ella, hablarle, escucharle, hacerle sentir que ahora él era quién tenía que ser y después desvanecerse con un beso en la mejilla.

—Vaya, es la primera vez que te aprovechas de que estoy ciego. —Se llevó una mano al rostro; iba a borrarlo, pero en el último segundo no lo hizo. Ni siquiera tocó la piel que la boca de ella había rozado antes.

—Lo siento, solo quería... darte las gracias.

Era eso, claro, ¿cómo había podido ser tan idiota de pensar que ese beso significaba algo más que lástima o mero agradecimiento? Se sintió como un estúpido, porque a lo largo del rato que ella había estado allí con él, su cuerpo había reaccionado, se había alejado de la indiferencia permanente que lo rodeaba y había sentido atracción, deseo. Y durante unos instantes había creído que a ella le pasaba lo mismo. Había sido un jodido alivio descubrir que estaba vivo también en ese sentido.

La rabia aumentó. Toda aquella noche había sido un jodido error; peor, una jodida estupidez. Al parecer no le bastaba con haber cedido a la presión de sus amigos con respecto a la partitura, sino que también se había abierto, sin darse cuenta y de manera inexplicable, a una mujer y ella acababa de rechazarle antes de que él siquiera supiera qué estaba haciendo.

—No me las des y tampoco me tengas lástima. Vete, renuncia a formar parte de la que podría ser la experiencia más importante de tu vida. —Estaba hablando de la partitura. Solo de la partitura.

—Buenas noches, Adam.

Él cerró la puerta sin despedirse.

10

Segundo compás de la partitura

1830, residencia del conde de Lobau. Cerca de París.

Mientras Adam y Charlotte intentan entender qué les está pasando, voy a contaros un poco más mi historia.

Gaspard llegó al hogar de Lobau dispuesto a hacer de profesor de sus hijas. Él imaginaba unas niñas pequeñas, de seis o siete años como mucho, con rizos saltarines y pocas ganas de aprender música. Las hijas de Lobau, sin embargo, tenían catorce y diecisiete años y el conde se las había llevado de París porque, dado su cargo, intuía, con más certeza que mucha gente, la rebelión que iba a tener lugar en la ciudad.

Gaspard conoció a Emmanuelle el día después de nuestra llegada. Al joven músico le había costado dormir después de conocer al maestro Chopin en la entrada de la mansión. Interpretó aquel encuentro como una bendición y sí, Frédéric Chopin formaría parte importante de la vida de Gaspard y de la mía, pero la verdadera señal del destino no fue el compositor polaco, fue Emmanuelle.

Emmanuelle tenía diecisiete años, iba a cumplir los dieciocho al llegar la Navidad, y había rechazado ya tres propuestas de matrimonio. En aquella época, ninguna muchacha podía rechazar tres propuestas de matrimonio y que su reputación siguiese intacta. Pero Emmanuelle lo había logrado gracias a su inteligencia y al poder de su padre. Nadie osaba criticar abiertamente a ningún miembro de la familia Lobau, tenían demasiado poder y en ese sentido me temo que todas las épocas son iguales, al menos desde mi punto de vista. Todo el mundo venera el poder.

Creo que solo hay algo que los humanos ansiáis más que eso y es el amor, y no todos los humanos. Por desgracia.

Gaspard apenas durmió. Por la mañana abandonó el dormitorio donde lo habían instalado, se dirigió a la cocina y se presentó a los sirvientes que no había conocido el día anterior. Después de un ligero desayuno —no comió demasiado porque estaba impaciente por empezar la jornada y porque, si tenía suerte, quizá podría preguntarle a la condesa cuando volvería el maestro Chopin—, abrió la puerta de la sala de música y perdió la capacidad de dar un paso más.

Jamás olvidaré la emoción con la que escribió mi segundo compás esa misma noche, el fervor que corría por sus venas y que él trasladó a cada una de mis notas.

—Buenos días —consiguió pronunciar Gaspard.

—Buenos días, profesor. —Emmanuelle estaba sentada al piano y se puso en pie.

—Creía que la sala estaría vacía, quería prepararme para recibir a las *mesdemoiselles*.

Ella sonrió. Él apenas podía pensar, necesitaba saber quién era ella, ¿sería una pariente que estaba allí de visita, una amiga de la familia?

—No se preocupe, profesor, cuando mi madre nos presente me haré la sorprendida.

—Usted... usted... usted. —Lamento confirmar que no consiguió decir nada más elocuente.

—Soy Emmanuelle, mi padre es el conde Lobau.

Gaspard se frotó el rostro, su joven y apasionado corazón se negaba a asumir lo que el cerebro le estaba diciendo: «Ella no es para ti. Es la hija del conde».

—*Mademoiselle* Lobau —le hizo una reverencia—. Lamento haberla sorprendido.

—No me ha sorprendido.

Él sí lo estaba y yo más aún. Entonces no era habitual encontrar mujeres tan decididas y que no ocultasen su inteligencia. Pronto descubriríamos que Emmanuelle no podía compararse a nadie o a muy poca gente. Las ambiciones políticas de su padre y la tendencia de su madre a encapricharse de hombres más jóvenes habían permitido que Emmanuelle creciera sola con la única compañía de su hermana pequeña Adelaine y de los tutores que su padre contrataba. Ella había aprendido a leer de muy pequeña, y con los libros descubrió la posibilidad de crecer, de visitar mil mundos y de tomar en cierta medida las riendas de su vida. No siempre lo consiguió; el destino le demostraría que no podía escapar de sus garras, pero eso fue más adelante.

Emmanuelle abandonó la sala de música, dejó allí a Gaspard sujetándose el corazón que había perdido para siempre y, cuando volvió unos minutos más tarde acompañada de su hermana pequeña y su madre, la condesa Lobau, fingió efectivamente que acababa de conocerlo.

A partir de esa mañana, Gaspard se reunía con Emmanuelle en la sala de música antes de las clases. Los dos sabían que podían contar con el silencio y la complicidad de Adelaine, ella adoraba a su hermana mayor, pero tenían miedo de que el conde irrumpiese en aquel sueño y los obligase a volver a la realidad.

Gaspard se enamoró, se enamoró como solo se enamoran los humanos, algo que siempre he envidiado a pesar de que algunos después convertís esos sentimientos en música y nos los devolvéis.

Gaspard se enamoró y se pasó noches y noches en vela buscando la manera de negar ese amor. El muy inocente creía al principio que tal proeza era posible. No lo es, o no lo es cuando es amor de verdad, añadiré para los descreídos que me lean. Tras una semana de desesperación, el maestro Chopin llegó de visita a la mansión.

—Gaspard, no tienes muy buen aspecto, ¿el campo no te sienta bien?

Frédéric Chopin nunca tuvo un aspecto muy saludable, así que si él había señalado el precario estado en el que se encontraba Gaspard, es que era preocupante.

—No puedo dormir, Frédéric, no puedo pensar. No puedo respirar.

Los dos músicos estaban paseando solos por el jardín. Lobau estaba en casa y había requerido la presencia de sus hijas y de la condesa. Yo estaba bien guardado en el bolsillo de Gaspard, no se separaba de mí y garabateaba notas o anotaciones cada vez que veía a Emmanuelle.

—¿Estás enfermo?

—Estoy enamorado.

—Oh, eso es mucho peor.

—Mortal, me temo —siguió Gaspard—. He entregado mi corazón a *mademoiselle* Lobau.

—¿Y la dama lo tiene a buen recaudo?

—La dama no lo sabe o, si lo intuye, ha decidido ahorrarme la vergüenza de rechazarme abiertamente.

—¿No se lo has dicho?

Gaspard se detuvo junto a un roble; me pareció buena señal, es un árbol que simboliza fuerza y nobleza, y pensé que eso era lo que necesitaban mi compositor y la joven Emmanuelle.

—No, por Dios, no. No puedo decírselo.

En aquel entonces, Chopin no sabía nada sobre amores prohibidos o no correspondidos. Con el paso del tiempo terminaría por descubrirlo y por entender a su amigo, pero aquel día le dio lo que él esperaba que fuese un buen consejo y no menospreció la preocupación de Gaspard con una respuesta frívola o banal.

—Quizá has hecho bien, Gaspard. Quizá lo más sabio sea salvaguardar tu corazón.

—Sin duda.

—¿Pero has pensado qué pasaría si esa dama sintiera lo mismo que tú? ¿Lo has pensado? —insistió.

—No.

—Ah, comprendo. Eres de los que prefiere ser desgraciado, hundirse en la miseria y quizá entonces componer una sonata.

—¡Frédéric!

Chopin volvió a andar y, si yo hubiese tenido manos, le habría aplaudido. Gaspard corrió tras él; cuando lo alcanzó, tardó unos segundos en recuperar el aliento —se había quedado petrificado un instante— y esperó. Gaspard intuía que Chopin aún tenía algo que decirle.

—El mundo está cambiando, Gaspard. En cuestión de días París dejará de ser la ciudad que conocemos. Me imagino lo que estás pensando, tú eres músico y ella la hija de un conde, pero si de verdad la amas, díselo. Díselo antes de que alguien te arrebate ese derecho.

Esa noche Gaspard se quedó despierto como venía a ser costumbre, pero a diferencia de las noches anteriores pensó seriamente en lo que Chopin le había sugerido. El mundo efectivamente estaba cambiando y, aunque no lo estuviera, él mismo era prueba de que una persona podía cambiar de vida de la noche a la mañana; él había amanecido campesino y había despertado músico apenas un año atrás.

No escribió ninguna de mis notas, tenía la mente demasiado ocupada y, en cuanto los rayos del sol anunciaron su presencia, abandonó el lecho y se aseó para ir en busca de *mademoiselle* Emmanuelle. Llegó a la sala de música aún vacía, aunque no tuvo que esperar demasiado.

—Emmanuelle, Elle —suspiró al verla y se acercó a ella. Tomó sus manos, se las llevó al torso y las colocó encima de su corazón.

—¿Sucede algo, Gaspard?

A él se le aceleró el corazón al escucharla pronunciar su nombre, lo noté.

—Yo... —Le fallaron las palabras.— Sé que no soy digno.

—¿Digno de qué?

—Te amo.

Ella le sonrió con ternura, no con condescendencia ni con lástima, sino con la ternura más simple y pura que existe.

—¿Por qué? —le preguntó.

Gaspard, el pobre Gaspard, la miró confuso.

—¿Por qué?

—Sí, ¿por qué me amas?

Gaspard arrugó las cejas.

—Eres la criatura más hermosa y delicada que he visto nunca.

—Entonces, ¿me amas por mi belleza?

—Por supuesto, eres la más bella...

—Me parece un motivo muy efímero por el que amar a alguien, ¿no te parece? —Ella apartó las manos—. Como apostar por un caballo que sencillamente corre rápido porque es joven.

—¿Cómo dices?

—No deberías amarme por mi belleza —le explicó ella pacientemente.

—No te amo solo por tu belleza. —Él mismo se dio cuenta, sí, demasiado tarde, de lo que había dicho.

—El amor de verdad no debería depender de la belleza, Gaspard, debería ser como la música, como tú música.

—¿Mi música?

—Sí. —Ella señaló el bolsillo donde yo iba guardada. Deduje que había visto a Gaspard escribir mis notas y que le había visto tocarme alguna mañana—. Puro sentimiento, pasión, fuerza. No débil e inseguro como la belleza.

Gaspard recordó el primer día en París, el día que realizó las pruebas para entrar en la escuela de música. Recordó también lo que sintió el día que vio a Emmanuelle por primera vez y tuvo que reconocer, al menos para sí mismo, que se había equivocado con ella. Ella tenía razón, se merecía que un hombre la amase por algo mucho más importante que su belleza física.

—Si te amara como dices, como a la música, mi música, ¿tú me amarías a mí? —le preguntó.

Ella lo miró. Yo seguía en el bolsillo del músico y puedo decir que sentí el cambio en la mirada de la joven Emmanuelle. Esa dama estaba acostumbrada a que la adulasen y a asustar a los aduladores con su inteligencia. Los ponía a prueba y hasta el momento ninguno la había pasado.

—Eso, Gaspard, tendrás que averiguarlo.

Esa noche Gaspard escribió otro de mis compases, uno de mis preferidos, debo confesar, y a partir de aquel día trató a Emmanuelle como a un igual, como un ser vivo sumamente inteligente y no como un objeto bello y digno de admiración. Ella seguía pareciéndole hermosa, pero no se dejó cegar por esa belleza.

Sucedió lo mismo en sentido contrario. Emmanuelle comprendió que la mayor seducción era notar que un hombre la escuchaba y se interesaba de verdad por ella, que le hablaba mirándola a los ojos y valorando la respuesta que salía de sus labios. Poco a poco, mañana tras mañana, paseo tras paseo, Emmanuelle dejó caer las capas con las que se había protegido en París e incluso allí en el campo, y permitió que Gaspard, un mero profesor de piano, conociera lo que escondía dentro. Y ella le conoció a él.

Días después de aquella absurda primera declaración de amor, Gaspard la cogió de la mano mientras paseaban por un prado de lavanda junto al lago. Adelaine corría tras una cometa y estaban solos.

—Elle, te amo.

Ella apretó los dedos que él sujetaba y Gaspard notó que temblaba.

—¿Por qué?

Él no dijo nada, levantó la mano que tenía libre y le acarició suavemente la mejilla. No sabía cómo explicarle todo lo que sentía, la confusión y al mismo tiempo la certeza que embargaba sus pensamientos.

—No lo sé —sonrió apesadumbrado, temeroso de perderla y de que esta vez ella no volviese a darle una oportunidad—. Sé que cada día me levanto ansioso por verte, por oír tu voz y por escuchar tus historias, tus pensamientos. Y que cada noche me acuesto maldiciendo mis brazos porque tú no estás en ellos.

—Oh, Gaspard.

—Eres hermosa. Lo eres. Negar esa belleza sería tan imposible como negar la luz del sol, pero Elle, no me importaría vivir en una oscuridad eterna si tú estuvieras a mi lado. La belleza es efímera, tú misma me lo dijiste, pero mis sentimientos por ti no.

—¿Como la música? —A ella le resbaló una lágrima.

—Como la música.

Junto al lago, con una cometa volando sobre sus cabezas, Gaspard besó a Elle por primera vez. Los dos recordarían aquel beso puro y sincero, lleno de amor y de promesas durante mucho tiempo. Los dos se aferrarían a él y sobrevivirían por él.

—Te amo, Elle —repitió Gaspard al apartarse de ella con su sabor en los labios.

Emmanuelle le acarició el pelo, el gesto hizo que Gaspard se estremeciera y la abrazase.

—Yo también te amo, Gaspard. Por fin entiendo que mi corazón sirve para algo más que para residir en mi pecho.

Gaspard sonrió; esa frase era tan propia de su lista y analítica Elle que la atesoraría siempre como el mejor de los poemas.

—Tenemos que ser cautos —le pidió él al soltarla. Con el descubrimiento de ese amor también había descubierto lo que significaba temer por alguien—. Si nuestro amor llega a oídos de tu padre, tu vida correrá peligro, tal vez te encerrará en un convento o te obligará a casarte con uno de sus aliados.

—Padre no deja de decir que pronto tendrá que partir. Nosotros nos quedaremos aquí —se apresuró a añadir—, o nos mandará a España.

—No permitiré que me separen de ti, Elle. Confía en mí.

—Ten cuidado, Gaspard. Lo que has dicho de mi padre es cierto, no soportaría que él te hiciese daño por mi culpa.

Ella volvió a besarlo, y en aquel instante, Gaspard, que jamás había blandido un arma, se sintió capaz de derrotar a todo el ejército francés.

Volvieron a la mansión como de costumbre; Emmanuelle y Adelaine cenaron con su familia y Gaspard con el servicio. Ninguno de los dos dejó de sonreír.

Gaspard escribió varios compases, no solo míos, también tuvo tiempo de componer una pastoral y la música para un libreto que representaron Emmanuelle y Adelaine durante la visita de sus primos. Si esa época de felicidad se hubiese extendido eternamente, Gaspard Dufayel habría sido el músico más prolífico de aquel siglo, quizá de la historia.

Todo cambió una noche de julio. Tal como aprendió Gaspard, basta una noche para cambiar el rumbo de un hombre y también de todo un país.

Las fábricas de París habían cerrado, los trabajadores habían recibido la orden, justo en la entrada de las mismas fábricas, de volver a casa sin dinero y sin trabajo. Empezaron las manifestaciones, los periódicos tuvieron que cerrar por real decreto y varios periodistas se organizaron para seguir publicando e informando. El ejército se preparó, un emisario apareció en la mansión con una orden directa para el conde de Lobau de regresar a París y ponerse al mando de una sección.

El conde mandó cerrar la casa, él no quería que su familia se quedase tan cerca de la ciudad, y ordenó a su esposa que preparase el equipaje para partir rumbo al extranjero, el destino exacto aún no lo sabía.

El servicio podía volver a sus hogares, exceptuando las doncellas, que partirían con la condesa y ya recibirían órdenes más adelante.

Gaspard no podía irse a París sin Elle. Un nudo en el estómago le decía que la perdería para siempre si se separaban. Reunió todo el valor que tenía y fue en busca del conde. Lobau estaba ocupado recogiendo los papeles de su escritorio y lo recibió sin prestarle demasiada atención.

—¿Qué quiere, Dufayel, no debería de estar haciendo el equipaje?

—Quiero casarme con su hija.

Lobau levantó la vista, seguía sujetando unos papeles, pero al menos Gaspard había conseguido que le prestase atención.

—No diga sandeces, Dufayel, usted es profesor de piano. Mi hija no va a casarse con un profesor de piano.

—La quiero.

Lobau lo miró a los ojos y, fuera lo que fuese lo que vio en ellos, no le discutió esa afirmación.

—Tal vez, pero no va a casarse con ella.

—¿Porque soy un profesor de piano?

—Entre otras cosas. París va a estallar, va a ser peligroso, habrá muchas muertes. La ciudad será otra cuando todo esto termine.

Gaspard pensó en lo que le había dicho Chopin.

—El mundo está cambiando, un profesor de piano puede casarse con la hija de un conde.

—Tal vez —repitió Lobau—, pero hoy no. Mis hijas y mi esposa van a irse de Francia y usted volverá a París y, si sabe lo que le conviene, se esconderá bajo una alfombra hasta que todo esto termine.

—Yo no me escondo.

El conde sonrió perverso.

—Yo creo que sí, Dufayel. Los hombres como usted siempre se esconden. Ahora déjeme solo.

Me gustaría deciros que Gaspard se acercó al conde y le dio un puñetazo que lo lanzó al suelo, o que soltó un discurso sobre la indestructible fuerza del amor que sentía por Emmanuelle, pero no lo hizo. Salió del despacho e incluso le hizo una reverencia. No penséis mal de él. Gaspard era al fin y al cabo el hijo de un ganadero que le había maltratado durante la infancia, era un superviviente, un luchador que sabía esperar y planear, esperar el momento oportuno.

Muy a su pesar, Gaspard sabía que el conde tenía razón en ciertas cosas: si París iba a vivir una revolución, Emmanuelle y el resto de su familia no estarían a salvo allí. Lo mejor sería que se fuesen al extranjero. Él no podía ir con ella, eso sería huir, y una mujer como Elle no se merecía un cobarde. Fue a buscarla, la besó apasionadamente frente a su madre, Adelaine y las doncellas que les estaban preparando el equipaje. Le dijo que él partía hacia París; tenía que formar parte de esa revolución, no podía mantenerse al margen. Le dijo que la amaba, que la amaría siempre y que la encontraría.

Ella le respondió lo mismo.

Se separaron, él luchó y ella viajó a España.

Durante esos días, Gaspard escribió los compases más tristes de mis primeras páginas.

11

Charlotte sabía que le sucedía algo, aunque no estuviera dispuesta a reconocerlo. Habían pasado unos días desde esa improvisada cena en casa de Adam y no podía dejar de pensar en lo último que él le había dicho. Tenía razón, se había aprovechado de su ceguera, pero no del modo que él creía.

Ella se había pasado todo el rato que estuvo con él mirándole, observando cada detalle, quedándose con cualquier pequeña peculiaridad que encontraba; la manera en que él giraba la cabeza hacia un lado para escucharla mejor, el modo en que sujetaba la copa de vino y el tic que tenía de frotarse la cicatriz. También había observado con descaro la casa y, si él hubiese recuperado la vista, la habría pillado babeando. Por él. Adam tenía una colección de libros y de discos que podía rivalizar con la que ella había dejado en Nashville y más de la mitad de títulos coincidían. Si ella creyera en esas cosas, y no creía, diría que ellos dos se habían conocido en otra vida y ahora se reencontraban; así de bien se había sentido con él y así de difícil le había resultado irse de allí, porque se lo había resultado.

Aquel último segundo, frente a la puerta de su casa, Charlotte pensó que era mejor que él no pudiera verla y, en cuanto la idea le cruzó por la mente, se sintió completamente miserable. ¿Qué clase de persona era que se alegraba de la desgracia de otra? Y no era una desgracia cualquiera; Adam no se había roto un brazo, se había quedado ciego. Y él no era una persona cualquiera. A pesar de que acababa de conocerlo, Charlotte sentía que, si pasaba un minuto más con él, desearía pasar otro más, y otro, y ella no podía correr esa clase de riesgo, no cuando tarde o temprano tendría que irse de allí.

Se había comportado como la cobarde que Fern la había acusado de ser, entre otras cosas probablemente mucho peores. Charlotte se había pasado esos días diciéndose que era mejor así, aunque no podía quitarse la partitura de la cabeza y tenía la sensación de que las notas estaban enfadadas con ella, que le recriminaban que no hubiese aceptado la propuesta de Adam.

Estaba en el baño, lista para ir a clase y después acudir al ensayo de The Quicks. Abrió el neceser, le dolía la cabeza, aunque al final decidió no tomarse nada. Lo que tenía que hacer era dejar de pensar en Adam, en la partitura y en esa cena. Y tirar ese maldito neceser a la basura, porque cada vez que lo veía, la imagen de Fern sujetando uno idéntico se plantaba ante ella y la desgarraba.

Por la mañana consiguió cumplir con su objetivo: dejó la mente en blanco durante las clases y tomó apuntes. Comió sola en la cafetería, se puso los cascos y leyó uno de los aburridos libros que entraban en el temario del próximo examen. Conseguiría el diploma, cada vez lo tenía más cerca, y después quizá volvería a Nashville. Era la primera vez que imaginaba que ese iba a ser su destino; no había pensado más allá de la promesa que le había hecho a Fern, ni siquiera se planteaba de momento la posibilidad de ir a visitar a sus padres. Tal vez a Thomas sí, si tenía tiempo.

El ensayo en la tintorería también fue muy bien, tenían una actuación al cabo de unos días en la fiesta de una empresa, así que esa tarde fue tranquila. Nora no estaba, Charlotte se sorprendió echándola de menos y, al terminar la sesión, charló unos minutos con Trace. Estaban hablando de incorporar una canción más en su repertorio, una versión de Back to Black de Amy Winehouse que habían tocado esa tarde y a todos les gustaba, cuando a Trace le sonó el móvil y le pidió que lo disculpara. Charlotte se apartó, caminó hasta el piano y se sentó en la banqueta y empezó a tocar sin pensar.

Minutos más tarde, Trace la interrumpió.

—¿Qué es? Es precioso.

Charlotte lo miró perpleja, al reaccionar se frotó la frente. No podía creerse lo que acababa de sucederle.

—Una partitura clásica. No sé de quién es, podría ser de Chopin. —Vio que Trace se cruzaba de brazos a la espera de más detalles—. La toqué hace días, esa tarde que trabajé en The Scale. No puedo quitármela de la cabeza.

—¿Y por qué quieres quitártela de la cabeza? ¿Estás loca?

—Probablemente.

—Nunca sé cuando hablas en serio, Nashville.

Ella levantó la vista, Trace no había vuelto a llamarla así desde el día que había empezado a ensayar con ellos. Supuso que el que volviese a utilizar ese apodo que se había inventado para ella significaba que la consideraba definitivamente parte del grupo. No le incomodó, le gustó y la hizo sentirse más entre amigos que en mucho tiempo. Por eso se arriesgó a preguntarle:

—¿Tú puedes reconocer a alguien por su manera de tocar?

—Claro, hay guitarristas inconfundibles.

—Y si yo me siento al piano y toco, no sé, Dulce Navidad, y después la toca Nora, ¿crees que podrías distinguirnos?

—¿Tocando la misma canción y de la misma manera?

—Exacto.

—No lo sé —se quedó pensativo—. Lo cierto es que lo dudo mucho. ¿Qué tiene esto que ver con la canción que estabas tocando?

—Nada.

Él no la creyó, aunque tampoco insistió.

—Mira, Lottie, creo que Nora y yo, y quizá también Peter y Luca, somos lo más parecido a tus amigos, así que si quieres contarnos algo, sabes que puedes hacerlo, ¿no?

—Sí, lo sé. Pero no pasa nada. Es una tontería.

—Está bien.

Trace se apartó del piano y se dirigió a la salida. Ella volvió a hablar.

—Lo que pasa es que no tenía intención de hacer amigos en Inglaterra. Iba a venir, acabar el curso y luego irme.

Trace se dio media vuelta y la miró.

—Bueno, pues me parece que en algún momento has cambiado de planes, ¿no te parece? No todo tiene que ser complicado, Lottie. Hoy estamos aquí y mañana quién sabe. No dejes de tocar esa partitura, me ha puesto la piel de gallina.

Ella tuvo que sonreír, Trace había fingido que temblaba al decir esa frase.

—Tal vez tengas razón —reconoció Charlotte—. Gracias, Trace.

—De nada. Vamos, tengo que cerrar y estoy impaciente por ver a Nora.

—Sois nauseabundos, no os soporto.

Trace se rio.

—No es verdad.

Mientras pedaleaba de regreso a casa pensó en esa conversación. Trace le había señalado algo muy obvio y que a ella hasta entonces le había pasado por alto: sus planes habían cambiado. El objetivo final seguía siendo el mismo, Fern, pero ella no. ¿Era eso lo que había pretendido su hermana cuando esa madrugada le arrancó esa promesa? Era imposible que Fern hubiera podido adivinar que Londres era justo lo que necesitaba Charlotte, que allí escucharía esa partitura, que conocería a ese peculiar grupo de personas y que Adam le diría que reconocería su manera de tocar el piano en cualquier parte. Conociendo a su hermana, si Fern lo hubiera sabido, la habría mandado a Inglaterra de una patada años atrás.

Un semáforo la obligó a detenerse, observó donde estaba. Si tomaba la calle que tenía delante, no tardaría demasiado en llegar a Primrose Hill. Tal vez Adam no estuviera en casa o, si estaba, probablemente no querría verla. No podía presentarse allí sin avisar, pensó al reanudar la marcha, aunque tampoco era capaz de llamarlo. Pedaleó sin más, decidió dejarlo en manos del destino, y se dirigió hacia allí. En su primera visita no había ido en bici, sabía que tenía que disculparse y no quería llegar más sudada de lo necesario ni con cara de loca. Ella siempre asumía que él podía verla a pesar de saberlo imposible. En los días que habían pasado desde esa cena y esa disculpa, Charlotte no había vuelto a cruzarse con sus vecinas por la escalera, dudaba que la estuviesen esquivando, pero existía esa posibilidad. Las había oído subir y bajar varias veces y una tarde oyó más ruido de lo habitual y se atrevió a mirar por la mirilla. Cuando vio subir al par de electricistas que iban a arreglar la antena del tejado que llevaba semanas averiada, quiso morirse de la vergüenza.

En ese instante echó mucho de menos a Fern, a ella le habría encantado burlarse de Charlotte.

Llegó a casa de Adam, bajó de la bicicleta y la dejó apoyada en la verja negra de una papelera. No la ató, quizá no le haría falta. Llamó al timbre y esperó.

—¿Sí?

Estaba en casa.

—Soy Charlotte. —Él no contestó—. ¿Puedo pasar?

—¿Vienes a disculparte otra vez?

Seguía enfadado y no tenía intención de ocultárselo. A Charlotte le gustó que él fuese sincero. Al menos uno de los dos lo era. Sacudió la cabeza y pensó en lo que iba a decirle. Había decidido aceptar su proposición y ayudarlo a terminar esa partitura, lo había decidido a lo largo de los últimos segundos, cuando él volvió a preguntarle a través del interfono si estaba allí para disculparse otra vez, o quizá lo había decidido la noche de la cena o en algún momento desde entonces hasta ahora. No lo sabía.

—Vengo a decirte que quiero escribir contigo esa partitura.

Quizá se equivocó al ser tan directa, podría haberle dicho que sí, que había ido a disculparse, y después preguntarle si el ofrecimiento aún seguía en pie. ¿Y si él había encontrado a otra persona que lo ayudase? Al fin y al cabo, ella no le había dado ningún motivo para creer que iba a volver, en realidad le había dejado claro que no lo haría.

Giró hacia la bicicleta, menos mal que no le había puesto el candado, era una obra de ingeniera y tardaba cinco minutos largos en ponerlo y quitarlo y, evidentemente, se había puesto a llover.

La puerta se abrió y oyó la voz de Adam diciéndole que podía pasar.

—Un momento, tengo que ponerle el candado a mi bicicleta.

—Puedes entrarla en casa si quieres.

Charlotte se dio media vuelta y vio que Adam llevaba las gafas de sol; quiso preguntarle por qué, si se las había puesto al oír que era ella o si ese día le dolían los ojos o la cabeza. No le gustaba que él se ocultase de esa manera, aunque supuso que era normal que quisiera protegerse. Todo el mundo intentaba lo mismo, pensó, era muy doloroso ir por el mundo mostrando quién eras de verdad.

—Sí, gracias. Está lloviendo.

Él abrió la puerta de par en par y volvió hacia el interior. Ella subió la escalera con la bicicleta al lado y la dejó en la entrada. Después, cerró a su espalda.

—¿Cuántos años tienes? —le preguntó Adam.

—Veintiséis —le contestó mientras se quitaba el abrigo y lo colgaba del perchero que había justo allí—. ¿Y tú?

—Treinta.

—¿Cuántos años creías que tenía? —Charlotte no estaba coqueteando, era él el que no había dejado de arrugar las cejas desde que ella le había dicho la edad que tenía. Parecía no creerla o que ese dato no encajase con la imagen que se había formado de ella en la cabeza.

—No lo sé. Tocas el piano muy bien y te gusta la música clásica.

—Oh, vaya, así que te imaginabas a un vejestorio.

—No.

—Oh, sí.

—No —afirmó rotundo—. No puedo imaginarme la gente que no conozco y estaba intentando hacerlo, eso es todo.

Ella no insistió, entendió a la primera lo que él le estaba diciendo. Buscó la manera de reconducir la situación.

—Bueno, en mi caso no te pierdes gran cosa, te lo aseguro. Soy bajita, pálida, me quemo siempre con el sol, y tengo el pelo largo. Y me traje a Londres mi bicicleta, es amarilla. Me cuesta mucho dormir y pensé que así, si hacía ejercicio, tendría menos problemas.

—¿Y funciona?

—No demasiado, la verdad.

—¿Qué estás haciendo aquí, Charlotte? —Se quitó las gafas y ella sonrió. Le pareció que le traicionaba no diciéndole que le estaba sonriendo, pero se guardó el secreto—. ¿Qué quieres?

—Quiero escuchar mejor tu propuesta del otro día, la de trabajar contigo en esa partitura y, si la oferta aún sigue en pie, me gustaría mucho aceptarla.

—¿Qué te ha hecho cambiar de opinión?

—Hace un rato me he sentado en un piano y mis manos han empezado a tocar la partitura casi sin pensar. No puedo quitármela de la cabeza.

—A mí me pasó lo mismo al principio.

—¿Le has ofrecido el trabajo a alguien más? —Él la había dejado entrar, pero no parecía mostrarse muy receptivo.

—No.

—¿Has decidido hacerlo tú solo?

—¿Yo solo? ¿Te has vuelto loca?

—Es la segunda vez que alguien me pregunta eso hoy. No, no me he vuelto loca. Tengo la sensación de que tú solo podrías acabar la partitura y averiguar si es o no de Chopin.

Adam no dijo nada, paseó de un lado al otro esquivando a la perfección cualquier obstáculo y, cuando se detuvo, se agachó a acariciar a Nocturna. Estaba convencido de que Charlotte no iba a volver, se había enfadado tanto por cómo ella se había ido la otra noche que incluso se asustó. Era una reacción desmedida, no tenía sentido que se la provocase una chica que acababa de conocer. Aquel día no durmió en toda la noche, la pasó sentado en el piano. Tocó las canciones que había compuesto para la serie de la BBC, tocó unos compases de esa maldita partitura y, de repente, se dejó llevar y empezó a tocar algo nuevo. Algo único. Hasta aquel instante había creído que jamás volvería a componer y, al oír cada nota que salía de sus dedos, la fuerza con la que estas cruzaban el estudio, gritó de alivio y de felicidad. Y después de rabia, porque descubrió que lo que le había llevado hasta allí no había sido él ni sus ansias por recuperar su pasión por componer, ni siquiera había sido la música, había sido Charlotte.

Había cenado con ella, había hablado y se había comportado como antes, como cuando sus ojos funcionaban y podía ver el rostro de la mujer que tenía delante. Y ella se había ido con un beso en la mejilla que rezumaba compasión y lástima. Estaba furioso.

Había compuesto esa canción porque estaba furioso con Charlotte, con él, con la vida.

Al terminarla, se apartó del piano de golpe y gritó de nuevo. No servía de nada perder la calma, aunque durante unos segundos disfrutó dejándose llevar por la rabia. No escribió ni una nota, no quería utilizar ninguno de los programas que su hermana había insistido en que probase ni tampoco garabatear como un niño de tres años sobre una libreta. Cerró la puerta del estudio de golpe, agradeció haberlo insonorizado, y fue a darse una ducha. Bajo el agua se obligó a renunciar de nuevo a componer y se prometió que no volvería a pensar ni en Chopin, ni en su partitura, y tampoco en Charlotte.

A la mañana siguiente volvió al estudio con el único objetivo de comprobar que con el ataque de la noche anterior no había dejado nada fuera de sitio con lo que pudiera tropezar más adelante. Pero al ir a recolocar la banqueta del piano, se sentó en ella y empezó a tocar.

Dejó caer los hombros resignado. Había pasado por eso otras veces, épocas en las que oía una canción en la cabeza y no podía dejar de tocarla hasta que la sacaba del todo. No serviría de nada resistirse, pensó, y tal vez sería el mejor modo, el único modo, de sacarse a esa chica de dentro. Sacó el móvil del bolsillo y puso en marcha la grabadora. Decidió no cuestionárselo y dejarse llevar por esa necesidad de tocar, de tocar esa canción, de tocar a Charlotte.

Y ahora ella estaba allí, justo cuando él creía que ya no volvería a tenerla cerca nunca más, y justo unos minutos después de que él acabase su canción. Había creído que el subconsciente le estaba jugando una mala pasada cuando contestó al timbre y oyó su voz, por eso había tardado en contestar.

Entonces notó que ella lo tocaba, notó su mano en el brazo y soltó el aliento.

Joder. Odiaba no verla.

—¿Sucede algo, Adam?

—No. —Se apartó—. Nada. Disculpa, estaba pensando. Tienes razón, probablemente podría terminar la partitura yo solo. —Dudaba que fuese cierto, tenía el presentimiento de que ella estaba ligada a él y a esa partitura más allá de lo razonable—. Pero sería un gran error. A mí pueden pasarme muchas cosas por alto, los programas de lectura no son infalibles y nunca me han gustado. Necesito ayuda y necesito que esa persona entienda la música y la sienta del mismo modo que yo.

—Y crees que esa persona puedo ser yo.

—El primer día que tocaste la partitura en The Scale dijiste que los primeros compases no eran de Chopin, ¿cómo lo sabes?

—¿No lo son?

—No creo.

Adam se alegró de haberla hecha sonreír, lo había escuchado en su última pregunta, y de que hubiese cambiado el cariz de la conversación.

—¿Por qué?

—¿Por qué crees tú? —Adam fue en busca de otra sonrisa y obtuvo una carcajada.

—Veo que va a ser difícil trabajar contigo. Siempre respondes con una pregunta, pero de acuerdo, contestaré. No creo que esos primeros compases sean de Chopin porque no tienen ninguna de sus estructuras preferidas, son demasiado ¿alegres? No se me da bien explicarlo, es más una sensación.

—No lo haces mal, yo opino lo mismo. Son demasiado alegres. Pero después cambian y, además, la partitura estaba en una caja llena de cuadernos de George Sand, la amante de Chopin.

—Tiene lógica que ella tuviera partituras de Chopin. ¿Puedo sentarme?

—Claro.

—Me siento en el mismo sofá que el otro día, el que está cerca de la cocina.

Adam soltó el aliento y se dirigió hacia ella. Él también ocupó el mismo lugar que el primer día.

—Dado que parece que acabas de aceptar el trabajo será mejor que te hable de las condiciones.

—No quiero cobrar.

—¿Qué has dicho?

—He dicho que...

—Te he oído. —Se inclinó hacia delante—. ¿Por qué no quieres cobrar? Vas a tener que invertir muchas horas en esto y no creas que vas a hacerte rica después con los derechos. Se los quedarán la Royal Opera y los herederos de Chopin. Tu nombre y el mío aparecerán como «compositores colaboradores» y recibiremos una cantidad simbólica.

Charlotte esperó un segundo a contestarle.

—¿Tú lo haces por el dinero?

Él levantó la comisura del labio.

—No.

—Pues yo tampoco.

Adam volvió a apoyar la espalda en el respaldo del sofá y entrelazó los dedos. Había decidido confiar a ciegas en ella, en Charlotte, y en su caso esa era una afirmación más que literal.

—Creo que antes de seguir adelante será mejor que me cuentes algo sobre ti.

—De acuerdo, siempre y cuando no digas que es porque no puedes verme, y si tú me cuentas algo a mí.

—Soy yo el que te está ofreciendo un trabajo.

—Es más bien una colaboración, ya ha quedado claro que no cobraré. Además, ¿cómo sé que no me estás tomando el pelo con lo de la ceguera?

—Joder, eso sí que nadie se había atrevido a decírmelo. Eres muy desconfiada, Charlotte. ¿Quieres que te demuestre lo completa, jodida e irremediablemente ciego que estoy?

—No, Dios, no. No tendría que haber dicho eso. Tienes razón, soy muy desconfiada, lo siento. Pero tal vez tú eres demasiado confiado.

—Y qué lo digas. ¿Estás segura de que has venido aquí a disculparte y a preguntarme si todavía podías colaborar conmigo con la partitura? Porque a mí me parece que has venido a... no sé, ¿a qué has venido?

—Lo siento, Adam. Mierda. Lo siento mucho, se me da muy mal pedir disculpas. Lo siento. —Alargó una mano para tocarle y en el último instante no se atrevió. Él giró la cabeza hacia ella como si hubiese presentido el movimiento—. Lo siento mucho. De verdad he venido aquí por eso. Mira, pregúntame algo, prometo que te diré la verdad.

Él se quedó pensándolo. Sabía que ella estaba en el último año de la carrera de música, le había sonsacado esa información a Gema, la dependienta de The Scale. Sabía que tocaba en un grupo que no sonaba mal y que recorría Londres en una bicicleta amarilla. También sabía que vivía en el mismo edificio que su hermana Jennifer y que hasta el momento había sido muy antipática con ella. Sabía que tocaba como nunca había oído tocar a nadie y que era capaz de reconocer si una partitura pertenecía o no a Chopin. Sabía, en resumen, que la música era importante para ella y que prefería la clásica, pero poco más.

—Está bien, de acuerdo. Una pregunta. ¿Por qué estás en Londres?

—Porque se lo prometí a mi hermana Fern justo antes de que muriera.

12

Charlotte habría podido mentirle, estaba casi segura de que habría conseguido sonar convincente. Habría podido decirle que estaba en un programa de intercambio, era lo que creían Trace, Nora y los demás, o que había decidido terminar la carrera en Europa antes de buscar trabajo en Estados Unidos, que era lo que le había explicado a la señora de la inmobiliaria. Pero a Adam le dijo la verdad.

Él se quedó en silencio, no hizo ningún comentario al respecto y tampoco le preguntó nada más. Se acercó a ella y llevó una mano a su rostro para acariciarle la mejilla. Tras un «lo siento» que llegó más al alma de Charlotte que los cientos de frases de consuelo que recibió en casa, Adam se levantó y le pidió que lo acompañara al estudio.

El estudio ocupaba la parte trasera de la casa, estaba insonorizado y dentro había un precioso piano negro, similar al que ella había visto y tocado en The Scale, pero de mejor calidad. También había un sofá, una mesa con dos sillas, un ordenador portátil y varios cuadernos para componer que seguían allí porque Adam no había querido tocarlos y su hermana Jennifer no se había atrevido. Nocturna pasó por entre las piernas de Charlotte y con la mirada le dejó claro que era ella la que en realidad la dejaba entrar allí.

—¿A qué te dedicas exactamente, Adam?

No sabía nada de él, nada excepto su ceguera, que su hermana era demasiado simpática, que uno de sus mejores amigos era el propietario de una librería en Londres y que tenía una relación con la música extrañamente similar a la suya. Podían parecer detalles importantes, a ella se lo parecían, aunque tenía que reconocer que, en lo que se refería al mundo real, no sabía nada de Adam.

—Soy compositor. Bueno, supongo que también puede decirse que soy pianista, pero prefiero componer.

—¿Has compuesto alguna canción suficientemente famosa para pagar todo esto?

—Algo así —le respondió Adam sin concretar—. Siéntate donde quieras, solo recuerda...

—No dejar nada en medio. Lo sé. No te preocupes.

Adam quería hacerle más preguntas a Charlotte sobre la muerte de su hermana y lamentó que ella no sintiera la misma curiosidad por él, porque entonces podría ofrecerle información a cambio de la de suya. Lamentó también no poder verla, no porque quisiera ver su rostro —claro que quería verlo—, sino porque quería saber si a ella le dolía la pérdida de esa hermana. Él recordaba perfectamente el dolor que había sentido al recibir la noticia de la muerte de sus padres y también que lo afrontó con más valentía y coraje gracias a la presencia de Jennifer. ¿Tenía Charlotte a su Jennifer o estaba sola y por eso había decidido mudarse a Inglaterra? ¿Era una decisión temporal o definitiva?

Solo sabía que Charlotte era cuatro años menor que él, que tocaba el piano como si las teclas fuesen una extensión de sus dedos, de sus emociones, y que cruzaba Londres montada en una bicicleta amarilla. Podía afirmar sin temor a equivocarse que jamás había conocido a alguien como ella y que era incapaz de imaginársela.

¿Quería imaginársela? No estaba seguro, mentira, sí lo estaba, lo que sucedía era que tenía miedo de hacerlo. Recordó la sensación de ir andando bajo el sol, de quedar a ciegas por culpa de la intensidad de la luz y de ir recuperando poco a poco la vista tras unos segundos o unos parpadeos. Con Charlotte le estaba sucediendo algo así. Cada vez que estaba con ella, que descubría algo de su persona, era como uno de esos parpadeos y su rostro, toda ella, empezaba a dibujarse dentro de Adam en medio de la oscuridad. Si pasaban más tiempo juntos, acabaría viéndola y tenía miedo de lo que pudiera suceder después porque, aunque sabía muy poco de ella, tenía el firme y horrible presentimiento de que su estancia en Londres era temporal.

—En ese armario —señaló sin equivocarse y dejando a un lado aquellos pensamientos — encontrarás los libros que estaba utilizando para intentar averiguar la autoría de la partitura. Hay manuales de historia, de historia de la música, del arte y también unas cuantas biografías. Muchas, en realidad. —Oyó que ella se levantaba y dedujo que se dirigía hacia allí—. En la carpeta roja guardé la copia de los resultados de la prueba del carbono y los informes periciales que pidió Montgomery al perito grafológico. Por desgracia, no son concluyentes. La única conclusión a la que llega es que la partitura es obra de personas distintas y que una de ellas podría ser Chopin. En cuanto al carbono, el pergamino original pertenece a la época adecuada y también la tinta, pero no prueban quién los utilizó.

—¿Quién escribió la partitura que estaba en el piano de The Scale? Ese papel era de ahora y era un original.

—Yo.

Adam la había copiado porque hacer una vulgar fotocopia del original de la partitura le había parecido eso, una vulgaridad. Además, así empezó a familiarizarse con ella, con cada nota y cada compás. Hizo cuatro copias, todas a mano, una para él, otra se la dio a Gabriel, era justo que tuviese una copia de la partitura que él mismo había encontrado. La tercera la tenía Montgomery y la cuarta estaba en la Chopin Society de Londres. Adam había acudido a ellos para hacerles unas preguntas y había tenido que enseñársela, les conocía de hacía tiempo y confiaba en la familia que la dirigía. La partitura original estaba en una caja fuerte propiedad de la Ópera de Londres especialmente equipada para contener documentos antiguos. Era apropiado que esa partitura, tanto si era de Chopin como si no, después de haber sobrevivido durante años en una buhardilla, estuviese ahora acompañada de papeles de su época, o incluso anteriores, escritos también por grandes músicos.

—Me gusta tu letra. ¿Por qué tienes que acabar la partitura? ¿No está acabada?

—Cuando llegas al final tienes la sensación de que falta algo. No me digas que a ti no te sucedió. Creo recordar que incluso aquel día en The Scale preguntaste dónde estaba el resto.

Charlotte no se había levantado para acercarse al armario y echar un vistazo a los libros que Adam había consultado. Se había levantado porque necesitaba apartarse de él, del efecto que le había causado la delicada caricia en su rostro y de las lágrimas que había estado a punto de derramar cuando él le había dicho que sentía la muerte de su hermana. Tenía el presentimiento de que

Adam, aunque no podía verla, se había dado cuenta de lo aturdida que la había dejado que él la tocase y de que ella había tenido que morderse la lengua para no preguntarle por qué lo había hecho y si a él también le había afectado.

Él no podía verla, ella le veía y ni aun así era capaz de descifrarlo o entender lo que estaba pasando entre ellos.

Era absurdo, él ni siquiera había conocido a Fern, ni siquiera conocía su historia y, sin embargo, Charlotte sentía que la entendería y la consolaría, que Adam lograría rescatar el poco corazón que quedaba dentro de ella. Por eso estaba de pie frente a un armario sin ver nada con los ojos anegados y un nudo en la garganta.

—Sí, la verdad es que pensé que faltaban hojas —tragó saliva—. Pero ¿por qué tienes que terminarla? Dudo mucho que esta sea la primera partitura que exista sin acabar.

—Tienes razón, hay muchas partituras, óperas y conciertos sin terminar. Pero nuestra partitura es especial. Por un lado, está el hecho de que los descubrimientos de esta clase no son frecuentes hoy en día. Dar a conocer la partitura sería muy positivo para la Royal, le daría mucha publicidad. Por el otro, si finalmente es de Chopin, y teniendo en cuenta que su última actuación antes de morir fue aquí, en Londres, terminarla sería cerrar el círculo, sería como rendirle un homenaje.

Adam podría haberle dicho que en realidad terminar esa partitura era un proyecto personal, que esa partitura había conseguido despertarle meses atrás y que, en cierta manera, era la culpable de que él hubiese visto en qué se había convertido y no se hubiese gustado. Podría habérselo dicho, pero no lo hizo. Sí, si al final se demostraba que esa partitura o parte de ella era de Chopin y lograban terminarla, la Royal se beneficiaría de una muy buena publicidad y Chopin recibiría un merecido homenaje. Esa clase de historias solían gustar mucho a la prensa. Pero Adam sabía que ni Montgomery ni Gabriel habían insistido en que siguiera trabajando en ella por esos motivos. Sus amigos habían intuido la verdad, que esa partitura significaba algo especial para él. Él se había negado a terminarla porque le avergonzaba recordar la clase de hombre que era antes y tenía miedo de volver a serlo. Hasta el día que oyó a Charlotte tocando el piano y volvió a ver la música en su interior y comprendió que eso era imposible, tenía que serlo. Él ya no era así. Por eso necesitaba terminarla, porque cuando ella se fuera necesitaría tener algo capaz de recordarle que, a pesar de todo, era capaz de ver de verdad.

Pero no se lo dijo, no podía, y esperó que su explicación le bastase.

A juzgar por lo que Charlotte le dijo a continuación, le bastó.

—No sabía que la última actuación de Chopin había sido aquí en Londres.

Adam soltó el aliento, aliviado de poder mantener su secreto y siguió con la conversación.

—Y sin embargo eres capaz de reconocer que los primeros compases de la partitura no los escribió él.

—Así es, aunque puedo estar equivocada.

—No creo que lo estés.

—¿Crees que es posible que Chopin no escribiera los primeros compases, pero sí los últimos? —Charlotte se atrevió a darse media vuelta, Adam seguía de pie junto al sofá que ella había ocupado antes.

—Supongo que sí. Chopin se ganaba la vida como profesor de música, sus alumnos eran nobles o gente adinerada que a menudo le mantenía. Tendría sentido que él aprovechase la partitura de otra persona.

—No lo sé. —Charlotte se acercó a Adam—. ¿Y la cogió sin más?

—Eso es lo que a mí siempre me ha parecido más extraño. No termina de encajar. Además, Folie tiene armonía, no hay ningún cambio abrupto, es más una...

—Evolución.

—Exacto.

Charlotte sonrió y volvió a sentir una presión en el pecho porque él no pudiera ver esa sonrisa. Apenas había comido en todo el día y su estómago la traicionó en aquel momento. Fue embarazoso, aunque al mismo tiempo sirvió para aligerar la tensión que se había creado entre los dos desde que ella le había confesado el motivo de su viaje a Londres.

—Ven, vamos a la cocina, prepararé algo para cenar.

A Charlotte le gustó que él no la invitara, que formulase aquella frase de esa manera, dando a entender que si ella quería podía negarse, pero que él esperaba que se quedase. Esa frase, simple y compleja, hablaba de confianza y reconocía que entre él y ella estaba surgiendo algo especial. Quizá se debiese solo a la música, pensó, aunque en secreto y durante un instante deseó que hubiese algo más.

Adam había salido del estudio y caminaba hacia la cocina. Nocturna iba a su lado, notaba el extremo de la cola rozándole el pantalón de vez en cuando y, si la gata se alejaba, se la imaginaba acercándose a Charlotte.

En la nevera tenía otra bandeja preparada, en esta ocasión era un pastel de carne, pero no le apetecía. No sabía si era su orgullo o su estómago, pero esa noche no quería conformarse con calentar algo en el horno. Abrió el cajón donde guardaba la carne fresca, el orden era primordial en su nueva vida, y sacó dos filetes que dejó en la encimera. Puso agua a hervir. Después sacó una bolsa de ensalada y se acercó a la despensa a por unas patatas. Le gustaba cocinar, era un ritual que siempre le había ayudado a desconectar del trabajo —o de las discusiones con Erika cuando ella vivía allí—, y lo echaba más de menos de lo que creía.

—¿Qué quieres que haga? —Charlotte había entrado, pero no estaba cerca de él.

—Puedes preparar la ensalada. En el armario que hay al lado de la nevera encontrarás los cuencos. Prepara el aliño que quieras, está todo aquí.

Oyó que abría el armario y movía los utensilios que había dentro. Después el brazo de Charlotte rozó el suyo cuando fue a por la bolsa de la ensalada. Adam estaba colocando las patatas en la olla con agua hirviendo.

—Se te da bien cocinar.

—¿Cómo lo sabes? —le preguntó él sorprendido y con una sonrisa.

—Estás sonriendo. Te gusta estar aquí, en la cocina.

—Antes me gustaba mucho —reconoció—, ahora poco a poco lo estoy recuperando.

—Yo diría que casi lo tienes.

Adam se apartó del fuego y preparó la carne. Él sabía cómo comportarse alrededor de Jennifer, solo tenía que apartarse de en medio y dejar que su hermana lo hiciese todo. También sabía qué hacer con Montgomery o con Gabriel, tenía que fingir que no pasaba nada, que todo seguía igual que antes. Y con Erika había intentado ser él, o lo que quedaba de él después de esa noche, y ella se había ido antes incluso de darle una oportunidad. Y gracias a Dios que se había ido, si no, Charlotte no estaría allí ahora.

La idea le sorprendió. El alivio, la confusión y también el miedo que corrieron por dentro de él como distintos caballos de carrera en busca de la meta le sacudieron tanto que se cortó.

—Mierda.

Estaba cortando eneldo, dejó caer el afilado cuchillo en la tabla de madera y buscó a tientas el paño de cocina. Encontró las manos de Charlotte.

—Te has cortado. —Ella le sujetó la mano y se la acercó al rostro—. No parece grave.

Tiró de él hacia el grifo y le colocó los dedos anular e índice, los que se había cortado, bajo el agua.

—No es nada —aseguró él; algo tenía que decir mientras se le aceleraba el corazón como si tuviese quince años porque ella le había tocado la mano.

Charlotte cerró el grifo y secó la mano de Adam sin soltarla. El corte, aunque alcazaba dos dedos, no era profundo, pero seguía sangrando un poco.

—¿Dónde tienes el botiquín?

Hablaban bajito, ninguno de los dos sabía qué estaba pasando y susurrando el tiempo parecía ir más despacio y sus respiraciones disimulaban la torpeza.

—En el armario que hay al lado de la puerta.

Ella se apartó, aflojó los dedos despacio y se acercó al armario. Lo abrió y se fijó en el orden, en cómo estaban colocadas las distintas cajas de las medicinas. Pasó el índice por los puntos de braille de una caja, ¿Adam había aprendido a leer esos puntos? Abrió la caja de tiritas y cogió el líquido desinfectante. Él seguía de pie en el mismo lugar, tenía los ojos cerrados y se apretaba el puente de la nariz con la mano que no tenía herida. Charlotte caminó hasta allí, pensó que le había visto hacer eso antes, cerrar los ojos cómo si existiera una diferencia entre esa oscuridad y la que no tenía más remedio que aceptar.

Volvió a cogerle la mano.

—Creo que no va a escocerte. —Disparó el líquido y sopló. Después lo secó de nuevo con cuidado y le puso una tirita en cada dedo. Los dos temblaban, no mucho, era una especie de corriente. Debería soltarle la mano, pero no lo hizo—. Yo... yo debería irme.

Adam no contestó, aunque la había oído por encima de los latidos del corazón que parecía golpearle la clavícula en un intento de captar su atención. Llevó la mano que ella no le sujetaba hasta el rostro de Charlotte y con el pulgar le acarició la mejilla mientras detenía los otros dedos en el cuello y en la nuca. Tenía el pelo suave y la piel cálida. Temblaba.

—Yo... —siguió Charlotte—. No quiero que suene como un cliché, pero... debería irme. No soy lo que crees que soy.

Adam arrugó las cejas.

—Yo no creo nada.

Ella soltó el aliento entre una risa y un suspiro de resignación, él lo sintió rozándole los nudillos.

—Debería irme.

—Ven aquí.

Él le acarició la mejilla y con el dedo meñique, que seguía oculto tras el pelo de Charlotte, presionó ligeramente la nuca de ella para que levantase la cabeza. Él se agachó un poco y, en medio de aquella completa oscuridad de la que no podía huir, dejó de sentirse vacío y tuvo la certeza que esa nueva sensación que empezaba a iluminarlo todo era Charlotte. No la besó, no quería precipitarse por mucho que su cuerpo sí insistiera en ello.

Detuvo los labios cerca de los ella, justo cuando su nariz rozó la de Charlotte y su mejilla notó el roce del pelo de ella.

—Adam.

Él no sabía si ella había pronunciado su nombre o si meramente lo había susurrado, pero él nunca lo había escuchado así.

—Charlotte.

Ella respiró, el temblor aumentó y Adam sintió que debía capturar aquel instante, porque de lo contrario algo moriría dentro de él. Colocó los labios en los de ella y fue una pausa en medio de la sonata, el silencio que precede a un solo de piano. Adam nunca había pensado que existiera una persona, una sola, con la que poder respirar al mismo tiempo o cuyo corazón fuese más importante que el suyo. Nunca había creído en la existencia de tal criatura, ni siquiera se lo había planteado; esa clase de vínculos pertenecían solo a los cuentos, a la mitología, y si afectaban a alguien real, nunca era a él. Y, sin embargo, allí estaba, a pocos centímetros y derribando uno a uno los miedos y las defensas que a él pudieran quedarle. El día que la oyó tocar y vio de nuevo la música tendría que haberse dado cuenta. Charlotte no iba a ser cualquiera para él.

Había compuesto una canción para Charlotte. Exceptuando a su hermana, Adam nunca había compuesto nada para nadie y un eco en el corazón le anunció que ahora que tenía a Charlotte toda su música iba a ser para ella. Era absurdo, una locura, no la tenía, ni siquiera la había besado todavía como de verdad necesitaba y aquella caricia le quedaría para siempre grabada en la memoria. No, pensó entonces, no era absurdo ni una locura, era real y sincero y lo más fuerte, extraño, repentino e innegable que había sentido nunca.

Ella le había dicho que tenía que apartarse, que no era lo que él creía. Apartarse sería lo mejor, tenía que reconocer que la intensidad de lo que estaba sucediendo le asustaba. Entonces Charlotte suspiró y separó los labios, y él supo que para alejarse de ella el mundo tendría que estallar bajo sus pies, y dudaba que aun así la soltase. El aliento de ella se coló por entre los labios de Adam, y la presión del pecho, la que sentía desde esa noche, se aflojó durante unos segundos. Tuvo ganas de sonreír. ¿Quién diablos era ella? ¿Por qué había tardado tanto en aparecer?, pensó de repente. ¿Por qué le había hecho esperar tanto?

«Ahora está aquí».

Él también suspiró y entonces le tocó a ella estremecerse. No, Adam no iba a apartarse. Movió los labios muy despacio, ese beso no iba a conocer el significado de las prisas ni de las dudas. Charlotte soltó la mano que le había curado y apoyó la palma en el torso de Adam. La lengua de él buscó la de ella, Charlotte se puso de puntillas, y con la otra mano le acarició el rostro igual que él había hecho con ella.

Charlotte no recordaba que nadie la hubiese acariciado así nunca, buscando solo besarla y estar cerca de ella. Tuvo ganas de llorar. ¿Por qué había tardado tanto en descubrir que un beso podía ser así? ¿Por qué Adam la había hecho esperar tanto?

Movió la mano hacia la nuca de Adam para tirar de él y seguir perdida en sus labios, en el calor que desprendían sus brazos. No quería distancia, no quería tiempo entre ellos porque entonces tendría que pensar en qué estaba haciendo y en que ahora ya no podía negar que Adam la hacía sentir, que la hacía vibrar y la hacía soñar, y que le estaba despertando el corazón.

Sonó un móvil y Adam se detuvo un segundo sin llegar a apartarse. Apoyó la frente en la de ella y le acarició el labio con el pulgar mientras el teléfono insistía.

—Tengo que contestar. —Tenía la voz ronca—. Si es mi hermana y no contesto, se presentará aquí con la policía.

Charlotte solo consiguió asentir, aunque apretó los dedos en la nuca de él. Tenía miedo de soltarle, de lo que haría ella cuando él se alejase.

Adam le dio un suave beso con los labios cerrados y dio un paso hacia atrás para contestar. Llevaba el móvil en el bolsillo trasero de los vaqueros.

—Hola, Jenn —dijo—, estoy vivo. No, he tardado porque tenía el móvil en otra parte. No me sermonees, Jenn. Hoy no. Por favor.

Charlotte se planteó irse, no iba a mentirse, se lo planteó seriamente. Podía aprovechar que él estaba hablando para recoger sus cosas, abrir la puerta y despedirse con un simple adiós. Es lo que habría hecho antes y sin mirar atrás. Es lo que tendría que hacer, pero si cerraba los ojos le veía a él, si respiraba sentía el perfume de su piel bajándole por el esternón. El corazón le latía demasiado rápido y gotas de sudor le resbalaban por el cuello que él había sujetado y acariciado. Bajó la vista hacia las manos y vio que se estaba sujetando a la encimera como si se tratase de un precipicio. Cogió un vaso y bebió un poco de agua del grifo, estaba helada.

Oyó la voz de Adam un poco más lejos, había salido de la cocina y estaba hablando con su hermana en el salón. La puerta seguía abierta y lo observó. Él se había detenido junto a una estantería y estaba algo tenso, tal vez por la conversación con Jennifer o tal vez por lo que había sucedido entre ellos, la mano con la que no sujetaba el teléfono descansaba sobre el lomo de Nocturna sin acariciarla. La gata parecía saber que su amo necesitaba aquel punto de apoyo.

Charlotte se repitió que no podía irse, sencillamente no podía, y se dispuso a seguir preparando la cena. Cualquier cosa era válida con tal de no preguntarse por qué no se iba. Acabó de aliñar la ensalada y la dejó a un lado. Después coló las patatas, no sabía qué tenía previsto hacer Adam con ellas, pero ella abrió los armarios hasta encontrar la sal, la pimienta y hierbas aromáticas, las roció con ellas y buscó una paella. El ritual y el olor le recordó a otra cocina y le fue imposible escapar de los recuerdos.

Fern y ella compartían piso en Nashville. Era un sábado de otoño y Charlotte salió del dormitorio con resaca y remordimientos. Lo primero no lo ocultó, lo segundo sí.

—Tienes que dejar de hacer esto, Lottie.

—¿No piensas darme los buenos días antes de ponerte en plan santurrona conmigo, Fern?

—¿Por qué lo haces?

—¿El qué? No hago nada malo.

Fern siguió cocinando. Llevaba una falda verde hasta la rodilla y un jersey blanco, el pelo recogido en una coleta y ni una gota de maquillaje. Charlotte llevaba una camiseta manchada de cerveza de la noche anterior y tenía rímel y restos de pintalabios en la cara, por no mencionar que probablemente olía como mil demonios.

—Ese chico, el que ha salido hace un rato de tu dormitorio, ¿cómo se llama? No lo sabes, ¿no?

—¿Y qué importancia tiene? Él tampoco quiere saber mi nombre, Fern.

—Acércame los platos, ¿quieres?

—No hago nada malo —insistió. A la luz del día no conseguía convencerse de ello, y que Fern no la riñese como solía hacerlo, que se limitase a un único comentario y a mirarla mal durante unos segundos, se le hacía insoportable.

—¿Quieres beicon además de las patatas y las salchichas? —Fern cogió los platos, los que Charlotte no le había dado—. Esta tarde he quedado con Joshua para ir al cine, ¿te apetece venir con nosotros?

No, prefería arrancarse los dientes sin anestesia o acostarse con una docena de «Mikes» (así se llamaba el tipo de anoche) antes que ir al cine con Fern y Joshua. Charlotte aún tenía miedo de que Fern viese en sus ojos que estaba enamorada de su novio, del novio de su hermana.

La mano de Adam en la espalda la sobresaltó y le devolvió al presente.

—¿Estás bien? No quería asustarte.

—Oh, sí, lo siento. —Apagó el fuego—. Tengo que irme.

¿Qué estaba haciendo allí con Adam? ¿Qué estaba haciendo?

Él la sujetó por la muñeca.

—¿Qué te pasa, Charlotte? —Le acarició la mejilla de nuevo—. Puedes contármelo.

Sintió que él la veía y se asustó, porque si de verdad pudiera verla, se horrorizaría. Ella no podía soportarse, ella no se merecía aquel beso tan precioso. No se lo merecía. No se merecía encontrar a Adam.

—No puedo.

Era egoísta, Charlotte lo sabía. Debería contarle la verdad y así él dejaría de acariciarle la mejilla o de rozarle el pulso para tranquilizarla.

—¿No vas a quedarte a cenar?

—No, tengo que irme.

Pensó que él se enfadaría, que discutirían y por fin él entendería que cometía un error acercándose a ella. Charlotte cerró los ojos y apretó los labios. Al hacerlo, el sabor del beso de Adam la sacudió y tuvo que morderse la lengua para no empezar a hablar y contarle toda la verdad. Pero él no se enfadó, se quedó allí de pie acariciándole la muñeca como si a través del tacto pudiese meterse dentro de ella. Charlotte deseó que pudiera y, al abrir los ojos, dejó la mirada fija en el pulgar de él que subía y bajaba por el pulso de ella.

—De acuerdo. —Adam la soltó—. Te acompaño a la puerta.

Charlotte suspiró abatida. Era mejor así. Al pasar por delante de la comida a medio preparar intentó que no le doliera pensar en los recuerdos que quizá habrían creado en esa cena. Se puso el abrigo y fue a por la bici. Adam le abrió la puerta con Nocturna al lado.

—Adam, yo...

—Tranquila. Lo entiendo.

Charlotte se detuvo. Había estado tan metida en su pasado, en sus errores, en su culpa, que no se había atrevido a pensar en Adam y en cómo se tomaría que se fuese de esa manera. Vio los hombros echados hacia atrás, la distancia que intentaba mantener entre los dos, la excesiva educación. Comprendió que él creía ser el que fallaba, el que había cometido un error y Charlotte no lo soportó. Él había sido increíble con ella y por jodida que estuviese ella aún no iba a tratarlo como uno de los «Mikes».

—Antes, en la cocina —empezó con la voz más firme que encontró—, he recordado algo que creía que había olvidado. No voy a ser muy buena compañía esta noche y es mejor que esté sola.

—Lo entiendo.

—No, no lo entiendes —sonrió de lo surrealista e injusta que era esa situación para Adam. Si él viera... Le cogió una mano y se la llevó al cuello, apoyó la palma de Adam justo donde a ella le latía el pulso para que notase lo alterada que estaba—. Si no existiera ese recuerdo, me quedaría.

«Si no existiera mi pasado».

—De acuerdo.

Esta vez él pareció creerla.

—¿Quieres que venga mañana a trabajar con la partitura?

Él movió la mano, la levantó para acariciarle la mejilla.

—¿A las seis te va bien?

—Aquí estaré.

Charlotte se puso de puntillas y le dio un beso en los labios. Fue igual de tierno y de suave que el que él le había dado al contestar el teléfono, y en él puso todo el corazón que le quedaba.

13

Adam volvió a la cocina y se sirvió una copa. No recordaba la última vez que un beso, un solo beso, lo había alterado tanto y le costaba hacerse a la idea de que el motivo era porque nunca le había sucedido nada igual. Vació la copa e intentó recordar un beso de Erika, estuvo a punto de tener arcadas y acabó llenándose otra. ¿Qué diablos le estaba pasando? Esa chica no podía ser tan importante tan pronto, todo aquello tenía que deberse a que, gracias a Charlotte, a lo que había sentido cuando la había oído tocar el piano, él había recuperado su pasión por la música. El primer día que él tocó la partitura tuvo una sensación extraña, como si alguien hubiese prendido una cerilla en la cueva de sus costillas. A lo largo de los meses siguientes, antes de que perdiera la vista, esa cerilla ganaba fuerza cada vez que él cambiaba algo de su vida, cada vez que eliminaba algo que no encajaba. Pero no fue hasta que se quedó ciego que supo con dolorosa certeza que no podía seguir así, que llevaba demasiado tiempo sin sentir, sin querer a nadie de verdad. Oír tocar a Charlotte había avivado esa cerilla, la había convertido en un fuego de llamas altas que le lamían por dentro. Pero besarla...

Se sirvió otra copa, le temblaban las manos. No podía entenderlo y al mismo tiempo no podía negar que, si el maldito móvil no les hubiese interrumpido, no se habría apartado de ella jamás.

Y si Charlotte no le hubiese dicho que tenía que irse porque un recuerdo así se lo exigía, habría ido tras ella.

Dios. ¿Qué recuerdo? ¿Por qué no se lo había preguntado? Había elegido ese momento para comportarse como antes, con distancia, porque se dijo a sí mismo que era mejor ser cauto. ¿Cauto? Cómo si la cautela pudiese evitar lo que le estaba pasando.

Si las circunstancias hubiesen sido distintas, no habría contestado el teléfono, pero no lo eran, y sabía que si no respondía, su hermana se presentaría allí.

Durante el primer segundo, después de dar la correspondiente prueba de vida a Jenn, iba a colgar. No lo hizo porque comprendió que necesitaba unos cuantos más para respirar y tranquilizarse un poco.

El beso.

No había sido solo un beso. Un beso no le habría dejado en aquel estado, con las entrañas retorciéndose y la certeza de que tenía que retener a esa mujer en su vida si quería tener la menor posibilidad de ser feliz. Sonaba a locura, a psicología barata, él se habría reído en la cara de cualquier charlatán que hubiese intentado convencerlo de tal tontería. Pero no podía evitar sentirlo así.

Mientras Jennifer le contaba lo que le había sucedido en la escuela, él planeó qué le diría a Charlotte cuando volviese a la cocina. Intentó planear la cena entera. Podrían hablar un rato de la partitura y después... después quizá se atreverían con las cuestiones personales que los dos parecían expertos en rehuir. Olió que ella estaba cocinando y sonrió, estaba ilusionado. Nunca algo tan absurdo como el olor y el ruido de otra persona en su cocina le había hecho tan feliz.

Se despidió de Jennifer, sonrió cuando su hermana le dijo que notaba que él estaba de buen humor. Colgó antes de que ella insistiese en averiguar los motivos y, al girarse hacia la cocina —hasta aquel instante se había mantenido de espaldas—, notó que algo había cambiado. Charlotte estaba distinta, lo notaba en el aire; antes no habría sabido explicarlo, pero fue comparable a entrar en una sala vacía, solo que sabía que ella seguía allí. Hacía ruido, las patatas chisporroteaban en el fuego, y la encontró con facilidad. La habría encontrado siguiendo únicamente la reacción de su cuerpo al de ella.

Y cuando la tocó, notó en la yema de los dedos que efectivamente la mente de Charlotte se había alejado de allí, de lo que había sucedido entre ellos.

Ella le dijo que se iba y Adam, que nunca iba detrás de nadie, que según Erika vivía encerrado dentro de sí mismo sin importarle las emociones de los demás, supo que Charlotte estaba triste, dolida, y quiso ayudarla. Fue más que querer, sintió que necesitaba hacerlo.

Charlotte no había aceptado quedarse y tampoco le había contado por qué se iba. Adam no podía negar que la actitud de ella le había dolido, a la vista estaba, ya iba por la tercera copa y él hacía meses que prácticamente no bebía. Al vaciar esta última pensó que tal vez había sido un golpe de suerte que Charlotte se hubiese ido. Erika le había dejado escarmentado en lo que a mujeres se refería y tal vez, seguramente, se estuviera precipitando.

No quería volver a cometer un error como el de Erika.

Pero por más que se obligaba a aceptar esa idea, le costaba encontrar una semejanza, una sola, entre las dos mujeres.

Recordó el instante en que Charlotte le había cogido la mano y se la había llevado al cuello para que él pudiera notarle el pulso. Ella no le había contado por qué se iba, cierto, pero ese gesto, sentir la piel de Charlotte bajo las yemas de sus dedos, el calor que desprendía, y detectar el segundo exacto en que el pulso de ella se aceleró porque él movió los dedos, le bastó a Adam para esperar y soltarla. Aunque no iba a negar que había tenido que recurrir a su famosa fuerza de voluntad para no insistir.

Soltó el aliento y se pasó el vaso de cristal por la frente. Al menos Charlotte se había ido con otro beso. A lo largo de los pasados nueve meses había temido que nada ni nadie pudiese llegar a interesarle de nuevo. Se había resignado a pensar que esa falta de interés le protegería de las decepciones y de la frustración. Creía que estaba preparado para ello. La ceguera le había obligado a reconocer que había algo mucho peor que no ver y era no sentir. Él antes veía y no sentía nada, vivía en un mundo aparente con la novia perfecta y éxito profesional, y casi había perdido a su hermana y a sus amigos. Adam no volvería atrás por nada del mundo. Si el mismísimo diablo apareciese y le devolviese la vista con la condición de que él volviese a ser el de antes, le diría que se largase. El problema de estar dispuesto a sentir, a vivir, era el daño que podían llegar a hacerle. No ser capaz de componer le había hecho más daño del que estaba dispuesto a reconocer, pero por fin volvía a ser capaz de sentarse al piano. No llegar a averiguar qué podía llegar a existir entre él y Charlotte... no sabía qué le haría eso. Daño parecía una palabra absurda para definirlo, pero intuía que no se recuperaría fácilmente.

—Volverá mañana.

Ninguna sinfonía se componía en un día.

Charlotte no fue al apartamento, fue a Regent's Park, el parque que estaba más cerca de casa de Adam, y se sentó en un banco. Hacía mucho tiempo que no pensaba en Josh y odiaba que hubiese aparecido en medio de esa noche y hubiese echado a perder el posible recuerdo de esa cena.

¿Qué diablos le pasaba cuando estaba con Adam? Creía que había dejado atrás esa vida, la vida, que iba a ser capaz de solo existir y de cumplir la promesa que le había hecho a Fern. Y ahora, él, Adam, acababa de aparecer y sí, tal vez, tal vez si hubiese aparecido antes, las cosas serían distintas. Mierda, no tenía sentido negarlo. Pero había aparecido ahora, cuando ya era demasiado tarde.

Quizá el recuerdo de Josh se había colado en su mente precisamente por eso, para recordarle que ella no tenía derecho a estar allí con Adam. Tenía que pensar en Fern.

Fern y Charlotte siempre se habían llevado bien. De pequeñas habían crecido conscientes de que eran idénticas y, al mismo tiempo, completamente distintas. A Charlotte no le importaba que Fern hubiera salido mucho mejor parada en el reparto, a ella le bastaba con tener a su hermana y que ella la ayudase a encajar con el resto del mundo. Fern era más dulce, más simpática, más generosa, más buena. Era normal que el resto de la familia, los amigos del colegio y el universo en general la prefirieran. A Charlotte le parecía bien, ella también la prefería.

Todo el mundo prefería a Fern, excepto Josh, al principio. La familia de Joshua Hamilton, Josh, se mudó a la casa de al lado cuando Fern y Charlotte tenían nueve años. Él tenía dos años más que ellas y enseguida se convirtió en el compañero de juegos y mejor amigo de las gemelas y también de su hermano mayor, Thomas. Josh se llevaba bien con todo el clan, era como si el destino lo hubiese enviado allí para estar con ellos. Él siempre distinguía a las gemelas, no se había equivocado ni una vez, y si Thomas no estaba por allí, solía preferir la compañía de Charlotte; ellos dos era más atrevidos y traviesos que la siempre cauta Fern. Los niños se hicieron mayores juntos y, en su pequeño corazón, Charlotte siempre atesoró que Josh la prefiriera a ella antes que a su hermana; Fern tenía a todo el mundo, ella tenía a Josh. Pasaba noches enteras en la cama con la mirada fija en el móvil de mariposas que colgaba encima de ella soñando con bailar con Josh en el baile del instituto. Cuando llegara el día, él se lo pediría y la besaría al terminar. Sería perfecto.

Pero llegó el día y Josh le pidió a Fern que lo acompañase y ni siquiera le dio una explicación a Charlotte. Lo único que hizo fue abrazarla loco de felicidad y le contó a su mejor amiga lo nervioso que se había puesto al preguntarle a Fern si quería ir con él.

Charlotte lo abrazó y no le contó que acababa de romperle el corazón, se limitó a sonreírle y a decirle que era tonto, cómo iba Fern a decirle que no.

Charlotte fue al baile con Mike Carrera, un exalumno de su instituto que estaba en primero en la universidad, y a partir de entonces todos fueron «Mike».

Hasta que Fern se puso enferma.

Estar en Londres no era un castigo, aunque había huido, eso lo sabía. Había decidido que podía cumplir con la promesa que le había hecho a Fern —terminar los estudios de música— en otro continente y que allí, lejos de todo lo que le importaba o de lo que había sido su vida, no sentiría nada y se convertiría en una especie de autómata.

Pero ella no era un autómata. A pesar de lo que creían los demás, Fern no era la más sensible de las hermanas.

Vio pasar dos patos, caminaban por la orilla del lago del parque. Había sido una ilusa al creer que huyendo físicamente también huiría de los recuerdos o de sí misma. Aunque durante un tiempo lo había conseguido: hasta que tocó esa partitura y conoció a Adam.

Estaba convencida de que allí, en Inglaterra, nada lograría alcanzarla, que las emociones la traspasarían igual que los rayos de la luna la superficie del lago. Estaba segura de que ya nada podía emocionarla, acelerarle el pulso o hacerle latir el corazón. Ella estaba vacía y así quería seguir estando.

Tenía que reconocer que por ese motivo al principio no había leído ninguno de los mensajes de su hermano Thomas y había elegido esas aburridísimas asignaturas, las peores de todas. Y por eso había buscado trabajo de camarera y no hablaba con nadie.

Pero ahora tenía amigos, más o menos, Trace y Nora, y tocaba en un grupo.

Se suponía que la música no tenía que volver a existir para ella, que ya había desaparecido, y allí estaba de nuevo invadiendo cada rincón de alma que le quedaba.

Todo era culpa de la partitura. Se estaba volviendo loca, un pato graznó dándole la razón. Un trozo de papel de más de doscientos años no tenía la culpa de nada, ella ya no echaba la culpa de sus acciones a los demás. Era culpa suya. Ella tenía la culpa de no haber podido resistir la tentación de sentarse en el taburete de The Scale y tocar esa pieza. Ella tenía la culpa de haber chocado con Adam en la puerta de la librería y de haberse quedado con la imagen de él grabada en la mente, y ella tenía la culpa, sí, la tenía, de haberse estremecido cuando él le pidió que siguiese tocando esa misma tarde.

Ella tenía la culpa de haberle besado como nunca antes había besado a nadie.

Cerró los dedos alrededor de una de las lamas de madera del banco donde estaba sentada, inclinó la cabeza y el viento le heló la nuca. Si era capaz de tener frío, ¿por qué no iba a sentir otras cosas como por ejemplo la caricia de los dedos de Adam en su mejilla?

¿Qué había pensado que pasaría?

Ella nunca había besado a Joshua. A pesar de que durante mucho tiempo había creído estar enamorada del novio de su hermana, jamás se le había pasado por la cabeza hacerlo, ni siquiera lo había soñado. Dios, ¿por qué le había costado tanto darse cuenta de que nunca, nunca, se había sentido atraída por Josh, que nunca le había querido en ese sentido? Se había comportado como una niña pequeña y egoísta que tiene una pataleta porque no consigue lo que quiere. Había sido una niña pequeña y egoísta hasta que la enfermedad de Fern le dejó claro que iba en serio.

Y entonces, cuando Fern empezó a apagarse, ella también.

Fern era la única que insistía en que Charlotte era mucho más de lo que ella creía. La única. Incluso la propia Charlotte estaba convencida de que su hermana se equivocaba. Ella no era buena, ni generosa, ni tenía paciencia, ni sabía escuchar. Joder, si ni sabía qué quería en la vida más allá de pasárselo bien y no pensar. Ella y Fern discutían a menudo por eso. Fern insistía en que Charlotte no era nada de eso y le recitaba lo que, según ella, eran sus buenas acciones: «Cada sábado por la mañana haces de voluntaria en el comedor social», le decía. «Sí, pero porque me gusta uno de los chicos de la asociación que lleva el comedor», le respondía ella. «Eres la única que acompaña a papá a subir montañas», atacaba Fern, a lo que Charlotte le recordaba que lo hacía porque así su padre la dejaba salir hasta más tarde el fin de semana siguiente.

Ella no era buena persona, sencillamente sabía negociar. Y siempre pensaba en sí misma, nunca en los demás.

Pero con la enfermedad de Fern no había podido negociar, a pesar de que Charlotte hubiera estado dispuesta a pagar el precio más alto.

Sin Fern a su lado sintió que se había quedado sin brújula, sin nadie que le recordase de vez en cuando que tal vez no era un monstruo. Y dado que nadie la veía, bien podía desaparecer. Londres era el destino que había elegido para ello, una ciudad hasta entonces desconocida en la que no tenía a nadie y en la que no existiría la música del pasado.

Hasta que un día oyó una melodía que no pudo ignorar y las notas de la partitura se colaron dentro de ella y consiguieron que le latiera el corazón. La música clásica siempre había sido su única verdad, la parte más vulnerable de ella y nadie excepto Fern conocía el auténtico motivo por el que le gustaba tanto. Porque Charlotte creía que, si era capaz de emocionarse con ella, de llorar, de reír, entonces tal vez sí era capaz de sentir algo puro y hermoso, algo que ni siquiera ella podía estropear.

Empezó a llover otra vez. Aquella semana la lluvia no había desaparecido del todo en ningún momento. Quizá siempre estaba allí, como la verdadera Charlotte, esa chica que había trabajado de voluntaria en el comedor social, que había sido capaz de reconocer su error con Joshua y que había besado a Adam como nunca había besado a nadie. Lástima que la única persona del mundo que había creído en esa Charlotte hubiese muerto. Montó en la bicicleta y volvió al apartamento, a casa, y de camino pensó que quizá desconocía muchas cosas sobre sí misma, quizá lo desconocía casi todo, excepto que la música formaba parte de ella y que no soportaría hacerle daño a Adam, porque, cuando estaba con él, sentía por primera vez en la vida que no tenía que ser otra persona para existir.

Sacudió la cabeza para que las lágrimas que le llenaban los ojos resbalasen por las mejillas. Era demasiado tarde para tener esa clase de esperanza.

La mañana siguiente contestó el mensaje de su hermano con una frase un poco más larga de lo habitual: «Estoy bien, Thomas. No te preocupes por mí. Cuídate mucho».

Thomas era el mayor y se llevaba bien con toda la familia. Charlotte recordaba que, antes de que Fern se pusiera enferma, él siempre sonreía y deseó que hubiese recuperado la sonrisa. Se dio cuenta entonces de que nunca se había preguntado si Thomas se había sentido solo o desplazado a lo largo de los meses que pasaron en el hospital. Él las quería y las protegía, pero normalmente se mantenía al margen de su vida, como si Charlotte y Fern fuesen un universo aparte en el que él no pudiera entrar y se resignase a observarlas desde el exterior. Sentada en la cocina, sujetando una taza de té, se preguntó por qué hasta ese preciso instante no se había planteado si Thomas estaba bien; él también había perdido a Fern... y a ella, supuso con un nudo en la garganta.

¿Era eso lo que le habían hecho siempre? ¿Le habían impedido formar parte de su pequeño mundo?

Había necesitado toda la vida, semanas de silencio y esa partitura para empezar a cuestionarse las consecuencias de sus acciones, el impacto que podían tener en los demás. Cuando Adam le pidió que siguiese tocando, fue el instante en que Charlotte había empezado a cambiar.

La gran mayoría de personas, casi todo el mundo en realidad, es incapaz de reconocer el instante exacto en que sucede algo trascendental en su vida porque la están viviendo. El caso de Charlotte era distinto, porque llevaba meses sin vivir y los años anteriores solo había estado buscando destruirse. Por eso ella podía afirmar ahora que la tarde que conoció a Adam y tocó por primera vez Folie empezó a vivir.

Ser consciente de ese nuevo principio la asustaba y la ilusionaba. No sabía qué hacer con él, sentía que no lo merecía y, al mismo tiempo... ¿debía rechazarlo? ¿No sería eso, acaso, mucho peor que seguir adelante y vivir de nuevo?

Vivir de nuevo, ¿cómo?

Pasó la mañana en clase, tomó un café con Nora y Trace y les preguntó si les iría muy mal que esa tarde no acudiese al ensayo.

—No hay ningún problema, aún faltan días para la próxima actuación y eres la mejor pianista que conozco —le aseguró Trace sin ánimo de hacerle un cumplido. La objetividad era una de las características más reconocibles de Trace—. ¿Puedo preguntar por qué no puedes venir a ensayar?

Nora le dio un codazo.

Charlotte sonrió, cogió aire y le contestó. Iba a darle una oportunidad a esa vida, fuera la que fuese, que estaba empezando allí.

—¿Recuerdas que trabajé unos días en The Scale? Allí conocí un chico.

—¿Un chico? —Nora la miró más intrigada, apartó la taza de café que tenía delante y se dispuso a escuchar la historia.

—Un músico. Volví a cruzarme con él en el local donde tocamos el otro día, cuando vosotros me estabais esperando fuera.

—Por eso te retrasaste —apuntó Nora. Probablemente en su mente aquel encuentro casual en el pub era más interesante de lo que en realidad ya fue, pero Charlotte no la corrigió.

—Me ha pedido que le ayude con una partitura. —No sabía hasta qué punto se suponía que debía mantener en secreto los detalles de la partitura de Adam, así que no concretó demasiado—. He quedado esta tarde con él.

—Genial, si quieres podéis pasar por la tintorería y utilizar nuestros instrumentos —le ofreció Trace.

—Gracias, no creo que sea necesario, pero muchas gracias. Os prometo que estaré disponible para el próximo ensayo. —Tendría que hablar con Adam y acordar un horario.

Al salir de la cafetería, Trace se quedó charlando con un compañero de clase y Charlotte siguió andando con Nora.

—Me alegro de que por fin estés conociendo a gente.

—Cualquiera diría que soy un ogro —se defendió más o menos en broma.

—Un ogro no, mejor di un ermitaño. Me alegro de que nos estés dando una oportunidad.

—¿Una oportunidad?

Nora asintió, la cogió del brazo y reanudó la marcha.

—A nosotros, a Inglaterra. Llámalo como quieras, pero es innegable que estás distinta y por fin puedo decir que me alegro de conocerte, Lottie.

—Lo mismo digo, Nora. Lo mismo digo. Aunque creo que la oportunidad me la estáis dando vosotros a mí y no al revés.

En el tren de regreso a la ciudad sacó un cuaderno del bolso y escribió las dudas sobre la partitura que no cejaban de acecharla desde que Adam le había hablado más detalladamente de ella. Si los últimos compases eran de Chopin y los primeros no, ¿cómo habían ido a parar a sus manos? ¿Quién los había escrito? Ella no había vivido en esa época, pero dudaba que los compositores de entonces fuesen muy distintos a los de ahora y fuesen regalando sus obras inacabadas al primero que se cruzase en su camino, aunque fuera el mismísimo Chopin. Además, si ella hubiese escrito unos compases como los de Folie, no se habría separado de ellos antes de haberla terminado, a no ser que la hubiesen obligado a ello. Según la prueba del carbono, el papel donde estaba escrita la partitura procedía de entonces, pero las posibilidades eran infinitas. En el caso de que Folie fuese obra únicamente de Chopin y ella y Adam estuviesen equivocados, ¿por qué no la había enseñado al mundo el compositor polonés? ¿Por qué no la había terminado? ¿Por qué se la había mandado a George Sand? Y, ¿por qué ella la había mantenido en secreto?

Se detuvo en la biblioteca central de Londres, y entró corriendo. Le faltaba el aliento cuando le pidió a la bibliotecaria que la atendió la mejor biografía de George Sand y todo lo que tuvieran sobre Chopin. La mujer la miró extrañada, no era muy habitual que alguien pidiese esos libros con tanta urgencia, y tal vez por eso Charlotte se ganó su inmediata simpatía y le aconsejó tres volúmenes que además estaban disponibles en préstamo. Charlotte se los llevó, los colocó con cuidado en el cesto de la bicicleta y se dirigió a casa de Adam.

Él le abrió la puerta casi de inmediato y a ella le habría gustado darle un beso en la mejilla o apretarle la mano que seguía apoyada en el marco, pero no lo hizo.

—Hola, ya estoy aquí. Siento el retraso. —Llegaba quince minutos tarde—. Me he parado en la biblioteca.

—Hola. —Él le sonrió y se apartó—. No te preocupes, adelante. ¿Has ido a la biblioteca?

—Sí. ¿Puedo entrar la bicicleta?

—Claro.

Adam no tenía intención de reconocer, al menos frente a Charlotte, que la había esperado impaciente y que al percatarse de su retraso había dado por hecho que no aparecería. Ella sonaba distinta al día anterior, más decidida y animada. Él quería preguntarle qué era eso que la había llevado a irse antes de cenar, qué clase de recuerdo la había asaltado tan bruscamente, pero optó por no hacerlo. Oyó que saludaba a Nocturna y se quitaba el abrigo.

—¿Qué has ido a hacer a la biblioteca?

—A buscar libros. No sé demasiado sobre la vida de Chopin y he pensado que me ayudaría a situarme.

—Pero podías quedarte los míos, yo no voy a utilizarlos.

—¿Por qué?

Adam, que estaba camino a la cocina con intención de ofrecerle a Charlotte un refresco o una taza de té, se detuvo en seco y se giró hacia ella.

—¿Cómo que por qué?

—Sí, ya sé que tú no vas a leerlos, pero seguro que alguien lo hará en algún momento; tu pareja, tus hijos, ya sabes. No puedes deshacerte de los libros, o de cualquier otra cosa, solo porque tú no puedes verlos.

Adam se giró de nuevo hacia la cocina, no quería que ella lo viese sonreír.

—¿Es tu manera de preguntarme si tengo novia, Charlotte? Porque si lo es, la respuesta es no. No te habría besado si la tuviera.

—No te estaba preguntando eso, Adam, solo intentaba decirte que estás ciego, no muerto. La diferencia es importante.

—Lo sé. —Volvió a girarse, lo hizo tan rápido que ella chocó con él y Adam la sujetó por la cintura—. O empiezo a saberlo. —La soltó—. Puedes llevarte el libro que quieras. Te lo dejo.

—Gracias.

—De nada. ¿Qué te apetece beber? Cuéntame, ¿qué quieres saber exactamente de Chopin?

—Agua. —Charlotte se sentó en uno de los taburetes de la cocina—. Me gustaría saber qué hacía Chopin, quiero imaginarme su vida, qué estaba haciendo en la época que supones que escribió Folie y por qué no la tocó nunca públicamente.

—Tal vez lo hiciera.

—¿Y no hay registro de eso en ningún lado?

—Tienes razón. —Adam le entregó un botellín de agua y cogió otro para él—. Quizá no la hizo pública porque los primeros compases no le pertenecían. O quizá quería quedársela para él.

—¿Tú harías eso? —Charlotte se levantó y se colocó frente a Adam, él podía sentirla—. Si escribieras algo como Folie, ¿no querrías que lo escuchara todo el mundo?

Adam pensó en la canción que había compuesto pensando en Charlotte. La primera vez, cuando las notas salieron de sus dedos justo después de verla, no la escuchó nadie. La segunda, él la grabó sin saber por qué lo hacía, quizá porque quería volver a escucharla y no sabía si se atrevería a tocarla de nuevo.

—No necesariamente. A veces —carraspeó—, una composición puede ser algo muy personal. Quizá quería quedársela para él durante un tiempo.

—¿A ti te ha pasado?

—Una vez —reconoció—. ¿Y a ti? Y no intentes decirme que no compones.

—Compongo, o componía. Hace mucho tiempo que no lo hago.

Adam presintió que ella iba a alejarse y alargó una mano para tocarla. Quería hacerlo desde que había llegado. Le acarició la mejilla, y movió los dedos hasta llegar al pelo.

—¿Por qué? —Deslizó los dedos por los mechones y arrugó las cejas—. ¿De qué color tienes el pelo?

—Marrón —suspiró—, casi negro.

Charlotte le cogió la otra mano y entrelazó los dedos con los de él.

—¿Y los ojos?

—Oscuros —le costó responderle.

—¿Por qué no compones? —Estaban de pie en medio de la cocina, pero podrían haber estado en cualquier otra parte—. ¿Cuándo dejaste de componer?

—Cuando murió mi hermana.

Él siguió acariciándole el pelo hasta que notó que la tensión que había recorrido el cuerpo de Charlotte al responderle desaparecía.

—Ven, vamos al estudio —le dijo entonces.

—Tienes razón, tenemos que centrarnos. Mejor dicho, tengo que centrarme. Necesitaría que me dijeses qué días y horas quieres que nos veamos porque...

—Eso ya lo hablaremos. Estoy seguro de que lograremos llegar a un acuerdo. Pero ahora no, ahora tú vas tocar el piano.

14

Charlotte estaba sentada en el taburete del piano y él, en la butaca que había frente a la ventana.

—¿Quieres que toque Folie? ¿Ahora? No crees que antes deberíamos... —Le sudaban las manos y la espalda. ¿Cómo había ido a parar allí?

—Toca lo que quieras, me da igual, aunque preferiría que fuera una de tus canciones.

—¿Una de mis canciones?

—Toca la última canción que compusiste.

Charlotte sintió náuseas y el horrible y casi irrefrenable impulso de levantarse y salir corriendo de allí. Sintió también la necesidad de compartir esa canción con Adam, porque intuía que él la entendería y quizá entonces ella seguiría encontrando la manera de perdonarse.

Tocó las primeras notas y se equivocó, farfulló un «lo siento» en voz muy baja y volvió a empezar. Recordó esa última semana en el hospital cuando Fern apenas estaba consciente; recordó a sus padres sentados en silencio en el pasillo o en la habitación de Fern; las miradas de su madre y de su padre llenas de reproche, preguntándose porque era Fern y no ella la que estaba en esa cama. Recordó la noche que Fern le cogió la mano y la riñó por haberse quedado dormida en la silla y cómo Josh le apartó el pelo a Fern y le dio un beso en la frente y después en los labios. Recordó que sintió que ella no debía estar allí o que, ya que estaba, su presencia debería servir para algo.

No supo que estaba llorando hasta que Adam le sujetó el rostro con las manos y le secó las lágrimas con los pulgares. Y tampoco supo lo mucho que necesitaba seguir llorando hasta que él se sentó a su lado en la banqueta, la acunó contra su torso y la abrazó.

—Tranquila, Charlotte, estoy aquí.

Ella le rodeó la cintura con los brazos y se sujetó a él. Nadie la había abrazado así nunca y ella, que jamás había sentido que perteneciera a ningún lugar, sintió que lo había encontrado entre esos brazos. Lloró muchísimo, lloró todas las lágrimas que se había obligado a retener en Nashville, como si allí nadie hubiese estado preparado para aceptar su dolor. Como si hubiese estado esperando a Adam. Él la abrazaba con fuerza, le acariciaba el pelo y de vez en cuando decía su nombre, nada más. No intentó decirle que parase o que todo se iba a arreglar, y tampoco que lo superaría.

—Yo... —sorbió por la nariz al apartarse—. Lo siento.

Él no le permitió decir nada más, agachó el rostro y capturó sus labios en un beso lento y dulce.

—No lo sientas.

Ella se quedó mirándolo, observándolo. Quería contarle tantas cosas, hacerle tantas preguntas. Cosas que de momento no sabía cómo decirle y preguntas que no se atrevía a hacerle.

—Adam —susurró su nombre antes de besarle de vuelta.

Lo besó con la misma intensidad con la que había llorado, era como si las emociones que ella creía conocer y dominar se multiplicasen en presencia de Adam. Separó los labios y buscó aumentar la intensidad del beso. Necesitaba besarlo, era mucho más que un deseo físico o que un capricho. Lo necesitaba. Adam se apartó un poco, interrumpió el beso y le acarició el rostro. El corazón de Charlotte se estremeció, un sollozo se le pegó a la garganta y no quiso que la tristeza se mezclase con ese beso. Se puso de rodillas en el taburete para estar más cerca de él y pegó la parte superior de su cuerpo al suyo. Ojalá pudiese retener dentro de ella la luz que había creado Adam con aquel beso.

Adam no tenía ni idea de qué clase de música componía Charlotte o si cuando lo hacía dejaba parte del alma en cada pieza. Él, pensó confuso, no siempre lo había hecho. La gran mayoría de partituras que él había compuesto hasta el momento habían sido encargos profesionales en los que había poco o nada de sí mismo. Quizá lo más personal que había escrito eran las canciones que regalaba a Jennifer por su cumpleaños. Y Charlotte, la partitura que había compuesto pensado precisamente en la chica que le estaba enseñando lo que significaba que alguien te dejase sin aliento. Esa era su creación más íntima. Durante unos segundos temió que ella fuera a levantarse e irse. Al fin y al cabo, él no era nadie para obligarla a tocar el piano si a ella no le apetecía. Pensó que Charlotte quizá buscaría una salida fácil, una que no implicase ningún riesgo, y tocaría una canción famosa, una de esas horribles canciones del verano. Era muy posible que ella no sintiera esa conexión con él y que no quisiera compartir algo tan íntimo. No pensó que fuese a tocarle una canción tan hermosa y personal.

En cuanto escuchó el primer compás, se le detuvo el corazón y se olvidó de respirar. La tarde que la escuchó tocar Folie supo que era una pianista con corazón, que sacrificaba ese órgano en cada nota, pero la canción que estaba tocando ahora en su estudio le sacudió el alma. Tuvo la sensación de ver a la verdadera Charlotte, de que su silueta se dibujaba mejor en medio de la oscuridad que le aprisionaba. Con cada nota, Charlotte se fue presentando ante él, y cuando la oyó llorar no pudo evitar levantarse y sentarse a su lado. Necesitaba abrazarla y consolarla, decirle que fuera lo que fuese lo que le hubiese pasado o que pudiera pasarle, él estaba a su lado.

¿Charlotte había compuesto esa canción para su hermana? Él creía que sí e iba a preguntárselo, intuía que ella necesitaba hablar de ello y llorar. Tenía que llorar.

Adam había aprendido esa lección de una manera brutal, pero jamás la olvidaría. Estaba en el hospital y el equipo de prestigiosos médicos que lo atendieron le confirmaron uno tras otro que estaba ciego y que jamás recuperaría la visión. Le dejaron solo, él se lo pidió, pero entró un enfermero y le preguntó si necesitaba algo. «Ver», le respondió Adam, necesitaba ver. El hombre, que debía de ser mayor que él a juzgar por la voz, le dijo que llorase, que se despidiese de sus ojos, porque si le habían dicho que no los recuperaría, así iba a ser. Llorar, le dijo, le aliviaría, necesitaba despedirse para volver a empezar.

Charlotte necesitaba llorar y se sintió honrado de que ella, a pesar del poco tiempo que hacía que se conocían (aunque él no lo sentía así), llorase en sus brazos.

Cuando ella intentó disculparse necesitó besarla, no podía explicarle por qué la había dejado llorar sin contarle lo de su ceguera y ahora no era el momento. No tardaría en llegar, pero no era ese. La besó, tenía intención de darle solo un beso. No quería aprovecharse de la vulnerabilidad que ella debía de estar sintiendo. Pero Charlotte le devolvió el beso. Charlotte lo estaba besando y acababa de ponerse de rodillas en el taburete para estar más cerca de él.

Y él quería tenerla cerca.

Adam separó los labios y llevó las manos a la cintura de Charlotte para sujetarla y pegarla a él. No podía dejar de besarla. Las manos de ella, que seguían acariciándole el pelo, la nuca y la espalda, iban a volverle loco y no quería recuperar la cordura. Cada suspiro de ella le aceleraba el pulso, el corazón, las ganas de vivir y de sonreír. Quería gritar que por fin cada nota que había escrito, cada pérdida que había sentido, cada segundo que había vivido le había llevado hasta allí. Hasta ella. Dios santo, tenía que parar, no podía seguir adelante porque empezaba a perder el control de su cuerpo y, si eso sucedía, no lograría separarse de ella. Quería... quería. No, Adam ya no quería, la parte de Adam que era capaz de razonar y de querer y no necesitar o ansiar se estaba esfumando.

Llamaron a la puerta.

Iba a ignorarlo. Movió la lengua dentro de la boca de Charlotte y cuando ella gimió y le hundió los dedos en la espalda siguió besándola. Compondría una ópera entera pensando únicamente en ese sonido, en la reacción que escucharlo había provocado en todo su cuerpo.

El timbre volvió a sonar.

—Adam, la puerta —susurró Charlotte.

—No importa. Ya se irán. Bésame.

Ella sonrió y lo besó. A Adam jamás le habían besado sonriendo y eso le enfureció y le hizo feliz, le alegraba que esa clase de beso perteneciese a Charlotte. «Como el resto de besos».

El timbre insistió.

—Mierda —farfulló—. Voy a tener que contestar. Lo siento.

Charlotte le dio un beso en los labios y le acarició la mejilla derecha.

—No te preocupes.

Él la apartó de encima con cuidado y se puso en pie. Tardó unos segundos en dar el primer paso. Le daba vueltas la cabeza y seguía planteándose seriamente la posibilidad de no contestar y de sentarse en el sofá con Charlotte e intentar averiguar de cuántas maneras podía hacerla suspirar.

El timbre sonó otra vez.

—Mierda. —Adam caminó hasta el interfono y apretó el botón—. ¿Sí?

—Soy yo, Erika, ábreme. —Adam, incrédulo, sacudió la cabeza. Era imposible que Erika, su ex, apareciese en ese momento. Imposible—. ¿Me oyes bien, Adam? Soy yo, ábreme.

El «soy yo» le enfureció, ella ya no era nadie para él. Nunca lo había sido, pensó. Erika nunca había llorado en sus brazos y nunca lo había besado como si sus besos fuesen parte de su alma. Aun así, la conocía lo bastante bien como para saber que no se iría de allí sin hablar con él.

—Un momento —respondió. Apoyó la frente en la pared y contó hasta diez antes de darse media vuelta. Normalmente tenía que contar hasta cien para que se le pasase el mal humor tras hablar con Erika.

—¿Estás bien, Adam?

—No. —Soltó el aliento y se pasó las manos por el pelo—. Erika es mi ex. —Caminó hasta el taburete y se apresuró a cogerle la mano a Charlotte—. No sé qué está haciendo aquí, no la esperaba. Siento que se haya presentado sin avisar.

—No tienes que darme explicaciones, Adam —le aseguró Charlotte con la voz ronca y él volvió a acariciarle el rostro—. Tú y yo habíamos quedado a las seis para trabajar. Esto no es una cita.

—No, no es eso. Erika y yo lo dejamos hace tiempo. No tenemos ninguna relación. En cuanto a ti y a mí...

El timbre volvió a interrumpirlos y Adam se mordió la lengua para no decir en voz alta lo que pensaba de su ex pareja.

—Será mejor que abras —le sugirió Charlotte—. No te preocupes por mí.

Adam siguió acariciándole la mejilla, como si tuviesen todo el tiempo del mundo, y le levantó suavemente el rostro para besarla en los labios. Ella le rozó la nuca con las uñas y, cuando se apartó, respiró profundamente junto a su cuello hasta que él se estremeció.

Abandonó el estudio y fue hacia la puerta, la abrió rápido y no hizo ningún esfuerzo por disimular el mal humor.

—¿Qué quieres, Erika? Creía que ya no ibas a volver por aquí.

—¿No piensas saludarme?

—¿Qué quieres, Erika?

—¿Qué es esta horrible bicicleta? ¿Es de Jenny? —Jennifer odiaba que la llamase así, Adam sospechaba que por eso lo hacía Erika. Una muestra más de la suerte que había tenido al librarse de ella.

—¿Qué quieres, Erika?

Erika pasó junto a él y entró en la casa. Adam no soportaba que ella hiciese eso, que evidenciase de un modo tan burdo y cruel que estaba ciego, pero no le dio el gusto de decírselo y se limitó a cerrar la puerta y girarse hacia ella. Estaba olvidando las facciones de Erika, no su rostro, él dudaba que fuese a olvidarlo jamás. Lo que estaba olvidando era su sonrisa, el brillo que algún día debió de ver en los ojos de ella para pedirle que fuesen a vivir juntos. Tenía que pensar que había habido algo más que una atracción física y dos agendas capaces de sincronizarse, pero a pesar de sus esfuerzos, Erika se estaba convirtiendo en una muñeca de plástico, bella por fuera y vacía por dentro. Tal vez siempre había sido así. ¿Y él, también era de plástico y sin sentimientos?, se preguntó asustado e incómodo. Siempre había creído que no, al fin y al cabo, él era un enamorado de la música y para tocar y componer es necesario tener alma, una sensibilidad muy especial, pero tal vez solo había tenido alma para eso, para la música, y en lo que se refería al resto de su vida había estado ciego. O se había dejado cegar por algo tan frívolo y absurdo como la belleza exterior sin ninguna clase de contenido.

—¿Quién eres tú? —la voz de Erika, el tono, le erizó la piel y Adam soltó una maldición por haberle dado esos segundos de ventaja.

Erika le sacaba de sus casillas, y le provocaba nauseas que estuviese cerca de Charlotte o incluso de él. Era miedo, reconoció para sí mismo. No quería que su antigua vida se derramase en la nueva y se extendiese por ella como una pegajosa y venenosa mancha de petróleo.

—Hola, buenas tardes —oyó que le decía Charlotte y volvió a maldecirse por su torpeza. No tendría que haber dejado que se enfrentase a Erika antes de que él las hubiese presentado—. Soy Lottie, la bicicleta es mía.

—¿Y qué estás haciendo en mi casa, Lottie?

Adam reaccionó al escuchar esa pregunta.

—Esta no es tu casa, Erika. Has tenido que llamar a la puerta y me he planteado seriamente dejarte en la calle.

Cerró los puños en un intento de contener las ganas que tenía de echar a su ex. Había sido un ingenuo al pensar que no aparecería por allí. Erika no se tomaba nada bien que la ignorasen y seguro que le había molestado o incluso ofendido que Adam no hubiese estado el día que fue a recoger sus cosas. Y el destino la había compensado haciéndola aparecer el peor día posible. Si Adam estuviese solo, le gritaría, pero con Charlotte allí no podía. No era vergüenza, o sí, sí lo era. Le avergonzaba que Charlotte descubriese que él había estado con una mujer como Erika.

Notó que las uñas se hundían en las palmas de sus manos. Odiaba tener una imagen de Erika en su mente, vestida con ropa cara, joyas discretas pero carísimas, y pelo de peluquería y no tener ninguna de Charlotte. Lo odiaba. Entonces la sintió cerca, olió el perfume a mar y aflojó los dedos.

—No te preocupes, Adam. Puedo volver mañana. —Charlotte se detuvo junto a él y le rozó los nudillos de la mano—. ¿Te va bien?

Adam la cogió de la mano, deslizó el pulgar por la piel.

—No tienes por qué irte, Charlotte. —No le importó lo más mínimo que Erika lo viese así, hablando con una chica que sin duda le importaba.

—Me imagino que tenéis cosas que hablar. Está bien, no pasa nada. Me iré a casa y leeré ese libro que te he dicho antes. Es mejor que estéis a solas. Volveré mañana —le aseguró al adivinar que él le pediría que se quedase.

Adam quería insistir. La presencia de Erika, los recuerdos y las dudas que había traído consigo le habían puesto de mal humor, pero no lo hizo porque Charlotte tenía razón; era mejor que ella no presenciase lo que iban a decirse. Por mucho que le molestase o le doliese reconocerlo, él había estado con Erika durante bastante tiempo y hasta que no apareció la partitura no empezó a plantearse qué estaba haciendo con ella. Y hasta que no perdió la vista no se atrevió a mirar de verdad quién era y en qué se había convertido su vida. Erika le había dejado, le había herido en el orgullo y le había hecho sentirse inseguro, eso tenía que asumirlo tanto si quería como si no. Pero durante meses, durante años, a él le había bastado con tener a su lado a una mujer guapa y con éxito profesional. El amor, no sentirlo él o que no lo sintiera ella, no le había preocupado hasta más adelante.

Y ahora no se imaginaba entrando en otra relación en la que no pudiese llegar a sentirlo. En los besos que habían compartido él y Charlotte había más sentimientos, más sinceridad, más necesidad de la que él había conocido nunca.

Pero no podía utilizar a Charlotte como excusa para no enfrentarse a Erika.

—De acuerdo. Te llamo más tarde —accedió, y pensó en el pelo marrón casi negro que había acariciado antes y la piel suave de esas mejillas que sus dedos empezaban a conocer de memoria.

Agachó la cabeza y ella se puso de puntillas para ir al encuentro de sus labios. Solo fue un beso, breve y sincero, y le dio a Adam la fuerza y los ánimos para seguir adelante.

—Adiós, Adam.

Él respiró profundamente antes de soltarla y la acompañó a la puerta donde esperó a que saliera con su bicicleta. Tendría que estar acostumbrado a la oscuridad, y lo estaba, pero en cuanto echó el pestillo sintió que empeoraba, que el vacío se extendía y el negro se hacía más negro.

La luz y la música se habían ido con Charlotte.

—¿Así que ahora estás con cualquiera? Entiendo que debido a tu estado tengas que confor...

—No sigas, Erika. Si sabes lo que te conviene, no digas ni una palabra más y abstente de hacer ningún comentario sobre mi vida privada. —Metió las manos en los bolsillos, no quería tener la tentación de estrangularla, y caminó hasta el sofá—. Ni te incumbe ni te importa.

—Me imaginaba que harías algo así, era de esperar. Pero, Adam, ¿en serio? ¿No crees que después de todo podrías aspirar a más? Sé que no la ves, y me imagino que eso debe de ser un problema, pero no me llega ni a la suela de los zapatos.

Adam contó mentalmente hasta diez. Erika era como un perro rabioso cuando encuentra un hueso, no iba a soltarlo fácilmente y lo que quería ahora era discutir con él. No iba a darle el gusto, quizá no decía mucho de él que le guardase tanto rencor, pero no pensaba hablar con su ex más minutos de los estrictamente necesarios y se mostraría lo más impasible posible.

—¿A qué has venido? Tenía entendido que el otro día te llevaste todas tus cosas.

—Sí, tu querida hermanita se aseguró de que no me dejase nada. Creía que estarías aquí, en casa, no esperaba encontrarme con Jenny.

«En casa», definitivamente estaba tramando algo.

—Esta no es tu casa, lo sabes tú y lo sé yo. Has venido aquí con un plan. Esta manera de hablar —respiró y detectó el perfume de Erika—, la colonia y esos zapatos de tacón negro, que seguro que llevas aunque yo no pueda verlos, no van a servirte de nada. ¿Qué estás tramando, Erika? ¿Qué quieres?

La oyó caminar, sonrió al distinguir el clic de los tacones de aguja. Ella no le había confirmado que los llevase, pero ahora estaba seguro. Oyó también que Nocturna resoplaba. Erika y Nocturna nunca se habían llevado bien, tendría que haberle hecho más caso a su gata. Esperó, sabía que su ex iba a tomarse su tiempo, y más ahora que él había adivinado que su aparición no era algo espontáneo. Fingió aburrimiento e indiferencia hasta que ella se sentó demasiado cerca de él y le puso una mano en la rodilla.

Adam se obligó a no moverse.

—Tú y yo estábamos muy bien juntos, Adam.

—En su momento tal vez —reconoció. Ya había decidido que no iba a perder el tiempo discutiendo por el pasado y sabía que a ella le molestaría que él hablase de su antigua relación con tanta falta de interés. Sin embargo, no iba a decirle que acababa de darse cuenta de lo vacía que había sido, pues, aunque él había sido tan culpable como ella, estaba seguro de que Erika no lo entendería—. Ahora ya no estamos juntos, las cosas han cambiado. Me dejaste en cuanto salí del hospital y no me lo tomé bien, cierto, pero fue lo mejor que pudiste haber hecho, Erika. Nuestra relación no iba a ninguna parte. Tú y yo no íbamos a ninguna parte. No tiene sentido que hablemos de esto ahora.

—Yo no estoy tan segura. —Movió la mano por el muslo de Adam y él se levantó. No pudo soportar que lo tocase y le sorprendió reaccionar de aquel modo tan brusco y visceral ante un gesto que unos meses atrás no le habría importado o incluso le habría gustado físicamente.

—¿Qué quieres, Erika? No me digas que me echas de menos o que te sientes culpable por haberme dejado porque no te creeré, te conozco.

Esa mano en el muslo había sido un intento muy burdo y descarado por revivir la única parte de su relación que había funcionado. Y al final ni siquiera les había quedado eso. Pero si Erika estaba dispuesta a seducirlo, era señal de que el verdadero motivo de su visita era importante, muy importante para ella.

—Está bien. —Le cambió el tono de voz por completo, dejó la zalamería y habló como la mujer práctica que era—. He venido a verte por un asunto del bufete. ¿Has vuelto a trabajar en aquella partitura, la que encontró Gabriel en Mallorca?

Adam se relajó. Seguía furioso con Erika porque se había presentado allí sin avisar y porque había interrumpido su beso con Charlotte, pero al menos ahora sabía a qué atenerse.

Erika trabajaba en un importante y lujoso bufete de abogados de la ciudad. No solía llevar casos trascendentes. Había conseguido el puesto gracias a las amistades de su familia y a que ella tenía un don innato para las relaciones públicas, eso tenía que reconocérselo. Cuando estaban juntos, Erika presumía de Adam siempre que le interesaba y sabía sacar provecho de todos los contactos que él le ofrecía. Adam se preguntó qué les habría dicho a los socios del bufete para explicar su ruptura. Seguro que se las había ingeniado para quedar como una mártir, dudaba mucho que les hubiese confesado que había abandonado a su novio ciego para acostarse con el ligue de turno. La mención de la partitura le inquietó un poco. Erika conocía su existencia porque él había trabajado intensamente en ella las semanas antes de ir al piso de Jennifer, pero ella nunca le había preguntado nada, y en las contadas ocasiones en las que Adam había sacado el tema, básicamente porque no podía quitársela de la cabeza, Erika era incapaz de recordar que su posible autor era Chopin. Solía confundirlo con Bach o Mozart según el día.

—¿A qué viene esto? A ti mi trabajo te importa una mierda y, si no me falla la memoria, según tú esa partitura es «una manera estúpida de perder el tiempo pues ni siquiera van a pagarme por ello».

Sí, ella le había dicho eso dos o tres veces, cuando le había exigido que la acompañase a una fiesta y él se había negado y se había quedado en casa trabajando en la partitura.

—Uno de los clientes más importantes del bufete, que es también patrocinador de la Royal, está muy interesado en comprar una partitura original de Chopin.

—¿Y de dónde ha sacado la idea de que puede existir una partitura así si puede saberse? ¿Se lo has dicho tú? Ya veo que careces completamente de principios, Erika, vaya sorpresa. —Le resultaba curioso lo mucho que estaba conteniéndose ¡Si hasta era capaz de burlarse de la situación!

—Digamos que mi cliente es una persona con muchos recursos. Yo no se lo dije, esa información ya estaba en su poder.

—Pero a ti te ha faltado tiempo para presentarte voluntaria y ofrecerte a llevar el caso o la negociación o lo que sea que creas que estás haciendo aquí.

—¿Estás trabajando en la partitura sí o no, Adam?

Joder, era para matarla, pero Adam lo dejó estar.

—¿Quién diablos es tu cliente? —Tal vez Montgomery lo conocía y podían hablar con él antes de que la situación se descontrolase.

—La esposa de un importante jeque árabe.

Mierda. Adam recordaba que Montgomery le había explicado que las fortunas árabes, rusas y chinas habían empezado a patrocinar la Ópera y a comprar cuadros y compañías de ballet o equipos de fútbol y que todos querían salirse siempre con la suya. No le hacía falta saber quién era para adivinar que no bastaría con una charla amigable para quitarle de la cabeza la idea de comprar la partitura.

—No sabemos si es de Chopin y no está en venta. Díselo a tu cliente.

—Todo está en venta.

Pensó en Charlotte y en cómo ella le había preguntado si alguna vez se había quedado con una de sus composiciones solo para él, si no había sentido la necesidad de compartirla con el resto del mundo. Ella no le había hablado en ningún momento de venderla.

—Sé que tú lo crees así, Erika, pero no es verdad. No todo está en venta.

Ella se rio y a él se le erizó la piel. Cuanto más tiempo pasaba en su presencia, menos entendía qué había visto en Erika para fijarse en ella. ¿De verdad le había bastado con el físico? Porque ella ni siquiera se había interesado por él más allá de lo superficial, ni siquiera había estado a su lado de verdad cuando tenía los ojos intactos y era un hombre entero. Eran más bien dos personas que se encontraban y se utilizaban. Tuvo escalofríos.

Tal vez no estaba siendo justo, rectificó. Tal vez era él el que ya no veía las cosas del mismo modo. Y entero, jamás se había sentido tan entero como desde hacía unos días.

—¿Es por esa chica? Dios, Adam, no me digas que estás colgado de una estudiante mosquita muerta. Está bien, supongo que es comprensible después de lo que te ha pasado y, al fin y al cabo, no ves lo que tienes delante de las narices. Es normal que sientas la necesidad de reafirmar tu orgullo después de que yo me fuera. Tranquilo, te perdono.

—¿Me perdonas? —Él contuvo las ganas de reírse, temía no ser capaz de parar—. No me hace falta ver para saber que esa mosquita muerta, como tú la has llamado, es la mujer más hermosa que he tenido nunca delante de las narices. Antes de que te presentases aquí sin avisar estaba a punto de arrancarle la ropa y suplicarle que me dejase estar con ella. Contigo jamás tuve la tentación de suplicarte nada.

—¡Adam! Tú... —masculló—, me lo estás poniendo muy difícil.

¿Difícil? Él sí lo tenía difícil, le estaba costando mucho no gritarle y echarla de allí a patadas.

—Será mejor que te vayas, Erika. Dile a tus jefes que lo has intentado, has cumplido con tu deber, pero que además de ciego me he vuelto loco y la partitura no está en venta.

El tono de él debió de molestarla porque Adam oyó que cogía furiosa el bolso y echaba a andar hacia la puerta.

—La partitura no es tuya.

—Cierto, en realidad legalmente es de Gabriel porque la encontró en su casa y de momento casi nadie conoce su existencia. Tal vez estemos todos equivocados y no valga nada, tal vez hace doscientos años una chica de Mallorca garabateó cuatro notas en un papel y este acabó en la caja de la buhardilla. Dile a tu jequesa que se busque otra partitura o un cuadro, he oído que hay muchos en venta. O tal vez un equipo de cricket, si quiere ser original.

—Eres un cretino y estás cometiendo un grave error. Esta podría ser tu oportunidad de recuperar tu antigua vida a pesar de que no puedas ver.

—¿Mi antigua vida? ¿Y quién te ha dicho que quiero recuperarla?

Por fin los dos dejaron de fingir y se dijeron lo que de verdad pensaban, era un alivio.

—A mí no me engañas, Adam. Este rollo de ciego en paz con el universo y que disfruta de los pequeños placeres de la vida no va contigo. A ti te encanta estar al mando, ser el centro de atención, correr riesgos y hacer lo que te dé la gana y cuando te dé la gana. Nunca podrás conformarte con una chica que va en bicicleta por la ciudad por mucho que lo intentes. Te la comerás viva y después la escupirás y vendrás a buscarme.

—Estás loca.

—No. Estás enfadado porque me negué a jugar a médicos y enfermeras contigo. No iba a quedarme aquí enterrada en vida, no estaba contigo por eso. Pero si sigues adelante con lo de esta partitura, puedes volver a ser tú.

—Ya soy yo —le dijo entre dientes—. Y me alegro muchísimo de que no quisieras jugar a enfermeras conmigo, Erika. No sabes cuánto.

—Me voy, no hace falta que me acompañes a la puerta. Sé el camino. Llámame cuando entres en razón y vuelvas a ser el de siempre.

—Largo de aquí, Erika.

Oyó el portazo y fue a servirse un whisky. Dios, le temblaban las manos. Por mucho que quisiera echarle la culpa de su estado a Erika, tenía que reconocer que lo que más le había alterado había sido darse cuenta de que ella tenía algo de razón. Él había cambiado desde el accidente, ¿pero tan estúpido y egocéntrico era antes? Bebió el whisky y dejó que el líquido resbalase despacio por la garganta. Erika volvería, había oído claramente la desesperación en su voz. No iba a darse por vencida tan fácilmente, perseguiría esa partitura en nombre de su clienta o solo para demostrarle a Adam que ella tenía razón y él no.

Sacó el móvil del bolsillo y llamó a su hermana.

—¿Sucede algo Adam? —Jennifer le contestó al instante.

—¿Antes era un capullo?

—¿Qué has dicho?

—¿Antes de quedarme ciego era un capullo?

Jennifer tardó unos segundos en responderle.

—No, Adam, no eras un capullo. —Silencio—. Pero me gustas más ahora.

—Era un capullo.

—No exactamente. ¿A qué viene esto ahora?

—Erika ha venido a verme.

—¿¡Qué!? No me digas que has vuelto con ella, te juro que no respondo si...

—No, no he vuelto con ella. Confía en mí. ¿Por qué nunca me dijiste que era un imbécil?

—No eras un imbécil, Adam. Ni un capullo —se apresuró a añadir—. Me has cuidado desde pequeña, eres el mejor hermano del mundo. Me regalabas una canción para mi cumpleaños.

—Pero antes de quedarme ciego era un cretino.

—No. ¿Qué ha pasado con Erika? ¿Vas a contármelo? Tienes que contármelo.

—No ha pasado nada. Uno de sus clientes está interesado en la partitura en la que estoy trabajando.

—¿Y cómo se ha enterado ese cliente de...? ¡Espera! ¿Has vuelto a trabajar en esa partitura? ¡Eso es maravilloso, Adam! Me alegro mucho.

Él notó la sinceridad de su hermana en cada palabra.

—Gracias. Lamento haberte molestado, seguro que todavía estás en el colegio.

No, ya estoy en casa. Iba a llamarte dentro de un rato para comprobar que estabas vivito y coleando. Me alegro de que me hayas llamado tú.

—Bueno, no te acostumbres —bromeó.

—En respuesta a tu pregunta, Adam, antes no eras un capullo ni un imbécil ni un cretino. Eras frío y decidido y parecías muy concentrado en tu trabajo, en tu carrera profesional. Yo lo achacaba a que desde muy pequeño habías tenido que ser responsable y ocuparte de mí, pero me preocupaba.

—¿Antes también estabas preocupada por mí? —Él creía, erróneamente al parecer, que Jennifer había empezado a preocuparse por él al quedar ciego.

—Claro, siempre estoy preocupada por ti. Ahora me preocupa que te abras la cabeza —sonrió—, antes me preocupaba que mantuvieras tanto las distancias, que nunca permitieras que tu corazón se involucrase en nada. Solo parecías humano cuando tocabas el piano, Adam.

—Vaya, estás diciendo que antes era una especie de robot. Gracias.

—Tú me lo has preguntado.

—Pues estoy jodido, porque ahora lo de tocar el piano está descartado.

Jennifer se rio y a él le dio un vuelco el corazón; la risa de su hermana pequeña siempre le producía ese efecto.

—Creo, Adam, que justo ahora empiezas a recuperarte. Buenas noches.

Colgó a Jennifer y antes de devolver el teléfono al bolsillo llamó a Charlotte. Ella también le contestó casi al instante.

—¿Adam?

—Sí, soy yo. ¿Te molesto?

—No, para nada. Estoy en la tintorería.

—¿En la tintorería?

—El local donde ensayamos.

Ella debía de haber ido allí después de que Erika los interrumpiese.

—Lamento que te hayas ido de esa manera.

—No te preocupes, me imagino que teníais cosas que hablar.

—En realidad no. —Oyó unas guitarras—. Te lo cuento mañana. ¿Cuándo te va bien venir?

—Mañana tengo un día algo raro. Solo tengo libre la mañana.

—Pues ven entonces. Te estaré esperando.

—¿Estás seguro?

—Segurísimo. Tengo ganas de... verte.

Adam apretó el teléfono. No había utilizado ese verbo para hacer un comentario sarcástico sobre su ceguera. Le dolió comprender que quería ver a Charlotte, verla de verdad, y que jamás podría. Ella suspiró, él casi notó la caricia de su aliento.

—Vendré mañana. Buenas noches, Adam.

A él le costó encontrar la voz.

—Buenas noches.

—¿Adam?

—¿Sí?

—Yo... creo que eres la primera persona que me ve de verdad. Buenas noches.

Colgó antes de que él pudiese reaccionar.

15

Tercer compás de la partitura

París, 1831

Gaspard resultó gravemente herido durante la revolución de julio de 1830. El joven compositor llegó a la ciudad conmigo guardada cuidadosamente en el bolsillo interior de su humilde chaqueta y una bolsa con sus pocas pertenencias. Emmanuelle y él se despidieron bajo el roble del jardín de la mansión de Lobau. Ella lo besó por primera vez y le pidió que por favor no corriese ningún peligro.

Volverían a encontrarse, le aseguró. Ella viajaría a España con su madre y su hermana y encontraría el modo de volver a París y reunirse con él cuando todo hubiese pasado.

Doce meses más tarde, Emmanuelle seguía sin aparecer y Gaspard había perdido la visión de un ojo por culpa de una explosión. Un cañón había acertado en la barricada donde él estaba y las astillas le habían destrozado la mitad derecha del rostro. Lobau se había equivocado con él. Gaspard no se había escondido. En cuanto llegamos a París, fue al hostal donde le habían tratado como a un hijo meses atrás y se unió a la revolución.

A pesar del poco tiempo que llevaba allí, sentía que París era su ciudad, su gente, y no iba a quedarse a un lado.

Tal vez ahora no podáis entenderlo, pero para Gaspard aquella fue la segunda decisión más importante de su vida, la de luchar por un futuro en el que él, un simple profesor de música, pudiera casarse con la mujer que amaba, la hija de un conde.

La noche antes de la batalla me sacó del bolsillo y escribió otro de mis compases preferidos, uno lleno de amor y de añoranza, de sueños por cumplir. Es imposible tocarlo sin sentir las ansias de Gaspard por seguir adelante y por reencontrarse con su amada.

Todas las personas que me han tocado y que sabían qué era el amor lo han entendido y sentido así, y las que aún no lo conocen acaban por encontrarlo. ¿No me creéis? Es lógico, yo tampoco creería que un trozo de papel pueda conducir al amor, pero soy mucho más que un trozo de papel. Gaspard dejó dentro de mí su corazón y también lo hicieron otros después de él, aunque aún no hemos llegado a esa parte.

Sigamos con la historia.

Gaspard resultó herido el 29 de julio de 1830, y estuvo meses enfermo, entrando y saliendo del estado de consciencia, porque la herida del rostro se le infectó gravemente. Cuando por fin logró despertar, su única obsesión era encontrar a Emmanuelle, hasta que se vio reflejado en un espejo.

Era un monstruo, o así se veía él. Y así lo vería ella, creyó preso del dolor. Estuvo semanas sin recurrir a mí, había renunciado a la música y al amor, a la vida, pues sin las dos anteriores no tenía sentido. Ningún comerciante adinerado le contrataría para dar clases de piano a sus hijos con el rostro desfigurado; nadie querría tener cerca un recuerdo de lo que el mes de julio había significado para la ciudad y para Francia entera.

Eché mucho de menos a Gaspard durante esa época. Para mí él era el de siempre, aunque sí, su rostro era otro. Era como si se hubiese peleado con el mismísimo diablo y hubiese logrado huir a cambio de dejar una parte de él entre sus dientes. A mí me parecía entonces, y sigue pareciéndomelo ahora, un motivo de orgullo. Pero qué sé yo sobre el orgullo y la vanidad de los hombres.

Una vez recuperado, volvió a trabajar en el hostal. A pesar de todo, nunca se planteó volver al campo, y cada noche pensaba en Emmanuelle y deseaba con todas sus fuerzas que ella no fuese a buscarlo. No soportaría que lo viese así.

Una mañana, iba caminando por las calles de París cuando una voz amiga lo detuvo y yo sentí que tal vez ese hombre lograría hacer reaccionar a Gaspard, pues él seguía sintiendo admiración por ese pianista y compositor.

—¡Monsieur Dufayel! ¡Monsieur Dufayel! —gritó—. ¡Gaspard!

Gaspard se detuvo, ladeó la cabeza de tal modo que el lado desfigurado quedase lo más alejado posible del otro hombre.

—Chopin, maestro, no te había oído.

No era del todo mentira, Gaspard había perdido un poco de audición. La oreja derecha había quedado destrozada.

—¡Cuánto tiempo! ¿Cómo estás? No sabía que te encontrabas en París. —Chopin se detuvo al ver las heridas—. Dios mío, ¿estás bien?

Gaspard se tensó, odiaba ser objeto de lástima por muy bien intencionada que fuese.

—Perfectamente. Ya me he acostumbrado. ¿Y tú? Veo que has vuelto a la ciudad, ¿tienes algún concierto a la vista?

A Chopin no le gustó que lo tratase de esa manera, con esa frialdad. Más tarde os daréis cuenta de que el músico no tenía muchos amigos y, a pesar de que había coincidido poco con Gaspard, guardaba muy buen recuerdo de la conversación que habían mantenido ese verano en la mansión de Lobau y había ansiado volver a coincidir con él.

—Yo estoy bien, gracias. Lamento lo que te ha pasado, Dufayel.

—No te preocupes. Me alegro de verte, Chopin, que tengas una buena tarde.

Gaspard le dio la espalda e intentó irse. Por fortuna para mí y también para los dos músicos, Chopin no se lo permitió.

—¿Todavía tocas, Dufayel?

—No, ya no. ¿De qué serviría?

—Mi querido amigo, la música sirve para todo. No puedes dejar de tocar.

—¿Por qué? ¿Quién querría escucharme?

—Yo, por ejemplo. ¿Y qué me dices de mademoiselle Lobau?

Gaspard se dio media vuelta.

—¿La has visto? ¿Sabes dónde está?

—No, lo lamento. No sé nada de la familia del conde. Daba por hecho que tú sí.

—No. Esa ha sido la única bendición que me ha sido concedida, Emmanuelle no me ha visto así.

—No conocí a mademoiselle Lobau lo suficiente para juzgar su carácter, pero si de verdad crees que no querría estar a tu lado por una mera cicatriz, entonces estás mejor sin ella.

—¿Una mera cicatriz? Soy un monstruo.

—Te comportas como tal, eso es cierto, pero tu rostro no es el culpable de ello.

—Déjame en paz, Chopin, y vuelve a tus salones con tus nobles y tus alumnos ricos.

—Creía que eras un músico de verdad, Dufayel, que la música era importante para ti —contraatacó Chopin y yo, de haber tenido, manos le habría aplaudido—. Me contaste que te habías marchado de la granja de tus padres sin nada y que habías trabajado de sol a sol para acabar las clases en el conservatorio. ¿Y ahora una mera cicatriz te asusta, te hace renunciar a todo lo que quieres? Tú, Dufayel, no te mereces tocar, no te mereces sentir la fuerza de la música y mucho menos la de la amistad o la del amor. Si algún día decides volver a ser el de antes, ya sabes dónde encontrarme, en uno de *mis salones*. Buenas tardes.

Chopin nos dejó allí solos y con un humor de perros. Gaspard volvió al hostal y se pasó el resto del día ocupado con sus quehaceres y asumiendo también cualquier tarea que se cruzaba en su camino. Buscaba el agotamiento, arrancar de su mente las dudas que Chopin había sembrado allí. Durante un instante temí que lo lograra, pero cuando fue a acostarse noté las manos de Gaspard aplanando las arrugas de mi pergamino.

Cogió una pluma y la empapó de tinta.

La afilada punta se deslizó por las rayas y una gota de agua, no, una lágrima, mojó mi extremo superior derecho. Gaspard lloraba y escribía y los compases que escribió esa noche son desgarradores, hablan de desesperación, de tristeza, de miedo, amor y esperanza.

Se había comportado como un cobarde, pero en su defensa tengo que contaros que huir de la granja e instalarse en París sin un franco daba mucho menos miedo que buscar a la mujer que amaba con el rostro desfigurado. Si París le hubiese rechazado, Gaspard se habría recuperado, habría aprendido un oficio, habría sido un sastre decente o quizá incluso zapatero. Pero dudaba que pudiese recuperarse si Elle lo miraba con asco o con lástima. De todos modos, se debía a sí mismo intentarlo y también se lo debía a Elle. Y también se merecía tocar, pensó Gaspard, y yo lo supe porque dejó de escribir durante unos segundos y, cuando volvió a hacerlo, las notas que creó fueron más valientes y alegres.

La música formaba parte de él, Chopin tenía razón. Si la gente no quería ver su rostro desfigurado, que cerrasen los ojos. Él iba a tocar.

La mañana siguiente, después de ocuparse de preparar el desayuno a los huéspedes del hostal, habló con los Bélier, el matrimonio que lo regentaba, y les contó que iba a ausentarse durante un tiempo. No sabía cuánto. Los dos lo entendieron, le dijeron que, aunque le echarían de menos, comprendían que tuviera que irse y seguir adelante con su vida. Gaspard les prometió que volvería y les aseguró que él siempre cumplía con sus promesas. La madrugada que abandonó la granja le prometió a Dios que, si le permitía tocar el piano, nunca volvería a consentir que alguien le arrebatase los sueños, y aunque había estado a punto de olvidarlo, lo había recordado. Dufayel comprendió aquel día que, pasara lo que pasase con Elle, él iba a encontrarla en cada nota que escribiese.

Después fue en busca de Chopin. Su amigo y compositor estaba en uno de los salones donde solían tocar músicos de renombre. Lo primero que hizo fue disculparse. Gaspard tenía un gran corazón y sabía reconocer cuándo cometía un error.

—Lo siento, Frédéric. Ayer tenías razón, mi comportamiento fue abominable.

—Me temo que el mío también, Dufayel —le concedió el músico—. No soporto que alguien tan dotado para la música como tú se eche a perder. Fui muy poco considerado con tu situación.

—Mi cara, querrás decir. Es una cicatriz enorme, pero me temo que la peor está por dentro. Tendré que acostumbrarme y, mientras lo hago, no puedo renunciar a la música. Sin ella jamás sanaré.

—No solo necesitas la música, Gaspard. —Le cogió de la mano y lo llevó a una mesa lejos de oídos curiosos.

—Lo sé, pero no sé por dónde empezar. Nadie ha oído nada de los Lobau desde hace meses.

—Los encontraremos.

—¿Vas a ayudarme?

—Por supuesto.

Gaspard empezó a trabajar como ayudante de Chopin y poco a poco la gente se acostumbró a su cicatriz y volvieron a solicitar sus servicios como profesor de piano. Ser el ayudante de Chopin era una excelente carta de presentación y las familias que no podían permitirse al maestro se conformaban con él. Gracias también a Chopin tuvieron acceso a los salones de las casas más importantes de la ciudad y fue en una de ellas donde Gaspard oyó por fin el nombre de los Lobau.

—El conde y la condesa siguen en España —le estaba diciendo una dama a otra mientras tomaban el té—. Una de sus hijas está enferma.

—Pobrecita, el clima español es de lo más perjudicial.

—Sí, Sevilla es demasiado caluroso. Todavía no entiendo por qué decidieron esconderse allí y por qué no han vuelto.

—Recuerda que la condesa tenía mucha afición a los escándalos.

—Es cierto.

Gaspard dejó de escuchar, los amantes de la condesa no le importaban. No podía dejar de pensar en lo que habían dicho esas dos mujeres: «una de sus hijas está enferma».

Esa misma noche habló con Chopin.

—Tengo que ir a Sevilla. Tengo que encontrarla.

—Ten cuidado, son tiempos revueltos y España no es segura para un francés revolucionario.

—Solo soy un profesor de piano que ha decidido cambiar de aires.

Gaspard me sacó entonces del bolsillo donde me llevaba siempre y me enseñó a su amigo. Era la primera vez que me mostraba abiertamente a otra persona y me emocionó que el elegido fuese Chopin.

—¿Qué es esto? Te he visto garabatearlo varias veces.

—Es *Folie*, mi partitura.

—¿Qué es?

Chopin preguntaba si era una ópera, un concierto para piano o una mera canción.

—Es mi vida. Este compás —señaló unas líneas y sentí la emoción con la que Gaspard reseguía cada nota— lo escribí el día que conocí a Emmanuelle. Este —señaló el último— lo he escrito hoy, justo después de oír a esas damas hablar sobre Lobau.

Chopin me observó con atención, le brillaban los ojos.

—Es increíble. Tienes que tocarlo, no puedes quedarte con esta maravilla solo para ti.

—No está terminada. —Volvió a enrollarme y me guardó de nuevo en el bolsillo—. He hecho una copia, la he transcrito esta tarde. Quiero que te la quedes.

—Estás loco, has perdido la cabeza. Es tu partitura.

Supe entonces que la honradez de ese hombre y el respeto que sentía por la música y por el talento de Gaspard iban a formar parte de mí de alguna manera.

—Lo sé, pero tú mismo has dicho que España es un país peligroso para un francés revolucionario.

—Solo eres un profesor de piano que ha decidido cambiar de aires.

Sonrieron y Chopin hizo algo que hacía muy pocas veces, soltó un improperio en polonés.

—Volveré, Frédéric, volveré con Emmanuelle —afirmó Gaspard convencido—. Pero si me sucede algo y no lo consigo, guárdala, termínala, haz lo que quieras con mi partitura. Sé que contigo estará en las mejores manos.

Gaspard me quería. Para él yo era la historia de su vida y sabía que, si yo desaparecía sin más, él también lo haría. Para alguien que había renunciado a su familia y que entonces no sabía si algún día tendría una, yo era su único legado. Gaspard sentía que debía protegerme y sabía que Chopin lo entendería.

—De acuerdo, Gaspard. La guardaré hasta que tú regreses con una condición.

—¿Cuál?

—Termínala. Saca el original que te has guardado en el bolsillo y escribe una nota cada día y cuando vuelvas lograremos que todo París la escuche.

—Si la escucha Emmanuelle, me conformo.

Sevilla, 1832

Gaspard y yo tardamos un año en llegar a Sevilla. En aquel entonces no era tan fácil viajar como ahora y Chopin no había exagerado al decir que España era un país peligroso para un revolucionario. Gaspard obviamente ocultó el papel que había desempeñado en París durante la revolución de 1830, pero por mucho que se esforzase en disimular su acento al principio, siempre alguien acababa por detectarlo y por sospechar de él.

A lo largo del viaje Gaspard, que fue pagando su manutención ejerciendo trabajos dispares como pescador, ganadero o incluso transportando unas gallinas de una ciudad a otra, encontró varias personas que le contaron historias sobre los nobles franceses que se habían ido a esconder a España. Muchas eran inventadas y estaban llenas de exageraciones, aunque algunas tenían su gracia, al menos para mí. De entre todas Gaspard se quedó con las que tenían cierto perfume de verdad y consiguió encontrar algunas pistas sobre la familia Lobau.

Ninguna de las hijas del conde estaba enferma. La pequeña, Adelaine, se había quedado embarazada en algún momento y por eso la familia no había vuelto a Francia. El alivio que sintió Gaspard fue tal que esa noche, cuando me sacó de mi escondite, escribió tres compases. Aunque tenía muy poca información sobre Emmanuelle, y una parte de él le decía que fuese cauto, esa noche, la noche antes de llegar a Sevilla, se permitió soñar.

Lo tenía todo planeado, llevaba un año esperando ese instante. Conocía la dirección de la residencia de los Lobau y había pagado un buen dinero a uno de los sirvientes para que le pusiese al tanto de los horarios de los señores. Esperaría al domingo, entonces los señores iban a misa y sus hijas se quedaban en casa.

Había planeado entrar en la casa por el jardín, llevaría el rostro oculto con una capucha y no se lo mostraría a Emmanuelle hasta hablar con ella. La prepararía para la impresión y rezaría para que ella pudiese mirarlo, aunque solo fuese un instante.

El sábado estaba en una plaza cuando un carruaje se detuvo y Gaspard oyó que alguien corría.

Alguien que además gritó su nombre.

—¡Gaspard! ¡Gaspard! —La chica, Emmanuelle, corrió sin importarle quien la viera. El corazón de Gaspard latió tan rápido que me golpeó—. ¡Gaspard! Dime que eres tú.

Ella se lanzó a sus brazos.

—Elle —suspiró Gaspard.

—Eres tú.

Ella le besó primero el lado derecho, justo encima de la cicatriz, después el izquierdo y por fin en los labios.

Gaspard le devolvió el beso.

Por desgracia, las historias que había escuchado Gaspard no eran del todo falsas, aunque sí imprecisas. Adelaine estaba embarazada y Emmanuelle, nuestra Elle, enferma. Muy enferma.

Os dejo de nuevo con Adam y Charlotte, necesito reunir fuerzas para contaros qué pasó con Gaspard y Elle, pero os prometo que, si de mí depende, esta novela tendrá un final muy distinto al de mi primer compositor. Aunque me temo que no van a ponérmelo nada fácil.

16

Charlotte se despertó con la sensación de haber tenido el sueño más extraño de toda su vida. No había soñado con Fern ni tampoco había tenido una pesadilla, que era lo más normal en ella. Había soñado que estaba en un prado de lavanda y que un hombre al que no le veía el rostro la cogía de la mano y le decía que la amaba, que la querría siempre. Había sido muy triste, se había despertado con el rostro anegado de lágrimas. Sentía, por extraño que pareciese, que esa mujer no era ella y, sin embargo, al mismo tiempo lo era. Confuso, sin duda. No era ella, pero tenía partes de ella, o tal vez al revés. Y el hombre, el hombre no le había mostrado su rostro en el sueño y Charlotte sentía que de algún modo lo conocía. No en el sentido romántico. El hombre del sueño no era Adam, ni Josh, ni uno de sus «Mikes» —tuvo náuseas solo de pensarlo—, el hombre del sueño era músico. Sí, eso era lo único que tenía claro.

Solo hubiera faltado un unicornio paseando por el campo de lavanda, pensó mientras se duchaba. Tenía que dejar de darle vueltas, había sido solo un sueño, un sueño muy raro, además. Trace y Nora habían insistido en que fuera a cenar con ellos y había acabado en un paquistaní-mejicano. Sí, la combinación existía en Londres porque una encantadora señora mejicana se había casado con un también encantador señor paquistaní y habían abierto un restaurante. La comida le había parecido buena, pero era obvio que algo le había sentado mal.

Mientras se vestía vio que había recibido un mensaje de Thomas y le contestó: «Todo bien. ¿Y tú? Dale recuerdos a papá y a mamá».

Su hermano contestó al instante. Charlotte sonrió al imaginarse al serio de Thomas boquiabierto. Quizá se había sentado en la cama para contestarle o se había pellizcado para comprobar que estaba despierto. ¿Su hermano seguiría viviendo en el mismo apartamento? ¿Se habría mudado? Él había seguido con su vida después de la muerte de Fern y de que ella se fuera, eso era lógico, pero era la primera vez que Charlotte se preguntaba esos detalles.

«Yo estoy bien. Con ganas de viajar. ¿Qué tiempo hace en Londres?».

«Frío. Mucho frío. Pero tal vez más adelante mejore», le contestó Charlotte, a lo que su hermano le contestó mandándole uno de esos emoticones que era una sonrisa con un beso.

Comprendió en ese preciso instante que echaba de menos a Thomas. Ahora se daba cuenta de que a él, a su hermano mayor, no le había dado nunca la oportunidad de conocerla. Y ella no había intentado conocerle a él. Su relación con Fern lo había invadido todo y la muerte de su gemela la había dejado tan vacía que no se le había ocurrido pensar que Thomas pudiese ayudarla u ocupar parte del espacio. Y con esa omisión les había hecho daño a ambos, a ella y a Thomas, y tal vez incluso al recuerdo de Fern.

Ellos dos tal vez podían arreglarlo. Esos mensajes no iban a cambiar ni el pasado ni el futuro, pero podían ayudarla a estar cerca de su hermano, y Charlotte quería que Thomas sintiera que ella le quería y que jamás había pretendido hacerle daño.

Fue en bici a casa de Adam. Por el camino intentó no pensar demasiado en Erika y en las diferencias más que evidentes que existían entre las dos. ¿De verdad Adam había estado con esa mujer? Erika era imponente, Charlotte entendía que Adam, o cualquier hombre o mujer, se sintiese atraído por ella. Pero saltaba a la vista que era una arpía y, aunque los había visto juntos durante muy pocos minutos, no lograba imaginárselos como pareja. No eran los celos los que hablaban, pero los tenía. Lo que le había helado la sangre había sido ver cómo Erika miraba a Adam, como si lo despreciase, como si él ya no fuese digno de su consideración o admiración.

¿Adam miraba así a la gente antes de perder la vista? Se negaba a creerlo. El hombre que la había abrazado mientras lloraba la muerte de su hermana, la pérdida de toda una vida, tenía el corazón y el alma demasiado grandes, demasiado luminosos, para hacer tal cosa. Sin embargo, había presentido cierta afinidad entre él y Erika y el mismo Adam le había dicho que habían llegado a vivir juntos. Le parecía imposible, inconcebible. Pero ¿acaso las personas no están formadas por varias capas? Ella no era la misma aquí, en Londres, que en Nashville.

Ella no siempre había tratado bien a los chicos que habían cometido el error de acercarse a ella. Ahora empezaba a entender que había sido fría y distante con ellos, que los había utilizado del primero al último y no se sentía orgullosa de ello. Se avergonzaba. No del sexo, no era un sentimiento puritano, ellos sabían a lo que iban. Se avergonzaba de no haber dado a ninguno de esos chicos la oportunidad de conocerla de verdad, de no habérsela dado a sí misma. Los había utilizado para hacerse daño y se lo había hecho, a ella y a todo el mundo.

Erika era peor, tenía que serlo. Charlotte había reconocido el egoísmo de su pasado en la otra mujer, y se le retorció el estómago al pensar que Adam pudiese saltar del fuego para caer en las brasas. Un claxon la sobresaltó. Ella no era como Erika, ya no, jamás había llegado a ser tan manipuladora. Se estremeció al preguntarse si habría llegado a serlo de no haber muerto Fern.

«No».

«Yo no voy a utilizar a Adam».

En ese momento pensó en George Sand, la amante de Chopin. Antes de acostarse había estado leyendo su biografía y había descubierto que la escritora francesa había mantenido relaciones con varios hombres, intelectuales y músicos del momento, además de contraer matrimonio. En la novela también se insinuaba la posibilidad de que hubiera mantenido relaciones con mujeres. Sin embargo la historia que había captado la atención de Charlotte era la del amor entre Sand y Chopin, que había durado varios años. Ella se había hecho cargo de él al principio de la enfermedad del músico, pero acabó abandonándolo, ridiculizándolo en una novela (según el autor de la biografía) y no acudió a su funeral.

No sabía exactamente por qué, todavía le faltaba mucho por averiguar, pero tenía la intuición de que Sand y Chopin habían vivido un amor muy triste, incluso deprimente. Un amor que no encajaba para nada con las primeras páginas de la partitura.

Tarareó la música, giró por la última calle y llegó a Primrose Hill. Llamó al timbre y, mientras esperaba, se quitó el gorro y se peinó un poco. Tenía los labios cortados por el viento.

—¿Eres tú, Charlotte? —le preguntó Adam por el interfono.

—Sí, soy yo.

La puerta se abrió y Adam alargó un mano para sujetarle el rostro. Ella había deducido que lo hacía para saber exactamente donde estaba, aunque también le gustaba pensar que él tenía ganas de tocarla. Igual que le sucedía a ella.

—Hola —dijo Adam antes de agacharse a besarla.

El beso recorrió a Charlotte, entró por los labios y se deslizó hasta llegar a su corazón, que se aceleró sin disimulo. Le fallaron las rodillas, algo que podía afirmar rotundamente que no le había sucedido nunca, y se sujetó a Adam para que no la soltase y para poder seguir besándolo.

La bicicleta cayó al suelo, se había olvidado de que la estaba sujetando.

—Lo siento —farfulló Charlotte al separarse para recogerla.

—No te preocupes. —Él colocó una mano encima de la de ella para ayudarla y le dio otro beso—. Tienes los labios cortados.

Le pasó suavemente la lengua por encima y Charlotte se convirtió en un manojo de nervios. Solo era un beso, se dijo, uno que había sentido hasta el alma.

—Lo sé, es por el viento. —Observó a Adam que tiró de la bicicleta hacia el interior de la casa y cerró la puerta—. Tengo un pintalabios de cacao en el bolso, pero siempre me olvido de ponérmelo.

Él apoyó la bicicleta en la pared y se dirigió hacia la escalera.

—Espera aquí, ahora vuelvo. —Subió los escalones de dos en dos. Nocturna se quedó allí con ella hasta que Adam reapareció—. Toma, usa este. —Le colocó un pequeño bote redondo en la palma de la mano—. Lo utilizaba en el hospital, se me cortaron mucho los labios. Va muy bien.

Adam le cerró los dedos aprisionando el pequeño bote dentro. Se quedó quieto y apretó los labios, conteniendo las palabras; la alegría que había dado sabor a esos besos estaba atrapada ahora en ese silencio. La intimidad del gesto, que le hubiese dolido físicamente saber que ella estaba herida, aunque solo fuese algo ridículo como tener los labios cortados, y que hubiese sentido la necesidad de hacer algo, todo, para aliviar ese dolor, lo abrumaba y le hizo sentirse... bien. Por primera vez en muchísimo tiempo.

Charlotte levantó la vista, la había dejado fija en sus manos, en la de Adam y la suya, y buscó el rostro de él.

—¿Qué te pasó, Adam? ¿Cómo te quedaste ciego?

Él le había hablado del hospital, algo que nunca había hecho antes, y las preguntas que Charlotte había ahogado hasta entonces subieron a la superficie. Adam la soltó, se pasó las manos por el pelo y caminó hasta el sofá. Quizá se arrepentía de haber hecho ese comentario o de haberle prestado ese bote de crema para los labios, el detalle más romántico de toda la vida de Charlotte. Ella esperó. Ninguna de sus relaciones anteriores la había preparado para Adam, ni su amistad con Josh ni el profundo vínculo que había compartido con Fern. Con Adam no sabía a qué atenerse ni qué podía o debía hacer para acertar, para no hacerle daño y para conseguir que él volviese a besarla, a acariciarle la mejilla o a escucharla mientras tocaba el piano. Era pronto y demasiado tarde, él no tendría que haber aparecido en su vida y, sin embargo, allí estaba. Frente a ella. Y lo único que quería Charlotte era averiguar cómo hacerlo feliz al menos esa tarde. Si él quería hablar, ella lo escucharía, y si él quería seguir en silencio, por mucho que a ella le carcomiese, no insistiría.

—¿De verdad quieres saberlo?

Ella asintió primero en silencio porque las palabras que sonaban en su interior la cerraron la garganta. «Él te importa. Mucho. Muchísimo».

—Sí, de verdad.

Se sentó en el mismo sofá donde estaba él, Nocturna estaba entre los dos y Adam le acarició el lomo al gato.

—Mi hermana Jennifer y yo siempre hemos estado unidos, pero no siempre hemos estado el uno cerca del otro; nuestra relación ha tenido sus altibajos. Perdimos a nuestros padres cuando yo acababa de cumplir los dieciocho y me hice cargo de ella.

—Dios mío, Adam, no lo sabía. Lo siento.

— No te preocupes, fue hace tiempo y, por triste que parezca, tanto mi hermana como yo nos hemos acostumbrado. Me hice cargo de Jenn. —Retomó la historia—. Ella no fue la adolescente más fácil del mundo, pero conseguimos seguir adelante a nuestra manera. Pasaron los años, yo decía que no me importaba, pero estaba exhausto y odiaba a mis padres y también a Jenn, en cierta manera, por haberme obligado a convertirme en adulto antes de tiempo. Intentaba ocultárselo, supongo que me sentía culpable por tener esos pensamientos, aunque apenas pasábamos tiempo juntos; la cuidaba porque era mi obligación, vigilaba nuestras cuentas, hablaba con sus profesores, cosas así, hasta que pudo hacerlo ella sola. Antes de quedar ciego, Jenn y yo solo nos veíamos de vez en cuando para cenar y hablamos del trabajo, del tiempo —se apretó el puente de la nariz—, creía que bastaba con eso y lo cierto es que era un alivio poder pensar solo en mí para variar.

—Creo que cualquiera en tu situación se habría sentido abrumado por tal responsabilidad, Adam.

—Jenn empezó a salir con alguien, con un chico fantástico. —A Charlotte se le heló la sangre al ver la cara de Adam al llegar a esa parte—. Se llamaba Ryan y era, es, de origen francés, pero se crio en Londres. Ryan la conquistó, fue a por Jenn como si la vida le fuese en ello y yo se lo permití. Así tenía más tiempo libre y por fin podía dejar de preocuparme por Jenn del todo y centrarme únicamente en mi carrera. —Se frotó el rostro—. Fui un estúpido. Un egoísta. Erika y yo salíamos mucho, casi cada noche teníamos algo y, si no, estábamos de viaje. Por eso tardé tanto en darme cuenta.

—¿En darte cuenta de qué?

—Ryan pegaba a mi hermana.

—Dios mío. —Alargó la mano y tomó la de Adam. Pensó en lo que habría sentido ella si alguien le hubiese hecho eso a Fern. Habría perdido la cabeza.

—Había visto señales. Tú has visto a Jenn, sabes que es muy habladora. —El cariño de Adam hacia su hermana fue palpable y Charlotte le estrechó los dedos para decirle que lo sabía.

—Sí, lo es.

—Entonces apenas hablaba, siempre parecía estar asustada. Pero yo estaba demasiado ocupado con mi trabajo para darme cuenta.

—No es culpa tuya.

—Eso dice Jennifer, pero yo jamás dejaré de sentirme culpable. Es mi hermana, mi única hermana. En fin, no sé exactamente qué sucedió, qué me hizo cambiar. Recuerdo que hacía unos días que Gabriel me había entregado la partitura y me había pedido que averiguase si era de Chopin y que intentase terminarla. Ahora que lo pienso, la primera vez que la toqué fue justo antes de salir a cenar con Jennifer y Ryan. A veces lo hacíamos, sobre todo cuando Erika quería presumir de mí ante sus compañeros de trabajo y sabía que tenía que compensarme. Esa noche vi que mi hermana tenía la marca de unos dedos en la muñeca. Aproveché que iba al baño para seguirla con la excusa de hacer una llamada y le pregunté qué le había pasado. Me mintió, Charlotte, me mintió. Lo vi en sus ojos. Vi que mentía porque tenía miedo.

—Adam. —No sabía qué decirle, le acarició el rostro un segundo con la otra mano y él suspiró antes de continuar.

—A partir de entonces no pude dejar de pensar en ello. Erika me dijo que no me metiese, que quizá eran juegos de cama.

—Es una arpía. Lo siento —se apresuró a añadir.

—Lo es, joder. ¿Pero qué diablos hacía yo con una mujer así? Porque ni puedo ni quiero engañarme, Charlotte, yo tampoco debía ser mucho mejor si compartía mi vida con ella. Estuve años con Erika, años.

—No sé qué decirte, Adam. Tú y yo acabamos de conocernos. —Vio que él tomaba aire y lo soltaba despacio y añadió—: Y no sé cómo eras antes. Y tú tampoco sabes cómo era yo antes de venir aquí. Pero sé que, cuando ayer te vi con esa mujer, no sentí que os uniera nada.

—No, a Erika ya no me une nada. Nada en absoluto. —Adam giró el rostro hacia el de Charlotte, ella antes le había acariciado la mejilla, ahora él levantó la mano y la pasó por el pelo de ella durante unos segundos. Capturó el extremo de un mechón y lo enredó entre el pulgar y el índice, lo soltó a medida que retomaba la anterior conversación—: Después de esa cena no podía dejar de pensar en Jennifer, en esas marcas, en qué más podía pasarle, así que ignoré la teoría de mi novia y llamé a mi hermana. Al principio me mintió, pero insistí, le hablé de nuestros padres, le hablé de lo que estaba haciendo con la partitura y de que creía que las cosas entre Erika y yo ya no funcionaban y al final terminó por contarme lo que sucedía. Me lo contó todo, desde el principio, desde la primera paliza, y yo le dije que no pasaba nada, que recogiera sus cosas y que me esperase. Ryan estaba de viaje. Salí de casa en ese mismo momento. Pensé que daba igual si Jennifer se iba sin nada, tenía que sacarla de ese apartamento cuanto antes. Él había mentido. Al parecer, le hacía pruebas de esas para ver si la pillaba con otro, algo que ella jamás hizo porque mi hermana no es así. Cuando llegué, la puerta estaba cerrada y oí los gritos desde la calle. El muy hijo de puta la estaba pegando y reaccioné, reaccioné sin más. Si hubiera tenido una pistola, le habría matado. Eché la puerta abajo, todavía no sé cómo, lo aparté de mi hermana y le golpeé. Nos peleamos, Jenn gritaba que nos separásemos, que íbamos a matarnos. Yo le decía que se fuese y que llamase a la policía. Ryan y Jenn vivían en un primer piso, un apartamento de lujo en el barrio de la City, él era corredor de bolsa. Los dos caímos por la ventana. Nos estábamos pegando y no recuerdo si él me lanzó contra la ventana o yo lo lancé a él. La cuestión es que caímos juntos. Sufrí un traumatismo craneal, estuve en coma casi un mes y los cristales y el pavimento me destrozaron la mitad de la cara. La cirugía plástica consiguió arreglarlo casi todo excepto esta cicatriz. En cuanto a la vista, sufrí un derrame, los nervios ópticos estaban dañados y, aunque me cambiasen las córneas, no volvería a ver porque al parecer la zona del cerebro que se dedica a descifrar las imágenes y convertirlas en información se ha olvidado de hacerlo. Estoy ciego para siempre. Podría haber muerto, durante semanas pensé que habría sido lo mejor.

—No, Adam, no digas eso. Por favor. No lo digas.

Ella sabía lo que era perder a alguien y no se imaginaba perdiendo a Adam. No podía.

—Ryan también resultó gravemente herido. Está paralítico e ingresado en una cárcel hospitalaria. Jenn al final lo denunció. La familia de Ryan intentó denunciarme a mí, pero en cuanto hablaron con la policía que había entrevistado a los vecinos, cambiaron de idea. Además, mi hermana llevaba meses fotografiándose y, aunque un abogado podría poner en duda que el autor de esas palizas fuese Ryan, ningún jurado creería jamás en su inocencia en cuanto oyesen los testimonios de Jennifer, el mío o el del propio Ryan. Nunca entenderé por qué Jennifer seguía con él y al mismo tiempo se fotografiaba los moratones, y me odiaré siempre por no haberlo visto antes. Es mi hermana y tendría que haber estado de verdad a su lado.

—Dios mío, Adam. —Lo abrazó y él se tensó. No quería que él creyese que lo abrazaba por lástima o algo parecido, lo hacía porque necesitaba estar cerca de él. Porque entendió que él era lo mejor que le había pasado nunca—. No me extraña que tu hermana me fulminase con la mirada el otro día, debe pensar que eres una especie de superhéroe y que ninguna chica es digna de ti.

«Y tiene razón».

—No soy ningún superhéroe. Iba a matar a ese desgraciado.

—Creo que no lo habrías hecho, Adam. Lo creo de verdad. —Charlotte iba a apartarse, pero no quería. Iba a hacerlo porque se sentía como un ladrón robando algo que nunca podría pertenecerle, pero él la retuvo en su regazo.

—Creo que empecé a cambiar cuando Gabriel me dio la partitura y me pidió que la tocase, y sé que, irónicamente, perder la vista me ha abierto los ojos. Tienes mucho tiempo para pensar cuando estás siempre a oscuras como yo, Charlotte, y en el hospital me di cuenta de que no soportaba mi vida ni a mí mismo. Estoy cambiando, me queda mucho por aprender y por hacer, pero... Dios, sé que lo más probable es que te asustes y que salgas corriendo si te digo esto, y tal vez sería lo mejor. Pero eres mi luz, siento que mi oscuridad tiene luz desde el día que te oí tocar el piano y no quiero...

«Luz, me ha llamado su luz».

Ella lo besó, no quería oírle decir que ella lo dejaría y se iría. Sería lo que sucedería, pero no por los motivos que Adam pensaba.

Él le devolvió el beso y le acarició la espalda. Habría sido muy fácil dejarse llevar por la atracción que sentían, fácil y también peligroso, pero Adam se obligó a apartarse. Ahora que había empezado a hablar tenía que llegar al final:

—No sé qué sucederá con nosotros, Charlotte. No sé qué sucederá conmigo. Hace unas semanas estaba decidido a no componer jamás, a echar la música de mi vida porque creía que ya no tenía sentido tocar si dentro de mí no la veía, pero llegaste tú y cuando te oí en The Scale vi cada nota de esa partitura en mi interior. Y antes de que digas nada, solo me pasa cuando te oigo tocar a ti y, aunque no tiene sentido, me gusta que así sea. Quiero averiguar qué demonios pinta Chopin en esta historia y llegar hasta el final, quiero saber por qué no está acabada y cómo fue a parar al ático de la casa de Gabriel. Quiero vivir. Después de lo de Erika, ni siquiera se me había pasado por la cabeza la posibilidad de estar con alguien y, sin embargo, desde ese primer día siento que tú tienes que estar aquí. Siento que formas parte de esta partitura tanto como yo.

—Adam, yo...

—No digas nada. No hace falta. —Esperó unos segundos y ladeó la cabeza antes de continuar—: ¿Te das cuenta de lo mucho que nos fiamos de lo que vemos? Antes, si te hubiese conocido hace un año y me hubiese atrevido a decirte todo esto, te habría mirado y habría buscado en tu rostro, en tu mirada, en un gesto de tus labios, una respuesta. Sé que parece una locura, lo sé. Pero tenía que decírtelo, me prometí a mí mismo que no volvería a mentirme, ni a mí ni a las personas que me importan. Esta es mi verdad, Charlotte, puedes hacer con ella lo que quieras. No te lo he contado para hacerte sentir que tienes alguna obligación conmigo. No la tienes. Lo único que te pido es que, si sientes algo parecido, confíes en mí.

«Luz, me ha llamado su luz».

—Yo también había decidido dejar de tocar y de componer. Lo decidí cuando murió mi hermana. La música siempre había sido mi refugio, la única manera en que era —tragó saliva— o soy capaz de expresarme y, después de la muerte de Fern, no quería hablar con nadie, no quería escuchar a nadie. El día que nos conocimos, esa tarde en The Scale, toqué la partitura porque Gabriel llevaba horas destrozándola. No podía soportar que se quedase allí, en el piano, sin que nadie la tocase como era debido. —Bajó la voz—. Cuando me di cuenta de lo que estaba haciendo, de que estaba tocando cuando me había jurado que no volvería a hacerlo, paré. Entonces llegaste tú y me pediste que tocase. Yo tampoco sé qué sucederá en el futuro —mintió y se tragó las lágrimas—, pero no puedo imaginarme un presente más bonito que estar hoy aquí. Contigo.

—Charlotte. —Adam la besó—. Dios, si solo pudiera recuperar la vista un segundo.

—No... no digas eso —le puso los dedos en los labios.

Él se los apartó y los besó.

—Solo necesito un segundo para verte una sola vez. Después podría resignarme.

—Tú me ves, Adam.

Él la besó, tiró de ella hasta que sus labios se fundieron y dejó que el sabor y los suspiros de Charlotte siguiesen iluminando poco a poco la oscuridad. Era como sujetar una bengala, las chispas se propagaban por el interior de Adam hasta que no quedaba ningún rincón sin luz. Podía sentir el cuerpo de ella encima del de él, ella llevaba pantalones y una chaqueta de lana muy suave encima de una blusa. Adam colocó la mano bajo la blusa, justo en la cintura del pantalón y hundió los dedos.

Charlotte le acarició el pelo y le dio un último beso antes de separarse para mirarlo. Le deseaba, le deseaba como nunca había deseado a nadie, y por eso estaba tan asustada. Aunque pudiese vivir cien años, jamás olvidaría el instante en que su corazón se atrevió a soñar que quizá podía rozar el amor y la felicidad.

No todos los sueños se hacen realidad.

Con Adam, a pesar del poco tiempo que hacía que le conocía, había compartido más partes de sí misma que con cualquier otra persona. Hacer el amor con él podía destrozarla y sería... no tenía ni idea de cómo sería porque ella jamás había hecho el amor. Sonrió y volvió a besarle. Iba a apartarse, los dos lo sabían. No podía hacerle daño a Adam y, si estaban juntos de esa manera, si cruzaba esa línea, se lo haría. Se lo haría a los dos. Se secó una lágrima y rezó para que él no lo supiera.

—Tú me has oído tocar a mí —susurró Charlotte—, pero yo a ti no.

Él le sonrió y a ella se le encogió el corazón.

—Supongo que no es justo.

—No, no lo es.

—De acuerdo —suspiró él fingiendo resignación—, ¿qué quieres que te toque?

—Algo que hayas compuesto tú.

Adam le dio un último beso y la levantó de encima de él para depositarla con cuidado en el sofá, se puso de pie y le tendió la mano. Ella no sabía que era capaz de sonrojarse tanto ni que un gesto de esa clase podía al mismo tiempo anudarle el estómago, acelerarle el corazón y hacerle olvidar la tristeza durante unos segundos. Charlotte enlazó los dedos con los de él y lo siguió hasta el estudio donde Adam se sentó al piano.

Charlotte había dado por hecho que él tocaba bien, muy bien, de lo contrario los de la Ópera no le habrían pedido que terminase una partitura inacabada de Chopin. No sabía qué le sucedería cuando lo escuchase tocar, pero si hubiera sabido que en aquel preciso instante perdería por completo el corazón, no se lo habría pedido. Pues eso fue exactamente lo que sucedió.

Se quedó allí mirándole. Tenía la piel de gallina y los ojos llenos de lágrimas. Si hubiera podido, se habría convertido en una hormiga, en un ser muy diminuto, habría trepado por la espalda de Adam hasta llegar al hoyuelo que se le marcaba en el mentón cuando sonreía y se habría escondido allí para siempre.

Era la canción más hermosa que había escuchado nunca, tenía fuerza, pasión, era intensa, real, ruda y muy romántica. Era perfecta. Ella tenía talento, no era idiota, y sabía que tenía cierto don para la música, pero lo de Adam era de otro mundo. Él creaba música, la convertía en un ser vivo. Charlotte podía sentir en cada una de las notas que salían de sus dedos que esa canción la había compuesto para alguien que le importaba. Sintió unos celos absurdos e innegables.

—¿Te ha gustado?

Adam le estaba hablando, comprendió ella tras unos segundos de silencio. La idea de que él había compuesto esa canción la había cegado a todo lo demás. No paraba de oír las notas dentro de ella y no podía evitar desear retenerlas allí para siempre, aunque no le pertenecieran.

—Es... —tuvo que tragar saliva varias veces. Tenía que decirle algo—. Es preciosa.

17

A Montgomery nunca le había gustado Erika y se arrepentía de no haber sido del todo sincero con Adam en su momento. Adam era su amigo, no su hijo, y si él quería compartir la vida con esa mujer, él no podía impedírselo. Pero cuando Erika dejó a Adam prácticamente el mismo día que este recibió el alta hospitalaria, Monty tuvo que contenerse para no darle las gracias y un abrazo de despedida. Adam acusó el golpe, aunque estaba convencido de que el orgullo de su amigo había resultado mucho más dañado que el corazón.

La visita de esa mañana no le había gustado lo más mínimo. Erika y él nunca habían fingido caerse bien si por alguna circunstancia se encontraban a solas en algún evento de la Ópera, y sabía que la presencia de la mujer en su despacho no era para preguntar por Adam ni una visita de cortesía.

—Buenos días, Erika, no sabía que teníamos una cita —la saludó al entrar. Le molestó que ella se hubiese sentido lo bastante cómoda para sentarse a esperarlo. Aun así, le gustó ver que se levantaba algo tensa.

—No la teníamos, Montgomery, lo sabes perfectamente. —Le ofreció la mano y él se la estrechó. Era el director de la Royal, por todos los santos, y aunque a veces le gustaba olvidarlo (en especial cuando tenía delante a personas como Erika), había estudiado en los colegios más privilegiados del país y se le suponían unos buenos modales—. Pero confieso que he abusado de nuestra antigua relación para que tu secretario me dejase pasar.

—Tú y yo no teníamos ninguna relación, Erika. A no ser que nuestro desprecio mutuo constituya una.

—Probablemente lo sea. Creo que nuestro desprecio mutuo, te tomo prestada la expresión —él asintió mientras se sentaba—, durará mucho más que la amistad que mantengo con otras personas.

—Espero que ese desprecio se mantenga a base de la ausencia de encuentros como este. Ya sabes, dicen que la manera de aprender a valorar algo es no teniéndolo. —Extendió las manos delante de él y cruzó los dedos—. ¿A qué has venido, Erika?

—Uno de los clientes del bufete, y patrocinador de la Royal, por cierto, está interesado en adquirir un bien que actualmente está, o más bien debería estar, en posesión de la Ópera.

Montgomery sabía que Erika no era la abogada más lista del prestigioso y carísimo bufete donde trabajaba, pero tampoco era tan tonta como a ella le gustaba hacer creer a la gente. Él siempre había sospechado que ella tenía muy claro lo que quería en la vida. Quizás por eso le había resultado tan fácil echar a Adam de ella: porque él ya no le servía para conseguirlo. Repasó mentalmente el inventario de la Royal. Últimamente no habían adquirido ningún instrumento antiguo ni tampoco, a no ser que...«o más bien debería estar».

—La partitura.

—Sé que Adam ha vuelto a trabajar en ella.

—No sabes una mierda —sentenció. Ella enarcó una ceja ante la palabra malsonante y tan poco propia de Montgomery, y él se maldijo por haber caído en una trampa tan burda. Por supuesto que no sabía nada, o no lo sabía hasta que él había metido la pata y lo había confirmado con su reacción.

—Mozah Bint Nasser al Missned está interesada en comprarla si al final se demuestra que es de Chopin y si un compositor de reconocido prestigio la termina.

Montgomery contó mentalmente hasta diez antes de contestarle. Tendría que haber seguido hasta veinte a juzgar por el tono de voz con el que al final le transmitió su respuesta:

—¿Y se puede saber quién le ha hablado a la jequesa de la partitura?

—No fui yo, si es que me estás acusando de eso, Montgomery querido. La jequesa tiene muchos amigos en Londres.

El original de la partitura estaba en una caja de seguridad propiedad de la Ópera, pero él, Adam y Gabriel eran los únicos que sabían que estaba allí y no se lo habían contado a nadie. Pero no era idiota, era fácil deducir que alguien les había oído hablar. Ellos no se habían comportado como si fuesen espías de la CIA, y seguro que algún empleado de la Ópera o de The Scale había atado cabos y en su mundo se sabía que los árabes, rusos y chinos, las nuevas fortunas mundiales, eran muy generosos con quien les proporcionaba esa clase de información.

—¿Quién ha sido? No, no hace falta que me contestes. —Tampoco serviría de nada—. Dile a su alteza real que la partitura no está en venta. Para ella y para el resto del mundo ni siquiera existe. Olvida lo que sabes de esa partitura o de Adam, estoy convencido de que sabrás convencer a tu clienta de que dirija su atención hacia otra parte.

—¿Estás insinuando que puedo olvidarme de Adam tan fácilmente?

—No lo estoy insinuando, sé que te olvidaste de él hace tiempo, si es que alguna vez llegaste a pensar en él. En cuanto a la partitura, no existe.

—Por supuesto que existe y es absurdo que la Royal no vaya a sacar provecho de ella. Seguro que los herederos de Chopin no nos pondrán tantos impedimentos.

Aquel fue el error de Erika y Montgomery sonrió. Su instinto para detectar las debilidades en su oponente seguía igual de afilado que de costumbre.

—Ya has hablado con ellos —adivinó certero—, y sabes que no te resultará fácil convencerlos, por no decir imposible, de vender la partitura si la Royal no os apoya.

Ella apartó la espalda del respaldo de la silla y, con movimientos lentos, recuperó el bolso que había dejado en la de al lado. Se levantó y se puso el abrigo como si estuviese abandonando la iglesia. Montgomery no se inmutó, la observó desde donde estaba con una sonrisa en los labios.

—Veo que esta visita de cortesía no ha servido para nada. Sigues siendo tan cerrado de miras como siempre, Montgomery.

Él ensanchó la sonrisa. En momentos como ese le encantaba su trabajo.

—Diría que ha sido un placer verte, Erika, pero mentiría. —Salió de detrás de la mesa y fue a abrirle la puerta—. Espero que tengas un buen día.

—Vete al infierno, Montgomery.

Él la observó mientras se iba. Su secretario, un chico que algún día llegaría a dirigir la Ópera mucho mejor que él, hizo lo mismo y sonrió.

Era obvio que Erika tampoco había logrado ganarse el cariño del joven en las pocas visitas que había hecho allí durante su relación con Adam.

Volvió al despacho de mejor humor. Iba a llamar a Adam para advertirle de la visita de Erika, porque tenía el presentimiento de que eso no había terminado; si la poderosa jequesa de Qatar se había encaprichado de esa partitura, a Erika no iba a resultarle nada fácil quitársela de la cabeza. Pero ese no era su problema.

Adam no iba a tocar esa canción. Después de contarle cómo había perdido la vista quería impresionar a Charlotte y no desnudarse emocionalmente delante de ella. No le gustaba sentirse tan vulnerable y, sin embargo, al mismo tiempo intuía que con su luz estaba a salvo. Se había dirigido al piano con intención de tocar la banda sonora de Scarlett Holmes, siempre se había sentido muy orgulloso de esa composición, y después le contaría que pertenecía a una serie de televisión. Quién iba a decirle que por fin entendía por qué los niños fanfarroneaban en los patios de los colegios.

Se sentó en la banqueta, apoyó las manos en el terciopelo gastado y se preguntó si Charlotte había hecho lo mismo antes de tocar su canción. Quizá sus dedos estaban en el lugar exacto donde habían estado los de ella.

Odiaba no poder verla. Respiró profundamente. Si no estuviese ciego, ¿sentiría tanto su presencia? Quizá no verla en cierto modo lo estaba protegiendo, porque el efecto que le producía Charlotte era difícil, imposible de definir, e iba más allá de la música.

Colocó las manos en el teclado y soltó el aliento. No podía explicar qué le pasaba cuando estaban cerca ni por qué ella era luz cuando todo lo demás era oscuridad. No sabía si ella había hundido las uñas en el terciopelo de la banqueta o si se había pasado las manos por el pelo —castaño oscuro, casi negro—, pero sí sabía qué teclas había tocado. Sabía que sus manos, las mismas que se habían sujetado con fuerza a su camisa mientras lloraba, habían tocado el piano. Su piano.

No pudo tocar la canción de Scarlett Holmes, ni siquiera la partitura habría sido digna sustituta, tenía que ser esa canción, la que había compuesto pensando en ella. Los primeros compases describían su rostro, ese que él no vería nunca; los siguientes el color de sus ojos o la cantidad de pecas que tal vez ella tuviera esparcidas por el cuerpo; después seguía explicando con cada nota cómo se imaginaba su sonrisa y también si se mordía el labio o si arrugaba la nariz al pensar o cuando estaba preocupada.

Si no tenía que escucharla nadie o si al final llegaba, por algún accidente del destino, a escucharla todo el mundo, no importaba. Adam quería tocarla para Charlotte.

Notó que su cuerpo se convertía en una extensión del piano, en un instrumento más para que las emociones que él había sentido al componer llegasen a ella. Recordó una frase que le había dicho Jenn el día anterior: «Solo parecías humano cuando tocabas el piano». Estaba descubriendo que ser humano dolía y sabía que esa chica, Charlotte, podía darle sentido a ese dolor, que por ella estaba atreviéndose a vivir y a ver de verdad.

Tocó la última nota, unas gotas de sudor le resbalaban por la espalda y un mechón de pelo le hacía cosquillas en la frente; sin embargo, no podía moverse. Si lo hacía, si se atrevía a apartarse del piano, se pondría en pie e iría a por Charlotte. Y la encontraría.

Debussy, un compositor, decía que la música era un total de fuerzas dispersas, y ahora todas esas fuerzas vibraban dentro de Adam sin que él supiera qué hacer ni cómo hacerlo. Nunca tocar le había afectado tanto. Nunca le había importado tanto.

Ahora que la música había desaparecido necesitaba escuchar su voz, así que tragó saliva, y le preguntó:

—¿Te ha gustado?

—Es... preciosa.

Adam sonrió, agachó la cabeza hasta que el mentón le rozó el torso y sonrió. No podía dejar de sonreír, no recordaba la última vez que había sentido aquel cosquilleo recorriéndole el cuerpo ni lo agradable que era respirar sin la opresión de la oscuridad. Había sido un estúpido y un cobarde al creer que podía vivir sin componer.

—Gracias.

Esa palabra no bastaba para explicarle a Charlotte el alivio y la euforia que sentía en aquel instante. El corazón aún no había recuperado su ritmo normal, esos latidos se descontrolaron más cuando Charlotte se detuvo a su lado y le tocó el hombro un segundo, anunciando su presencia, y después le apartó un mechón de pelo de la frente.

Adam flexionó los dedos en el teclado.

—Es la canción más... hermosa que he escuchado nunca.

Él no sabía si ella tenía los ojos marrones o negros, o si tenía la piel pálida o morena, o si tenía pecas. Pero la veía, lo comprendió al escucharla titubear y no pudo seguir ocultándole la verdad sobre su canción.

—Es tuya. La compuse para ti.

—Adam...

Trazó las cejas con los dedos, después siguió con los labios y él apartó una mano del piano para tocarla. Notó la forma de su cintura bajo la palma. La caricia no era sensual, o erótica, o tierna, era sencillamente perfecta. Su mano había nacido para escribir notas sobre esa piel, sobre esa mujer que estaba entrando y cambiando su vida.

Ella lo besó, pero Adam jamás describiría aquello como un beso. O de hacerlo diría que ese beso había sido el primero de los únicos besos que quería recibir a partir de ese instante. Unos labios que no había visto estaban grabados ahora en los suyos y quería... tal vez no supiera lo que quería. Pero no quería que Charlotte desapareciera en la oscuridad de su mente.

Por eso cuando oyó el teléfono, tuvo ganas de gritar y soltó la maldición más malsonante que conocía.

Charlotte se rio.

—No te rías —le advirtió besándola de nuevo. Cómo no iba a necesitarla si ella además de devolverle la música y la luz, la pasión y el deseo, también le enseñaba a burlarse de sí mismo. La risa de ella se le había metido dentro y allí la atesoraría siempre, pensó mientras seguía besándola con el teléfono interrumpiéndolos de fondo. Adam sintió, en la curva del labio de Charlotte, en cómo temblaba bajo la mano con la que él ahora le acariciaba el rostro, que ella tampoco solía reírse y se dijo que buscaría la manera de volver a conseguirlo—. No te muevas —le pidió al apartarse—, contesto, cuelgo y vuelvo justo aquí.

Notó que Charlotte asentía y tuvo que agacharse para besarla otra vez. Tropezó de camino a la mesa donde había dejado el móvil antes de sentarse a tocar y la ceguera no tuvo nada que ver. Le fallaban las piernas. Sonrió, no le importaba comportarse y sentirse como si flotase si eso significaba que por fin empezaba a vivir.

A querer algo más. A desear mucho más.

Tras la muerte de sus padres se había encerrado dentro de sí mismo y solo se había atrevido a querer a Jennifer. Incluso ese amor al principio le había resultado una imposición; si el accidente no se hubiese producido nunca, él y Jennifer habrían sido unos hermanos bien avenidos, pero probablemente distantes. Querer a otra persona por voluntad propia, arriesgarse a sentir algo por un ser vivo al que no lo ataba nada, eso no lo había hecho jamás. Y no sabía si la voluntad tenía algo que ver con lo que le estaba pasando con Charlotte. Era más bien una necesidad, algo tan vital como respirar o como componer.

Descolgó antes de seguir con aquel pensamiento y porque cuanto antes dejase de sonar el teléfono, antes podría volver con Charlotte.

—Diga.

—¿Estás bien, Adam?

Se mordió la lengua para no sonar enfadado. ¿Cuándo dejarían de preguntarle sus amigos si estaba bien?

—Hola, Monty. Sí, estoy bien.

—Has tardado en contestar.

—Estaba tocando el piano con Charlotte. —Silencio, un silencio que se alargó durante varios segundos—. ¿Estás allí, Montgomery? ¿Se ha cortado?

Montgomery carraspeó.

—¿Estabas tocando el piano con Charlotte?

Adam pudo notar la emoción en la voz del otro hombre.

—Sí, de hecho, gracias a Charlotte he vuelto a componer. —Se le erizó la piel porque ella le acarició el hombro. Charlotte se había levantado y había caminado hasta él. Adam se tensó un instante y, cuando presintió que ella iba a apartarse, buscó su muñeca y consiguió retenerla.

—Lo siento —susurró Charlotte.

Él tragó saliva y le acarició el pulso con el pulgar para indicarle que no pasaba nada, que podía acercarse a él cuando y cuanto quisiera. No podía hablar, ¿qué le diría? ¿Sí, tócame, no recuerdo lo que significa que alguien quiera tocarte porque le importas? No sabía si estaba listo para eso.

—¿Has vuelto a componer? ¿Qué? ¿Cuándo? —La voz ronca de Montgomery le recordó que estaba hablando con él por teléfono—. ¿Y quién es Charlotte?

—¿Qué te parece si nos vemos luego y te pongo al día?

—¿Quién es Charlotte, Adam?

—Una chica que toca el piano —respondió él esforzándose por controlar de nuevo su respiración porque ella le estaba acariciando la nuca y el cuello justo debajo de las orejas. No era el mejor modo de describirla ni cómo pensaba en ella, pero fue la frase más compleja que pudo pronunciar.

—Voy a colgar, Adam, y sea lo que sea que estás haciendo, sigue con ello —el humor de Montgomery logró que Adam sonriera de nuevo—. ¿Nos vemos esta tarde en el pub de siempre?

—Allí estaré, aunque será mejor que quedemos un poco más tarde.

Monty aceptó riéndose.

Adam colgó. Esos últimos segundos apenas sabía qué hacía porque los dedos de Charlotte habían bajado por sus brazos hasta los nudillos. Nunca se había creído eso de que la ceguera acentuaría sus otros sentidos y, sin embargo, ahora juraría que jamás le había afectado tanto estar cerca de una mujer.

—¿De verdad compusiste esa canción para mí, por «una chica que toca el piano»?

Él soltó el aliento al escuchar la sonrisa de ella.

—De verdad, luz. No es culpa mía que te haya descrito así —respiró por entre los dientes—, me estabas tocando.

Charlotte apoyó la cabeza en su torso sin apartarse, era como si también necesitase estar cerca de él, pensó y deseó Adam.

—Gracias por componer esa canción. Es la primera vez que alguien crea algo tan bonito pensando en mí.

Adam notó la tristeza en la voz de Charlotte, pero allí había algo más que no lograba identificar porque no podía verla y porque, a pesar del beso, de la música, hacía poco que la conocía. Tal vez eso era lo que necesitaba, tiempo para desenredar los nudos de su estómago.

—Lamento las interrupciones. Era mi amigo Montgomery. Te prometo que ya me ha llamado todo el mundo —bromeó abrazándola y apoyando la cabeza en el pelo de ella.

—No te preocupes. Es bonito que se preocupen por ti. —Adam creyó notar que Charlotte se tensaba y aflojó un poco los brazos. Quizá él no era el único que estaba confuso y que creía que ellos dos estaban acercándose el uno al otro demasiado rápido.

—Montgomery es uno de mis mejores amigos y también mi mentor, por así decirlo.

—¿Mentor? Es la palabra más inglesa que he oído desde que llegué aquí.

—Seguro que en Estados Unidos también tenéis mentores, los llamaréis de otra manera, por supuesto. —Adam le besó la frente. Quería volver a besarla, oler su perfume y acariciarle el pelo, y saber que podía bromear con ella le provocaba un efecto extraño en el pecho—. Conocí a Montgomery cuando estaba en la universidad. Él ya trabajaba en la Ópera y fue a dar unas clases.

—Ese «por supuesto» ha sonado salido de Sherlock Holmes y, para que conste, en Estados Unidos no utilizamos la palabra mentor, les llamamos profesores o tutores. No somos tan estirados.

Adam se había agachado para acariciar a Nocturna, que también había aparecido para reclamar su dosis de atención, y tanto a él como a la gata se les erizó la espalda.

—¿Sherlock Holmes? —No le gustó reaccionar así al comentario, pero no pudo evitarlo. Dudaba de sí mismo. No ver y su pasado con Erika le hacían sentirse inseguro, torpe, cauto. Desconfió. ¿Ella estaba allí porque sabía quién era él de verdad? ¿Todo ese rollo de la estudiante extranjera era una pantomima?

—Sí, ya sabes, él siempre habla como un estirado.

—Por eso has mencionado a Sherlock Holmes, porque habla como un estirado —repitió monocorde—. Podrías haber dicho que los ingleses somos unos snobs o unos pretenciosos, o que escupimos al hablar. Creo que una vez oí a un cómico americano diciendo eso. Pero has dicho «Sherlock Holmes».

—Sí, ¿qué pasa?

—Dime una cosa, ¿desde cuándo sabes quién soy? ¿Estás aquí porque crees que puedo hacerte entrar en la productora o en la Ópera?

—¿De qué diablos estás hablando, Adam?

—He estado un tiempo algo desconectado del mundo, lo admito —Adam optó por la ironía— y me he quedado ciego, aunque no lo suficiente para no distinguir cuando alguien intenta utilizarme.

Charlotte se quedó mirando a Adam. No tenía ni idea de qué estaba diciéndole, pero pensó que ya era hora de que él se pusiera furioso con ella y la hiciese a un lado. Era lo que se merecía.

El beso de Adam la había hecho respirar. Él la había llamado luz, pero para ella ese beso había sido como salir a la superficie después de llevar tiempo atrapada en una cueva fría y abandonada. Nadie la había besado así. Nunca. Nadie había compuesto una canción para ella Jamás olvidaría ni una nota ni un suspiro, ni el sabor de los labios de Adam ni el modo en que él le había acariciado el rostro. «¿Por qué no le he conocido antes?». Ella había creído que le bastaría con ayudarlo a terminar la misteriosa partitura de Chopin y con mirarlo, que quizá él era su regalo de despedida, pero estaba equivocada.

Aun así, no podía irse sin más.

—¿Utilizarte?

Si la tuviera, podría pasarse la vida entera mirando a Adam. No era solo que fuese el propietario del rostro más fascinante que había visto nunca o del cuerpo más atractivo que habría podido imaginarse jamás; era él, la fuerza y la honestidad que desprendía. Cuando lo tenía cerca, tenía que esforzarse por recordar que estaba ciego o que acababa de conocerlo. Charlotte sentía que, si lo hubiese encontrado antes, tal vez habría tenido una oportunidad de ser feliz, y esos pequeños instantes que le robaba al destino, como cuando él la había besado o cuando le había dicho que había compuesto esa canción tan preciosa para ella, la hacían sentirse culpable. Pero si él estaba cerca incluso la culpabilidad llegaría por desaparecer porque Adam no la hacía sentirse poca cosa ni tampoco la sombra de Fern. Por eso tenía que alejarse, a pesar de todo, a pesar de sí misma, y si él estaba furioso con ella le resultaría más fácil.

A él, porque a ella ya nada le resultaba fácil y Adam amenazaba con hacerle creer que ciertas complicaciones podían merecer la pena.

Él suspiró entre resignado y enfadado, y ella tuvo que cerrar los puños para no acercarse y tocarlo. Nunca le había importado que alguien la odiase o que se sintiera decepcionado con ella. Había decepcionado a sus padres y se había ido sin mirar atrás. Y también a Thomas y a Josh. A todos. Se había ido para cumplir la promesa que le había hecho a Fern y les había dejado viviendo sus vidas perfectas, pensando en ella con rencor o incluso con amargura.

¿Por qué no podía hacer lo mismo con Adam?

—¿Sherlock Holmes, Scarlett Holmes? —Él levantó las cejas como si viera la confusión de Charlotte—. Sabes que compuse la música de la serie de la BBC y por eso te acercaste a mí.

—No sé de qué me estás hablando, Adam, en serio. No sé quién es Scarlett Holmes. He dicho lo de Sherlock Holmes sin pensar —se mordió el labio inferior al recordar algo—. Solía ver esa serie con Fern cuando estaba en el hospital.

Él reaccionó de repente, como cuando la niebla se dispersa y la realidad queda diáfana ante ti.

—Mierda. Joder. —Adam se pasó furioso las manos por el pelo—. ¡Joder! Lo siento. —Charlotte se había apartado de él instintivamente y estaba de pie observando la calle, porque mirarle a él la llevaba a hacerse demasiadas preguntas y estaba esperando a reunir el valor suficiente para irse y no volver jamás. Sin saberlo, quizá sintiéndolo, Adam se giró hacia ella y volvió a hablar—. ¿Estás junto a la ventana?

—Sí.

—Scarlett Holmes es una serie de la BBC, yo compuse la banda sonora.

—De acuerdo. Vale. Sigo sin entender nada.

—La serie es un éxito, la banda sonora también. A mi ex le parecía muy importante. —Adam se detuvo frente a ella—. ¿Puedo tocarte?

Charlotte tardó varios segundos en darse cuenta de que tenía que hablar y no solo asentir.

—Me cuesta confiar en la gente. Más después de perder la vista y de que Erika me dejase, pero eso no es excusa. Lamento haber insinuado que estás aquí por... ¿por qué estás aquí? ¿Qué hacías exactamente en The Scale y tocando en ese pub?

—¿De verdad quieres saberlo?

—De verdad. —Adam le acarició la mejilla antes de apartarse—. Sé que acabo de comportarme como un cretino, que he estado a punto de acusarte de algo absurdo, pero has llorado en mis brazos, Charlotte, y te he besado como —suspiró—, como nunca había besado a nadie. Cuando te oí tocar quise volver a acercarme a un piano y componer, algo que había jurado que no volvería a hacer. Quiero conocerte y la única manera que se me ocurre de hacerlo es hablando contigo y haciéndote preguntas.

—Yo lamento que tu ex te utilizase y no negaré que tu reacción me ha... me ha sorprendido. Pero haces bien en desconfiar de mí, nos conocimos hace unos días y lo de antes... Lo de antes...

Él la interrumpió.

—¿El beso? —Que se refiriera a esos besos como «lo de antes» no le sentó bien a Adam.

—Sí, el beso. Será mejor que dejemos eso a un lado, ¿no te parece? Tenemos que trabajar en la partitura. —La voz de Charlotte parecía pertenecer a otra persona—. Nunca has llegado a contarme si tenemos que cumplir con algún plazo.

Adam se quedó pensando. Era obvio que ella estaba molesta, que buscaba la manera de distanciarse de él y de lo que acababa de suceder entre los dos, y tuvo el firme presentimiento de que no se debía únicamente a que él la hubiese acusado de mentirle o de utilizarlo. Podía preguntarle qué le pasaba, aunque sabía que no serviría de nada, solo para hacerla huir de allí, de ellos, más rápido. Joder. Si pudiera verla... No, no iba a pensar en eso. Apretó los ojos y pensó en lo que había pasado, en cada segundo, cada respuesta y sonido que había salido de los labios de Charlotte, en cada vez que ella lo había tocado.

—Está bien. De acuerdo —dijo él—. Será mejor que nos pongamos a trabajar. En respuesta a tu pregunta: no, no tenemos ningún plazo que cumplir, aunque a juzgar por la visita de ayer de Erika tampoco podemos perder el tiempo. Los herederos de Chopin podrían ponerse nerviosos y ceder a las presiones del bufete de mi ex. Uno de sus clientes ha oído a hablar de la partitura y está interesado en comprarla si se demuestra que es auténtica.

—¿Y no queréis eso?

Adam caminó hasta un armario y, a tientas, buscó una carpeta que dejó encima de la mesa.

—De momento no. Aquí está *Folie* entera, bueno, lo que tenemos, y también unos cuantos compases que compuse antes de perder la vista. Puedes quedártela, yo no voy a utilizarla.

Charlotte se había levantado para ir en busca de ella y detuvo la mano en el aire. El comentario de Adam fue como esa tiza que se desliza chirriante por la pizarra.

—Es mejor que nos centremos en la partitura, Adam. Lo demás no tiene sentido.

—¿El qué?

—Tú y yo. Mi paso por aquí es temporal y tú... tú mismo acabas de decir que te cuesta confiar en la gente y es evidente que, a pesar de que te has disculpado, sigues enfadado conmigo.

—Por supuesto que estoy enfadado contigo, Charlotte. Te has cerrado en banda y no... —Se pasó frustrado las manos por el pelo. No solo estaba enfadado, también estaba confuso y odiaba sentirse inseguro. Por muchas veces que se repitiese que había aceptado la ceguera, había momentos que odiaba no poder ver, pero por mucho que odiase no volver a tener frente a él la mirada de Jenn, o maravillarse por el interior de la Ópera, nada podía compararse a la angustia que le provocaba saber que nunca vería a Charlotte—. Joder. Será mejor que lo dejemos por hoy si no te importa. Llévate la carpeta. Yo tengo cosas que hacer y después he quedado con Montgomery.

—Cosas que hacer.

Adam asintió, no podía explicarle lo que le estaba pasando porque ni él lo entendía. Se aferró a lo primero que se le ocurrió.

—Sí. Me imagino que tú también tendrás que ir a clase o a ensayar con esa banda en la que tocas y sobre la que tampoco me quieres hablar.

Charlotte quería sacudirle. La intensidad y la realidad de esa reacción la pilló desprevenida. A ella le daba igual lo que los demás opinasen de ella, no le importaba defraudar a la gente, lo había convertido en su especialidad. Quería gritarle y recordarle que había llorado en sus brazos —tal como él le había dicho minutos atrás causándole un nudo en el estómago— y que hasta le había hablado de Fern. Pero eso implicaría decirle toda la verdad y dejar que él supiese quién era y esa chica no se merecía que Adam le compusiera una canción.

—Está bien, me voy. ¿Quieres que venga mañana?

—Ya te llamaré.

—Genial. Ya me llamarás. —Caminaba hacia la puerta—. No hace falta que me acompañes, puedo salir sola.

Tenía la mano en el picaporte cuando oyó que él farfullaba y la llamaba.

—Espera un minuto, Charlotte. Por favor.

Adam llegó donde estaba ella y con absoluta precisión le acarició la mejilla.

—Estoy enfadado —reconoció él y ella no pudo evitar sonreír porque nunca había visto a un hombre enfadado que al mismo tiempo fuese capaz de tanta ternura—. Y muy confuso. Necesito pensar, ¿de acuerdo?

—De acuerdo.

Charlotte parpadeó, no estaba acostumbrada a esa clase de sinceridad. Ni a ofrecerla ni a recibirla.

—Bien. Te llamaré esta noche y hablamos. —Adam se agachó y le dio un pequeño beso en los labios—. Ten cuidado con la bicicleta.

Se apartó y cerró la puerta antes de que Charlotte pudiera responderle.

No habría sabido qué decirle.

18

Charlotte dejó la bicicleta en la estación y fue en tren a la universidad. No tenía clase hasta más tarde, pero estaba impaciente por llegar. Iría a la biblioteca, se apropiaría de una mesa y leería los documentos de la carpeta que se había llevado de casa de Adam. Al llegar se cruzó con una pareja de recién casados haciéndose fotos en el campus, con vestido de novia, ramo y toda la parafernalia. Los miró atónita durante unos segundos, jamás lograría entender a los ingleses. Al menos en Estados Unidos ese tipo de situaciones solo se producían en Las Vegas o en Disney World.

Cada vez pensaba más en casa.

No, eso no era verdad. No era «cada vez», era desde que esa partitura y Adam habían aparecido en su vida. Ella sabía perfectamente por qué se había enfadado Adam y por eso no había intentado defenderse ni tampoco justificarse. No le había respondido, porque si le contaba por qué estaba trabajando en The Scale, sabía que le contaría más cosas y lo mismo sucedería si le hablaba de la banda. El impulso de abandonarlo todo asomó la cabeza por entre los remordimientos de Charlotte, pero tragó saliva hasta que lo hizo desaparecer. Ya había huido de Nashville, no podía volver a hacerlo.

«No quieres huir».

Hoy habría podido hacerlo sin apenas ningún esfuerzo, podría haberse hecho la ofendida con Adam o tal vez decirle que tenía razón, que había tenido intención de utilizarlo para que así él se pusiera furioso y la echase definitivamente de su casa y de su futuro. Pero no lo había hecho, había dejado que él se explicase y, aunque le había dado a entender que no volverían a besarse, también le había asegurado que seguiría trabajando con él en esa partitura. No tenía sentido. Tenía que decidirse, si se quedaba y seguía adelante con la partitura de

Chopin tenía que confiar en Adam y hablar con él. No podía comportarse de nuevo como una egoísta ni como una cobarde como había hecho en Nashville. Pero una cosa era pensar en ser valiente y sincera y otra muy distinta serlo de verdad.

¿Era eso lo que estaba pasándole, se estaba volviendo valiente o simplemente había asumido que ya no le quedaba nada que perder?

Entró en la biblioteca y eligió una mesa, había poca gente y nadie que ella conociera. Estaba impaciente por abrir la carpeta. No lo había hecho en el tren porque aún tenía demasiadas cosas en la cabeza y porque durante un segundo, a mitad del trayecto, se acordó de una tradición que ella y Fern tenían de pequeñas. Siempre que uno de sus cantantes preferidos sacaba una canción nueva, esperaban a llegar a casa, se preparaban la merienda, se sentaban en el sofá del comedor con las piernas cruzadas y entonces, tras compartir una sonrisa, le daban al «play» del aparato de música.

La espera hacía que valiese la pena. Fern siempre decía que nadie valora las cosas demasiado fáciles de obtener y, aunque Charlotte solía burlarse de ello, tenía que reconocer que su hermana llevaba razón.

Lo había vivido en su propia piel.

Abrió la carpeta y pasó los dedos por las notas que había escrito Adam. Había utilizado un lápiz y un punta fina negro y el trazo de algunas era apresurado. Quiso imaginárselo componiendo, pero se prohibió hacerlo. No iba a pensar en él, esperaría.

Sacó los libros que había ido a buscar esa mañana, la historia de Chopin la ayudaría a situarse. Iba por un capítulo sobre París: Chopin se había instalado allí y vivía de los conciertos que daba en salones frecuentados por la alta sociedad, cuando alguien le tocó el hombro. Al levantar la vista se encontró con Trace pidiéndole que se quitase los cascos.

—Hola, ¿qué estás haciendo aquí? —Se sentó a su lado—. ¿Esta es la partitura de la que me hablaste?

—Sí.

Trace leyó unos cuantos compases y arrugó las cejas.

—¿Es de Chopin?

—¿A ti también te lo parece?

—Podría serlo, pero lo cierto es que lo he deducido porque he visto que estás leyendo una biografía suya.

—Oh. —Charlotte cerró el libro—. Es verdad. —Echaba de menos a Fern, la echaba muchísimo de menos, y en aquel instante no pudo contener la necesidad de hablar con alguien—. ¿Puedo preguntarte una cosa, Trace?

—Claro. —Él la observó cauteloso—. Pregunta.

—¿Qué harías tú si conocieras a alguien incapaz de juzgarte por tu físico, por tu pasado, alguien con el que de verdad pudieses ser el tú que siempre has querido ser?

Trace no respondió al instante, le gustaba eso de su amigo —supuso que podía llamarlo así—, que se tomase su tiempo.

—En primer lugar, nadie debería juzgarte nunca por tu físico o por tu pasado, no alguien que te importe. Pero entiendo lo que quieres decir. No lo sé. —Se frotó el piercing de la ceja—. Cuando estoy con Nora quiero ser la mejor versión de mí mismo, aunque no es algo consciente; ella saca lo mejor de mí. Así que, respondiendo a tu pregunta, lo que haría yo, lo que haré, es hacer todo lo posible por no perderla nunca.

Charlotte desvió la vista hacia la partitura, la detuvo en una mancha de tinta negra que había en una esquina. Intentó imaginarse cómo había llegado hasta allí. ¿Adam se habría distraído mientras estaba escribiéndola? Él le había entregado esa copia de la que podía ser una partitura inacabada de Chopin. Ella no sabía de esas cosas, pero no le hacía falta para adivinar que algo así podía valer muchísimo dinero en cualquier casa de subastas. En ese sentido él había confiado en ella, solo se había puesto a la defensiva cuando creyó que lo estaba utilizando para aprovecharse de sus contactos profesionales. Contactos que Charlotte no sabía que él tenía. Podría haberle dicho la verdad entonces, pero no lo había hecho y le angustiaba pensar en los motivos que la habían llevado a quedarse en silencio.

—¿Incluso mentir?

—No lo sé, no quiero saber qué estaría dispuesto a hacer si eso sucediera, pero mentir nunca sale bien, Lottie. Y las personas que forman parte de tu vida se merecen saber la verdad. —Se cruzó de brazos—. ¿Por eso no le dices a nadie quién eras en Nashville?

Charlotte levantó la cabeza de inmediato.

—No. Esa parte de mi vida ha acabado.

—¿Qué pasó exactamente?

Charlotte tenía la verdad en la punta de la lengua y la necesidad de confesar cual niña pequeña en una iglesia casi la atragantó, pero se contuvo porque Trace, por muy buen amigo que fuera o que pudiese llegar a ser durante el tiempo que a ella le quedaba allí, no era la persona que debía escucharla.

—Nada —mintió—. No es la vida que quería para mí.

Trace se dejó engañar y se levantó.

—Esta tarde volvemos a ensayar, ¿podemos contar contigo?

—Por supuesto. Allí estaré.

Trace se alejó, Charlotte volvió a fijarse en esa mancha de tinta, más que una mancha era un borrón. Se imaginó a Adam pasando el reverso de la mano por encima al girar la hoja y una imagen de ella y Fern componiendo se entrometió. A Fern no le gustaba componer. A su hermana, a pesar de su naturaleza callada y a menudo silenciosa, le encantaba actuar. Era lo opuesto a Charlotte y a las dos les gustaba que así fuera. Eran dos caras de la misma moneda, inseparables. De pequeña, Charlotte había leído un cuento oriental en el que se decía que los gemelos eran en realidad una única alma partida en dos. Fern odiaba ese cuento, decía que le parecía absurdo y le daba miedo. A Charlotte le gustaba mucho, le reconfortaba pensar que mientras tuviera a Fern a su lado estaría completa.

Por eso el día que diagnosticaron la enfermedad de Fern, Charlotte no pudo creérselo. Se suponía que ella tenía todos los defectos, era imposible que uno tan grave, tan irremediable, lo tuviese Fern. Imposible. Fern no podía morir.

El hígado de Fern tenía una malformación, una atrofia que pasó desapercibida hasta que fue demasiado tarde y desarrolló el cáncer que acabó con su vida.

Fern y Joshua habían ido de vacaciones a Nueva York, una semana para ellos dos solos en la que él, cual película romántica, se le declaró en lo alto del Empire State y ella aceptó. La familia entera se alegró por la noticia. Fern llevaba varios días en Nashville cuando empezó a vomitar y no se lo dijo a nadie porque, según le confesó a Charlotte más adelante, creía que estaba embarazada. Una mañana, tras otro de esos vómitos, Charlotte la llevó a rastras al hospital para que le hiciesen las pruebas pertinentes; tenían una actuación y Fern parecía un cadáver. Si se trataba de un virus estomacal, la curarían, y si estaba embarazada, darían saltos de alegría. Charlotte jamás olvidaría la cara del médico que les entregó el resultado de los análisis ni cómo Fern se sujetó de su mano.

Cáncer de hígado con un sinfín de complicaciones impronunciables. Intratable. Mortal.

Fern le sonrió al médico y, con lágrimas en los ojos que no llegó a derramar, le dijo que se equivocaba, que ella iba a curarse, que se sometería a todos los tratamientos experimentales que encontrase, pero no iba a morir.

El médico la escuchó y respondió a todas las preguntas de Fern, por alocadas que fuesen y le entregó un montón de panfletos de clínicas experimentales, además de las tarjetas de varios médicos y hospitales de prestigio. En ningún momento le dio falsas esperanzas, pero era Fern, ella no la perdía nunca.

—Quizá cabría la posibilidad de un trasplante —sugirió el médico—, pero no la curaría. El cáncer está demasiado avanzado, aunque alargaría su vida.

—¿Yo podría donarle parte de mi hígado? Somos gemelas. —Charlotte recordó el alivio que sintió al pronunciar esas palabras. Ella salvaría a Fern.

—Tendrá que hacerse unas pruebas, ser gemela no es garantía de que sea compatible. Si quiere, puedo hacérselas mañana. Solo necesito que venga en ayunas.

Acordaron una cita para el día siguiente a pesar de que Fern insistió en que Charlotte no corriera ese riesgo.

—Encontraré la manera de curarme —le dijo—. Tú no te preocupes.

Charlotte guardó el libro y la carpeta con la partitura de nuevo en el bolso. No podía huir de los recuerdos, pero podía salir de allí y buscar algo que la obligase a dejar la mente en blanco. Había leído en la página de agradecimientos de la biografía de Chopin que en Londres existía The Chopin Society, cuya sede estaba en un salón de la catedral de Westminster, y decidió que era el momento ideal para visitarlos. Se saltaría las clases del día y, aunque podría decirse que había ido hasta allí para nada, hablar con Trace le había gustado.

En el tren, Charlotte buscó el capítulo del libro que hablaba de la visita de Chopin a Londres. No quería quedar como una completa ignorante ante la persona que la atendiese de la Chopin Society, en el caso de que lo consiguiera, y realmente quería alejar de ella los recuerdos de Fern en el hospital.

Chopin estuvo en Londres en 1848. En Francia había estallado la revolución y Chopin se había quedado sin trabajo; no había nobles a los que dar conciertos ni a los que enseñar a tocar el piano. Una de sus alumnas más aventajadas y ricas, Jane Stirling, hija de un rico escocés, le invitó a viajar a Inglaterra con ella y su familia. Charlotte se preguntó qué clase de relación existió exactamente entre Jane y Chopin, ella estuvo al lado del músico hasta su muerte apenas un año después, en octubre de 1849. ¿Sería amor o solo amistad? Leyó un poco más y los dibujos en blanco y negro que retrataban a Chopin moribundo con Jane Stirling velándole se convirtieron en Fern y Josh.

Cerró el libro de golpe y se puso en pie, corrió hacia la basura que gracias a Dios estaba cerca y vomitó en el interior.

—¿Se encuentra usted bien, señorita? —Una madre que iba acompañada de sus dos niños y que acababa de subir al tren la miró entre preocupada y desconfiada.

—Estoy bien. Gracias. Solo me he mareado.

La mujer la observó y debió de decidir que decía la verdad, porque no se cambió de vagón y le ofreció un pañuelo de papel y una muestra de perfume. Charlotte los aceptó y después bebió también un poco de agua. Llevaba un botellín medio vacío desde hacía días y apestaba a acuario de tortuga, pero al menos la hizo reaccionar.

«Chopin y George Sand. Chopin y Jane Stirling. Nada de Fern, ni de Joshua ni de Adam. Nada de Adam».

Cerró los ojos y dejó caer la cabeza hacia atrás. Tarareó. De pequeña la había ayudado a relajarse y en el hospital también había consolado a Fern de esa manera; a su hermana le gustaba oírla cantar. Intentó pensar en la partitura, eran esas las notas que salían por entre sus labios cerrados, pero no lo logró. La música se fue apagando hasta que tras los parpados se materializó uno de sus peores recuerdos.

—Tienes que prometerme que cambiarás de vida, Lottie, y que cuidarás de Joshua. Prométemelo —le suplicó Fern.

—No.

—Prométemelo. —Hasta aquella mañana Charlotte no sabía que el sudor podía ser tan frío. Fern le apretaba los dedos de una mano hasta hacerle daño.

—No voy a prometerte ninguna de esas tonterías, vas a ponerte bien y vas a salir de aquí. Voy a repetir los análisis.

Los primeros análisis no habían salido bien, pero Charlotte acababa de pasar una gripe horrible y el médico desconfió de los resultados, pues en su sangre aún había rastros del antibiótico y del virus.

—Voy a morirme, Lottie, tienes que aceptarlo y tienes que prometerme que estarás bien.

—No.

—Lottie...

—¡No!

El tren se detuvo y anunció su parada. Charlotte lo abandonó despidiéndose de la señora de antes y dándole de nuevo las gracias. Sujetó con fuerza la cinta del bolso y se concentró en la música. Folie tenía un principio demasiado alegre para ser obra de Chopin. Ella no se consideraba ninguna experta en el compositor, pero tenía la impresión de que él tampoco había tenido demasiada suerte en la vida, o al menos eso reflejaban sus composiciones. Esos primeros compases de la partitura, en cambio, eran alegres, incluso románticos, soñadores, y después avanzaban y pasaban a ser tristes y melancólicos. Quizá Chopin había escrito esos últimos y, cuando comprendió que se acercaba la muerte, decidió entregárselos a George Sand, la mujer que, según todas las biografías, más había querido.

¿Era eso posible?

A Charlotte le gustaba la música clásica, la defendía frente a cualquiera que la tildara de aburrida o incomprensible. La música clásica contenía la esencia de los sentimientos y no utilizaba fanfarria de ningún tipo para disimular. Conocía bastantes composiciones como para saber que esa partitura era auténtica, no era el fruto de un autor moderno, pero la confundía, había demasiadas voces en ella. Su intuición le decía que la habían compuesto varias personas, pero no sabía cómo. Ella jamás había compuesto con nadie y le parecía algo imposible.

Había tenido mucha suerte de que a su hermana no le hubiese gustado escribir canciones. Buscar cada nota y también cada palabra era la única manera que había encontrado Charlotte para abrirse de verdad al mundo. Si Fern también hubiese querido hacerlo, si ella hubiese querido componer además de cantar, Charlotte se habría hecho a un lado. Y entonces habría desaparecido del todo.

No le gustaba pensar eso, la hacía sentirse mezquina y miserable, como si una parte de ella se alegrase de la muerte de Fern. Llegó a Westminster y se concentró en los nombres de las calles. Iba a centrarse en Chopin y a dejar de lado el resto. No servía de nada darle vueltas y ella había tomado la decisión acertada meses atrás, sabía qué iba a hacer con su vida.

El sabor de Adam se coló en sus labios y Charlotte sonrió triste. Tal vez no volviera a verlo nunca más. Él le había dicho que necesitaba pensar y que la llamaría, y en ningún momento le había pedido que le devolviese la copia de la partitura ni le había insinuado que no quisiera seguir trabajando con ella. Pero Charlotte sabía perfectamente que la gente cambiaba de opinión, y quizá cuando él hubiese tenido tiempo para analizar lo poco que sabía de ella, no quisiera volver a acercarse a ella.

El edificio donde se encontraba la sede de la Chopin Society estaba detrás de la famosa catedral, bastante cerca de la estación Victoria. El trayecto en tren había durado cuarenta minutos y tantos recuerdos y dudas habían ocupado tanto su mente que no sabía qué iba a decirles.

Improvisaría, decidió, y llamó a la puerta.

—¿Puedo ayudarla en algo? —Una chica muy elegante apareció al cabo de escasos segundos.

—Buenas tardes, mi nombre es Lottie, estoy acabando la carrera de música en la Royal Holloway y me preguntaba si podía hacerle unas cuantas preguntas sobre Chopin.

La chica enarcó una ceja.

—¿No ha encontrado lo que busca en la Wikipedia?

—No me fío demasiado, si me permite decírselo.

La puerta se abrió un poco más y la chica le sonrió.

—Pase, soy Valérie Swiatek, mi abuela fundó la Chopin Society. No solemos recibir visitas de estudiantes, aunque usted parece mayor para estar haciendo deberes en la universidad.

Charlotte asintió. Solían decirle que aparentaba menos años de los que tenía, pero la encargada de la Chopin Society había hecho aquel comentario mirándola a los ojos y estos, sin duda, no parecían los de una estudiante universitaria libre de problemas y preocupaciones.

—Y usted parece joven para estar al frente de una sociedad como esta. —Reaccionó poniéndose a la defensiva. Tal vez debería irse, pero dio un paso hacia delante y entró.

—Touchée o, como diría mi abuela polaca, wpływ, señorita...

—Dawes, Lottie Dawes. Tutéeme, por favor.

—Como quieras, Lottie. Tú también puedes llamarme Valérie. —La guio hasta un pequeño salón en el que el ordenador portátil que había sobre la mesa no parecía encajar—. Dime, ¿en qué puedo ayudarte? ¿Estás haciendo un doctorado, has decidido estudiar música antes de incorporarte al mercado laboral como economista?

—Creo que, si algún día no soy víctima de la ironía inglesa, creeré que han invadido el país. No estoy haciendo ningún doctorado ni voy a trabajar después como economista. Jamás se me ocurriría ser economista. Soy músico.

A Charlotte se le hizo un nudo en la garganta. Hacía meses que no se definía así.

Había jurado no hacerlo.

Lo había arrancado de su alma.

—¿Y qué busca pues un músico como tú en la Chopin Society? Antes no bromeaba, casi toda la información de la que disponemos está accesible online. —Charlotte aún no se había recuperado, así que Valérie le ofreció algo de beber—. ¿Te apetece un té o tal vez un poco de agua?

—Té está bien. Gracias. ¿Puedo sentarme?

—Por supuesto. No suelo recibir visitas sin cita previa—le explicó mientras Charlotte se sentaba aún aturdida por haberse definido como músico—. Tampoco es que recibamos demasiadas fuera del horario establecido. Creía que ibas a ser uno de esos agentes que quieren hacerte cambiar de compañía de telefonía.

—Oh, no sabía que tenía que pedir hora. Lo lamento. Puedo volver en otro momento —improvisó—. Es solo que estaba leyendo una biografía y he visto el nombre de la Chopin Society en la bibliografía, he leído la dirección y he pensado que podía acercarme.

«Y nada de esto encaja con mi comportamiento».

—No importa. Estaba haciendo inventario, así que agradezco la distracción. —Volvió a mirarla a los ojos—. No es muy habitual que aparezca alguien preguntando directamente por Chopin.

—¿Es posible que exista alguna partitura desconocida de Chopin?

La postura relajada de Valérie se transformó de inmediato.

—¿A qué te refieres? Esa sí que no es la clase de pregunta que hace un estudiante cualquiera de música. ¿Qué estás buscando aquí, Lottie?

—No sé hasta qué punto puedo hablar de esto —dijo casi para sí misma—. En realidad no debería haber venido sin consultarlo antes. —Se puso en pie y se maldijo por haber sido de nuevo tan impulsiva—. Adam ya está enfadado conmigo y...

—¿Adam? ¿Adam Lewis? ¿Qué tiene él que ver con todo esto?

Charlotte se detuvo y se maldijo por ser, además de impulsiva, poco lista. Llegados a este punto supuso que podía irse de allí sin más, y probablemente la mujer que tenía delante llamaría a Adam en cuanto ella cruzase la puerta, o podía explicarle mínimamente la situación. En cualquiera de los casos, lo único que tenía claro es que iba a tener que disculparse con Adam.

—Ayudo a Adam en un proyecto relacionado con Chopin.

Valérie volvió a relajarse.

—Siéntate, conozco a Adam. Lamento mucho lo que le pasó. No sabía que había vuelto a ponerse a trabajar. Me alegro de que lo haya hecho y de que por fin haya decidido contratar a una ayudante. Me extraña que no nos haya llamado para decir que ibas a venir.

Charlotte se encogió de hombros. ¿Era eso lo que era, la ayudante de Adam?

—No lo sabe, ha sido una decisión improvisada por mi parte —reconoció para ver si así conseguía hacer avanzar la conversación.

—Deduzco que no le estás ayudando a escribir una tesis sobre Chopin ni nada por el estilo y que estás aquí por esa partitura que encontraron hace meses en Mallorca.

—Creía que nadie sabía de su existencia. —Al menos era lo que Charlotte había deducido.

—Nadie sabe de su existencia, pero Adam vino a vernos entonces, cuando empezó a trabajar en la partitura, al fin y al cabo, somos unos expertos en Chopin y conocí a Adam hace años, supongo que pensó que podía confiar en nosotros. Además, somos los primeros interesados en que él pueda hacer bien su trabajo.

—¿Por qué?

—Si se demuestra que esa partitura inacabada es de verdad de Chopin, se organizarán conciertos, conferencias, actos en honor a él. Nos irá bien económicamente. Aunque la Society está bien financiada, siempre son de agradecer las donaciones y los ingresos extras. Por no mencionar que mi abuela, mi madre y todos nuestros antepasados darán saltos de alegría. En nuestra familia siempre hemos pensado que Chopin se merecía mayor reconocimiento aquí, en Inglaterra, y si esa partitura es auténtica y la termina un compositor inglés, lo tendrá. Espero que entiendas, Lottie, que hablo contigo porque estás aquí de parte de Adam, ¿no es así?

—Sí, por supuesto. Te aseguro que no tengo ningún interés en hablar de esta partitura con nadie —le aseguró y notó que su instinto de protección se despertaba. Ella jamás haría nada que pudiese perjudicar a Adam—. Si tú no la hubieras mencionado, yo no lo habría hecho. En realidad, estaba a punto de irme.

—Bueno, pues ya que te has quedado y que las dos hemos dejado claro que lo que hablemos en este despacho no saldrá de aquí excepto para contárselo a Adam, ¿qué querías saber?

—Deduzco que Adam os enseñó la partitura cuando vino a veros —continuó tras ver asentir a Valérie—. Los primeros compases no son de Chopin, es imposible que lo sean, no encajan para nada con su estilo, y los del final tampoco lo veo claro.

—Cierto, ¿cuál es tu pregunta?

—¿Crees que es posible que Chopin compusiera esa partitura con otra persona?

—Adam nos preguntó lo mismo hace meses y mi madre, ella está aquí normalmente —apuntó—, le dijo lo mismo que voy a repetirte yo ahora: Chopin siempre compuso solo.

—Pero...

—¿Sabes que hay un pero?

—A mi hermana le encantaba torturarme con frases como la que has dicho. Hay un pero, lo sé.

—No es un pero, es una teoría mía que he ido elaborando estas últimas semanas. Mía y nada más, eso tiene que quedar muy claro.

—Te escucho.

—Chopin era un hombre muy solitario, muy solitario y muy triste. No tenía amigos, tenía alumnos, mentores y mecenas, pero no amigos. Y en el amor —suspiró—, en el amor tampoco tuvo suerte y murió muy joven.

—Tenía muchísimo talento.

—El talento no puede abrazarte ni escucharte cuando has tenido un día horrible, por eso me alegro tanto de ser completamente incapaz de tocar o de cantar. En fin, volviendo a Chopin, no tenía amigos, excepto uno: Gaspard Dufayel.

—Gaspard Dufayel —repitió el nombre que le era completamente desconocido—. ¿Adam está al corriente de esto?

—No —Valérie suspiró—. El día que vino ni siquiera yo conocía la existencia de monsieur Dufayel. Digamos que me quedé intrigada por el tema de la partitura y desde entonces he estado investigando un poco en nuestra biblioteca, solo para pasar el rato. Me habría puesto en contacto con Adam si hubiese encontrado alguna pista de fiar, pero ya que estás aquí...

—¿Y qué has encontrado?

—Dufayel también era músico, aunque nunca se hizo famoso. Él y Chopin se conocieron jóvenes y estuvieron juntos en París. Chopin le menciona en varias cartas y hay relatos de autores de la época en la que se los menciona juntos. Hace unas semanas vi un dibujo en el que aparecía Chopin tocando el piano en un salón de París, y Dufayel está en el fondo, sentado a una mesa, escribiendo sin hacer caso al pianista. Tenían que ser amigos, muy amigos. De lo contrario, el retratista se habría burlado de Dufayel o le habría atacado por no prestar atención al maestro Chopin. Por no mencionar que su nombre aparece al pie del dibujo.

—¿Y crees que ese tal Dufayel puede estar relacionado con la partitura?

A Valérie no pareció ofenderle la pregunta de Charlotte.

—No sé afinar y no sabría tocar ningún instrumento, aunque la vida me fuera en ello, pero soy muy observadora y tengo muy buen instinto para esta clase de detalles. Chopin y Dufayel eran amigos y Dufayel tuvo una muerte muy trágica. He investigado un poco y he encontrado una carta en la que Chopin escribió que cuidaría para siempre del sueño de su amigo e intentaría vivirlo. Esas son las palabras exactas, «vivir tu sueño, mon ami».

—Puede referirse a cualquier cosa.

—Lo sé.

—Dudo mucho que esté hablando de la partitura.

—Tal vez, pero después de leer esa carta busqué las imágenes que tenemos de las partituras de Chopin y hay una que tiene unas anotaciones al margen que no son suyas. No son de Chopin.

—Y crees que podrían ser de Dufayel. ¿Sabes si es posible encontrar alguna partitura de Dufayel?

Valérie sacudió la cabeza.

—Por lo que sé, Dufayel no se dedicó a la música como Chopin, pero estudió en el conservatorio y fue profesor. Creo que podría encontrar una lista de sus alumnos. En esa época los nobles presumían de esas cosas y algunos guardaban sus cuadernos como si fueran verdaderas obras maestras. Es un tiro al aire, sería mucha casualidad que uno de esos cuadernos esté en algún museo, pero puedo intentarlo.

—¿Y todo esto lo harías solo para pasar el rato? —Charlotte enarcó una ceja.

—Ya te he dicho antes que la Chopin Society saldría muy beneficiada si se demuestra la autenticidad de esa partitura. Pero no lo haría solo por eso ni para pasar el rato.

—¿Y por qué lo harías?

Charlotte escuchó qué quería Valérie a cambio de su ayuda.

19

Adam le contó a Montgomery cómo había conocido a Charlotte y por qué le había pedido que le ayudase con *Folie*. El silencio de su amigo le hizo temer que estuviera comportándose como un adolescente, pero comprendió que le daba igual. Tras haberse pasado toda la tarde pensando en lo que había sucedido, en los besos, en las palabras que se habían dicho, por fin había dos cosas de las que ya no dudaba: Charlotte no había aparecido en su vida para utilizarlo, la partitura la había llevado hasta él. Sí, la partitura, por extraño y surrealista que pareciese. Y ella era la única persona que había conseguido devolverle la música y hacerle sentir que de verdad había merecido la pena no morir esa noche. Porque él no se lo había dicho nunca a nadie, apenas se atrevía a reconocérselo a sí mismo, pero esos primeros días en el hospital, cuando la oscuridad lo ahogaba casi tanto como los remordimientos por no haber reaccionado antes, se preguntó por qué seguía vivo, qué sentido tenía que estuviese allí y no junto a sus padres.

—Me alegra muchísimo verte así, Adam, lo digo de verdad. Cuando encontré a Erika en mi despacho...

—Creíste que había vuelto con ella.

—No. —Montgomery se sonrojó tanto que pensó que incluso Adam lo veía—. Jamás pensé algo así.

—Lo pensaste. —Adam sonrió—. Pero no pasa nada, lo entiendo. ¿Por qué ni tú ni Jennifer, ni Gabriel me dijisteis que la odiabais? Se supone que sois mi familia. ¿Habrías dejado que me casase con ella?

Montgomery dejó el tenedor y se limpió los labios para beber un poco de vino antes de responder. Durante un segundo echó de menos a su esposa, ella llevaba años guardándose la opinión que le merecía Erika y seguro que habría agradecido la oportunidad que le estaba dando ahora Adam. Él era mucho más cauto que Marianne. Montgomery llevaba toda la vida rodeado de músicos y sabía que, aunque sonase a tópico, eran criaturas de sangre caliente. No quería criticar en desmesura a Erika y que después, dentro de un tiempo, Adam volviese con ella.

—¿Qué querías que hiciéramos? Sé franco, tú antes no veías las cosas como ahora.

Adam se rio.

—No voy a volver con ella. Jamás. Y gracias por utilizar el verbo ver conmigo.

—De nada —Montgomery se terminó la copa y carraspeó incómodo—. Esa mujer nunca me gustó para ti, aunque antes parecíais encajar.

—¿Por qué no me lo dijiste?

—Era tu pareja, Adam, y tú no parecías desgraciado, la verdad.

—No, no parecía desgraciado, sencillamente me comportaba como un cretino frívolo, egoísta e insoportable. Eso es lo que has querido decir cuando has dicho que «encajaba con Erika».

—Yo no diría tanto.

—Pero casi.

Montgomery observó de nuevo a Adam, parecía distinto a la última vez que lo había visto. Más decidido y fuerte, y quizá más seguro de sí mismo y feliz. Él podía reconocer la felicidad, la había visto durante años en los rostros del público que acudía a la Ópera, en los músicos que tocaban o incluso en los empleados de las taquillas cuando cerraban tras una noche perfecta. Era la felicidad lo que estaba cambiando el rostro de Adam.

—Cuando estabas con Erika era como si existieran dos versiones de ti: la que ella «contaminaba» y la que no. Si esto de ahora es mérito de esa chica de la que me has estado hablando, de Charlotte, quédate con ella. De hecho, insisto en conocerla hoy mismo.

Adam alargó la mano con cuidado y levantó la copa. Creía saber dónde estaba, pero no quería derramarla. Bebió, y aprovechó esos segundos para pensar. Le gustaría poder echar la culpa de sus errores del pasado a Erika, pero no sería justo. Él tenía carácter y era un hombre inteligente, sabía lo que hacía cuando salía con esa mujer, no podía rehuir su responsabilidad. En cambio, no tenía ningún problema en reconocer que Charlotte, a pesar del poco tiempo que hacía que la conocía, había provocado algo en él. Pensó en esos experimentos de química que le obligaron a hacer en el instituto, cuando en una probeta había una sustancia dormida sin hacer nada y, al entrar en contacto con otra a burbujeaba. O explotaba.

Si estaba dispuesto a reconocer que no todo su comportamiento frívolo y egoísta del pasado era culpa de Erika, también tenía que asumir que él había empezado a cambiar antes de conocer a Charlotte. «Quizá empecé a cambiar porque sabía que iba a encontrarla. Quizá empecé el día que toqué Folie por primera vez. Quizá sabía que necesitaba cambiar para poder estar con ella, con Charlotte».

—No todo era culpa de Erika —reconoció al fin en voz alta—, a mí también me gustaba esa vida. Pero tienes razón, esa versión de mí mismo no es la que quiero ser, me di cuenta hace tiempo. Es una jodida lástima que haya tenido que quedarme ciego para comprender hasta qué punto no me gustaba.

La intensidad de Adam llevó a Montgomery a decir algo que se había prometido no decir nunca.

—Tal vez con el paso del tiempo la medicina avance y...

—No, Montgomery. No sigas. Tú estabas conmigo ese día, sabes que es imposible y lo más curioso es que me parece bien. De verdad.

—Está bien. De acuerdo. —Carraspeó emocionado—. ¿Cuándo conoceré a Charlotte? Sé que se suponía que no teníamos un plazo determinado para averiguar si Folie es de Chopin y para que la terminases...

—Pero si la jequesa de Erika está interesada tenemos que darnos prisa —terminó Adam—. Estoy de acuerdo.

—Cuando se ha ido Erika he hablado con el consejo de la Royal. He tenido que contarles lo de la partitura antes que alguien del bufete de tu ex se fuese de la lengua, y todos estamos de acuerdo en que preferiríamos quedarnos con la partitura de Chopin, sea o no suya, dado que tú estás trabajando en ella y vas a terminarla. Contamos con el apoyo de los herederos y de la Chopin Society, pero seríamos unos ingenuos si subestimásemos a la jequesa. En última instancia se sometería la decisión a votación y varios miembros de la fundación de la Royal son, cómo lo diríamos, especialmente sobornables.

—Terminaremos Folie y encontraremos la manera de que se quede aquí y compartirla al mismo tiempo con los amantes de la música. No dejaremos que la encierren en una caja fuerte.

—Echaba de menos verte así, Adam. —Montgomery alargó la mano y apretó la de su amigo un instante—. ¿Por qué no vienes al ensayo de esta tarde?

Antes del accidente, Adam pasaba a veces por la Ópera y se sentaba en el patio de butacas a escuchar los ensayos. Sus antiguos compañeros se alegraban de verlo y él aprovechaba esos ratos para dejar la mente en blanco y pensar en la partitura que estaba componiendo o en el tema que lo preocupase. «Nada te preocupaba demasiado, lamentablemente». No había vuelto desde entonces porque adivinaba las preguntas que los músicos no se atreverían a hacerle y las miradas de lástima.

Comprendió que lo echaba de menos. La camaradería, las burlas escuchar a un grupo de músicos increíbles tocar. Había intentado convencerse de que esa parte del pasado no cabía en su nuevo presente y se había equivocado, ahora lo veía.

—Es una gran idea, Monty —intentó no sonar tan nervioso como se sentía.

De camino a la Ópera, Adam se fio de su bastón y de la voz de Montgomery, que seguía hablando a su lado. Los sonidos de la ciudad aún podían abrumarle en ocasiones. Cada vez menos. Aun así, el timbre del móvil le sorprendió. Se detuvo y lo buscó en el interior del bolsillo derecho del abrigo. Disponía de una función que le permitía oír el nombre de la persona que lo estaba llamando antes de contestar, pero no la utilizó. Si era Erika se ocuparía de ella.

—¿Sí?

—Hola, Adam, soy Charlotte. —Él no contestó de inmediato. Estaba sonriendo y casi sin darse cuenta alargó la otra mano, la que sujetaba el bastón, en busca del antebrazo de su amigo que se detuvo a esperarlo—. ¿Te pillo en mal momento?

—No, ¿sucede algo?

—Sé que estás enfadado conmigo y que has dicho que me llamarías esta noche, pero he estado en la Chopin Society y he conocido a Valérie y quería decirte lo que creo que he descubierto, lo que ha descubierto ella, vaya.

Él había estado pensando y había decidido que la llamaría en cuanto llegase a casa para disculparse de nuevo por lo que había sucedido y para pedirle que le diese una oportunidad a esa historia que estaba naciendo entre los dos. No quería que ella siguiese creyendo que él estaba enfadado, como al parecer había hecho, y quería preguntarle qué había querido decir con eso de que no iba a quedarse allí mucho tiempo. Esa frase no le había dejado tranquilo desde que la había escuchado. Pero la mención de la Chopin Society le sorprendió.

—¿Has estado en la Chopin Society? Creía que tenías clase en la universidad.

—Me he ido, no podía concentrarme. ¿Estás ocupado o no?

Adam sonrió. A juzgar por la voz de Charlotte, él no era el único que tenía ganas de ver al otro.

—Depende.

—Podemos vernos mañana, solo he pensado que... que...

—Charlotte, para. Para, por favor. —Podía sentir lo nerviosa que estaba a través del teléfono—. Respira. ¿Quieres venir a escuchar el ensayo de la orquesta de la Ópera?

—¿No estás enfadado?

Adam nunca había visto a Charlotte, pero en aquel instante se la imaginó con la cabeza agachada y los mechones de ese pelo castaño, casi negro según ella, cubriéndole el rostro. Sonaba insegura y también esperanzada.

—No quiero estar enfadado, quiero que vengas a escuchar el ensayo. ¿Aún estás en la Chopin Society? No está lejos de la Ópera. Cuando me has llamado, ¿era para preguntarme si podíamos vernos?

—Sí, pero entonces tú has dicho «depende» y... se supone que no debería estar haciendo esto, Adam. Ni tú ni la partitura deberíais estar aquí.

—Ven a la Ópera, Charlotte. He dicho «depende» porque tú a mí también me pones nervioso, pero me gusta estar así. Ven.

—Está bien. Voy hacia allí.

Adam colgó y le sorprendió que Montgomery le diese una palmada en la espalda.

—¿La Chopin Society? Me gusta esta chica, Adam.

Charlotte pedaleó hacia la Ópera de Londres, nunca había estado allí. De hecho, no había estado en la mitad de lugares emblemáticos de Londres. Ni de ningún otro lugar... Fern y ella habían hablado de viajar a Europa juntas algún día, pero nunca consiguieron disponer del tiempo suficiente. Ese era también uno de los motivos por los que había elegido cumplir allí la promesa que le había hecho a su hermana, un lugar sin pasado, sin amigos y sin nada. Excepto que ya no era cierto, pensó. Quizá tendría que dejar de ir en bicicleta, su mente ya no se quedaba en blanco al cruzar la ciudad, sino que parecía empeñada en hacerla pensar, en cuestionar las decisiones que llevaba tiempo tomando. ¿Cuándo había empezado a sentir que había cometido un error? Uno detrás de otro. ¿Cuándo había empezado a darse cuenta de que, si no hacía algo al respecto, tal vez pronto sería demasiado tarde? Quizá ya era demasiado tarde, y ni siquiera Adam o lo que pudiera llegar a suceder entre ellos podría cambiar eso. Solo esperaba que él no sufriera, no podría soportar cargar con ello.

«Si de verdad no quieres hacerle daño, pedalea en dirección contraria y no vuelvas a llamarle y deja de tararear esa partitura».

Intentó pensar en otras cosas e inevitablemente pensó en la música, su fiel refugio, y de ahí se fue de nuevo a la partitura y notó un cosquilleo. Había algo que se le escapaba, un detalle que no acababa de vislumbrar. Esa noche seguiría leyendo la biografía de Chopin y, cuando volviera a ver a Valérie, le haría más preguntas. Quizá entonces ella tendría en su poder más información sobre Dufayel y las piezas empezarían a encajar. Siempre y cuando pudiese cumplir con lo que ella le había pedido.

Llegó a la Ópera de Londres y dejó la bicicleta encadenada a una farola frente a una de las puertas laterales. Caminó hasta la principal con las manos en los bolsillos y se detuvo al ver a Adam esperándola. El nudo del estómago se apretó. Sí, debería irse, pero sus pies siguieron andando.

«Solo un día más».

Él se giró hacia ella como si la hubiera oído y cientos de imágenes románticas se amontonaron en la garganta de Charlotte. Se obligó a tragarlas.

—Hola, Adam.

—Hola, Charlotte. —Le tendió una mano que ella aceptó—. Ven, te presentaré a Monty, mi mentor y excelente director de la Royal Ópera.

Entonces Charlotte se fijó en el imponente hombre canoso que estaba a su lado. No lo había visto, igual que no habría visto a nadie mientras miraba a Adam. Comprendió que aquella sensación escapaba a cualquier definición que estuviera dispuesta a asimilar y se asustó. Tenía que tener cuidado, no por ella, sino por él.

«Pero a él esto no le afecta tanto como a mí. Él no lo pasará mal. Es imposible».

Se le retorcieron las entrañas porque, aunque para Adam sería mejor que no sintiera nada por ella, que su intención fuese simplemente acostarse con ella como los Mikes del pasado, Charlotte quería algo más. Quería descubrir si había alguien en el mundo dispuesto a quererla y quería que ese alguien fuese Adam. Lo que demostraba que ella era aún peor de lo que creía.

—Es un placer conocerte, Charlotte. —Montgomery le sonrió—. Adam me ha explicado que le estás ayudando con la partitura.

—El placer es mío, señor.

—Llámame Montgomery, por favor.

Charlotte solo movió la cabeza. Adam le había colocado la mano en la espalda y los tres estaban cruzando la preciosa entrada de la Ópera. Ese instante sería uno de sus mejores recuerdos y, si su destino no estuviese ya escrito, lo recordaría a menudo y añadiría detalles con el paso del tiempo.

«El día que conocí a Monty», se imaginó contando la anécdota a unos niños, «fuimos a la Ópera porque»... ¿Qué diablos estaba haciendo? Sacudió la cabeza y se fijó en lo que tenía alrededor.

Había seis músicos en el escenario, todos de pie preparando los instrumentos y charlando. Se detuvieron al ver a Adam y la alegría fue tan evidente en sus rostros que Charlotte lamentó profundamente que él no pudiera verlo. Era injusto que ella sí lo viera.

—No puedo creérmelo —dijo uno—, ¡Adam!

Los seis bajaron a abrazarlo y a hablar con él. Charlotte se hizo a un lado, pero él la agarró de la mano y la retuvo cerca. La presentó por su nombre y la incluyó en la conversación como si ella formase parte de lo que estaba sucediendo allí. O de él. O de la vida.

Montgomery se despidió, varios asuntos lo reclamaban, aunque Charlotte se quedó con la sensación de que el director de la Ópera se iba para dejarlos solos, fue lo que dedujo de su sonrisa al decirle adiós. Los músicos también se despidieron de Adam y de ella, pero para volver al escenario y empezar a tocar. La incomodidad de Charlotte había ido en aumento, ella no tendría que estar allí; la culpabilidad le subía por la espalda como una araña, las ocho patas se le clavaban en la piel y le recordaban que eso no era para ella.

—Vamos a sentarnos aquí.

Adam seguía cogiéndola de la mano; si notaba que ella temblaba, no se lo había dicho. Dejó que la acompañase hasta la sexta fila del patio de butacas y se sentó. Cerró los ojos cuando sonó la primera nota del violín.

Adam había notado que Charlotte temblaba y había guardado silencio, porque entendía lo que era estar asustado y querer huir. No iba a preguntarle qué le sucedía, qué tenían la Ópera, la música o él para darle tanto miedo, esperaría a que ella se lo contara. La música llegó a sus oídos y cerró los ojos, un instinto que no pretendía contener jamás, y decidió que allí, en la Ópera, con la mano de Charlotte en la suya, era justo donde tenía que estar.

Charlotte solo había escuchado música de esa manera, a oscuras y en silencio, con su hermana Fern, y cuando los músicos llegaron al final del ensayo y dejaron los instrumentos, empezó a hablar en voz muy baja solo para que la oyera Adam. No podía fingir que él podría haber sido cualquiera.

—Mi hermana y yo éramos gemelas. —Adam le acarició los nudillos con el pulgar—. Idénticas por fuera y completamente distintas por dentro. Ella era la buena de las dos, la mejor.

—Charlotte...

—No, no me interrumpas, por favor. Es la verdad, Fern era increíble. Tenía la mejor hermana del mundo, Adam. Ella siempre estaba a mi lado, era la única. Se puso enferma de repente, empezó a vomitar y creíamos que podía estar embarazada de Josh, su novio. Pero no lo estaba. Tenía un defecto en el hígado, algo congénito que nunca detectaron y que le provocó un cáncer. No pudieron hacer nada, no había tiempo. Yo tampoco pude hacer nada. Murió en pocos meses.

—Dios mío, Charlotte, cariño. —Era la primera vez que la llamaba así y la palabra no le incomodó ni le salió forzada. Era justo lo que quería decir, lo que quería que ella sintiera—. Lo siento mucho.

—Me fui de Nashville poco tiempo después y no he vuelto. No me hablo con mis padres, solo he empezado a responder a los mensajes de mi hermano mayor desde hace poco.

«Desde que te conocí».

Adam había sobrevivido a muchas desgracias en su vida, pero tenía la sensación de que ninguna lo había marcado tanto como a Charlotte la muerte de su hermana gemela. Él había hecho las paces con su pasado, con los errores que había cometido, y asumía las consecuencias. Esos últimos días, desde que ella, Charlotte, había aparecido en su vida y le había devuelto la música, incluso estaba dispuesto a arriesgarse a ser feliz, a buscar emociones fuertes y peligrosas como el amor. Pero ella aún estaba herida, lo sentía por cómo temblaba, por cómo se le rompía la voz y en ese «yo tampoco pude hacer nada». ¿Qué iba a hacer ella? ¿Morir en lugar de su gemela?

Se puso furioso al pensarlo, le hirvió la sangre al comprender que eso era exactamente lo que Charlotte habría hecho de haber sido posible. Se levantó de la silla sin soltarle la mano y se agachó delante de ella. Conocía la Ópera de memoria, veía a la perfección las filas de asientos rojos, las molduras doradas y, sin embargo, todo se difuminaba en su mente para dejar únicamente la silueta de una chica a la que no había visto nunca. Se agachó, sus rodillas rozaban las de ella y con la mano que no retenía la de Charlotte le acarició el rostro.

—No puedes sentirte culpable por vivir, Charlotte. —Ella levantó la cabeza—. No conocí a tu hermana y me gustaría que más adelante volvieras a hablarme de ella, pero... —Notó que Charlotte negaba con el gesto y se inclinó hacia delante para darle un suave beso en los labios. No sabía si los músicos seguían allí o si se habían ido y le daba igual—. Quiero que me hables de ti. Insistes en pintar un retrato de ti misma como si fueras la mala del cuento y no me lo creo, Charlotte. No me lo creo.

—Adam yo... acabas de conocerme.

—No digas nada más. —Se puso en pie y tiró de ella para que lo siguiera—. Hace casi un año que no pongo los pies por aquí, avísame si estoy a punto de tropezarme con algo.

—¿Adónde vamos?

—Vamos a tocar el piano. He deducido que Fern y tú tocabais juntas y que por eso tenías miedo de tocar el día que te conocí. Y creo que cambiaste de opinión, que aceptaste formar parte de ese grupo en el que tocas ahora porque te estás castigando. La música, tu música, Charlotte, no es ni un castigo ni una penitencia. Tu música sale de aquí dentro —se giró para colocarle una mano en el rostro y acariciarle la mejilla—, de ti.

—Tú también habías dejado de tocar y de componer, no eres el único que sabe hacer esta clase de deducciones, Adam.

—Y fue una decisión estúpida, una cobardía por mi parte. Me aterroriza no ser capaz de hacerlo ahora que no veo, pero... —Volvió a caminar y no se detuvo hasta llegar al escenario—. Quiero componer y tocar. En el fondo no he querido dejar de hacerlo nunca, pero no me he sentido verdaderamente capaz de ponerme de nuevo hasta que te he conocido, Charlotte.

—Adam —tuvo que tragar saliva—, no...

—No tiene demasiado sentido. Lo sé. Pero la música es así, te sorprende, te atrapa. Te emociona. Como ciertas personas. —«Como tú. Como el amor».

—Yo... —Agachó la cabeza y la apoyó en el torso de Adam. Ella sentía que él podía verla, que la veía demasiado bien y le daba miedo—. Yo no soy una buena persona, Adam. No lo soy. Mi vida antes de que Fern se pusiera enferma era un jodido desastre y cuando mi hermana ingresó en el hospital... Te aseguro que si me hubieras conocido entonces, no te habría gustado.

—Yo a ti tampoco te habría gustado si me hubieras conocido cuando veía, Charlotte.

—No, te aseguro que no es lo mismo. No lo es.

—¿Y qué vas a hacer, huir porque crees que no te mereces nada de esto? A lo mejor sale todo mal, Charlotte, a lo mejor no conseguimos avanzar con la partitura o descubrimos que es un fraude. A lo mejor no sucede nada entre tú y yo, o a lo mejor sucede y es horrible o prescindible. Estamos empezando. ¿Qué me dices, vamos a tocar el piano?

Ella se quedó pensándolo. Podía oír los latidos del corazón de Adam bajo su frente. ¿Y si a él todo eso le afectaba más de lo que ella podía imaginar? Irse sería lo mejor, lo mejor para él. Quedarse implicaba demasiados riesgos.

Apartó la cabeza y se puso de puntillas para besarlo.

—Vamos a tocar el piano.

Charlotte acababa de encontrar el único lugar y la única persona de la que no quería escapar.

20

Adam se quedó con Montgomery después de que Charlotte se fuera de la Ópera para acudir al ensayo de The Quicks. Ella lo besó antes de irse y quedaron que se verían al día siguiente. A Adam le habría gustado acompañarla o volver a verla esa misma noche, pero entendía que, después de las conversaciones de esa mañana y en especial después de lo que ella le había contando en el patio de butacas por la tarde, los dos necesitaban estar solos.

Montgomery y él abandonaron Covent Garden; quedaban turistas por la calle, esa zona nunca estaba tranquila del todo y, aunque hacía un poco de frío, era agradable.

—Charlotte ha estado en la Chopin Society —Adam empezó la conversación.

—Sí, lo he oído antes. ¿Quién la ha atendido?

—Valérie.

—Entonces ha tenido suerte, su madre probablemente le habría tirado de las orejas por no tener cita previa.

—Charlotte cree que Folie podría ser obra de un amigo de Chopin del que le ha hablado Valérie, un profesor de piano con el que convivió en París. Dentro de unos días tendremos sus partituras y podremos ver si encajan con los primeros compases. Quizá hay más de un autor...

—Espera un segundo. ¿A santo de qué ha estado Valérie tan comunicativa?

—Yo le he preguntado lo mismo a Charlotte.

—¿Y bien? ¿Qué te ha contestado?

—Uno de los hombres de confianza de la jequesa se puso en contacto con Valérie hace unos días.

—Mierda.

—Exacto. Por suerte para nosotros, ese hombre cometió el error de hablar también con la madre de Valérie y ya sabes qué opina la señora Swiatek de los nuevos ricos.

—Creo que es la primera vez que me alegro del esnobismo de esa vieja urraca.

—Valérie le ha dicho a Charlotte que nos ayudará y que nos avisará si la jequesa vuelve a acercarse a ella a cambio del corazón de Chopin.

—¿Qué has dicho? ¿El corazón de Chopin?

—Sí, eso he dicho. El corazón de Chopin está en una iglesia de Varsovia. No puedo creerme que no conozcas esa historia.

—La conozco, es que aún no me he recuperado de la impresión. ¿Valérie quiere el corazón de Chopin? Eso es imposible, el gobierno de Polonia jamás accederá. Dios, si tienen el corazón del compositor encerrado en una iglesia como si fuera una reliquia. Es un símbolo para ellos.

—Lo sé y ella también lo sabe. No quiere el corazón de Chopin para siempre, quiere que la Royal le pida oficialmente al gobierno de Polonia que nos lo presten para hacer un acto en su honor, un concierto.

—Dios mío.

—Sí, en esa familia se toman a Chopin muy en serio. Valérie sabe que el gobierno polaco jamás cederá el corazón a la jequesa a cambio de dinero, pero que es posible que se lo ceda al gobierno inglés, a la Ópera de Londres, para organizar un acto conjunto en su honor. Un acto con el que la Chopin Society se daría a conocer al mundo. ¿Crees que podrías conseguirlo?

—Puedo intentarlo. ¿De verdad crees que es posible que Chopin escribiera esa partitura junto con otro músico, con ese Dufayel, y que necesitamos ver esos documentos, si es que existen?

—Componer es algo muy personal, muy íntimo, al menos para mí. También es verdad que hay muchos compositores que trabajan en equipo, pero no creo que eso fuera lo que pasó con Folie.

—¿Entonces cuál es tu teoría?

—Creo que alguien la empezó y Chopin la acabó, o escribió los últimos compases que tenemos, o algunos de ellos, no lo sé.

—¿Crees que sencillamente aprovechó el papel?

—No. Si Chopin escribió esos compases allí, fue adrede, de eso estoy seguro. —Adam hizo una pausa—. Charlotte no quiere cobrar por su trabajo.

—Tú tampoco. ¿Te molesta? ¿Desconfías de ella?

—Hace poco que la conozco y... —cogió aire—. Y, sin embargo, y a riesgo de que me tomes el pelo, siento que, no sé, es como si la hubiera estado esperando. A Erika la conocí en un acto de la Ópera, una cena benéfica, estuvimos tonteando unas semanas y después empezamos a salir. Vivíamos juntos y, si no me hubiese quedado ciego, quizá ahora estaríamos organizando nuestra boda.

—¿Qué quieres decir con eso?

—Me horroriza pensar que era la clase de hombre dispuesto a casarse con una mujer como Erika, dispuesto a vivir sin emocionarse. Si me hubiera casado con Erika, no habría conocido a Charlotte.

Esa posibilidad le horrorizaba más de lo que estaba dispuesto a reconocer, y Montgomery lo entendió y obvió señalárselo.

—No lo habrías hecho, Adam, no te habrías casado con Erika.

—¿Sabes una cosa? Creo que estás en lo cierto. Creo que, aunque esa noche no hubiese ido al piso de mi hermana, no me habría casado con Erika. Nunca había creído en el destino, pero es la única explicación que se me ocurre si intento encontrar sentido a lo que me pasa con Charlotte. Es demasiado pronto.

—Tal vez no, Adam. El amor a primera vista existe.

—Pues estoy jodido. Yo nunca he visto ni veré jamás a Charlotte.

—Mierda. Lo siento. —Montgomery dejó de caminar y detuvo a Adam agarrándole del antebrazo—. Lo siento mucho.

—No lo sientas. Me alegra que te hayas olvidado, Monty. Y la verdad es que aquí dentro —se señaló el torso— sé que veo a Charlotte perfectamente. Y es lo más jodidamente bonito que he visto nunca.

—Se me da muy mal hablar de estas cosas, tal vez deberías tener esta conversación con Gabriel. Yo soy demasiado mayor para esto. Pero te diré una cosa, cuando conocí a mi esposa supe que iba a casarme con ella. Lo supe sin más. El amor tarda en crecer, eso no voy a discutirlo, y hay que cuidarlo a diario, pero aparece un día cualquiera. Siempre hay un día que es el primero.

—La primera nota —sonrió Adam.

—Exacto. Si confías en Charlotte, si te gusta estar con ella, no dudes de ti, Adam, y sigue adelante. Arriésgate.

—Lo voy a hacer. Charlotte tiene secretos, vino a Londres tras la muerte de su hermana gemela, pero sé que esa historia es mucho más compleja de lo que parece en realidad. Toca el piano como los ángeles, compone e identifica a Chopin. Está estudiando el último curso de música en la universidad cuando podría dar clases, y se asusta si le hago demasiadas preguntas.

—Dale tiempo, tú mismo has dicho que hace poco que os conocéis. Recuerdo cuando te conocí, Adam. Pensé que eras el joven más paciente que había visto nunca.

—Eso espero, Monty, eso espero.

Charlotte llegó la última a la tintorería y dejó que Nora la invitase a unos panecillos que había traído de su casa, hechos por su hermana, que al parecer estudiaba repostería. Eran buenísimos y Charlotte sonrió al imaginarse a la ya de por sí dulce Nora viviendo en una casa que olía a mazapán. Le pareció muy apropiado. Acabaron muy tarde y Trace le preguntó si quería que la acompañasen a casa, pero ella insistió en que su bicicleta amarilla la protegía de cualquier mal. Al subir la escalera que conducía a su pequeño apartamento, oyó risas provenientes del piso superior. No había vuelto a coincidir con la hermana de Adam desde aquel día, y durante unos segundos sintió el impulso de dejar la bicicleta en casa, cerrar la puerta e ir a visitar a sus vecinas.

«En casa».

¿Cuándo había empezado a pensar así? Aquel apartamento tenía que ser solo temporal, igual que Londres. Cerró la puerta de golpe y se dirigió al dormitorio para cambiarse. Se pondría el pijama y leería la biografía de Chopin. No tenía sentido que fuese a molestar a Jennifer, faltaban pocos meses para que acabase el curso y entonces, con la promesa que le hizo a Fern cumplida, se iría.

«Adam».

Él lo entendería, en cuanto supiera la verdad tal vez se enfadaría, pero al final lo superaría y la olvidaría. Ella quería que la olvidase, aunque una pequeña parte del corazón de Charlotte deseó que no, que él se quedase con un recuerdo de ella para siempre, por pequeño que fuese.

Era egoísta y humano, se consoló. Incluso ella tenía derecho a un sueño.

Abrió el libro y se obligó a concentrarse en la trágica vida de Frédéric Chopin. La figura que logró captar y retener su atención fue Jane Stirling, alumna y amiga del compositor, que lo llevó a Inglaterra y lo cuidó hasta el fin de sus días. ¿Qué clase de mujer se arriesgaba tanto por una amistad? ¿Lo había hecho por el hombre o por el músico? Había teorías, siguió leyendo, que afirmaban que Jane había actuado como tapadera de una soprano suiza, Jenny Lind, pero la realidad era que la señorita Stirling había estado junto a Chopin en su lecho de muerte. Dejó el libro y buscó la copia de la partitura, sus ojos volaron por los compases. Tal vez...

Descolgó el teléfono sin pensar, dando por hecho que sería Adam.

—¿Qué sabes de Jane Stirling?

—Hola, Lottie. No tengo ni idea de quién es Jane Stirling, pero me alegro mucho, muchísimo, de oír tu voz.

Charlotte no estaba preparada para escuchar a Joshua. Quizá si se hubiese tratado de Thomas o incluso de sus padres, habría podido soportarlo, pero Joshua no. Aun así, no colgó y mantuvo el aparato pegado a la oreja.

—Creía que no ibas a contestar —siguió él—. He pensado en llamarte cientos de veces y nunca me he atrevido. Hace un rato he visto a tu hermano y me ha dicho que le habías contestado varios mensajes y... Dios, Lottie. Te echo de menos. ¿Cuándo vas a volver? Perdí a la chica que quería y a mi mejor amiga en cuestión de días o el mismo día según lo mires. Fern no está y tú... ¿No vas a decir nada? ¿Después de todo este tiempo, después de todo?

No podía decir nada. No podía respirar, le escocían los ojos del vacuo esfuerzo que había hecho para no llorar y las lágrimas le resbalaban por el rostro.

—Di algo, Lottie. Por favor.

Él esperó unos segundos. Charlotte se imaginó a Joshua sentado en los peldaños de madera que precedían la casa de sus padres en Nashville. Él se vería ridículo allí ahora, no se sentaban en esos escalones desde hacía años, pero fue donde se lo imaginó. Joshua esperó y colgó tras suspirar y probablemente morderse una uña, un tic que ni siquiera Fern había conseguido quitarle.

Dejó el móvil encima de la mesilla de noche y lo observó confusa y asustada. Tenía frío, temblaba, tiró de la manta y se metió en la cama. La biografía de Chopin cayó olvidada al suelo. No había hablado con Joshua desde que se fue de Estados Unidos, de él no se despidió porque sabía que intentaría detenerla. No lo habría conseguido, pero no quería despedirse de Joshua con una discusión.

Charlotte jamás se sentiría orgullosa de los meses que sintió celos de Fern por estar con él, pero ahora que empezaba a entender qué era el amor, dudaba que alguna vez hubiese estado enamorada de Joshua. Ellos dos eran amigos, grandes amigos, y si Fern no hubiese existido, tal vez un día habrían intentado ser algo más y probablemente no habría funcionado. Habría sido un desastre.

Intentó ponerse en la piel de él y sus venas se convirtieron en riachuelos de agua helada. Tembló aún más. Joshua había visto morir a la chica que quería, a Fern, a la que habría sido el amor de su vida si la vida no se hubiese comportado con tanta maldad; había perdido el futuro. Se recuperaría, Charlotte deseaba con todas sus fuerzas que se recuperase, pero quizá nunca más volvería a encontrar lo que había encontrado con Fern. Ella no podía imaginarse lo que Joshua estaba sintiendo, pero por primera vez desde el funeral de su hermana, deseó ser capaz de hacerlo y saber qué hacer, qué decir para ayudar a su amigo.

Apretó los párpados con fuerza, tal vez así conseguiría bloquear la culpabilidad, la conciencia, esos sentimientos que se abrían paso por medio de la nada que ella se había empeñado en construir a su alrededor. No sirvió. La oscuridad le hizo pensar en Adam y entonces las notas de la canción que él había compuesto pensando en ella sonaron en su corazón y le subieron hasta hacerle escocer los ojos.

«Adam».

El día que Fern besó a Joshua por primera vez llegó a casa hecha un manojo de nervios y tiró de Charlotte hasta el dormitorio que compartían. «Me ha besado», le dijo con una sonrisa de oreja a oreja. Estaba resplandeciente, recordó. Y también recordó que no entendía a qué venía tanta euforia, por muy enamorada que su hermana estuviese de Josh, un beso era un beso.

No, un beso no era un beso. «Ahora lo sé». Igual que una despedida no era siempre una despedida. Las había que dejaban una puerta abierta y las había que te lo arrebataban todo.

¿Cómo había podido soportar Fern despedirse de Josh? ¿Cómo? Ella solo había pasado unos días con Adam, ni siquiera eso, y no sabía cómo hacerlo. Recordó otra conversación con su hermana. Una noche en el hospital le preguntó si habría hecho las cosas de otro modo de haber sabido que iba a morir. Fern le respondió que habría perdido menos tiempo en la peluquería, pero que el resto lo habría hecho todo igual. Absolutamente todo. El dolor significaba que había vivido. Esa noche Charlotte se puso furiosa, le pareció una respuesta egoísta. ¿Acaso Fern no querría evitar esa clase de dolor a los demás? Si Fern hubiese sido una pésima hermana, ella no la echaría tanto de menos. Si hubiese sido una novia horrible, Joshua se habría recuperado enseguida. No hacía falta ser horrible, bastaba con no ser, con no acercarte a nadie, así, cuando te ibas, nadie quería que volvieses.

Lloró en silencio. La oscuridad de su apartamento le recordó la de la habitación del hospital cuando se quedaba con Fern y lloraba sin hacer ruido, porque no quería que nadie la oyese.

Cuando se despertó, le dolía la cabeza y fue a beber un poco de agua. Abrió un bote de pastillas y se tomó una sin dudarlo ni un instante y fue a ducharse.

Llegó a casa de Adam antes de la hora acordada y, en medio de la calle, se preguntó por qué estaba allí de verdad, la partitura no le servía de excusa esa mañana. Lo único que sabía era que, después de pasarse la noche pensando en Fern e intentando entender su relación con Joshua —pero esta vez desde una perspectiva distinta—, no podía no ver a Adam una vez más.

Llamó a la puerta y esperó. Si él no contestaba, se iría y le llamaría más tarde. Quizá entonces habría recuperado cierta cordura y sería capaz de alejarse sin involucrarse más y sin hacerle daño. Entre un mar de dudas eso era lo único que sabía con certeza.

—¿Sí? —la voz de Adam cruzó el interfono.

—Soy yo, he llegado antes. ¿Puedo pasar?

—Claro, bajo a abrirte.

Esperó unos segundos, no se dio cuenta de que cerraba los ojos y apoyaba la frente en la madera. Oyó girar la llave y se le aceleró el corazón. Una vez había acompañado a su padre y a su hermano a pescar merlines en Florida. Era una pesca deportiva, consistía en sacar el pez del agua, hacerte una foto con él, mirarlo y devolverlo al mar, o a los cayos en este caso. Fern no estaba, ella pasó ese fin de semana con Joshua, y Charlotte se pasó casi todo el rato componiendo. Se sentaba en un rincón de la borda y escribía. Estaba concentrada cuando un enorme merlín aterrizó junto a sus pies, saltando del anzuelo de Thomas. Charlotte recordó que se quedó hipnotizada mirándolo, era precioso, brillaba y, sin embargo, lo único que vio ella fue lo mucho que le costaba respirar. Thomas apareció corriendo, levantó al merlín del suelo, lo acarició un segundo y lo lanzó al agua con cuidado. Charlotte se puso en pie y corrió hacia la borda para verlo nadar. El pez hizo un brinco y volvió a sumergirse para seguir adelante.

Cuando Adam abrió la puerta, Charlotte se abrazó a él igual que aquel merlín se había zambullido en el mar y por el mismo motivo.

—¿Ha sucedido algo, Charlotte, estás bien?

Adam se tensó durante un segundo, hasta que notó que ella respiraba pegada a su torso. Entonces la rodeó con los brazos y le acarició el pelo sin importarle que la puerta siguiera abierta.

—Necesito abrazarte y que me abraces, será solo un momento.

—Claro —sonrió Adam, que aún dudaba si estaba despierto o dormido—. Tómate el tiempo que quieras.

«Tómate toda la vida».

Charlotte dejó que la presencia de Adam la tranquilizase. Durante unos segundos se permitió no pensar en nada, solo en él y en la música que los había guiado el uno hacia el otro. Cuando creyó que, igual que ese merlín, ella también podía volver a su cauce, le soltó.

—Lo siento, no quería... asaltarte —intentó bromear.

—No me has asaltado. ¿Has venido en bicicleta?

—Sí.

—Pues métela en casa y cerremos la puerta.

Adam esperó a oír el clic-clic de las ruedas, era parecido al sonido de los grillos que oía en Yorkshire. Tenía que llevar a Charlotte allí algún día, quizá podrían pasar un fin de semana. Él le enseñaría los rincones que había visitado de pequeño. Se detuvo y sujetó la puerta con fuerza. Con Charlotte no se sentía ciego ni por un segundo. Era abrumador y seguía dándole miedo, pero quería seguir sintiéndose así.

Pero antes quería y necesitaba averiguar qué le había sucedido a ella para necesitar ese abrazo. Uno que él estaba dispuesto a darle siempre.

—Ayer por la noche me llamó el novio de mi hermana. —Charlotte se lo contó antes de que él se lo preguntase—. Joshua y Fern se querían mucho, él es increíble.

A Adam no le gustó el sonido de la última palabra, encerraba mucho cariño y admiración. Se obligó a no pensar en él y a seguir escuchándola. A seguir viéndola, porque sentía que eso era lo que estaba haciendo con Charlotte.

—¿Él sigue en Estados Unidos, habláis a menudo?

Intentó imaginarse qué habría hecho él si Jennifer hubiese muerto ¿Habría mantenido el contacto con sus amigas o le habría resultado demasiado doloroso? Sabía que ninguna de esas preguntas lograba explicar por qué sentía celos y se negaba a analizar hasta qué punto los sentía o si tenía derecho a sentirlos.

—Joshua está en Estados Unidos, aunque no sé exactamente dónde. No hablo nunca con él. Ayer en realidad contesté porque no miré el móvil y creía que eras tú.

Adam se dejó llevar por la voz de Charlotte y caminó hasta donde estaba ella para tomar su mano y acompañarla al sofá. No quería mantener esa conversación de pie y, además, quería tocarla. Acababa de descubrir que si no había ningún obstáculo entre ellos, no le veía ningún sentido a estar lejos de ella.

—¿Y qué quería, por qué te llamó?

—Me fui de Nashville sin despedirme de él. Quería hablar conmigo, saber cómo estoy. Dice que me echa de menos.

—¿Y tú también le echas de menos?

—Los meses que Fern estuvo en el hospital fueron muy difíciles para mí. Te parecerá egoísta, pero solo podía pensar en que mi hermana iba a dejarme, a abandonarme, como si lo estuviera haciendo adrede. Me porté muy mal con todos los demás, con personas increíbles que no se merecían que las tratase de esa manera.

—Estoy convencido de que lo entienden. Tuvo que ser una época muy difícil.

—¿Por qué? ¿Por qué eres tan comprensivo conmigo? —Bajó la voz—. ¿Por qué confías en mí cuando ni siquiera puedes verme?

—Voy a fingir que no he oído esa última frase. Cállate un segundo, ¿quieres? Y ahora cierra los ojos.

—¿Por qué?

—Cierra los ojos.

Adam levantó la mano de Charlotte, que todavía tenía en la suya, y la acercó a su rostro. Dejó los dedos de Charlotte apoyados en su pómulo, el que no tenía cicatriz, y respiró despacio para no temblar. Esperó a que ella no se apartase y entonces llevó su propia mano a la cara de Charlotte.

Le acarició el labio. Lo había besado, sabía la forma que tenía y había sentido el tacto de su piel en la suya, pero ahora lo dibujó con el índice.

—¿Te has fijado alguna vez en que cuando tocas una tecla sientes el temblor de la cuerda del piano por todo el brazo?

—Sí. —La respuesta de Charlotte le hizo cosquillas y siguió con el recorrido. Trazó la curva de la mandíbula.

—Hay partituras que cuando las tocas incluso te tiemblan las costillas o se te eriza la piel.

Detuvo la mano en la mejilla de Charlotte y movió el pulgar suavemente.

—Adam...

—No necesito los ojos para verte, Charlotte. Solo necesito sentirte.

21

Adam besó a Charlotte y ella hizo más que devolverle el beso, separó los labios y buscó los de él como si los necesitase para conseguir su próximo aliento. El deseo que le provocaba Charlotte seguía sorprendiéndole, pero esta vez le costó incluso retener el control de su cuerpo, pues sintió algo distinto en ella. Sintió una desesperación que iba más allá, como si intentase ocultar algo con sus besos o como si... Era una locura... como si se estuviera despidiendo de él.

—¿Estás bien, Charlotte?

—Bésame, Adam. —Ella capturó los labios de él—. Necesito besarte.

Adam le sujetó el rostro y la besó sin ninguna restricción. Levantó todas las barreras que tenía dentro y eliminó las que encontró a su paso. No se ocultó tras la ceguera ni tras el miedo y dedicó todo su ser en cuerpo y alma a besar a Charlotte. Pero sentía que a ella le había sucedido algo y que podía estar utilizando la fuerte atracción que existía entre ellos para no pensar y huir.

—Maldita sea —farfulló furioso consigo mismo. Interrumpió el beso, intentó no pensar en que Charlotte había metido las manos bajo la camiseta que llevaba y le acarició las mejillas con los pulgares. La piel de ella quemaba y él no dejaba de temblar—. Charlotte, dime que quieres estar aquí conmigo. Dime que estás segura.

—Estoy segura. —Tiró de la cabeza de él para besarlo—. Quiero estar contigo.

Había cierta desesperación en las caricias y en los besos de Charlotte o tal vez era él el que estaba desesperado y temblando. Adam dejó de preguntárselo. Nadie habría podido distinguir cuál de los dos necesitaba más los besos del otro. Él la tumbó en el sofá y dejó que ella le quitase la camiseta. Cuando las manos de Charlotte se detuvieron en su piel, cobraron sentido frases absurdas que había leído en el pasado sobre universos que se sacudían o cuerpos que se estremecían.

—Espera un momento —le pidió.

—No. Te necesito, Adam.

Charlotte bajó las manos hasta el pantalón y Adam buscó los botones de la camisa de ella. Sentía que la torpeza de sus dedos no tenía nada que ver con la ceguera y todo con la mujer que lo estaba tocando y besando. Rompió los botones y se inclinó hacia abajo en busca de la piel de Charlotte. Utilizó los labios y la lengua para dibujarla en su mente, recorrió cada curva; lo haría tantas veces como ella se lo permitiera para trazar un mapa perfecto de Charlotte, un mapa con todos sus secretos.

Ella le desabrochó el pantalón y Adam reaccionó al instante, si ella le acariciaba perdería el control y él quería, necesitaba más tiempo con ella. Quería sentir su cuerpo, descubrirlo, besarlo antes de perderse dentro de él. Le sujetó las manos por las muñecas y las colocó instintivamente encima de la cabeza de ella. Las retuvo allí y, cuando ella suspiró y tembló al mismo tiempo, Adam se incorporó y atrapó de nuevo la boca de Charlotte.

—Yo te necesito más, Charlotte, así que dame un minuto, ¿quieres?

—No.

Ella levantó la cabeza y le mordió el labio inferior.

—No me hagas esto —siseó él sin soltarle las manos.

Adam hundió el rostro en el cuello de Charlotte y bajó la lengua por la garganta. Retuvo las muñecas con una mano y con la otra apartó los extremos de la camisa que había roto hasta llegar a la cintura. Allí descubrió que ella llevaba vaqueros y consiguió desabrochárselos mientras le besaba el ombligo. La piel de ella sabía a verano, al atardecer, a un paseo bajo la luna, a la primera canción que había aprendido a tocar al piano, al color rojo mezclado con motas doradas. Mientras besaba a Charlotte y enloquecía de deseo por ella se dio cuenta de que su alrededor no estaba oscuro. El descubrimiento estuvo a punto de detenerle el corazón. La ceguera seguía dominando sus ojos, eso era el mundo real y no una película de sobremesa, pero con Charlotte allí, la oscuridad tenía luz, oía los colores, saboreaba el tacto de su piel y de sus besos.

La desesperación por entrar en ella, por descubrir qué pasaría cuando en lugar de ser dos cuerpos se convirtiesen en uno, le estremeció y buscó hacerlo realidad. Le bajó el pantalón y la ropa interior. Ella buscaba sus labios que seguían besándole el estómago, las costillas, la garganta en busca de su boca.

—Charlotte —pronunció mezclando sus alientos antes de entrar en su cuerpo.

—Adam.

Se besaron cuando él pasó a formar parte de ella, en el instante exacto en que el todo se convirtió en un absurdo pues lo único que importaba eran ellos dos. Allí. Juntos. Por fin.

Adam soltó las muñecas de Charlotte porque necesitaba apoyarse y moverse, y mantenerse completamente quieto para que el fuego, el hielo, el viento, el mundo que acababa de estallar dentro de él no le derrumbase. Las manos de ella aparecieron en su rostro y lo acariciaron. Él se mordió el labio para no gritar y porque esa punzada de dolor quizá conseguiría que no terminase.

Tenía que conseguir alargar ese momento.

Nunca había sentido algo así.

Nunca había sentido algo así.

Los dedos se Charlotte jugaron con su pelo y tiraron de él hacia abajo para besarlo.

—Espera un segundo, Charlotte... espera. —Apoyó la frente en la de ella, necesitaba pensar—. Yo... no llevo...

Ella lo besó y Adam notó que ese beso era más lento, más dulce y tierno que los que ella le había dado hasta entonces.

—Yo he... —Ella habló en voz muy baja—. Nunca he estado con nadie sin utilizar preservativo y antes de venir a Londres me hice unas pruebas.

Adam estaba completamente inmóvil y aun así no había estado jamás tan excitado. Estar dentro de Charlotte, notar su calor alrededor de su cuerpo, sus manos acariciándole el torso como si quisiera tranquilizarlo, los besos que ella inesperadamente le daba en el pecho o en el cuello cuando se incorporaba un poco.

Charlotte malinterpretó su silencio.

—No tienes por qué creerme —susurró—, puedes salir...

Él se hundió en ella por completo y buscó esos labios que le enloquecían para besarlos. Respiraba a través de ellos, la luz entraba en su cuerpo con cada milímetro de piel que tocaba Charlotte con la suya.

—No me voy a ninguna parte. —Empezó a moverse muy despacio—. Yo tampoco he estado nunca con nadie sin preservativo y en el hospital...

—Cállate. —Le besó—. Muévete.

Charlotte tenía miedo de que se le rompiese el corazón en cualquier instante. Cada beso que le daba Adam, cada una de sus caricias, le enseñaban lo distinto que era el amor de cualquier otra emoción que ella hubiese podido sentir antes. Ella no era pretenciosa, nunca lo había sido, no creía que Adam se hubiese enamorado de ella, no había tenido tiempo ni iba a tenerlo. Aunque tuviera todo el tiempo del mundo, él no se enamoraría de ella. Adam era... Notó que le escocían los ojos y él debió sentir que se tensaba porque apartó el rostro de su cuello y volvió a besarla.

Un beso de Adam y el corazón de Charlotte quería otro. Y otro.

Él no se había enamorado de ella, pero ella sí se había enamorado de él. Si su pasado no estuviese regado de malas decisiones, tal vez Charlotte no habría reconocido la emoción, pero no podía negarlo. Lo había sentido al abrazarlo, al besarlo y al darle esa parte de ella que jamás le había dado a nadie.

Adam apartó una mano del sofá para acariciarle el rostro. Había sentido un cambio en ella, la pasión seguía allí, pero se había convertido en algo más, en algo difícil de atrapar y de transformar en palabras. Sus dedos tropezaron con un mechón de pelo y lo apartó para acariciarle la piel.

—Charlotte, cariño.

Ella se estremeció, el aliento escapó por entre los dientes y rozó los labios de Adam, que lo capturó. Saber que sus respiraciones se enredaban, que sus cuerpos estaban fundiéndose, que sus corazones eran uno, creó una corriente eléctrica que le fue bajando por la espalda hasta convertirlo en un hombre que se moriría si algún día alguien intentaba apartar a esa mujer de su lado. No se preguntó si tenía sentido lo que estaba pasando, no lo comparó con nada, no podía; sencillamente pensó que con los brazos de Charlotte a su alrededor podía con todo y que allí, con ella besándolo, tocándolo, lo único que necesitaba de verdad era encontrar la manera de no perderla jamás.

Ese descubrimiento lo excitó hasta el límite de lo que había conocido, de lo que había sentido, y se rindió a la evidencia de que existía un único instante, una única persona, una única nota capaz de hacerle sentir que estaba vivo de verdad y era ella.

El orgasmo le derribó. Hundió los dedos en el sofá, porque tenía miedo de que si sujetaba a Charlotte no la soltaría jamás, y con los labios y la lengua intentó darle un beso que hiciera justicia a lo que quizá más tarde se atrevería a decirle con palabras. Lo único que consiguió evitar que Adam confesase la verdad en ese mismo segundo fue que era la primera vez. La primera de siempre.

Charlotte le devolvió el beso, que se volvió torpe y aún más sincero cuando el clímax también le tensó la piel y el alma a ella.

Más tarde, después de perderse de nuevo el uno en el cuerpo del otro, Adam se quedó tumbado encima de ella y frunció el ceño al notar el tacto de la camisa de ella bajo la mejilla.

—No puedo creerme que no te haya desnudado —confesó entre avergonzado de sí mismo y feliz por haber estado con ella de esa manera, sin planes previos, sin trucos, sin nada entre los dos.

—Yo tampoco —confesó ella riéndose y notando que se ruborizaba.

Adam se incorporó. El dolor de no poder verla le cerró el corazón durante un segundo, pero no se permitió ceder a la tristeza. Se recordó que la veía, que mientras pudiera tocarla, besarla, oírla, conocerla, podía verla. Agachó la cabeza y la besó despacio, tan lentamente como le fue posible y no paró hasta que ella le acarició el rostro y el pelo.

—Vamos al dormitorio —le pidió él. No quería separarse, pero estaba dispuesto a hacerlo si con ello conseguía tener a Charlotte de nuevo entre sus brazos y estar él en los de ella.

Charlotte le dio un beso a modo de respuesta y, tras unos minutos, subieron la escalera que conducía a la habitación de Adam cogidos de la mano. Él se detuvo en la puerta para abrirla y dejarla entrar primero. A Charlotte le sorprendió que Adam encendiera la luz.

—No hace falta.

—Contigo nunca estoy a oscuras, Charlotte. —Con las yemas de los dedos le acarició el hombro y la camisa fue deslizándose por la espalda de ella—. No quiero que lo estés tú.

Charlotte no quería que ningún recuerdo se entrometiese entre ellos, pero Adam la estaba tocando y, si no podía controlar la respiración, cómo iba a controlar la mente. Él era el primero con el que se atrevía a ser ella, el primero al que había permitido que la viese de verdad y el primero al que ella se atrevía a sentir.

Él deslizó las manos por los brazos y le quitó la camisa; después guio las manos hasta el cierre del sujetador.

—Tienes la piel más bonita y cálida del mundo —le susurró junto al oído como si fuese un secreto—. No te sonrojes.

Charlotte abrió los ojos y comprobó que él tenía razón.

—¿Cómo sabes que me estoy sonrojando?

—Has temblado y aquí —detuvo el índice en el hueco de la parte interior del codo— he notado que se te aceleraba el pulso. —La besó—. Y también noto que la piel está más caliente.

—¿Notas todas esas cosas?

Él asintió y siguió besándole el hombro mientras le quitaba el sujetador. Ella había insistido en ponerse la camisa para subir y cuando él le había dicho que su modestia estaba a salvo porque él no la veía, ella se había puesto de puntillas para besarle. Besarle y devorarle los labios. Adam no podía pensar en nada excepto en que necesitaba volver a estar con Charlotte. Ella colocó las manos encima de él y Adam respiró entre dientes.

—Cada vez que me tocas creo que vas a detenerme el corazón. No, no las apartes —la detuvo al notar que se tensaba—. Me gusta.

Charlotte le acarició el torso y también buscó la manera de desnudarlo. A ella le resultaba muy difícil confiar en alguien, lo que estaba haciendo allí con Adam no lo había hecho con nadie y pensó abrumada que para él estar así, desnudo, entregando su cuerpo a otra persona a la que no podía ver, cuyos movimientos no podía anticipar, sí que requería verdadera confianza.

Se puso de puntillas, pues sintió la necesidad de besarle, y Adam la de abrazarla y caminar con ella hasta la cama. Él intentó ir más despacio, recorrer con las manos y los labios el cuerpo de Charlotte y detenerse en cada rincón que brillaba cuando lo tocaba, pero no lo consiguió, porque ella también le acariciaba la espalda, el pelo, y no dejaba de suspirar y de buscar sus labios para darle esos besos que conseguían eliminar todo lo superfluo y reducirlo a un hombre que solo necesitaba besarla y hacerle el amor para vivir. Vivir y no solo existir. Ese orgasmo los sorprendió a los dos, los apretó entre los brazos y no los soltó hasta que sus cuerpos quedaron exhaustos.

Adam se despertó, el pelo de Charlotte le hacía cosquillas y, durante unos largos y dolorosos segundos, se permitió imaginarse cómo sería verla entre sus brazos. Abriría los ojos y lo primero que vería sería la curva desnuda de su espalda, quizá le apartaría el pelo y le besaría la columna vertebral. Quizá se quedaría mirándola y buscaría pecas o tal vez alguna cicatriz. O quizá, se atrevió a reconocer horrorizado, no se fijaría en nada y simplemente sentiría deseo. Así había sido antes.

Así habría podido ser para siempre.

Él había aceptado la ceguera antes de conocer a Charlotte; después de haber hecho el amor con ella, estaba dispuesto a reconocer que saltaría de esa ventana voluntariamente solo para llegar a ese momento. Al aquí y al ahora con el que acababa de despertarse.

Le acarició la espalda y le depositó un beso en la nuca antes de apartarse y salir de la cama. Ella no se despertó, la tapó con la manta y, tras ponerse un pantalón con el que solía hacer ejercicio y una camiseta, bajó y se sentó al piano.

Tocó y la música le salió del corazón para ir en busca de las teclas.

Charlotte abrió los ojos más tarde, no recordaba la última vez que había dormido tan bien. Observó la habitación de Adam. La cama era enorme y la manta con la que él la había cubierto era de una lana gris muy suave. La ropa de ambos seguía en el suelo, pero el resto estaba perfectamente ordenado. Se levantó y recogió la ropa, no quería que él volviese y tropezase. En instantes como ese le dolía pensar en la ceguera de Adam, le dolía porque tenía que obligarse a hacerlo. Ella no le veía así. Para ella Adam era Adam, un regalo que no se merecía y que tarde o temprano perdería, pero horas atrás, cuando lo había abrazado al llegar, decidió que iba a estar con él mientras pudiera y lo guardaría para siempre en su corazón. Charlotte dobló la camiseta de Adam y dejó los pantalones en el respaldo de una silla. Iba a vestirse, hasta que recordó con un leve sofoco que él le había roto la camisa. Entonces fue a por la camiseta de Adam y se la puso junto con la ropa interior y los calcetines. Estaba impaciente por bajar, la canción que llegaba desde el piso inferior era preciosa y no quería perderse a Adam tocando el piano.

Él la sintió acercarse antes de oírla, antes incluso de que Nocturna maullase para señalar que tenían visita. Charlotte bajó la escalera y se acercó al piano, Adam la oyó suspirar.

—Es precioso, Adam.

Él iba a decirle que esa canción no era nada comparado con la luz que ella había creado al acercarse a él. Todavía podía notar el rastro de sus besos en los labios y sus manos jamás olvidarían ni una de las vibraciones de su piel.

—Gracias —consiguió pronunciar tras carraspear—, ¿crees que podrías transcribirlo?

El impulso de ponerse a tocar había sido tan grande, tan incontrolable, que Adam no había atinado a poner en marcha la grabadora y no quería detenerse. Quería que la música reflejase la enormidad de lo que sentía, quizá así podría controlarlo y comportarse con cierta normalidad. Al menos durante un tiempo, hasta que volviese a estar con Charlotte.

—Claro.

Oyó la sonrisa de ella y cuando Charlotte se sentó a su lado en el taburete y oyó que un lápiz se deslizaba por una hoja de papel, Adam también sonrió.

22

Cuarto compás de la partitura

Sevilla, 1832

Dejemos que Charlotte y Adam compongan juntos y sigamos con mi historia.

Gaspard no podía creerse que Elle, nuestra Elle, le hubiese visto desde un carruaje y hubiese saltado de él prácticamente en marcha para ir a su encuentro. Ella no se fijó ni un segundo en la cicatriz que destrozaba el rostro de Gaspard y lo besó ante cualquiera que quisiera verlos.

—Has venido a buscarme.

—Te dije que lo haría.

Gaspard podría haberse quedado en esa calle rodeado de desconocidos durante el resto de sus días, pero sabía que eso no era posible. Siempre añoraré a Gaspard, no he vuelto a encontrarme con alguien tan dispuesto a amar como él... aunque quizá esté a punto de hacerlo.

Gaspard partió de Francia con algún que otro sueño sobre la naturaleza humana y llegó a España sin ninguno. La música que escribió reflejaba esa decepción casi constante, aunque algún que otro compás era más alegre, como aquel que escribió después de viajar durante una semana con una caravana de gitanos. Me alegré de que esos no los borrases y suspiré aliviado cuando sacrificó el resto. Una cosa es estar inacabada y otra muy distinta ser una marcha fúnebre.

—Ven, te llevaré a casa.

Elle dejó de besar a Gaspard y, tras unos segundos, él consiguió recuperar cierta calma y la capacidad de razonar. Observó a Elle por primera vez. Las facciones que tanto había añorado seguían allí, pero estaba mucho más delgada, unos círculos negros manchaban la parte inferior de sus ojos y llevaba un vestido muy sencillo. Estaba preciosa. El amor y la devoción de Gaspard por esa muchacha nunca los puse en duda.

—¿Qué ha pasado, Elle? —La tomó de la mano y permitió que ella lo llevase donde quisiera—. ¿Por qué no habéis vuelto a París?

Elle le contó que su padre había echado de casa a su hermana pequeña por haberse quedado embarazada y negarse a ingresar en un convento. Adelaine se había enamorado de un soldado que había muerto y se negaba a renunciar al hijo o hija de ambos y Elle se había ido con ella para cuidarla. Había conseguido trabajo como sirvienta en una casa, aunque había tenido que mentir sobre su identidad, y llevaba semanas ahorrando para que ella y Adelaine pudiesen dejar Sevilla y buscar una casita en el campo, un lugar donde criar juntas al pequeño cuando este llegase. Era obvio que los sirvientes a los que Gaspard había pagado por información le habían mentido descaradamente. Había tenido mucha suerte de que ella lo viese en esa plaza.

—No vais a iros a ninguna parte —le aseguró Gaspard con todo mi apoyo. No íbamos a permitir que nuestra Elle, nuestra musa, la propietaria del amor que nos había salvado de morir de pena, siguiese sufriendo sola ahora que nosotros estábamos a su lado.

Entramos en un edificio humilde que parecía mantenerse de rodillas en medio de otras construcciones más altaneras y entramos en un cuarto muy caluroso. En una cama, cubierta por unas sábanas blancas que en otra época Elle habría utilizado como harapos, estaba Adelaine.

—Tengo que sacar a mi hermana de aquí, Gaspard. Mi padre amenaza con llevarse al niño y sé que nos encontrará. Ahora mismo finge que no nos está buscando porque cree que volveremos con el rabo entre las piernas y sin el pequeño, pero no será siempre así.

Gaspard se quedó tan impresionado como yo por la imagen que nos recibió. Él no era médico, pero había crecido en el campo y durante la revolución de París había visto de cerca la muerte demasiadas veces para no reconocerla. No se lo dijo a Elle, supongo que pensó lo mismo que yo, que ella ya lo sabía y se negaba a aceptarlo. Se sentó en un rincón de la cama y apartó el pelo de Adelaine de la frente. Tenía la piel fría y pegajosa como si su alma ya hubiese abandonado el cuerpo a pesar de que aún respiraba.

—¿La ha visto un médico?

—Había ido a buscarlo cuando te he encontrado. Ha dicho que no podía venir hasta aquí. La semana pasada murió una mujer de tuberculosis en esta calle. Y hace dos, tres más.

A Gaspard se le heló la sangre, pude sentirlo a través de la ropa, no por él, sino por Elle y también por la pobre Adelaine. No podía hacer nada y, sin embargo, tenía que intentarlo si pretendía tener una mínima oportunidad de ser feliz. Había sobrevivido a la granja de su padre, sé que pensó eso porque le vi sonreír; sobreviviría a la tuberculosis y salvaría a Elle.

Se puso en movimiento. Envolvió a Adelaine con las sábanas mientras le daba instrucciones a Elle:

—Recoge tus cosas, nos vamos.

Elle se acercó y le dio un beso en los labios que hizo que más tarde él escribiese uno de los compases que más atesoro. No hay nada más inspirador que el amor.

—Hay un convento aquí cerca. Las monjas acogen a los enfermos, el médico tendrá que visitarla allí.

—Pues vamos, tú dime adónde tengo que ir.

Caminamos por Sevilla de noche, no me importaría volver a visitar la ciudad sin la amenaza de una muerte inminente, y llegamos al convento. Elle estaba pálida. Gaspard se había negado a plantearse la posibilidad que la blancura y la tos de su amada no se debiesen al cansancio y yo prefería que así fuese. Se merecía ser feliz al menos durante esa noche, pero no fue posible.

No soy capaz de contaros el dolor que me embargó cuando esa primera noche en Sevilla, Adelaine y su bebé no nacido murieron ante los llantos de Elle y la mirada desencajada de Gaspard. Lo único que pensé entonces, y en lo que me reafirmo ahora, es que al menos el destino, lo de Dios os lo dejo a vosotros los humanos, tuvo la decencia de permitir que Elle no estuviese sola y llorase en los brazos del único hombre al que quiso jamás.

Las monjas de ese convento me gustaron, eran buenas personas, de esas que son tan difíciles de encontrar. Las hermanas dejaron que

Elle y Gaspard pasasen la noche en el convento mientras ellas se ocupaban del cuerpo de la pobre Adelaine. Gaspard se despertó de madrugada, me sacó del bolsillo donde me guardaba y escribió unas pocas notas dedicadas a la hermana de Elle. Una sigue intacta en mis compases. Después me enrolló y, juntos, entramos en la pequeña iglesia del convento. Recuerdo que había un órgano desafinado y Gaspard se puso a arreglarlo en busca del aturdimiento que le producían esa clase de tareas mecánicas.

—Ah, esta usted aquí —lo sorprendió una de las novicias.

—Sí, ¿me estaba buscando?

—Supongo que sí —contestó ella—. ¿Podría acompañarme a la cocina? La chimenea lleva días atascada.

Así fue como Gaspard, Elle y yo pasamos a formar parte de la peculiar familia del convento. La madre superiora, una mujer firme que conseguía que se me helasen las notas cuando aparecía, entró una noche en el pequeño pero confortable dormitorio que nos había sido otorgado y dijo:

—Deduzco que no están casados ante los ojos de Dios. Acompáñenme.

Gaspard se puso el abrigo, algo que le agradeceré siempre, pues lamentaría mucho haberme perdido ese instante de su vida, y tomó a Elle de la mano, ella se había cubierto con una manta y llevaba las botas. La madre superiora entró en la iglesia donde, para nuestra sorpresa, se encontraba el párroco y las novicias con las que más relación tenían Gaspard, que hacía las veces de mozo, carpintero, pintor y músico ocasional, y Elle, que ayudaba a las hermanas a coser y les enseñaba francés.

Los casaron. Fue una boda preciosa y no lo digo porque haya visto muchas o para quedar bien. Lo fue. Gaspard tocó una canción, no a mí, creo que a mí me guardaba solo para Elle, y las hermanas abrazaron felices a Elle. Ella estaba muy pálida y había seguido perdiendo peso, pero no tosía tanto y sus ojos brillaban con dulzura. Esa noche, después de hacer el amor a su esposa, Gaspard se quedó en la cama abrazándola hasta que llegó el alba y entonces abandonó el lecho y buscó mi compañía. Ese día escribió sus mejores compases. ¿Era consciente de que ese era en verdad el momento más feliz de su vida?

Gaspard volvió a la cama y abrazó a Elle. Las monjas no los interrumpieron en todo el día, tal vez ellas sabían que aquello no iba a durar demasiado. Después, cuando Elle enfermó, se desvivieron por ella y para evitar que él enloqueciera.

No durmió durante semanas, cerraba los ojos únicamente cuando el cansancio lo abatía y los abría al instante. Cuando lo hacía, estaban inyectados en sangre y buscaban frenéticos a Elle, se fijaban en el torso de ella, en cómo subía y bajaba, como si pudiese mantenerla viva a base de mirarla. Gaspard me extendió en la mesilla de noche junto a una vela, el vaso de agua y las compresas que utilizaban para mitigar la fiebre de Elle. Apretaba una mano de ella con delicadeza, le acariciaba las venas azuladas cada vez más marcadas y, con la otra mano, escribía mis notas más tristes.

Una noche me apartó a un lado y observé consternada cómo entraba en la cama con Elle y la abrazaba. Se quedó allí hasta que le dolieron los brazos y entonces se levantó, se acercó a un rincón del dormitorio y, hundiendo el rostro en la oscuridad, lloró desconsolado sin hacer el menor ruido. Fue desgarrador. Después, cuando no le quedaban lágrimas, volvió a meterse en la cama con Elle y la acunó en sus brazos.

La enterraron al día siguiente. La tristeza no cabía dentro de Gaspard y luchaba por salir mezclada con la rabia y el dolor. En la sencilla tumba colocaron una pequeña lápida en la que se leía «Elle Dufayel» y, aunque las monjas invitaron a Gaspard a quedarse a vivir con ellas, él se negó y partió rumbo a París.

El camino de regreso fue más duro que el de ida; yo sufría por Gaspard, porque él se negaba a preocuparse por su vida, carecía completamente de responsabilidad, corría un riesgo tras otro en busca de la muerte y esta se negaba a ir a su encuentro. Nos pilló una tormenta en Pointe du Raz, aún no sé cómo acabamos allí, y pensé que Gaspard se dejaría caer por el acantilado conmigo en el bolsillo. No me habría importado desaparecer entonces. La pena de Gaspard se había metido dentro de mí y convertirme en olvido en el fondo del mar sonaba mejor que seguir viviendo entre tanta tristeza y desesperación. Gaspard se quedó mirando el mar y los rayos que caían desde el cielo, hasta que de repente dio media vuelta. Llegamos a París unos días más tarde. La ciudad era un universo distinto del que proveníamos y

Gaspard deambulaba como un fantasma. Unos músicos lo saludaron, me sorprendió que lo reconocieran, estaba mucho más delgado, tenía las mejillas hundidas, el pelo más largo y no se había afeitado desde Sevilla. Entró en uno de los salones que había frecuentado años atrás y empezó a beber. Os preguntaréis si la bebida era otro acantilado, si Gaspard iba a utilizarla para quitarse la poca vida que le quedaba. La respuesta es: no lo sé. No sé qué pretendía conseguir bebiendo tanto. Desde la muerte de Elle apenas podía discernir las emociones de mi creador, porque él sencillamente no sentía nada a parte de dolor y rabia.

—¡Mon Dieu! Gaspard, ¿cuándo has vuelto? ¿Qué ha pasado?

El familiar rostro de Chopin apareció ante nosotros.

—Elle ha muerto.

—Lo siento muchísimo. —Chopin apartó la silla de la mesa y se sentó al lado de Gaspard. Apartó la botella, lo que no evitó que Gaspard vaciase el vaso que tenía en la mano—. Estoy de visita en la ciudad, pero en unos días regreso a Polonia. Ven conmigo, te irá bien.

Gaspard jugó con el vaso vacío. Yo quería gritarle que reaccionase, que recordase una de las últimas conversaciones que había tenido con Elle. «Prométeme que acabarás esa partitura y que la tocarás, Gaspard. Prométemelo». O si quería morir, que dejase de resistirse. Él estaba exhausto y yo también, el amor que seguía escrito entre mis líneas solo servía para engrandecer la tristeza de los últimos compases y era insoportable. Ni él ni yo nos merecíamos alargar esa tortura y había llegado el momento de tomar una decisión. Él al menos podía tomarla, recuerdo que pensé con cierto rencor, mi destino siempre ha estado ligado al del compositor.

—De acuerdo, iré contigo a Polonia, Frédéric.

—Me alegro. —Chopin bebió un trago directamente de la botella. Más tarde averigüé que ese encuentro a él también le afectó—. Antes debemos asearte, apestas.

—Tengo una condición.

El corazón de Gaspard latió, lo noté a través de la tela del abrigo y lo escuché con toda la atención.

—Tú dirás.

Chopin sonrió, probablemente le hacía gracia que Gaspard intentase imponer algo en el estado en que se encontraba.

El aire me hizo cosquillas y comprendí que Gaspard me estaba sacando de mi escondite. Me extendió sobre la mesa sin ningún miramiento, apesté a coñac barato durante días, y me abandonó allí.

—Quédate con esto. No quiero volver a verla. Ya no.

—Es tu partitura, las has continuado. —Chopin me levantó y observó perplejo—. Es magnífica. —Un halago siempre es bien recibido—. ¿Qué quieres que haga con ella, que te la guarde?

—Haz lo que quieras, ya no me importa. No quiero volver a verla.

Gaspard arrebató la botella a Chopin y volvió a beber.

Dado que estoy aquí contándoos mi historia, podéis adivinar que Chopin no me destruyó, pero ahora necesito un descanso. Me hizo mucho daño que Gaspard, mi Gaspard, me abandonase. Espero que Adam y Charlotte no hagan lo mismo.

23

Adam no sabía lo que era confiar de verdad en alguien hasta que una mañana, días después de haber hecho el amor con Charlotte por primera vez, se despertó con ella en los brazos y abandonó la cama con la absoluta certeza de que estaba a salvo. No iba a tropezar, ella no iba a utilizarle, ella apenas parecía interesada en sus anteriores éxitos profesionales. Charlotte estaba con él porque sentía la misma conexión que él sentía con ella. No le hacía falta verla para saber que era sincera y que eso, lo que estaba pasando entre los dos, era auténtico.

Él tocaba el piano y, aunque se acordaba de poner en marcha la grabadora, sabía que, si Charlotte estaba allí con él, ella anotaba la composición a la perfección.

Le acarició la espalda desnuda. Charlotte había ido a verle después del ensayo, habían cenado algo y después un beso se había convertido en otro, la ropa había ido a parar al suelo y la había levantado en brazos para sentarla en la cocina y entrar en ella justo a tiempo de no perder la cordura. Adam nunca antes había sentido la necesidad que lo embargaba cada vez que Charlotte y él se besaban. No era estúpido, recordaba que al principio con Erika había sentido una fuerte atracción por ella y que habían sido muy activos en la cama, pero con Charlotte era distinto. No era solo el sexo, aunque tenía que reconocer que era increíble; era algo mucho más complicado, era el anhelo de formar parte de ella. Necesitaba besarla, necesitaba verla. Sentía la apremiante necesidad de demostrarle a Charlotte que él y ella importaban, que no iban a desaparecer.

Adam aún no conocía a los miembros de The Quicks, pero Charlotte había empezado a hablarle de ellos y de la universidad, y estaba seguro de que no tardaría en invitarle a esa tintorería donde se reunían o incluso a una de las actuaciones que tenían contratadas en algún que otro pub londinense. Todavía recordaba esa vez que la había escuchado tocar por casualidad, el día que le pidió que lo ayudara con la partitura. Lo único que tenía que hacer era darle tiempo y también tomárselo él; él prácticamente acababa de salir de una relación seria, y ellos dos, a pesar de la intensidad de lo que sucedía en la cama, aún estaban conociéndose.

Charlotte ronroneó y pronunció su nombre, y Adam la buscó y le dio un beso en el hombro. Su cuerpo parecía saber de una manera inconsciente donde se encontraba el de ella. Él sentía que no tenía que disimular su torpeza cuando en algún momento su ceguera le hacía sentirse inseguro y era liberador y muy excitante notar todas y cada una de las respuestas sinceras de Charlotte.

Se incorporó un poco y le recorrió la espalda con las manos dibujándola en su mente. Ella era bajita y tenía las piernas y los brazos fuertes gracias a la bicicleta que utilizaba para desplazarse por la ciudad. Una bicicleta amarilla, sonrió Adam antes de besarle la columna vertebral y hundir la nariz en la piel de Charlotte para respirar profundamente.

—Buenos días —susurró ella con la voz adormilada.

—Buenos días —él respondió sin moverse de donde estaba.

La mezcla entre dulzura y deseo que le había despertado aquel «buenos días» hizo que Adam se olvidase de todo y pensase únicamente en estar con ella. Bajó por la espalda y la llenó de besos al mismo tiempo que alargaba los brazos para entrelazar los dedos de ambas manos con las de ella. Nada se interponía entre ellos y, sin embargo, la urgencia por aprovechar cada segundo como si el tiempo entre los dos estuviese limitado, erizó la piel de la nuca de Adam. ¿De dónde le vendría ese extraño presentimiento?

—Necesito hacerte el amor. —La petición se abrió paso por entre los besos, no fue consciente de que la había hecho.

—Yo también te necesito, Adam.

Él se apartó lo necesario para poder penetrarla y el suspiro de Charlotte amenazó con hacerle terminar incluso antes de que pudiese asimilar lo maravilloso que era estar dentro de ella. Volvió a buscar sus manos, las de Charlotte lo sujetaron con fuerza y hundió el rostro en la nuca de ella mientras pegaba el torso a su espalda. No soportaba la idea de que un milímetro de su piel no estuviese en contacto con la de ella. Se movió despacio, tanto como le fue posible, y apretó los dientes cuando ella gimió y ladeó el rostro buscando el suyo.

El beso no pudo controlarlo, igual que tampoco habría podido controlar el temblor que le atravesó el cuerpo y se instaló en su corazón. Eso no era deseo, ni lujuria, ni atracción física, ni química; aquello era inevitable, era piel y sudor y seguramente lágrimas en el futuro, pero también era el sentimiento más grande y puro que podía existir jamás entre dos personas. Adam apretó los dedos de Charlotte y la besó hasta que un grito le desgarró la garganta. No pudo dejar de moverse, tampoco de besar todas las partes de Charlotte que encontraba a su paso mientras intentaba sobrevivir al orgasmo más honesto de su existencia. Ella también lo besaba y también temblaba, y también le apretaba los dedos y susurraba su nombre de un modo que Adam oía algo más.

Al terminar se quedaron en silencio. Ninguno de los dos se sintió capaz de decir nada después de aquello y el corazón de Adam suspiró cuando ella lo abrazó y se acurrucó a su lado para darle un beso y apartarle el pelo de la frente.

Charlotte estaba en la cocina de Adam intentando preparar algo de comer sin desordenar nada. En circunstancias normales se fijaba mucho en donde estaban las cosas y se aseguraba de devolverlas al mismo sitio, pero aquel día su mente era incapaz de retener nada. No podía dejar de pensar en cómo habían hecho el amor esa mañana. Y la noche anterior. Y la otra. Tras aquella primera vez había intentado distanciarse. Había estado con Adam, había sido maravilloso, pero tenía que irse y dejarle en paz, él lo superaría. Aún no era demasiado tarde.

El discurso no le sirvió de nada, porque esa misma noche volvió a su casa y, aunque se decía que era la última vez, en cuanto llegaba a la universidad se saltaba las clases para ir a la biblioteca en busca de más información sobre Gaspard Dufayel o sobre Frédéric Chopin. Y cuando volvía a Londres se pasaba los ensayos con The Quicks pensando en él, en lo que le diría en cuanto fuese a su casa. De camino, montada en la bicicleta, decidía que le diría que volvía a Estados Unidos aunque fuese mentira. Tenía que dejarlo, Adam no era para ella. Pero entonces llamaba al timbre y le veía y su corazón latía distinto y pensaba, «¿por qué no puedo ser feliz un poco más, solo un poco más?». Físicamente no podía mantener las distancias con Adam, él era el primer hombre con el que había hecho el amor de verdad, el único al que ella se había entregado en cuerpo y alma a pesar de que ni una sola vez se había atrevido a decírselo. Él la llamaba «cariño», le prestaba camisetas y había insistido en más de una ocasión en que se llevase una llave para entrar sin llamar o en que dejase algo de ropa allí. Charlotte no había contestado a ninguno de esos ofrecimientos, le había besado y había dejado que él malinterpretase su silencio. Se sentía avergonzada. Adam no se merecía eso, no se merecía que ella no le hablase abiertamente, pero era la única opción que tenía.

—¿Qué estás haciendo? —le preguntó él desde la puerta de la cocina.

Era sábado, tenían el día libre y él ayer la había invitado a quedarse. Ella no le contestó, le besó y allí estaban.

—Iba a preparar el desayuno.

Adam no se movió, llevaba el pantalón del pijama, pero no la camiseta.

—¿Qué hora es?

Charlotte no podía pensar, quizá si apartaba la vista del torso de él y buscaba un reloj lo lograría.

—Casi la una.

Adam se pasó las manos por el pelo y a ella se le secó la garganta.

—¿Qué te parece si vamos a almorzar con Jennifer?

Allí estaba otra vez Adam intentado que ella entrase en su vida, invitándola a formar parte de algo que sin duda podía ser maravilloso.

—Yo...

—Vamos, Charlotte, sé valiente. Después de lo de antes tienes que atreverte.

A ella le temblaron las manos y él, como si lo hubiera sentido, se acercó a cogérselas.

—¿Lo de antes?

—Estás helada. —Levantó las manos y las besó—. Hemos hecho el amor, Charlotte. Tú y yo siempre hacemos el amor.

—Yo no. —Tragó saliva. Era el momento perfecto para hacerle daño y dejarle ir—. Yo no... Adam.

Él le acarició el rostro.

—Tú todavía no estás lista para hablar de esto. Ven a almorzar conmigo y con Jenn, te gustará. Seguramente también vendrá Keisha y podría llamar a Gabriel. Será un almuerzo con amigos, quiero que los conozcas mejor.

A ella le resbaló una lágrima por la mejilla.

—Está bien. De acuerdo.

Él la capturó.

—No quiero que llores estando conmigo, cariño. —Tomó aire y se atrevió a ser más sincero—. Yo nunca había sido tan feliz.

—Yo tampoco.

Adam se agachó y la besó y, cuando se apartó, la esquivó y fue a prepararle un té, porque sabía que a ella le gustaba. Esperó en silencio hasta que Charlotte se acercó y tras darle un beso en el hombro tomó la taza.

Una hora más tarde estaban de camino a Notting Hill. Tras unos minutos iniciales en los que la sorpresa de Jennifer y de Gabriel fue más que evidente, el almuerzo fue un éxito. Jennifer fue muy amable con ella y le preguntó por la universidad y por el grupo con el que tocaba. Gabriel fue un poco más incisivo y, si Charlotte no hubiera sabido que estaba pasando por una situación personal complicada —Adam se lo había dicho antes de entrar—, probablemente le habría mandado a paseo. Al terminar, Jennifer se fue al cine con Keisha, su compañera de piso, que también había estado almorzando con ellos, y Charlotte, Adam y Gabriel decidieron pasear por la calle en la que aún funcionaba el mercadillo de anticuarios.

—¿Crees que hoy estaríamos aquí si hace meses no hubieses encontrado esa partitura en Mallorca? —le preguntó Charlotte mientras pasaba los dedos por correspondencia que jamás había alcanzado su destino.

Estaban frente a una tienda en la que había cajas y cajas llenas de viejos diarios, revistas antiguas y cartas de desconocidos que habían sobrevivido al paso del tiempo.

—No lo sé —respondió Gabriel mirándola primero a ella y después a su amigo—. Supongo que, si la caja la hubiese encontrado Alice y no yo, ahora mismo no estaríais trabajando en ninguna partitura. Pero no estoy seguro de que el resto —la miró primero a ella y después a Adam— dependa de eso. En realidad, estoy seguro de que no depende de eso.

Alice probablemente habría quemado la caja, pensó Gabriel, aunque quería creer que Adam y Charlotte se habrían encontrado igualmente. Al parecer, pensó con amargura, era un jodido romántico.

—Tú también la tocaste, ¿no? —lo provocó su amigo a sabiendas.

—¿La partitura? Sí, ya lo sabes, ¿por qué?

—Creo que esa partitura habría sobrevivido incluso a Alice.

—¿Me estás diciendo que según tú esa partitura es mágica? —Gabriel soltó una carcajada, tenía que bromear—. Dios santo, Adam. Lo de que el amor convierte a los tíos más listos en idiotas no me lo había creído hasta ahora.

Charlotte apartó la mirada y fingió estar muy interesada en un viejo marco para fotografías.

—No estoy diciendo nada de eso. Bueno, no exactamente. No me negarás que tiene cierto mérito que unas páginas de papel sobrevivan casi doscientos años.

—No, en eso tienes razón. Y sé que es casualidad que la encontrara alguien que supiera leerla y no la lanzase a la basura de inmediato.

—Gracias.

—De nada.

—Y tampoco me negarás que es una canción especial —insistió Adam.

—No, eso tampoco voy a negártelo, pero no es mágica ni nada por el estilo.

—Por supuesto que no.

—Cualquier partitura puede ser mágica —sugirió entonces Charlotte recordando una frase que solía decirle Fern siempre que ella se desesperaba al componer y anunciaba a los cuatro vientos que lo que estaba haciendo era una mierda—, solo necesita tener alma y saber transmitirla. Una canción puede hacerte llorar, reír o tener ganas de besar a alguien.

Adam tomó su mano.

—¿Sabéis qué? —Gabriel los miró y sacudió la cabeza—. Me voy a trabajar. Ha sido un placer volver a verte, Lottie. Tú sigue así, Adam. Te llamo el lunes y vamos a tomar algo.

—De acuerdo.

Gabriel se metió las manos en la chaqueta de lana marrón que llevaba y se dirigió furioso hacia la estación del metro. En cuanto se dio cuenta de que efectivamente estaba furioso, se detuvo en seco. ¿Por qué estaba tan enfadado? Adam se merecía ser feliz y, tras aquel almuerzo, no tenía la menor duda de que Lottie era lo mejor que le había pasado a su amigo en mucho tiempo, quizá en toda la vida. Notó que se le retorcía el estómago y lo comprendió todo; no estaba enfadado, estaba celoso. Los celos nunca habían formado parte de su vida profesional, Gabriel podía afirmar que carecía de ego y que sabía muy bien quién era y dónde quería llegar en su profesión. Él era un hombre muy pragmático, nunca envidiaba nada que no pudiera conseguir y, sin embargo, era innegable que en aquel instante estaría dispuesto a hacer cualquier cosa con tal de dejar de sentirse así.

Sin saber el motivo, buscó en su mente el día que tocó por primera vez la partitura. Él no era buen pianista como Adam, ni siquiera se atrevía a definirse como músico, pero podía tocar una partitura si le prestaba atención. Tocó la partitura el día que volvió a Londres después de haber viajado a Mallorca para alejarse de Alice, del dolor que ella le había causado al decirle que quería el divorcio.

«Claro, vete, tú siempre te vas», le había dicho ella. Y, evidentemente, él se había ido. Bajó al metro y un vagón se detuvo pocos segundos después de que él llegase al andén. Una vez sentado, siguió recordando. Cuando el avión aterrizó en Heathrow, no se sintió con fuerzas de entrar en un apartamento vacío y, dado que estaba seguro de que Alice no estaría allí, se fue a The Scale. La librería estaba cerrada. Dejó la maleta junto a la puerta tras asegurarse que la había cerrado de nuevo y se sentó frente al piano. Al principio solo lo hizo porque la banqueta estaba más cerca que la silla del despacho, pero, tras unos segundos, levantó la tapa y abrió la mochila en la que había guardado la partitura que había encontrado en el desván de Mallorca. La tocó mal, apenas había luz y, al fin y al cabo, era la primera vez que se enfrentaba a esa pieza. Cuando alguien llamó a la puerta se dio media vuelta, convencido de que encontraría a un vecino o a un transeúnte exigiéndole que dejase de aporrear el piano o preguntándole por el último best seller de moda. Tendría que colgar un cártel en la puerta anunciando que allí no vendían esa clase de libros.

Era Alice.

Parpadeó dos veces para asegurarse de que no se la estaba imaginando. Ella parecía muy triste y al mismo tiempo sorprendida de encontrarle allí. Gabriel se levantó del taburete tan rápido que lo lanzó al suelo y fue a abrir.

—Alice, ¿qué estás haciendo aquí? —Quería tocarla. Aún recordaba lo fuerte que había tenido que sujetarse a la puerta para no abrazarla.

—He quedado con mi hermana. —Señaló un restaurante que había allí cerca—. He oído música y me he acercado. No sabía que habías vuelto.

—Acabo de llegar. —Ella bajó la vista al suelo y él volvió a hablar—: ¿Cómo estás?

—Bien, ¿y tú?

—Mal. —No se esforzó en mentir—. ¿Te has ido ya de casa? Porque si no lo has hecho, no hay prisa, yo...

—Sí, me he ido —ella le respondió muy rápido y siguió sin mirarle y Gabriel pensó que estaba harto de esos silencios y de todos los malentendidos y secretos que había entre ellos.

Se habían casado precipitadamente, pero no en contra de su voluntad. Él estaba enamorado de Alice, eso jamás lo había dudado, sencillamente no contaba con casarse tan pronto ni con que ella se quedase embarazada. El embarazo había sido culpa de los dos, más de él, supuso Gabriel. Alice era la segunda hija de una familia de cinco chicas y sus padres eran muy conservadores. Él era el experto, aunque en realidad siempre se había sentido como un novato frente a Alice. Nada de lo que hubiera podido hacer con otras mujeres podía compararse a lo que le sucedía cuando estaba con ella.

Se casaron en el ayuntamiento. Alice insistió en que no era necesario, ella podía soportar los problemas que tuviera con sus padres, pero Gabriel se comportó como un general en pleno campo de batalla.

Lo organizó todo en cuestión de días, habló con sus padres, que no estuvieron de acuerdo, con los de ella, que estaban resignados y furiosos, y siguió hacia adelante. El día de la boda, si podía llamarse boda a eso que sucedió en un despacho con muebles de los años setenta y un teléfono que sonó dos veces durante el acto, Alice le repitió que no tenían que hacerlo, ellos podían seguir como estaban. Él la miró asustado. Ahora sabía que en realidad aquel día había estado muerto de miedo, miedo de perderla, y le dijo que ella y el bebé eran su responsabilidad e iba a hacer lo correcto.

«Odio que el día de nuestra boda dijeras que tenías que hacer lo correcto, y odio todo lo que pasó después. Me voy yo, pero recuerda que eres tú el que me ha echado de tu lado», le dijo Alice el día que lo abandonó. Desde entonces, Gabriel no podía borrar de la mente el día en que lo había echado todo a perder. No había podido evitarlo. Alice estaba embarazada de cinco meses y medio, estaba cansada, las clases en la universidad y las prácticas le estaban pasando factura, y también parecía un poco triste. Él insistió en que fueran de excursión a Bath. Él conducía el coche cuando un ciervo se cruzó en medio de la carretera, giró el volante sin pensar y, cuando abrió los ojos, lo único que vio fueron los cristales manchados de sangre por todas partes, los airbags disparados y a Alice inconsciente. Estuvo a punto de perderlas a las dos, a ella y a la niña, pero Alice se recuperó. Gracias a Dios. Y después él no pudo soportar la tristeza. No podía mirarla sin sentirse culpable. No podía tocarla ni acercarse a ella sin tener ganas de gritar y de ponerse de rodillas y suplicarle que lo perdonase o que le pegase, que le dijese que era un monstruo. No podía soportar que ella lo mirase con ternura y que le pidiese que se acercase a ella, que la abrazase. Algo que él no hacía nunca. Dejó de dormir con ella. Dejó de hablarle. Dejó de mirarla. Hasta que por fin ella comprendió el mensaje y se fue. Alice estaría mejor lejos de allí. El embarazo la había obligado a conformarse con él, pero ahora podía seguir adelante con su vida y ser feliz como merecía.

Siempre lo había sabido, pero hoy por fin podía reconocerlo.

El metro se detuvo y Gabriel maldijo en voz baja a Adam y sus teorías sobre la partitura mágica. Él se había comportado como un cretino con Alice, no le hacía falta ninguna partitura para saberlo, aunque tampoco podía negar que la noche que la tocó por primera vez no podía dejar de ver el rostro de su esposa, la única chica que había querido nunca, con los ojos enrojecidos y la mandíbula trémula diciéndole que lo suyo se había acabado. Ahora se daba cuenta, por eso no había vuelto a tocarla nunca más, excepto la tarde que Lottie trabajó en The Scale, cuando Adam todavía seguía en sus trece de no volver a componer nunca.

La vida de Adam y Lottie había cambiado mucho en poco tiempo; la de él, sin embargo, seguía igual. Tenía que reconocer que, a diferencia de ellos, él no había hecho nada para cambiarla. En el improbable, ilógico, y completamente absurdo caso de que esa partitura tuviese poderes mágicos, seguro que se había cansado de esperar a que él reaccionase.

Bajó del tren y salió a la calle. A lo largo del almuerzo, sus amigos le habían contado las distintas teorías que tenían sobre la autoría de la partitura. Le había impactado la idea de que un amigo de Chopin la hubiese empezado y después se la hubiese dado, y también el comentario que había hecho Lottie sobre Jane Stirling y la posibilidad de que ella hubiese escrito alguno de los compases de las últimas páginas, quizá porque había sido la única manera que había encontrado de expresar públicamente su amor por Chopin.

Empezó a sudar a pesar del frío que hacía en la calle. Días atrás se había prometido que dejaría de pensar en Alice, él ya había firmado los papeles del divorcio y seguro que ella los había recibido y había dado saltos de alegría al abrir el sobre. Aun así, se le retorcieron las entrañas y decidió que a peor no podía ir, era imposible que su estado mental y emocional empeorarse, ¡pero si estaba incluso dispuesto a creer que un rollo de papel encontrado en un ático tenía poderes mágicos! La llamaría y acabaría con eso de una vez para siempre.

Marcó el número de Alice, lo había borrado de la agenda, pero se lo sabía de memoria. Siempre se lo sabría si ella no llegaba a cambiárselo.

Alice no le contestaría, le colgaría o ignoraría la llamada. Apretó nervioso el teléfono y se sentó en un banco que afortunadamente había en la calle, porque no se sentía capaz de dar un paso más. ¿Qué diablos estaba haciendo?

Alice contestó y él no la dejó hablar.

—Te quiero, Alice. Te quiero muchísimo. Lo siento. Perdóname. Por favor.

Por fin lo había dicho.

24

Habían pasado la tarde en casa de Adam, primero en el estudio, él tocando el piano, componiendo una canción e intentando seguir también con *Folie*, y ella sentada en el sofá, leyendo los libros que Valérie le había proporcionado, y después en la cama. Charlotte había besado a Adam después de escucharle tocar durante dos horas, no había podido evitarlo, y él tampoco había podido evitar levantarla en brazos y llevarla al dormitorio.

Estaban allí cuando el móvil de ella empezó a vibrar. No lo habrían oído si el pantalón de Charlotte no hubiese ido a parar contra la puerta que conducía al baño adjunto y el aparato no la estuviese ahora golpeando.

—Es tu teléfono —ronroneó Adam besándole la mejilla. Estaba exhausto y feliz y no quería moverse.

—Lo sé.

—¿No vas a contestar? Si yo no contesto, aparece la policía o una ambulancia en menos de diez minutos.

—Tu hermana se preocupa por ti. —Charlotte le besó y suspiró.

—Estoy seguro de que tu familia también se preocupa por ti. Y también tus amigos.

Cada vez que él intentaba entrar en esa parte de la vida de Charlotte, ella se tensaba, así que se preparó para que lo intentase acallar con un beso. Pero no lo hizo, sino que abandonó la cama para ir en busca del teléfono, que por fin había dejado de hacer ruido. Adam se obligó a no decir nada y esperar. Cuando Charlotte volvió a la cama y entre sus brazos, soltó el aliento y siguió en silencio.

—Era mi hermano —le explicó ella en voz baja como si no estuviera segura de si debía o no contárselo—. Me ha dejado un mensaje. Quiere saber si he vuelto a tocar y qué tiempo hace en Londres.

Adam sonrió y le acarició el pelo.

—Mal tiempo. Siempre hace mal tiempo. —La abrazó un poco más fuerte—. ¿Qué vas a decirle sobre lo de tocar?

—La verdad. Más o menos. —Ella dejó caer una mano en el torso de él—. Le diré que toco de vez en cuando, que ensayo con un grupo y que estoy ayudando a un compositor.

A pesar de que era obvio que medía cada palabra, Adam sintió que se aflojaba la presión que tenía en el pecho. Quería preguntarle si le hablaría de él a su hermano o si se planteaba ir de visita a Estados Unidos. Tal vez podrían viajar allí juntos. Pero pensó que hablar de la música era más seguro.

—¿Por qué cree tu hermano que no estás tocando?

—Mi hermana y yo tocábamos juntas en Nashville, nos dedicábamos a eso.

—Espera un segundo, ¿me estás diciendo que te ganabas la vida tocando, que eres músico profesional?

—No terminé la carrera.

—No es eso lo que te he preguntado. —Adam se quedó pensando durante unos segundos antes de volver a hablar—. No puedo creerme que no me haya dado cuenta antes.

—Tampoco éramos nada del otro mundo.

—¿Qué clase de música tocabas con tu hermana? —Ignoró el comentario anterior de Charlotte y lo puso en duda. Quería entender por qué ella había guardado silencio sobre ese tema y por qué se lo estaba contando ahora.

—Country.

Una pieza encajó en la mente de Adam.

—¡Fern's Web erais tú y tu hermana!

A Charlotte se le aceleró el corazón. La posibilidad de que Adam hubiera oído a hablar de ellas, de que él la hubiese visto era demasiado para ella. No había decidido contarle esa parte de su vida, pero después de oírle tocar el piano toda la tarde y de acostarse con él, no había podido evitarlo. Ella se iría y quería que él supiera parte de la verdad.

—No te he visto nunca. —Él adivinó lo que ella estaba pensando y la abrazó. No sabía cuál de los dos lo necesitaba más—. Pero hace tiempo leí un artículo u oí hablar de vosotras en alguna parte. Me quedé con el nombre, la telaraña de Fern, me pareció original. Espera un segundo, tu hermana es Fern y tú, obviamente, eres Charlotte. Es el nombre del cuento *Charlotte's Web* justo al revés. Es una idea muy bonita.

—Se le ocurrió a Fern —susurró— y a mí me pareció bien. En el cuento, Fern, la hija del granjero, es la única capaz de descifrar y leer los mensajes que la araña Charlotte deja en su tela. Yo sentía que Fern, mi hermana, hacía lo mismo conmigo. Ella era la única que me entendía. —Se mordió la lengua para no añadir que desde hacía unos días ya no opinaba lo mismo—. Yo nunca quise tocar para los demás, tocaba para mí.

—Y componías.

—Sí. Cuando Fern se puso enferma tuvimos que anular los conciertos y retirarnos. Ella echaba de menos tocar el piano y yo... yo no quería tocarlo si ella no podía, así que dejé de hacerlo. Mi hermano Thomas se dio cuenta y discutimos, y Joshua también. Y mis padres. Nadie entendía que sin Fern yo no podía tocar el piano.

Adam volvía a abrazarla y le acariciaba la espalda desnuda y el pelo. Charlotte intentó no llorar.

—No voy a juzgarte, Charlotte, no sé qué habría hecho en una situación así, pero sé que tú no tienes la culpa de que tu hermana se pusiera enferma y muriera. No tenías que castigarte eliminando de tu vida algo que es evidente que te hace feliz.

—Fern me dijo lo mismo, por eso me obligó a prometerle que volvería a la universidad y acabaría la carrera de música. Ella sabía que tarde o temprano alguien iba a ponerme delante de un piano o de una partitura y yo no tendría más remedio que entrar en razón.

—Me alegro de que Fern te arrancase esa promesa. No puedes eliminar la música de tu vida.

Charlotte tembló y Adam se preguntó si solo era de frío.

—El día que me fui de casa, Thomas me pilló cuando subía al taxi. Discutimos. Estaba harta de discutir con todo el mundo y no podía soportar que todos me mirasen intrigados, preguntándose cómo era posible que yo siguiera allí y Fern no. Thomas me dijo que no era verdad, que nadie creía eso y que todos estábamos de luto. No le creí, aún no sé si le creo, sucedieron muchas cosas mientras Fern estaba en el hospital. Me fui y no he vuelto a hablar con mis padres. Apenas intercambio mensajes o conversaciones que duran segundos con Thomas y, bueno, ya sabes que contesté una llamada de Joshua por error. Pero eso es todo.

—Tal vez deberías hablar con ellos, Charlotte.

—Tal vez. No puedo posponerlo eternamente, sé que tengo que hablar con ellos antes de que...

Él iba a preguntarle qué quería decir con eso, si tenía previsto volver a Estados Unidos o si iba a irse a otra parte, pero Charlotte tosió y notó que estaba helada.

—Vas a resfriarte. Ponte una de mis camisetas y métete bajo las sábanas. —Le dio un beso en la frente, estaba un poco sudada y le apartó cariñoso el pelo—. Esta semana apenas has dormido.

—Estoy bien, solo estoy cansada.

Charlotte se quedó dormida sin abrigarse y Adam se las ingenió para tirar de las sábanas sin despertarla y taparla con ellas. Volvió a abrazarla y le dio un beso, aunque ella ni se movió. Odiaba que Charlotte se hubiese sentido prescindible, que estuviese convencida de que cualquier miembro de su familia o ese tal Joshua la cambiarían por su hermana sin dudarlo. Él no lo haría. Por muy perfecta que hubiese sido Fern, no lo era más que su Charlotte y tenía intención de demostrárselo a ella y al resto del mundo. Empezaría mañana mismo e iría tan despacio como fuera necesario. Le daría a Charlotte todo el tiempo del mundo para llorar la pérdida de Fern, Adam estaba seguro de que no lo había hecho y por eso retenía tanta culpabilidad dentro. Le enseñaría a Charlotte que podía confiar en él del mismo modo que él confiaba en ella, que podía contarle todos sus secretos por horribles que fueran y que él los guardaría. Le demostraría que la conexión que había sentido desde el principio gracias a la música se extendía hasta sus almas y que se habían encontrado para enamorarse.

En el pasado él se había dejado llevar por lo fácil, por las apariencias, y había corrido el riesgo de convertirse en un hombre vacío, cínico, gris. Ella no se sentía orgullosa de algunas decisiones que había tomado, Adam sabía que Charlotte no se lo había contado porque tenía miedo de que él la juzgase y que utilizaba ese pasado para mantener las distancias. Pero esa noche las cosas por fin habían cambiado, ella le había hablado de su hermano y poco a poco le contaría el resto y vería que Adam no se movía de su lado y que jamás lo haría. Ella era su luz, le había cambiado el corazón y él ahora necesitaba hacer lo mismo por ella.

Cerró los ojos y la estrechó entre sus brazos.

Unas horas más tarde un ruido despertó a Adam y lo primero que hizo fue alargar el brazo en busca de Charlotte. Al no encontrarla en la cama, se sentó sobresaltado y la llamó.

—¿Charlotte, cariño?

No oyó nada y se le heló la sangre. Los segundos pasaban lenta y horrorosamente rápido y aquel presentimiento que había aparecido días atrás se aferró a su corazón cual garrapata y empezó a chuparle la sangre.

—¿Charlotte?

Apartó las sábanas y puso los pies en el suelo. Nocturna estaba allí maullando. La gata también lo había sentido y la siguió rezando para quedar como un tonto cuando se encontrase a Charlotte en la cocina bebiendo un poco de agua. Nocturna se dirigió al baño y el miedo de Adam escaló cuando con el pie rozó el pelo de Charlotte.

—Dios mío, no. —Se agachó y palpó la cabeza—. ¡Charlotte! ¡Charlotte!

Estaba helada, le latía el pulso, gracias a Dios, pero no reaccionaba y él no encontraba ninguna herida ni tampoco había ningún líquido en el suelo que lo indicase. Por primera vez maldijo de verdad la ceguera. Nunca se había sentido tan impotente. Nunca. Nocturna le saltó encima y le hizo reaccionar. No podía sentir lástima de sí mismo, ahora no, tenía que ayudar a Charlotte. Se apartó con cuidado y fue a por el móvil, tropezó con los muebles que sabía de memoria donde estaban. Si le pasaba algo a Charlotte por su culpa... ¡No, no podía pensar eso! Llamó a emergencias, les dio la dirección y colgó de inmediato. Tardó medio segundo en decidir a quién llamaba. No quería asustar a su hermana Jennifer y jamás olvidaría el apoyo tan grande que había sido Montgomery cuando él sufrió el accidente.

—¿Adam?

—Necesito tu ayuda, Monty.

—¿Qué ha pasado?

A Adam le tranquilizó oír que su amigo se vestía mientras hablaba con él y no cuestionaba ni por un momento nada de lo que había sucedido.

—¿Tú estás vestido?

Adam parpadeó perplejo.

—No.

—Pues vístete y vuelve con Charlotte. La ambulancia no tardará en llegar. Deja que el médico haga su trabajo, yo llegaré enseguida.

Adam colgó y se apresuró a ponerse algo de ropa y los zapatos. Montgomery tenía razón, tenía que estar listo cuando llegase la ambulancia. No permitiría que Charlotte estuviese sola y quería estar a su lado cuando el médico la riñese por no haber dormido ni comido lo suficiente durante esa semana. Tenía que ser eso, solo cansancio o un resfriado, su mente se negaba a contemplar ninguna otra opción. Bajó a abrir, aunque los de emergencias no habían llegado, y subió corriendo para estar con Charlotte. Se agachó de nuevo en el suelo. Le asustó comprobar que ella no se había movido ni un milímetro y, para no perder la cabeza, se obligó a concentrarse en que no había palpado ninguna herida ni tampoco había encontrado sangre en el suelo, y en que el pulso de ella latía suave bajo sus dedos.

—¡Emergencias!

—¡Suban! Estamos aquí, la primera puerta a la derecha.

Oyó las pisadas de lo que debían ser dos hombres con botas pesadas y cargados con un maletín y algo de metal golpeó la pared, probablemente la camilla plegable.

—¿Qué ha sucedido? —le preguntó el primero en entrar.

—No lo sé. Soy invidente —les aclaró y se dio cuenta horrorizado de que era la primera vez que lo decía sin más pues su única preocupación era Charlotte—. Me he despertado al oír un ruido y la he encontrado aquí. ¿Ve alguna herida?

Entró el segundo y dejó el maletín en el suelo.

—No, señor, a simple vista no hay ninguna herida. Necesito que se aparte, por favor.

Adam acarició el rostro de Charlotte, no podía dejar de temblar, y se hizo a un lado, aunque antes de alejarse del todo le tomó la mano a ella. No quería que Charlotte sintiera que la había abandonado.

—¿Es usted su marido, señor...?

—Lewis, Adam Lewis. Soy su pareja.

—¿Sabe si la señorita se encontraba mal, si sufre de alguna enfermedad?

—Esta noche tenía frío y ha tenido una semana muy ajetreada. No ha dormido bien.

¿Por qué no había insistido en que descansase más? Tendría que haberse dado cuenta de que se había resfriado.

Le zumbaban los oídos. Nocturna paseaba nerviosa y los enfermeros intercambiaban palabras que no lograba entender mientras abrían un paquete de plástico tras otro.

—No responde. Tenemos que llevarla al hospital.

—¿Qué está pasando?

Oyó que desplegaban la camilla y le pidieron que se apartase para levantar a Charlotte y tumbarla allí.

—Ya estoy aquí. —La voz de Montgomery evitó que Adam se pusiese a gritar como un loco—. ¿Qué ha pasado?

—Tenemos que llevar a la señorita al hospital —le explicó un enfermero—. No responde y el corazón ha empezado a fallarle. ¿Quién es usted?

Adam tuvo que sujetarse del lavabo.

—Montgomery Dowright, amigo de la familia. ¿A qué hospital se llevan a Charlotte? Los seguiremos en el coche.

—Al Saint John.

Los enfermeros bajaron a Charlotte y Adam fue tras ellos sin dejar de torturarse con todas las cosas que podría haber hecho por ella si viera.

—Deja de hacer eso —le exigió su amigo—, deja de pensar en todo lo que no has hecho y céntrate, Adam. Charlotte te necesita. Entra en el coche. Vamos.

Adam se sujetó la cabeza con ambos manos, temía que le fuera a estallar. Montgomery condujo en silencio y, como un loco, siguió a la ambulancia por las calles de Londres hasta el Saint John. Cuando esta se detuvo, él hizo lo mismo y corrió a abrirle la puerta. No iba a permitir que Adam perdiese a esa chica que le había devuelto a la vida. Buscó su mano y lo guio por el pasillo tras la camilla en la que habían depositado a Charlotte. Pensó que era un alivio que Adam no viese que la estaban intubando.

—¿Qué está pasando? ¡Dímelo!

—Un médico viene hacia aquí.

—¿Quién de ustedes dos puede contarme qué ha sucedido?

—Yo, soy su pareja. No lo sé, creo que se ha desmayado y se ha golpeado la cabeza con el lavabo. Esta noche tenía frío y estaba muy cansada.

Una de las máquinas a las que estaba enchufada Charlotte empezó a pitar.

—¡Doctor, venga rápido!

—Esperen aquí. Vendré a buscarlos.

Adam iba a volverse loco. La oscuridad que Charlotte había hecho desaparecer ahora le embargaba y el miedo le impedía respirar. Aun así, lo peor era la impotencia, la certeza de que ella estaba sufriendo, quizá incluso en peligro, y él no podía hacer nada para ayudarla. Ni siquiera podía verla.

—Tienes que sentarte, Adam. Ven.

Montgomery tiró de él hacia un par de sillas de plástico blanco. Adam temblaba, no podía controlarlo.

—No puedo perderla, Monty. —No le avergonzó que le fallase la voz y se le insinuasen las lágrimas—. No puedo perder a Charlotte.

—Tranquilo. Está en buenas manos. —Su amigo le puso una mano en la rodilla.

—¿Qué le pasa? Esta noche tenía frío y sé que está cansada, pero... los enfermeros han dicho que no respondía. ¡Joder! Mierda.

Oyó que se abría la puerta por la que antes se había alejado el doctor y seguidamente las pisadas de unas suelas de goma.

—¿Es usted el señor Lewis?

—Sí, soy yo.

—Necesitamos saber qué clase de medicación toma exactamente su esposa.

Adam sacudió la cabeza.

—¿Medicación?

La médico o enfermera, Adam no lo sabía, que había ido a su encuentro resopló exasperada.

—Para la hemocromatosis.

—¿Hemo...

—Para el hígado, señor Lewis, sé que está preocupado, pero debe responderme. Es muy importante. ¿Qué medicamentos toma su esposa?

—No lo sé.

Se llevó las manos a la cabeza, iba a arrancarse el pelo de seguir así. ¿Había oído alguna vez a Charlotte tomarse una pastilla? ¿Qué demonios estaba pasando? Todo esto tenía que ser una pesadilla de la que se despertaría de un momento a otro.

—Iré a su casa a por los medicamentos —sugirió Montgomery—. No se preocupe, no tardaré nada.

La mujer aceptó el ofrecimiento:

—Volveré dentro de unos minutos. Dese prisa, no disponemos de mucho tiempo.

Las suelas de goma se alejaron y Montgomery sacudió a Adam por los hombros.

—Piensa, Adam, ¿qué pastillas se toma Charlotte?

—¡No lo sé! —gritó asustado—. No lo sé. ¡Mierda! Su hermana... —No, no podía pensar en eso ahora—. Ve a mi casa, su teléfono tiene que estar en mi dormitorio. Encuéntralo. Yo llamaré a Jennifer y le diré que busque la manera de entrar en el piso de Charlotte.

—Está bien. No te derrumbes, Adam, ¿de acuerdo?

—Ve a buscar ese teléfono.

Montgomery se alejó tras darle un apretón en el hombro y Adam sacó su teléfono, que por fortuna había atinado a meterse en el bolsillo de los vaqueros, y despertó a Jennifer. Su hermana se asustó al oír el timbre y contestó al instante, pero él apenas la dejó hablar. Le contó lo justo y necesario, que Charlotte estaba en el hospital y que el médico necesitaba saber qué clase de medicación se tomaba. Adam se maldijo otra vez por no haber estado nunca en casa de ella, por haberle dado tanto tiempo y espacio. Tal vez podría haberle dicho que quería dormir una noche en su piso y entonces él sabría esa clase de cosas sobre la mujer que amaba. Porque en aquellos minutos horribles, en medio de las sirenas y del miedo, las dudas habían desaparecido y dentro de él solo quedaba la certeza de que la amaba, a pesar de que no tuviese sentido o de que hubiese pasado poco tiempo con ella. La amaba y no podía perderla. Ella no podía apagarse. ¿Cómo era posible que no supiera qué medicación se tomaba? Estaba a punto de enloquecer y entonces Jennifer le demostró que era valiente y que estaba mucho más recuperada de su pasado de lo que él creía.

—Entraré en su casa, no te preocupes. Keisha y yo sabemos forzar la cerradura, nos hemos quedado más de una vez encerradas fuera sin llave y creo que la del piso de Lottie es la misma. Estoy bajando la escalera ahora mismo. —Adam escuchó atento cómo su hermana abría una puerta con una horquilla de pelo. En otras circunstancias se habría preocupado por la falta de seguridad, pero esa noche se alegró—. Aquí no hay nada, Adam.

—¿Nada?

—No, solo he encontrado una caja de analgésicos, de esos que te tomas cuando tienes la regla o un leve dolor de cabeza.

—¿Estás segura? ¿Has mirado en el baño?

—Estoy mirando en todas partes. Aquí no hay nada. ¿No las tendrá en tu casa?

—No —tragó saliva—, Charlotte no tiene nada en casa.

«Ni siquiera una camiseta».

—Sigo buscando, Adam. No te preocupes. Y en cuanto baje Keisha le pido que siga ella y yo vengo a hacerte compañía. No digas que no.

—Gracias, Jennifer.

Adam colgó e intentó no perder los estribos mientras esperaba a Montgomery. Él no era médico, pero no hacía falta serlo para saber que una enfermedad en el hígado no aparece de un día para otro. ¿Por qué no se lo había dicho Charlotte? ¿Por qué?

—Ya estoy aquí. He encontrado el teléfono.

Adam se apartó de la pared en la que se había apoyado y se giró hacia donde dedujo que estaba su amigo.

—Su hermano se llama Thomas, la ha llamado esta noche y ella no ha descolgado el teléfono.

—Sí, hay una llamada perdida. ¿Qué quieres que haga?

—Llama y pásame el teléfono.

—Está bloqueado, ¿sabes el código?

Mierda.

—Prueba con FERN, marca los números que corresponden a esas letras.

—No, no funciona. Voy a probar con ADAM. ¡Sí! —exclamó eufórico Monty y Adam soltó el aliento mientras sujetaba el aparato. Ese absurdo detalle le había parecido una señal.

El teléfono solo sonó una vez.

—¿Lottie? Por fin, hermanita...

—Mi nombre es Adam Lewis y...

—¿Qué está haciendo con el teléfono de mi hermana?

—Charlotte está en el hospital. Soy su pareja. —Adam no podía hablar, pero sabía que tenía que lograr que el otro hombre le escuchara y no le colgara—. Necesito tu ayuda, Thomas.

—¿Lottie está en el hospital? ¿Qué ha pasado? ¿Ha tenido un accidente? ¿Cómo sé que esto no es una broma de muy mal gusto, Adam Lewis?

—Esta noche has llamado a Charlotte y no te ha cogido el teléfono, le has dejado un mensaje preguntándole si había vuelto a tocar y qué tiempo hacía en Londres. —Adam esperaba que no le hubiese mentido en eso—. Ella me ha hablado de ti, de lo que sucedió el día que se fue de casa. Cree que todos la habríais cambiado por Fern en un abrir y cerrar de ojos.

—Dios mío. —Thomas le creyó—. ¿Qué ha pasado? ¿Dónde está Lottie?

—En Londres. No sé qué ha pasado.

La mujer de antes lo interrumpió.

—¿Ha encontrado esos medicamentos?

Adam se concentró en Thomas.

—Voy a pasarte a una doctora, Thomas. Necesita saber qué medicamentos toma Charlotte para el hígado.

—No, no puede ser. Lottie no tiene nada en el hígado. Dios. Joder. Solo lo tenía Fern.

Adam apretó el móvil.

—Explícaselo a la doctora. Por favor.

La mujer aceptó el móvil que Adam levantó hacia ella y salió corriendo de nuevo hacia esas malditas puertas que él solo oía.

25

Adam perdió la cuenta de la cantidad de veces que se preguntó cuántas cosas podría haber hecho de un modo distinto para cuidar mejor de Charlotte. Era una tortura, pero era mucho mejor que preguntarse por qué ella no le había dicho a nadie que estaba enferma. Una hora después de desaparecer por segunda vez, la doctora le devolvió el teléfono móvil y él volvió a llamar a Thomas. El hermano de Charlotte le dijo que él tampoco sabía que ella estuviese enferma y le explicó muy brevemente que en casa todos creían que la única que había nacido con ese defecto congénito en el hígado era Fern. «En casa». El término hirió a Adam, implicaba que él no lo era.

Thomas le aseguró que había puesto al corriente a la doctora y que estaba haciendo los preparativos para viajar hacia Londres. Si no se encontraba con ningún contratiempo, llegaría el lunes a primera hora de la mañana. Adam le aseguró que él estaría en el hospital, no pensaba irse a ninguna parte, y que le mantendría informado del estado de Charlotte.

Montgomery seguía sentado a su lado y también lo estaba Jenn, que le iba proporcionado botellas de agua, aunque él no se las bebía. La gran mayoría del tiempo estuvieron en silencio; en silencio y a oscuras, pensó Adam.

—¿Señor Lewis?

Oyó la voz del primer doctor, el que le había hablado al llegar, y abrió los ojos y se puso en pie.

—¿Cómo está Charlotte?

—Hemos logrado estabilizarla. Por ahora.

—¿Qué significa eso? ¿Qué le pasa?

Notó que Jennifer le daba la mano y agradeció el apoyo de su hermana.

—La hemocromatosis provoca que nuestro cuerpo no elimine el hierro. El hígado de Charlotte lleva tiempo absorbiendo más hierro del necesario y su cuerpo ha empezado a considerarlo un elemento tóxico que ha estado almacenando en el mismo hígado, el corazón y el páncreas. Esta noche ha sufrido un infarto, por eso le ha fallado el corazón, y volverá a fallarle, igual que el resto de órganos, si no hace algo al respecto.

—Dios santo —farfulló Jennifer.

—¿Qué podemos hacer?

—Ahora mismo nada, me temo. —El doctor sonaba cansado—. En cuanto su esposa se despierte necesitaré hablar con ella. —Adam no le corrigió, no quería que alguna ley le impidiese estar allí si no estaban casados o si no tenía algún documento que formalizase su relación—. Después de hablar con su cuñado por teléfono, he deducido que ustedes no estaban al corriente de la enfermedad. Necesito saber si ella también desconocía su estado, si se ha sometido a algún tratamiento alternativo o si no quiere recibirlo.

Esa tenía que ser la explicación, pensó Adam durante un segundo. Era imposible que Charlotte supiera que estaba enferma.

—¿Y después? Se curará, ¿no?

—El hígado está muy dañado. Tendremos que valorarlo cuando ella esté estable.

Adam tenía experiencia con esa clase de respuestas, las había oído sin cesar cuando él perdió la vista.

—¿Puedo estar con ella?

—Por supuesto, acompáñeme. Le llevaré a su habitación. Ustedes —se dirigió a Montgomery y a Jennifer— pueden venir un minuto, pero después tendrán que irse. Solo se permite un acompañante.

Adam se sentó en la silla que había junto a la cama de Charlotte, la tomó de la mano y no la soltó. Ignoró los pitidos de las máquinas a las que ella estaba conectada y la vía intravenosa que acariciaba con el pulgar. Se concentró en que ella estaba allí, viva, y en que cuando despertase todo se solucionaría.

Charlotte abrió los ojos y lo primero que pensó fue que estaba muy cansada y muy aturdida. Durante unos segundos pensó que se había quedado dormida en el tren de camino a la universidad, últimamente le sucedía a menudo, pero el dolor que le atravesó el cuerpo le recordó lo que había sucedido en el baño de casa de Adam. Se había despertado porque tenía un fuerte dolor en el pecho y le costaba respirar, había ido en busca de un vaso de agua y, de repente, todo quedó negro. Lo único que pensó antes de caer al suelo fue que no había tenido todo el tiempo que quería con Adam y que él tal vez la echaría de menos.

—A... A... Adam.

Alguien le apretó la mano y, al girar la cabeza, lo encontró allí, sentado en la silla del hospital con cara de haber pasado un infierno.

—Estoy aquí. Dios mío, Charlotte. —Él se incorporó con torpeza, temblaba muchísimo, y la buscó—. Me has dado un susto de muerte.

—Lo siento.

—¿Lo sientes? —le falló la voz—. No... ¿cómo te encuentras? —Cambió la conversación, parecía sentirse inseguro—. Me imagino que el doctor no tardará en venir. Tu hermano está de camino.

—¿Mi hermano? ¿Thomas está de camino? —Vio que Adam cerraba los ojos—. ¿Qué sucede Adam? ¿Qué es lo que no me estás contando?

Adam se había aferrado a la idea de que Charlotte desconocía su enfermedad como a un clavo ardiendo, pero era evidente que lo sabía. Ella no le había preguntado qué hacía en un hospital o por qué estaba conectada a una máquina. Él podía hacerse el tonto, el ciego un poco más, pero la noche y el día anterior habían sido los peores de su vida y su corazón no podía soportar que ella lo engañase. No podía.

—¿Desde cuándo sabes que estás enferma?

Charlotte miró a Adam. Daría lo que fuera por tener las fuerzas necesarias para levantar la mano y acariciarle el pelo o el rostro, para poder borrar las arrugas de preocupación que le marcaban la frente. No le mintió, ya le había ocultado la verdad durante demasiado tiempo.

—Desde hace unos meses.

—¿Cuántos meses? Creo que me merezco una respuesta después de haberte encontrado inconsciente en nuestra casa.

Nuestra casa.

Él se mordió el labio, no tendría que haber revelado tanto con tan pocas palabras.

—Desde hace ocho meses.

—¿Cuándo murió tu hermana?

—Hace seis meses.

Él se levantó de la silla y caminó hasta la ventana. Charlotte dedujo que mientras ella estaba inconsciente él había recorrido la habitación y ahora se la sabía de memoria.

—Dime que te estás medicando y que esto ha sido un jodido error, que esta última semana te has despistado y te has olvidado la medicación.

—Yo...

Adam se giró de golpe y la miró. Charlotte juraría que los ojos de él se clavaron en ella y le golpearon el corazón.

—No —la interrumpió—. Dime que no soy tu jodido regalo de despedida y que no has venido a Londres a cumplir con la promesa que le hiciste a tu hermana para después morir tú. Dímelo.

A él le brillaban los ojos.

—Adam, tú...

—¡No! Dime que no quieres morirte. —Caminó hasta la cama—. Tu hermana no volverá aunque tú te mueras. Nadie vuelve de la muerte, Charlotte. ¡Nadie!

—Fern no tenía que morir.

—Por supuesto que no. —Él le tomó ambas manos—. Pero tú tampoco.

—Tú no lo entiendes. Ella era la buena, se llevaba bien con todo el mundo, mis padres la adoraban, había encontrado al amor de su vida e iba a crear la familia perfecta con el chico perfecto. Y yo... —se secó una lágrima—, yo me peleaba con todo el mundo, salía, me acostaba con un chico tras otro y...

—¿Y por eso te mereces morir? Por Dios, Charlotte. Tu hermana murió demasiado joven, tenía toda la vida por delante y tú también. Tú aún la tienes. Todos cometemos errores de jóvenes y no por eso dejamos de merecernos una vida plena más adelante.

—No, Adam, tú no lo entiendes —repitió.

—Tienes razón, no lo entiendo. El doctor llegará enseguida y nos explicará qué podemos hacer.

Charlotte se apartó un poco, retiró las manos de las de Adam y él apretó los dientes.

—No voy a hacer nada, Adam. No hay nada qué hacer.

—¿Ibas a decírmelo algún día? No, no ibas a decírmelo. —Volvió a levantarse de la cama—. Por eso no dejabas nada en casa ni tenías intención de presentarme a tus amigos. Ibas a dejarme. ¿Qué ibas a hacer? Dímelo. Aún faltan meses para que acabe la universidad. ¿Ibas a volver a Nashville o ibas a cumplir con alguna otra promesa antes de morir? ¿Qué ibas a hacer, quieres ir a nadar con delfines, hacerte un tatuaje? Joder, Charlotte. ¡Dime cómo ibas a dejarme!

—No lo sé.

—Pero sabes que ibas a dejarme.

—Sí.

—Joder. No pensabas contarme nada de todo esto, ibas a permitir que me pasase el resto de la vida echándote de menos, preguntándome qué había hecho mal para perderte mientras tú... Mierda. Mientras tú estabas muerta. Joder.

—Yo... pensé... que tú...

Él la interrumpió.

—¿Por qué? ¿Por qué me has dejado ser feliz, por qué no te fuiste el primer día después del primer polvo? Ya podías tacharlo de tu lista.

—No digas eso, Adam. No es así.

—¿Entonces cómo es? Dímelo.

—Yo... yo no debería estar aquí.

Él caminó hasta ella y le sujetó el rostro para besarla. Lo hizo con dulzura, aunque sus labios estaban furiosos y sus hombros temblaban por la tensión.

—Te quiero, Charlotte. Tú eres mi luz, mi música, mi alma. No puedo perderte. Te quiero.

Ella lo besó sin decirle nada.

—Adam, tú... te recuperarás.

—¿Qué has dicho? ¿¡Qué has dicho!? —Se apartó de la cama y se pasó las manos por el pelo—. Vas a seguir adelante. Dios mío. Vas a seguir adelante. Sabes que estás enferma, sabes que hay una medicación que podría haber evitado que llegases a este extremo y no te la has tomado. Te has puesto en peligro adrede y ahora estás dispuesta a... —se le rompió la voz—, a morir, a dejarme, porque te sientes culpable por no haber muerto cuando murió tu hermana.

—Adam...

—Niégalo. Vamos, niégalo. Por favor.

—Yo...

—No puedo seguir hablando de esto. Tengo que salir de aquí.

Adam buscó el abrigo que Jennifer le había traído horas antes y del bolsillo sacó el bastón plegable. Lo alargó y abrió la puerta. Chocó con el doctor.

—Buenos días, Adam. —En su última ronda Adam le había pedido que lo tutease—. Veo que la paciente ha despertado. Buenos días, Charlotte, ¿qué tal se encuentra?

—Cansada —respondió ella sin apartar la mirada de Adam.

—Es de esperar, pero me temo que no podemos dejar esta conversación para más tarde. ¿Está usted al corriente de la situación en la que se encuentra?

—Sí, doctor.

El hombre enarcó una ceja.

—¿Sabe que su hígado le está fallando?

—Sí.

—Teniendo en cuenta el avanzado estado de su enfermedad congénita, la única solución viable es un trasplante, pero...

—No, doctor —lo detuvo—, nada de trasplantes.

Charlotte no vio la cara perpleja del doctor porque tenía la mirada fija en la puerta por la que acababa de salir Adam.

Adam abandonó el hospital y se subió a un taxi. Realizó los movimientos como un autómata, no podía correr el riesgo de pensar o de sentir, porque si lo hacía se pondría a llorar o a gritar dentro del vehículo y el pobre conductor no se merecía tener que lidiar con un loco. Entró en su casa y, cuando tropezó con la estúpida bicicleta amarilla de Charlotte, se lio a golpes con la pared. ¿Cómo podía hacerle eso? ¿Cómo podía entrar en su vida, hacer que se enamorase perdidamente de ella para luego abandonarle? ¿Cómo podía insinuar que él estaría bien si ella se iba, si ella se moría?

Habría roto la casa entera, la bicicleta, el piano, cualquier objeto que le recordase a ella, pero sabía que tenía que serenarse y centrarse. Tenía que pensar, tenía que encontrar la manera de sacar a Charlotte de su error, demostrarle que ella tenía muchos motivos por los que vivir. Él la necesitaba, joder, no podía vivir sin ella. Pero visto estaba que ella a él no, porque, si él fuese importante, Charlotte no podría dejarlo atrás sin más. Bien, Adam podía vivir con eso si Charlotte seguía respirando y existiendo en otra parte del mundo. Pensó en Joshua, el novio perfecto de la hermana perfecta y, aunque le devoraron los celos, decidió que tenía que encontrarle. Tal vez si Joshua se lo pedía, Charlotte se tomaría la mediación y accedería al trasplante. Buscaría también a sus amigos de la universidad, los que tocaban en el grupo con ella, quizá ellos lograrían recordarle que tenía muchos motivos para vivir. Él no necesitaba ser importante, lo único que quería era que Charlotte supiera que ella sí lo era. No podía morir, no podía.

Sonó el teléfono. Él corrió a contestarlo.

—¿Sí?

—Soy yo, Jennifer. —Adam suspiró entre aliviado y exhausto—. Estoy en casa de Lottie, he venido a buscarle algo de ropa y el cepillo de dientes.

—Gracias, Jennifer.

—He encontrado algo, Adam. He pensado que te gustaría saberlo.

—¿Qué has encontrado?

—Las pastillas. Charlotte se estaba medicando, me imagino que no tanto como debería, pero se las estaba tomando. Los frascos son de aquí, de Londres, y la fecha que figura en el sello de la farmacia es de hace un mes. ¿Se lo dirás al médico?

¿Un mes? Adam apretó el teléfono con fuerza e intentó dominar la esperanza que lo embargó durante un segundo, fue como un soplo de aire fresco para su alma asfixiada.

—¿Dónde las has encontrado?

—En su bolsa, también hay una biografía de Chopin y una novela de George Sand.

Charlotte llevaba esa bolsa a todas partes, excepto el fin de semana.

—Gracias.

—Te mando una fotografía de las pastillas para que puedas enseñárselas al médico del hospital. Yo iré más tarde, ¿nos vemos allí?

—Sí, nos vemos allí.

Adam acarició a Nocturna, que se había tumbado en su regazo, y unos minutos después fue a ducharse. Volvería al hospital y hablaría de nuevo con Charlotte. Él no iba a abandonarla ni a darse por vencido, porque si ella había estado tomándose esas pastillas desde que habían empezado a estar juntos, era señal de que la vida le importaba un poco más de lo que le había dicho antes. Y él quizá también.

Charlotte le pidió al doctor que se fuese y la dejase descansar. Le dijo que estaba exhausta y le preguntó si podían dejar el resto de la conversación para más adelante. El hombre aceptó y, en cuanto se quedó a solas, Charlotte pudo por fin llorar. Todavía tenía las mejillas mojadas y los ojos brillantes cuando unos enfermeros entraron para sacarle sangre y hacerle unas pruebas, aunque tuvieron la delicadeza de no hacer ningún comentario.

Era mejor así, pensó de nuevo en soledad, Adam acabaría entendiéndolo y... No podía pensar en él. Si lo hacía se haría más daño y su cuerpo ya no podía soportarlo. Meses atrás lo había tenido tan claro, aquel era el único camino posible para ella; no había podido salvar a Fern y su familia jamás iba a perdonárselo. Pasar por el tratamiento no tenía sentido si de todos modos el final iba a ser el mismo. Lo único que ella quería era cumplir con la promesa que le había hecho a su hermana antes de morir. Pero entonces conoció a Adam y pensó que todo el mundo, incluso ella, se merecía un instante de felicidad.

Cerró los ojos y dejó que las lágrimas resbalasen de nuevo por su rostro. Oyó la puerta, pero no se las secó. Le daba igual que la vieran.

—No llores.

Era Adam, había vuelto. Él no la había abandonado. Seguía enfadado y cansado, pero se había duchado y cambiado de ropa. Caminó hasta la cama y se sentó en la silla de antes.

—Adam.

—Sé lo que es sentirse culpable, Charlotte, o lo horrible que es saber que le has fallado a una de las personas que más quieres en el mundo. Cuando me di cuenta de que ese bastardo pegaba y maltrataba a Jennifer, me sentí como un desgraciado, un egoísta, por no haberlo visto antes. Y la noche que fui a su casa me gustó pelearme con él, porque pensé que así equilibraba la balanza. Aquel desgraciado había pegado a Jennifer y ahora me pegaba a mí, así yo no era tan distinto de ella. Y cuando me desperté en el hospital, en una cama probablemente muy parecida a la que estás tú ahora, y me dijeron que me había quedado ciego pensé que me lo tenía merecido. Me sentí incluso bien por estar peor que Jennifer.

—Oh, Adam.

—Estaba equivocado. Yo no me merecía quedar ciego y tú... tú no te mereces morir. El dolor puede hacernos desear cosas horribles, Charlotte.

—Tú no le fallaste a tu hermana, Adam.

—Y tú tampoco a la tuya. Y lo sabes, en el fondo lo sabes. Has vuelto a tocar. Tienes amigos aquí en Londres. Me tienes a mí. Me tienes a mí. Tú sabes que poco a poco te has ido abriendo camino por entre el dolor de la pérdida de Fern y que estás volviendo a la vida. Permítete vivir, Charlotte, aunque no sea conmigo.

—Tú eres una prueba más de lo cruel que puedo llegar a ser con personas que no lo merecen, con personas maravillosas como tú.

—No digas estupideces y mira esto. —Buscó el móvil y se lo dio—. Mi hermana me ha mandado una foto. Mírala. —Esperó a que Charlotte la encontrase—. Te estabas tomando las pastillas.

Charlotte se puso a llorar y cuando Adam la abrazó le rodeó la cintura con los brazos y hundió el rostro en su torso.

—Es demasiado tarde, Adam. Demasiado tarde.

—No. No lo es. No lo es —repitió casi para sí mismo—. Esta clase de medicación no la venden así sin más. Tenías las recetas contigo, fuiste a un médico de aquí para que las autorizase. Empezaste a tomártelas. —Le dio un beso en lo alto de la cabeza. No podía soltarla, no lo haría hasta que ella comprendiese la verdad—. Tal vez... tal vez quisiste morir en algún momento, cariño, pero ya no. Ya no. Piénsalo, por favor. Por favor. No voy a dejar que me dejes sin luchar, Charlotte, y menos ahora que sé que tú también quieres estar conmigo. Tienes que curarte por ti, por ti, pero si empezaste a tomarte esas pastillas por mí, sigue haciéndolo. No me dejes.

26

El doctor entró en la habitación de Charlotte y la encontró abrazada a Adam, que había acabado tumbándose en la cama. Las noticias que traía no eran buenas:

—Me temo que la única opción posible es un trasplante, pero no sé si encontraremos un donante a tiempo. Usted no está apuntada en la lista de...

—Pero sí estoy apuntada en Estados Unidos.

Adam le apretó la mano.

—¿De verdad?

Ella dejó de mirar al médico y dio un beso a Adam en los labios.

—De verdad. Me apunté cuando me confirmaron que tenía lo mismo que mi hermana. Fern era la única que lo sabía.

Adam tomó nota de preguntarle por ello de nuevo en cuanto volvieran a estar a solas, quería saber por qué Charlotte le había mentido a su familia.

—Si me da el nombre del doctor que lleva su caso allí, puedo ponerme en contacto con él.

—¿Por qué no nos explica cuál es exactamente la situación, doctor?

—Por supuesto, Adam.

Charlotte había nacido con el mismo defecto congénito en el hígado que su hermana Fern, pero lo había desarrollado más tarde, aunque mucho más rápido. El hígado de ella ya no era capaz de procesar el hierro y, cuánto más lo intentaba, más veneno creaba para su propio cuerpo. Había tenido suerte de tener ese pequeño infarto en casa de Adam y de estar viva. El corazón podía recuperarse, pero el hígado no; y sin un trasplante, el resto de órganos vitales, como los pulmones, también estaban en peligro. Solo podían intentar mantenerla estable con la medicación.

—Aunque eso no va a curarla. Vamos a mantenerla en observación, Charlotte, mientras decide qué procedimiento seguir. Los dejaré a solas. —Se dirigió a la puerta—. Volveré dentro de un rato, cuando tenga el resultado de las nuevas pruebas. Yo la atendí cuando llegó inconsciente y con el corazón apenas latiendo. Su hígado no va a resistir mucho tiempo más, debe tomar una decisión cuanto antes.

La puerta se cerró y Adam sujetó el rostro de Charlotte entre las manos para besarla. Tenía que besarla. Iba a utilizar todas las armas que tuviera a su alcance para recordarle que ella debía vivir.

—Cuéntame qué te dijo el médico de Nashville —le pidió al apartarse.

Ella le sujetó las muñecas y le acarició la parte interior con el pulgar.

—Me hice las pruebas cuando Fern se puso enferma. Salieron mal y en el hospital creyeron que era por culpa de los antibióticos que me había estado tomando, había tenido una infección muy fuerte y aún me estaba recuperando. Repitieron las pruebas unos días más tarde.

—¿Y qué sucedió? ¿Volvieron a equivocarse? —Tenía ganas de matar a esos médicos.

—No, no se equivocaron. La primera vez tampoco, realmente los antibióticos afectaron esos primeros resultados. Supongo que fue mala suerte o una estúpida coincidencia. El médico vino a buscarme a la habitación de Fern, estábamos solas y le dije que podía hablar delante de ella. Estábamos esperando los resultados con la esperanza de que mi hígado sirviera para curar el de Fern. Pero yo también estaba enferma. Mi hígado no tiene exactamente el mismo defecto que el de Fern y en mi caso no había ni rastro de cáncer, pero tenía que empezar a medicarme si quería salvarme y apuntarme en la lista de trasplantes. Le dije que no, yo solo quería que salvaran a Fern.

—Dios, Charlotte. —Le apretó la mano—. ¡Ibas a someterte a una operación muy arriesgada! No puedo entender que fueras capaz de eso y que insistas en que eres mala persona.

Se estremeció al pensar en la posibilidad de no haberla conocido nunca y en la siguiente bocanada de aire se permitió odiar a Fern, una chica a la que no había llegado a conocer, pero que había puesto en peligro al amor de su vida.

—Mis padres no podían ni mirarme, Adam. No llegaron a decírmelo, pero en sus rostros era más que evidente que se preguntaban por qué estaba enferma Fern y no yo.

—¿Tus padres no saben que estás enferma?

—No, ellos no lo saben. No lo sabe nadie. Le hice prometer a Fern que no se lo diría, ellos ya tenían bastante, y el médico no podía decírselo sin mi permiso. Ellos creen que las pruebas sencillamente demostraron que mi hígado no era compatible con el de Fern. No sé si Joshua lo sospecha, pero si lo hace, jamás me lo ha preguntado.

—Joshua.

—Él quería tanto a Fern y ella a él. Es injusto que no puedan estar juntos.

Adam se tensó y tuvo que morderse la lengua. «Es injusto que ellos no puedan estar juntos y nosotros sí, eso es lo que piensa, por eso iba a dejarme».

—¿Hiciste caso al médico de allí? ¿Empezaste algún tratamiento?

—No. —Vio que él iba a apartarse y se lo permitió—. Quería estar con Fern. Yo no tenía nada, llevaba años malgastando mi vida, solo salía y... Fern en cambio estaba enamorada y Joshua y ella... Tú no lo entiendes.

—¡¿No lo entiendo!? ¿De verdad crees que no entiendo lo que es estar enamorado? Dios. Acaba de contarme qué pasó.

—Fern empeoró en cuestión de días. La última noche empezó a hablar. Se había pasado los últimos días muy callada, y me dijo que estaba cansada de ver cómo yo echaba mi vida por la borda. Me obligó a prometerle que acabaría la carrera de música.

—Y tú se lo prometiste. No por ti, no porque quisieras de verdad vivir, sino porque creías que estabas en deuda con ella.

—Era de madrugada cuando entró Joshua. Lo primero que dijo al ver a Fern fue: «¿Por qué tienes que ser tú? No es justo, no es justo». Corrió a su lado y yo me fui del hospital. Fern murió esa tarde y la enterramos al cabo de dos días.

—Y después tú viniste a Londres sin decirle a tu familia que tú también estás enferma y sin hacer caso a ninguna de las instrucciones del doctor.

—Quería cumplir la promesa que le había hecho a Fern.

—¿Y qué más? ¿Morir en su lugar? ¿Tienes una lista de cosas que Fern quería hacer antes de morir o al menos esto, yo, ha sido decisión tuya?

—Los días que he pasado contigo han sido los mejores de mi vida.

—No hables así. No hables así.

—¿Cómo?

—Como si estuvieras muriéndote.

—Ya has oído al doctor, Adam.

—Le he oído, puedes tomarte la medicación y dejar que estabilicen tu hígado hasta que encontremos un donante.

—No hay tiempo. Vi por lo que pasaron Fern y Joshua y... no digo que nosotros seamos lo mismo, que tú me... No quiero hacerte pasar por eso.

—No tengo ni idea de qué sentía Joshua por Fern y la verdad es que me importa una mierda, Charlotte. Pero es imposible que él la quisiera más de lo que yo te quiero a ti. —Ella no dijo nada y a Adam no le pasó por alto—. Tampoco sé qué sentía Fern por él, pero si tu hermana rozaba la perfección como tú dices y le quería tanto como afirmas, seguro que a su manera luchó para quedarse a su lado.

—No estás siendo justo, Adam.

—No pienso serlo, Charlotte.

—Contigo he recuperado la música —Charlotte le tomó la mano—, creía que después de la muerte de Fern no volvería a tocar ni a componer. Y he hecho el amor por primera vez. Tú has sido, eres, lo mejor que me ha pasado nunca.

—Maldita sea. —Él se soltó y se puso en pie—. ¿Te estás despidiendo de mí? ¿No vas a cambiar de opinión? ¿No vas a luchar? Tiene que haber algo por lo que quieras vivir, tal vez no sea yo, pero tiene que haber algo. ¡Te apuntaste a la lista de trasplantes! ¿Por qué lo hiciste si tan decidida estabas a morir? ¿¡Por qué!? Yo te diré por qué. Tal vez tú no me quieras como yo a ti, en realidad creo que eso es imposible porque, joder, Charlotte, yo ni siquiera sabía que esta clase de amor pudiese existir. Y tal vez la música no te importa tanto como crees o realmente eres capaz de alejarte de todas las personas que significan algo para ti, no lo sé. Pero sé por qué te apuntaste a esa lista.

—¿Por qué?

—Por ti. Porque quieres vivir, siempre has querido.

—Es mejor que te vayas, Adam. Lo del trasplante no funcionaría, ya has oído al doctor, no hay tiempo.

Adam se pasó las manos por el pelo. Ella no había dicho que no quisiera intentarlo, comprendió de repente, sino que se había resignado, que había aceptado su destino como si de un castigo se tratara. Volvió a acercarse a la cama.

—Prométeme que le dirás al médico que te dé la medicación. Prométemelo. Yo volveré en cuanto pueda.

—¿Adónde vas?

—A conseguirnos más tiempo.

Adam abandonó el hospital. Le habría gustado quedarse y esperar al hermano de Charlotte y seguir hablando con ella hasta que le asegurase que iba a hacer todo lo necesario para seguir a su lado, pero no podía correr el riesgo de perder ni un segundo más. Con su hermana Jennifer había tardado demasiado en reaccionar y cuando lo había hecho tampoco había acertado. Sí, había ido a sacarla de allí, pero tendría que haber estado a su lado mucho tiempo antes. A Charlotte no iba a fallarle. Entró en un taxi y le dio una dirección del centro de Londres. Habría podido llamar por teléfono, pero prefirió ir en persona y asegurarse así que Erika lo escuchaba.

Erika.

La idea había cristalizado de repente en su mente y la fue perfilando mientras el taxi lo llevaba al bufete de su ex. Tenía que funcionar.

Llegó al lujoso edificio y pagó la carrera al conductor. En la entrada la recepcionista lo reconoció al instante y le pidió amablemente que esperase mientras avisaba a Erika. Adam suspiró aliviado al comprobar que su ex estaba allí.

—Hola, Adam, que sorpresa más agradable.

El perfume de Erika le molestó y que ella se acercase y le diese un beso en los labios, todavía más, pero lo permitió porque entendió que ella lo hacía para que la recepcionista lo viese e informase a todo el mundo.

—Hola. ¿Podemos hablar?

—Claro. Vamos a mi despacho.

Ella intentó tomarle la mano, pero él la apartó y se guio con el bastón. Aunque Adam no la vio, estaba seguro de que Erika había conseguido ocultar el rechazo a la perfección. Él había estado allí las suficientes veces para saber dónde estaba el despacho y cuando oyó que se cerraba una puerta a su espalda dejó caer la máscara de cordialidad que había llevado hasta entonces.

—Necesito hablar con la jequesa. ¿Puedes organizar una reunión?

—Sabía que entrarías en razón. ¿La partitura es de Chopin, cuándo estará terminada?

—Organiza una reunión con la jequesa.

Erika tardó en contestarle, podía imaginarse su enfado a la perfección, aunque era incapaz de recordar sus facciones. Cuando pensaba en Erika, algo que solo hacía si se veía obligado como en ese momento, lo único que veía era oscuridad con fríos destellos azules.

—Estás de suerte —dijo por fin entre dientes—, Mozah Bint Nasser al Missned está en Londres de visita.

—Dile que quiero verla ahora mismo.

—No puedes dar órdenes a una de las mujeres más ricas del mundo. Te verá cuando ella quiera.

Sí, Erika estaba enfadada, furiosa a juzgar por cómo le temblaba la voz.

—Llámala y dile que, si quiere hablar conmigo, tiene que ser ahora.

—No pienso hacerlo. ¿Por qué es tan importante, Adam? ¿Qué prisa tienes?

No podía ceder, pensó él. Si Erika tuviese corazón, tal vez serviría de algo contarle la verdad. No lo tenía y, si él mostraba una debilidad, una tan grande como poner en sus manos la vida de la mujer que amaba, se aprovecharía y buscaría la manera de hacerle más daño.

—Llámala, dile que has conseguido que acceda a hablar con ella. Cuélgate la medalla. A ti no te importan mis motivos, solo lo que puedes sacar de ello. Seguro que sabrás convencerla. ¿Quieres o no ser la abogada del año del bufete?

Ella no contestó. Adam oyó que se movía la silla y que Erika se levantaba. Ella paseó por el despacho despacio y él esperó como si tuviera todo el tiempo del mundo. Lo estaba midiendo, buscando puntos débiles donde atacar y aunque en aquel instante él tenía uno enorme, ella no iba a encontrarlo. Por fin la oyó suspirar resignada, un suspiro fingido, por descontado, y trastear con el teléfono.

—Buenos días, ¿podría informar a su excelencia de que he conseguido concertar un encuentro con el señor Adam Lewis? Sí, espero. Gracias. —Hubo un silencio—. Me temo que tendría que ser ahora mismo, ya conoce a los artistas, son unos prepotentes maleducados. —Risas falsas—. De acuerdo, se lo diré. Vamos hacia allí. Llegaremos dentro de veinte minutos, menos si el tráfico de Londres colabora. Muchísimas gracias.

Oyó refunfuñar a Erika y se esforzó por seguir manteniéndose impasible.

—¿Sí?

—La jequesa te recibirá en el Ritz ahora. Vamos.

—Perfecto. Sabía que tu ambición no tenía límites, Erika.

—Cállate, Adam. Eres tú el que ha venido a buscarme, no creas que no me he dado cuenta.

—Tienes razón y sé que has accedido a mi petición porque sabes que va a beneficiarte. No te importa qué me ha traído aquí siempre y cuando te sirva para conseguir lo que quieres.

—Me alegro de que los dos lo tengamos claro. —Ella lo sorprendió colocándose frente a él—. ¿Estás seguro de que no podemos arreglar las cosas? —Le tocó el pelo y él se apartó—. Funcionamos muy bien juntos.

—No me toques. Y no, no podemos arreglar las cosas. Espero que algún día descubras que lo que te une a otra persona no es lo que puedes obtener de ella, pero yo no tengo tiempo de explicártelo. Necesito hablar con la jequesa.

—Bueno, valía la pena intentarlo. Ahora que veo que no eres un ciego desvalido...

—Cállate de una vez, Erika, o quédate aquí. Puedo ir solo.

¿Qué iba a decirle? ¿Que había cambiado de opinión porque había dejado de verlo como un enfermo? ¿Qué clase de persona era? Adam se arrepintió de nuevo del tiempo que había pasado con ella e intentó imaginarse cómo sería ahora si esa noche no hubiese perdido la vista. Charlotte no estaría con él, no la habría encontrado y ella... ¿habría seguido adelante con su plan de no medicarse? La idea de que Charlotte viviera para él era muy romántica, pero a Adam le producía escalofríos. Él no podía ser el motivo de que ella no quisiera morir. Charlotte tenía que vivir por ella, porque ella se merecía una vida plena y feliz con o sin él a su lado.

En el hospital, cuando perdió la vista, tuvo que acudir a la consulta de un psiquiatra unas cuantas veces. La depresión era una posibilidad real y tenían que asegurarse de que él estaba bien y dispuesto a seguir adelante. Nadie toma la decisión acertada cuando sufre esa enfermedad.

—Estás muy callado —le interrumpió Erika en el taxi—. Me extraña que hayas venido solo, creía que Montgomery se encargaba de esta clase de negociaciones.

Adam no era médico, no sabía si Charlotte estaba o no deprimida, aunque tenía todo el sentido del mundo que lo estuviera. Ella había perdido a su hermana gemela de un modo traumático y estaba convencida de que su familia no la quería. Se había prohibido tocar, porque su hermana ya no tocaba. Se había prohibido enamorarse, porque su hermana ya no podía estar con el chico que quería, y se había prohibido vivir. Dios, no podía pensar en eso ahora, tenía que mantener la cabeza fría para hablar con la jequesa.

—De esta negociación me encargo yo.

—Ya veo. Hemos llegado.

Adam salió del taxi y esperó a que Erika se colocase a su lado, entraron en el Ritz y un hombre con un perfecto acento inglés, aunque con un deje árabe, les informó que la jequesa los estaba esperando en el salón de su suite. Subieron hasta la última planta y una mujer fue a su encuentro, también tenía un acento educado y les informó que la jequesa los recibiría en un segundo.

—Quiero hablar a solas con ella. —Adam se dirigió a Erika. Sabía que ella acabaría enterándose del acuerdo que estableciese con la jequesa, pero no quería que estuviera allí mientras lo negociaba.

—Está bien. Esperaré en el otro salón —accedió Erika. Siempre había sabido cuando tenía las de perder—. Igualmente tengo asuntos que resolver con su secretario.

—Si es tan amable de acompañarme, señor Lewis.

Adam colocó el bastón frente a él y entró en el salón principal de la suite.

—Buenos días, señor Lewis. Es un placer conocerlo. Estoy delante de usted.

Adam alargó la mano, le gustó la voz franca y directa de la jequesa.

—Buenos días, excelencia —recordaba haber leído que ese era el trato que debía dársele—. Gracias por recibirme.

Ella le estrechó la mano.

—Gracias a usted por acceder a esta reunión. —Él creyó escuchar cierta burla y por extraño que pareciese se relajó un poco—. ¿Quiere sentarse? He pedido que nos preparen té. Hay una butaca a su derecha y un sofá con dos plazas a medio metro de usted.

—Gracias. —Adam caminó hasta el sofá y se sentó. Oyó que ella ocupaba la butaca.

—¿Qué puedo hacer por usted, señor Lewis? Tenía entendido que la partitura de Chopin no estaba en venta.

—La partitura no es de Chopin. —Adam sabía que tenía que contarle la verdad—. O, mejor dicho, no es solo de Chopin. Creemos que la primera parte es obra de Gaspard Dufayel, un maestro de piano amigo personal de Chopin, y que el final lo compuso Jane Stirling, la mujer que...

—Que cuidó de Chopin hasta su muerte, sé quién es, señor Lewis.

—El grueso central creemos que sí lo compuso Chopin, probablemente como homenaje a su amigo, que murió joven a causa de unas fiebres, pero no hay manera de estar seguros. Aún no sabemos cómo acabó la partitura en manos de Sand.

—Tal vez se la mandó Jane Stirling —sugirió la jequesa interesada de verdad—. Siempre he pensado que esa mujer amaba a Chopin por encima de todo. Ella sabía que Chopin estaba enamorado de Sand y no de ella, quizá pensó que la escritora merecía tener la partitura. ¿Sabe por qué colecciono arte, señor Lewis?

—¿Por qué?

—Todo el mundo cree que es porque mi marido necesita invertir el dinero que le proporciona el petróleo o porque quiere convertir mi tierra en una especie de museo y atraer a turistas de todo el mundo.

—¿Y no lo hace por eso?

—Quizá haya parte de verdad en eso, pero no. Yo no lo hago por eso. Lo hago porque el arte, la música, es la expresión de amor más grande que he presenciado nunca. Y por lo que me está contando, esta partitura es una muestra clara de ello. ¿Cuánto quiere por ella? Supongo que el precio ha subido ahora que su historia es tan interesante y romántica.

—La partitura no está en venta.

—¿Entonces a qué ha venido señor Lewis? —El tono autoritario fue más que evidente—. No me gusta perder el tiempo ni que jueguen conmigo.

—Sé que está construyendo una ópera en Qatar.

—Eso lo sabe cualquiera que lea el periódico con un mínimo interés.

—Estoy seguro de que usted quería la partitura de Chopin para la inauguración, pero eso habría sido un error. Chopin era de Polonia y francés de adopción. Incluso Londres tiene más vínculos con él que su emirato.

—Me imagino que sabe que mi precioso país carece de compositores clásicos, señor Lewis. La decisión de apostar por Chopin era y es arriesgada, pero captará la atención de la prensa.

—No tanto como si tiene una ópera para usted.

—¿Cómo dice? No pienso comprar una composición de tres al cuarto de uno de esos músicos de Broadway. Es mi Ópera.

—No le estoy ofreciendo un musical de Broadway. —Sacó el móvil del bolsillo y, de memoria, le dio a las teclas precisas—. Le estoy ofreciendo esto.

Adam le dio al play y dejó que sonarán las canciones que él había compuesto esos últimos días. Era una apuesta arriesgada y lo más probable era que la jequesa lo echase de allí sin ningún miramiento, pero tenía que intentarlo. Había pensado en ofrecerle Folie, pero había descartado la idea, no solo porque la partitura no le pertenecía, sino porque sentía que esa partitura tenía que ser libre, seguir su peculiar camino. O tal vez se había vuelto completamente loco por culpa de lo preocupado que estaba por Charlotte. Él había oído hablar de la jequesa, de su gusto impecable, de su elegancia y de su inteligencia. Sabía que, a diferencia de otros millonarios árabes, la jequesa entendía de música y de pintura. Por eso había decidido ofrecerle la creación más sincera que había hecho nunca, la primera que salía de verdad de su corazón. Por eso y porque estaba desesperado.

Folie era magnífica porque los músicos que la habían escrito habían dejado en ella el alma. Tanto los compases de Chopin como los de los demás, fuera cual fuese su identidad, contagiaban las emociones que habían sentido ellos al trazar aquellas notas a la persona que la tocaba y a la que la escuchaba.

El caso de Charlotte, él llamaba así a las canciones que había compuesto durante esas semanas, era el mismo. Habían salido directamente de su alma, del amor que ella había hecho crecer en él, de la luz que veía cuando ella estaba a su lado. Si con ellas no lograba emocionar a la jequesa, no lo lograría con nada.

Se oyó la última nota y Adam se guardó el móvil y esperó.

—¿Quién ha compuesto esto?

Adam no vio que la jequesa se enjuagaba una lágrima.

—Yo.

—¿Cuánto quiere por ello y cuándo podrá tenerla terminada?

—No quiero dinero, quiero algo mucho más complicado.

—Sea lo que sea, delo por hecho.

27

Charlotte se quedó mirando la puerta por la que había desaparecido Adam durante mucho rato. Lo había tenido todo tan claro cuando llegó a Londres, en ningún momento se había planteado la posibilidad de cambiar de opinión, de volver a casa y someterse al tratamiento que le había explicado el doctor Logan y esperar así a recibir un trasplante.

Su vida, lo que quedaba de ella, estaba perfectamente definida. Cumpliría con la promesa que le había hecho a Fern y después... ¿después qué? En realidad, nunca había llegado a plantearse qué sucedería entonces. El después había empezado a planteárselo el día que conoció a Adam.

Hasta que apareció él, ella no quería ni necesitaba un después.

Había empezado con esa partitura, esas notas fueron lo primero que la despertó, y él, Adam, cuando en The Scale le pidió que tocase. Ella había intentado mantener las distancias porque desde el principio había sentido que con él su mundo iba a cambiar y cuantos más días pasaban, más ganas tenía de que siguieran pasando, de vivir, de enamorarse. Y no había sido solo Adam, también Trace y Nora, Gabriel, Jennifer y Monty, y la historia de Chopin y su partitura. Cada día tenía más motivos para vivir, para ser feliz, y había instantes en que lo era, lo había sido.

Como el día que Adam la besó por primera vez o la primera vez que hicieron el amor. O el día que se tomó ese café con Trace y Nora y ellos le contaron cómo se conocieron. O el sábado pasado, ese que parecía pertenecer a otra vida, que había charlado con Jennifer y habían quedado en que una tarde subiría a su apartamento y pasarían un rato hablando de cosas de chicas.

Ella había ido a Londres a morir y allí había empezado a vivir de verdad.

Incluso había escrito algún que otro mensaje a Thomas y se estaba planteando la posibilidad de llamar a sus padres y explicarles lo que había sucedido y por qué se había ido. Las recetas del doctor Logan habían viajado con ella, había sido un impulso de última hora, y unos días atrás había hecho los trámites necesarios para poder utilizarlas en Inglaterra, había entrado en una farmacia y había pedido que le preparasen esos medicamentos. No lo había hecho de una manera exactamente consciente, había sentido la necesidad de intentarlo, porque no quería perderse la cena que Adam había prometido que le prepararía aquel miércoles, ni la próxima actuación de The Quicks, ni tampoco...

Dios, había sido una estúpida, había empezado a tomarse las medicinas porque quería vivir y, sin embargo, había sido incapaz de hacerlo a tiempo y ahora iba a tener que resignarse. Pero, por mucho que lo intentara, por mucho que se dijera que le estaba bien merecido y que llevaba meses sabiendo que moriría, le costaba aceptarlo. Tener esperanza, hacerse ilusiones era también muy peligroso. Todavía recordaba la cara de Fern o de Joshua, o de sus padres, cuando un día recibían una buena noticia para que al siguiente un nuevo resultado las echase por los suelos. ¿Podía hacer pasar a Adam por eso, a su Adam? ¿Podía darle esperanzas, dárselas a sí misma, para luego tener que enfrentarse a lo peor? El médico le había dicho que su única opción era un trasplante y ella, que se había pasado meses al lado de su hermana, sabía que, aun en el caso de que encontrasen un donante a tiempo, podía fallar.

La puerta se abrió y ella levantó la vista convencida de que encontraría a Adam, pero encontró a dos hombres que creía que no volvería a ver jamás.

—Thomas, Joshua...

Su hermano fue el primero en reaccionar y se acercó a la cama para abrazarla mientras Joshua cerraba la puerta y dejaba dos bolsas negras de viaje a un lado.

—¿Qué has hecho, Lottie? ¿Qué ha pasado?

Joshua se acercó también a la cama y abrazó a los dos hermanos.

—¿Por qué no nos lo dijiste, Lottie? —le preguntó Joshua—. ¿Por qué?

Entre lágrimas y con la respiración entrecortada, Charlotte les contó que no había querido preocuparlos, que ellos ya tenían bastante con la muerte de Fern y que se había ido porque no quería hacerles daño.

—¿Acaso creías que iba a darnos igual? —le preguntó furioso su hermano mayor.

—Tu hermana era mi novia, Lottie —añadió Joshua—, pero tú siempre has sido mi mejor amiga ¿Cómo pudiste creer que no quería preocuparme por ti, estar a tu lado?

¿Tan mal había interpretado las cosas? Adam le había dicho que el dolor la había cegado y que había juzgado injustamente a su familia y a sus amigos. ¿Y si él tenía razón? Había dejado Nashville convencida de que nadie la quería y en Londres se había encargado de levantar un muro impenetrable a su alrededor. El único que lo había traspasado, saltado y derrumbado había sido Adam.

Sintió un nudo en el estómago que no tenía nada que ver con su enfermedad. ¿Se habría atrevido a enamorarse de Adam si no hubiese creído que iba a morir?

Él la había acusado de tratarlo como a un regalo de despedida que se había hecho a sí misma y tenía que darle la razón. Dios, era una cobarde y una estúpida y solo parecía ser capaz de hacer daño a la gente que la rodeaba.

—Lo siento —farfulló.

—No lo sientas —la riñó Thomas con la voz ronca—. Cuéntame qué te han dicho los médicos de aquí.

Ella así lo hizo.

—Tenemos que conseguir que el doctor Longan venga aquí —sugirió Joshua. Él se había sentado a su lado y le daba la mano.

—No servirá de nada, los médicos de aquí pueden hacer lo mismo que él. El problema es mi hígado y que la enfermedad ha dañado el corazón y los pulmones.

—Pues tenemos que llevarte a casa, allí te apuntaste a la lista de trasplantes, ¿no es eso lo que has dicho?

—Sí, pero...

—Thomas tiene razón —la voz de Adam los sorprendió, ninguno le había oído entrar.

—Adam, has vuelto.

—Por supuesto que he vuelto. —Él caminó hasta la cama con el bastón por delante y no se detuvo hasta llegar allí. Buscó el rostro de

Charlotte con la mano que tenía libre y cuando lo encontró se agachó para besarla—. Tenemos que hablar.

—Thomas está aquí y también Joshua.

Adam había oído la voz de dos hombres al entrar en la habitación y había deducido que el desconocido era Joshua. Intentó que los celos no le afectasen, pero no lo consiguió.

—Hola, Adam, gracias por llamarme.

—Encantado de conocerte, Thomas.

El hermano de Charlotte le dio un abrazo algo brusco y después procedió a presentarle a Joshua. La ceguera de él los incomodaba, él podía sentirlo y sabía que era una reacción bastante frecuente, pero no iba a perder los preciosos minutos que le quedaban haciéndoles sentir mejor.

—Él es Joshua, el novio de...

Adam extendió una mano.

—Charlotte me ha hablado de él. Gracias por venir, Joshua.

Joshua la aceptó y se la estrechó con franqueza.

—Gracias a ti por cuidar de nuestra Lottie.

«Nuestra Lottie». Apretó los dientes para no corregirle y decir que Lottie, Charlotte, era suya.

—¿Dónde has estado, Adam?

—Tenemos que darnos prisa, el doctor Monteih no tardará en venir a prepararte para el viaje.

—¿Viaje?

—¿Qué viaje?

Las preguntas fueron de Charlotte y de Thomas.

—Hay un avión médico esperándote en Heathrow y, cuando llegues a Nueva York, te harán las pruebas para someterte a un trasplante.

—¿Qué? ¿Qué has hecho, Adam?

Thomas y Joshua se quedaron en silencio.

—No puedo obligarte a ir, Charlotte. Eso tiene que ser decisión tuya. Pero tienes que tomarla ahora, no puedes esperar más. El doctor Monteih ha hablado con el médico que te atendió en Estados Unidos y ambos coinciden en que ese infarto puede haberte salvado la vida, nos ha puesto sobre aviso. Tu hígado no aguantará mucho más y, si sigues sin medicarte, tu corazón volverá a fallarte.

—¿El avión, el trasplante, dime qué has hecho, Adam?

—¿Podemos hablar a solas? —Se giró hacia donde imaginó que estaban el hermano de Charlotte y Joshua.

—Por supuesto. Esperaremos fuera.

Adam no habló hasta que oyó que la puerta se cerraba. Se sentó en la cama y cogió las manos de Charlotte en las suyas.

—He ido a ver a la jequesa.

—¿Has vendido la partitura? Adam no puedes...

—No, por supuesto que no. *Folie* no me pertenece. Le he vendido las canciones que he compuesto estos días.

—¿Nuestras canciones?

Él sonrió con tristeza al oír que ella las llamaba así.

—Le vendería todo lo que tengo con tal de darte esta oportunidad. El doctor Monteih ha hablado con Estados Unidos. Debido a la gravedad de tu caso, a tu historial familiar y al tiempo que ha transcurrido desde que te inscribiste, tu nombre está en lo más alto de la lista de trasplantes, en eso no he tenido nada que ver. —Dudaba que hubiese tenido algún reparo, pero le tranquilizaba no haber tenido que hacerlo—. La jequesa solo ha hecho unas llamadas y ha puesto el avión médico a tu servicio.

—¿A cambio de nuestras canciones?

—A cambio de que componga la música para la inauguración de la Ópera de Qatar.

—No sé qué decir, Adam. Sé que tú no querías...

—No, eso no es importante. Lo único que importa ahora eres tú.

—Tú importas, Adam. —Tragó saliva—. Tú me importas.

Él le colocó un dedo en los labios.

—Si eso es verdad, plantéate la posibilidad de subir a ese avión y aceptar el trasplante. Vuelve a Estados Unidos y cúrate. Haz las paces con tu familia.

—¿Qué? ¿Qué estás diciendo?

—Tienes que ir a Estados Unidos, Charlotte. Aquí en Inglaterra el trasplante no llegaría a tiempo y allí... tienes que hacer las paces con tu familia y también con la muerte de Fern. Yo en eso no puedo ayudarte.

—¿Estás diciendo que me dejas?

—No. Dios, no. Estoy diciendo que tienes que ponerte bien, tienes que curarte y tienes que querer vivir por ti. Me gustaría que quisieras vivir por mí, pero eso sería muy egoísta de mi parte y a la larga me lo echarías en cara y acabaría con nosotros o contigo. Y yo no quiero eso, no podría soportarlo.

—Tú no vendrás a Estados Unidos conmigo. Me dejas.

—No. Te llamaré a diario y tú puedes llamarme siempre que quieras o que puedas. Me pasaré el día y la noche componiendo para ti, aunque después tenga que entregarle hasta mi última partitura a la jequesa, y esperaré a que te pongas bien. Tienes que ponerte bien.

—Sin ti.

—No puedes vivir o morir por otra persona, Charlotte. Ni por Fern ni por mí. Tienes que vivir por ti. Cuando perdí la vista fui a ver a un psiquiatra, creo que a ti también podría ayudarte.

—Así que no solo tengo que trasplantarme el hígado, sino que además tengo que ir al psiquiatra.

Los dos estaban furiosos y los dos sabían que se les estaba acabando el tiempo juntos.

—Ibas a suicidarte, Charlotte. Llámalo como quieras, pero eso es lo que ibas a hacer. Ibas a comportarte como una mártir, aún no tengo claro que no vayas a hacerlo. No has superado la muerte de tu hermana y no tiene nada de malo que necesites ayuda para hacerlo.

—Mira quién habla.

—Yo necesito ayuda. Mírame. Te la estoy pidiendo. Maldita sea. Estas últimas semanas, mientras hacíamos el amor, yo pensaba que quería pasar el resto de mi vida contigo y tú te estabas despidiendo de la tuya. Me encantaría que pudieras negármelo y me encantaría poder creérmelo, pero no sería verdad. Por fin he comprendido una cosa. La noche que mi hermana decidió dejar al malnacido que la maltrataba, fue ella la que se salvó, yo solo fui a estar a su lado, algo que tendría que haber hecho mucho tiempo antes, lo reconozco, pero fue ella la que se salvó, yo fui la fuerza bruta. Contigo ni siquiera puedo hacer eso. Me has hecho mucho daño, Charlotte, más que nadie. Ibas a dejarme, ibas a morir antes que vivir conmigo y eso me ha roto el corazón. Pero te quiero y estaré a tu lado decidas lo que decidas, no puedo obligarte a vivir por ti, eso tienes que hacerlo tú.

—Empecé a tomarme la medicación, Adam, y lo que he compartido contigo...

—No me lo dijiste. Me mantuviste completamente a ciegas... y yo creía que tú eras mi luz. Me voy, esperaré en la cafetería. Me imagino que tienes mucho en qué pensar y que quieres hablar con tu hermano y con Joshua. Dile a uno de los dos que venga a buscarme cuando llegue el doctor, ¿quieres?

Adam se levantó y ella le tomó la mano.

—Adam, lo siento mucho, yo te...

—No me lo digas. No quiero ningún premio de consolación. —Se agachó y le dio un beso en los labios—. Avisadme cuando venga Monteih.

Una hora más tarde el doctor abandonaba la habitación de Charlotte para dar las instrucciones precisas al equipo médico que iba a volar con ella a Estados Unidos.

Adam no fue a despedirla al aeropuerto, ni tampoco la acompañó en la ambulancia que la llevó hasta allí, ese lugar lo ocuparon su hermano y Joshua. Por muy convencido que estaba de que ella tenía que viajar sola y enfrentarse a la muerte de Fern y a lo que había dejado en Nashville, no se fiaba de sí mismo y tenía miedo de entrar en el avión, cogerla de la mano y no soltarla jamás.

Tal vez habría funcionado, pensó abatido en el sofá de su casa con Nocturna sentada en el regazo. Tal vez entonces no sentiría que la oscuridad había vuelto para quedarse ni que una garra de acero se le había hundido en el pecho para ir arrancándole el corazón lentamente. Cada segundo que pasaba sin Charlotte a su lado se hundía más dentro del pecho y se lo retorcía.

Mientras el doctor hablaba con Thomas y Joshua, él se había acercado a la cama de Charlotte y la había besado apasionadamente, tanto como había sido capaz sin ponerse a llorar allí mismo, y le había susurrado un último «te quiero» en los labios al que ella solo había respondido susurrando su nombre. Después se había ido. Había llamado a Jennifer y a Montgomery para ponerlos al tanto de la decisión de Charlotte de viajar a Estados Unidos y les había asegurado que él estaba bien, pero que de momento prefería estar solo.

Se levantó del sofá. No podía exigirle a Charlotte que quisiera vivir si él no hacía lo mismo y caminó hasta el piano. Le había prometido una ópera a una jequesa e iba cumplir con esa promesa. Esa noche, sin embargo, no iba a trabajar en ello. Buscó la partitura de Folie, la original. Montgomery se la había llevado a su casa unos días atrás, y la sacó con cuidado de la funda protectora. Recordaba haberla visto, los trazos apresurados de algunas notas, las manchas de tinta en los bordes, incluso una mancha de lo que parecía café o coñac o un líquido ambarino. Pasó los dedos por encima y, a través del tacto, formó una imagen en su mente.

Gracias a las investigaciones de Charlotte ahora no tenían ninguna duda de que los primeros compases eran obra de Gaspard Dufayel, un profesor de piano con una vida muy trágica. Dufayel había perdido a la mujer que amaba por culpa de la tuberculosis y él había muerto poco después. Habían encontrado esa parte de la historia en una de las cartas que Chopin le había escrito a Jane Stirling y el puzle de la autoría de *Folie* cobraba cada vez más sentido.

—¿Fue esto lo que sentiste, Gaspard?

Adam se sentó al piano y flexionó los dedos. Nocturna maulló cerca de él y, en un último instante, Adam puso en marcha la grabadora.

Charlotte se había llevado la luz con ella, pero a él le quedaba la música e iba a utilizarla para expresar todo lo que sentía y para aferrarse a la esperanza de que ella se curase y lo quisiera a su lado.

Charlotte subió al avión en el que la estaban esperando un preparadísimo equipo médico y, en cuanto ella, Joshua y Thomas estuvieron instalados, despegaron con destino Nueva York. Allí los esperaban sus padres y, según le explicó el médico de abordo, la trasladarían de inmediato al hospital. Aún no sabían nada acerca del trasplante, pero no podían fiarse de su hígado ni de su corazón y por eso la mantendrían bajo vigilancia.

Ella apenas escuchó lo que le decían, no podía dejar de pensar en Adam y en su despedida. Una parte de ella estaba furiosa con él por no haberla acompañado, por obligarla a enfrentarse a la verdad. Si él estuviera allí podría apoyarse en él, utilizar sus besos y su amor como escondite y no asumir que había estado a punto de cometer un gran error o que sus últimas decisiones habían hecho daño a mucha gente.

Había utilizado a Adam, le había utilizado para despedirse de la vida a lo grande, para hacer realidad todas y cada una de sus fantasías y, aunque sí se había planteado que tenía que dejarle antes de que fuera demasiado tarde, no había llegado a comprender el daño que le estaba haciendo. Él tenía razón al decirle que no había superado la muerte de Fern y que tenía que enfrentarse sola a su familia y a lo que había dejado en Nashville. Pero apenas hacía unas horas que no le veía y ya le echaba muchísimo de menos.

¿Cómo iba a hacer todo eso sin él?

Él le había dicho que ella era su luz, que se había pasado las últimas semanas planeando el resto de su vida a su lado y ahora se había quedado en Londres para componer una ópera para una jequesa que además era cliente de su exnovia. Los celos la carcomieron. ¿Qué pasaría cuando Adam se diese cuenta de que ella no era su luz, que como mucho solo había sido un destello? ¿O cuando la jequesa le felicitase por haber compuesto la música más increíblemente hermosa del mundo? ¿Y si Erika intentaba recuperarlo?

Sacudió la cabeza. No podía pensar en esas cosas, no podía dudar de Adam y no podía dudar de ella. Ese, empezaba a comprenderlo ahora, siempre había sido su mayor problema frente a Fern. Sí, Fern era una chica increíble, una buena hermana, una persona bonita por dentro y por fuera y no se merecía morir tan joven, pero ¿eso significaba que ella fuese mala? ¿Por qué se había pasado los últimos años creyendo que sí? ¿Solo porque había tenido celos de Joshua o había algo más? Charlotte distinguía el amor que sentía por Adam, el que él no le había permitido que le confesase, de la absurda tontería infantil que había sentido por Joshua. Pero quizá ese complejo era el único que había superado. Quizá Adam tuviera razón, como en todo lo demás, y necesitase ayuda para afrontar la muerte de Fern.

—¿Estás bien? —le preguntó Joshua.

Era la primera vez que podían hablar a solas, Thomas estaba dormido en su asiento.

—Echo de menos a Adam, me gustaría que estuviera aquí.

Joshua se sentó a su lado y la miró. Los enfermeros habían permitido que se sentase, aunque aún llevaba una máquina conectada.

—Es muy difícil lo que ha hecho. Yo no sé si habría podido.

—¿Puedo hacerte una pregunta, Joshua?

—Claro.

—¿Me odias por estar viva en vez de Fern?

—No, por supuesto que no. ¿Cómo se te ocurre? Fern y tú no sois intercambiables, Lottie. Daría lo que fuera porque tu hermana estuviera viva, pero jamás te entregaría a ti a cambio. Nadie lo haría. ¿Es eso lo que crees, por eso te fuiste?

—Por eso y porque no quería que volvierais a pasar por lo mismo. El hospital, los médicos, tú, Thomas, papá y mamá, todos pasasteis un infierno.

—Tú también.

—Lo mío fue distinto.

—Fern lo sabía, ¿no es así? Por eso te obligó a prometerle que acabarías la carrera de música, porque creía que así reaccionarías.

—Fern me quería.

—Sí, y también era una metomentodo que quería dirigirte la vida. Quería a tu hermana, ella será siempre mi primer amor y dudo que pueda volver a enamorarme de alguien como me enamoré de ella, pero tenía defectos, Lottie.

Charlotte se quedó pensándolo.

—Lo sé, Joshua. ¿Por qué has venido a Inglaterra?

—No quería que Thomas viajase solo y tenía ganas de verte.

—¿A mí?

Él agachó la cabeza.

—Llevo meses sintiéndome culpable por lo que te dije el último día que te vi en el hospital.

Charlotte tragó saliva. Recordaba esa discusión. Ella le había insinuado que tal vez se iría de viaje y él la había acusado de ser una egoísta y de pensar solo en ella.

—No tiene importancia.

Él le tomó ambas manos.

—Fui un estúpido. Lo único que puedo decir en mi defensa es que acababa de perder a la chica que quería más que a mi vida. Solo sentía dolor y rabia y supongo que necesitaba que todo el mundo sintiera lo mismo. Por eso, cuando me dijiste que tal vez te irías, pensé que era injusto que tú no sufrieras tanto. Me enfadé contigo y no me daba cuenta de que el verdadero egoísta era yo. En ningún momento te pregunté cómo te sentías o por qué querías marcharte... Lo siento, Lottie. Siento mucho lo que te dije.

Le miró, le miró de verdad, le miró como Adam le había enseñado a mirar a la gente y vio que era sincero.

—Tranquilo, Josh. Gracias por decírmelo.

—Gracias por creerme.

—Tienes que volver a querer a alguien como querías a Fern, Joshua.

Él la abrazó.

—No creo que sea posible, Lottie.

—Pues tienes que intentarlo.

—Está bien, por ti lo intentaré.

—Tienes que hacerlo por ti, Joshua. Adam tiene razón en eso.

Charlotte pensó en Adam, en que le necesitaba a su lado y en que encontraría la manera de curarse y demostrárselo. Cerró los ojos y se lo imaginó en su casa, con Nocturna paseándose por entre sus piernas mientras él tocaba el piano.

28

Quinto compás de la partitura

Mallorca, 1838

A pesar de todos los indicios en sentido contrario, estoy segura de que no estoy maldita. Creo.

Soy consciente de que queréis saber qué está pasando con Adam y Charlotte, e incluso estoy dispuesta a reconocer que es de mala educación interrumpir, pero tengo que contaros qué sucedió con Gaspard una vez aceptó viajar a Polonia con Frédéric Chopin después de que le exigiese a su amigo que me mantuviese alejado de él.

Nos quedamos en París unos días, los necesarios para preparar el viaje y partimos rumbo a Varsovia. Yo iba guardada en el bolsillo del abrigo de Chopin y me sorprendió que este se atreviese a iniciar la conversación con Gaspard. Era obvio que pretendía seguir en silencio hasta el fin de los días.

—¿Qué pasó, amigo mío?

—Elle ha muerto —respondió como si eso lo explicase todo, y tal vez lo hacía.

Estuve un rato mirándole. Los ojos que había visto brillar de emoción estaban completamente vacíos; su cuerpo seguía con vida porque aún respiraba, pero estaba muerto para cualquier otro efecto. Aquel día, mientras observaba la devastación causada por el amor y la pérdida del mismo en el rostro de mi primer creador, me alegré de que mi función en el universo fuese la de transportar emociones y no sentirlas de esa manera tan desgarradora.

—Tienes que acabar esta partitura —insistió Chopin para mi sorpresa—. No puedes no acabarla, es maravillosa.

—No puedo. Ya no oigo música. No puedo componer sin Elle.

—No digas estupideces, Gaspard.

Entonces una emoción nueva apareció en los casi azules labios de Gaspard y me asusté. A ese hombre no le quedaba nada, apenas era un manojo de dolor, rencor e ira, y al mismo tiempo miró a Chopin con suficiencia, como si incluso sintiera lástima de él.

—Tú nunca has amado a nadie, Frédéric.

—Y llevo años componiendo.

—Cierto, ¿pero te atreverás a seguir con esa partitura? Esa es la cuestión. Quédatela. Quémala. Ya te dije que no me importaba lo que hicieras con ella.

Chopin me apretó entre sus dedos y ofendido me lanzó contra el pecho de Gaspard.

—Quémala tú. Yo no voy a destruirla.

Pensé que mis días acabarían allí, en el suelo de madera de aquel viejo carruaje, pero Gaspard me recogió y durante unos segundos acarició mis notas. Recordé lo impresionante que había sido nacer del sueño de aquel chico joven que había abandonado la única vida que conocía para ir en mi busca, en busca de la música.

No puedo —confesó Gaspard—, es lo único que me queda de Elle. Tú eres el mejor músico que conozco, Frédéric, tienes más talento en tu dedo meñique que yo en todo el cuerpo, y si algún día sientes algo parecido a lo que yo estoy sintiendo ahora, quizá puedas entenderme. Y tal vez entonces podrás terminarla.

—No sé si quiero sentir algo así. No tienes buen aspecto, Gaspard.

Gaspard sonrió.

—Lo sé. No te preocupes por mí. Dentro de poco estaré bien. Quédate con la partitura, quiero que la tengas tú.

Gaspard murió unos días más tarde. Apenas consiguió vivir el tiempo necesario para pedirle a Chopin que mandase su alianza, un sencillo anillo que simbolizaba su matrimonio con Elle, al convento de Sevilla para que las hermanas lo enterrasen con ella. Chopin cumplió con la promesa y en la carta que escribió a las monjas, además del anillo, incluyó un trozo de mí. Si me vierais os daríais cuenta de que la punta superior derecha de mi tercera hoja está rota, le falta un trozo. Me gusta creer que la carta llegó al convento y que Elle y Gaspard están juntos.

Chopin me guardó con esmero, siempre me llevaba consigo. Creo que para él yo era una especie de amuleto de la buena suerte y en más de una ocasión me hablaba como si yo fuera a contestarle. Me temo que en realidad fingía hablar con Gaspard pues, a pesar de que habían pasado poco tiempo juntos, el compositor había llegado a considerarle un gran amigo, quizá el único. En 1835, Francia le otorgó a Chopin la nacionalidad francesa y él prácticamente se instaló en París, ciudad que siempre le había agasajado, y allí, tras un noviazgo frustrado, historia que no nos afecta, conoció a George Sand.

George se llamaba en realidad Amandine Aurore Lucile Dupin, todos entendemos que prefiriera utilizar un pseudónimo, y era escritora. En su vida cotidiana se llamaba Aurora, era francesa y había recibido una educación muy liberal para la época. Muy liberal. Estaba casada cuando conoció a Frédéric y había tenido varios amantes dentro de los círculos intelectuales. Chopin no pudo resistirse a ella. Lo noté en el instante exacto en que la vio. Ella se mantuvo indiferente y él, un hombre que estaba acostumbrado a ser el centro de atención, quedó cautivado por dicha indiferencia.

Siempre supe que Chopin sufriría con George Sand. Ella le quiso a su manera, decía, una de las frases más extrañas que he oído utilizar jamás. Yo soy un trozo de papel y sé que solo hay una manera de querer. Se quiere bien, porque querer mal no es querer.

Chopin se enamoró de George, de la pasión y de la inteligencia que ella desprendía; ella le incitaba a crear, a componer. Sabía volverle loco. Él estaba celoso de los amantes y admiradores de ella y ella estaba celosa porque creía que Frédéric se fijaba más en su hija Solange que en ella.

El invierno que pasaron juntos en Mallorca, en 1838, fue el más prolífico de la vida de Chopin. Allí fue donde por fin entendió el sentimiento que había embargado a Gaspard y se atrevió a escribirme. Chopin estaba enfermo, él lo sabía y le parecía irónico.

—Mira, Gaspard —farfulló mientras me desenrollaba—, creo que tengo tuberculosis como tu querida Elle. ¿Estáis juntos? ¿Este sufrimiento, el de saber que la persona amada se te está escapando por entre los dedos, acaba con la muerte?

El clima de Mallorca no ayudó, llovía más de lo que Chopin o Sand habían previsto y la salud del compositor empeoró. Además, no se fiaba de los médicos locales y estaba tan absorto componiendo que no se daba cuenta de la gravedad de la situación.

—Aquí tengo a George para mí solo, estamos juntos y lejos de sus admiradores. Es una locura —dijo una noche mientras me escribía—. Esta partitura probablemente sea lo mejor que he escrito nunca y sé que no voy a mandársela a nadie.

El Pleyel, el piano donde me tocaba, había conseguido sobrevivir al viaje en barco hasta la finca de Valldemosa. Sin embargo, la finca donde vivíamos no estaba preparada para el invierno y tuvimos que volver a España para después ir a París.

El amor que sentía Chopin por Sand no iba a acabar bien y sí, confieso que sentí cierta rabia porque ellos dos no tuvieron que enfrentarse a los obstáculos que habían tenido que superar Gaspard y Elle. No diré que me alegré de que no fuesen felices juntos, la pasión que esa relación trasportó a mis compases es sin duda única, pero si me dais a elegir entre el amor y la obsesión, me quedo con el primero. Siempre. El amor, por lo que he visto, puede con todo; en cambio la obsesión se acaba. Fue lo que pasó con Sand. En 1847, cuando Chopin ya estaba muy enfermo y llevaba años sin tocarme, ella lo abandonó definitivamente porque ya no lo veía como a su pareja, sino como a un hombre al que tenía que cuidar y con el que discutía demasiado a menudo.

Londres, 1848

Chopin estaba enfermo y se sentía humillado. Sand escribió un libro en el que, tal vez por celos o por venganza, o por ambas cosas, incluyó un personaje decrépito que parecía una burda caricatura del músico. Él se dio cuenta y puso punto y final a esa relación de diez años. Con el corazón roto y el orgullo herido se refugió en su piano, en las clases que seguía dando a sus alumnos, y en los pocos conciertos en los que su salud le permitía participar. Cada noche, antes de acostarse, me sacaba del bolsillo donde me guardaba y me hablaba un rato.

—¿Crees que vale la pena? ¿De verdad lo crees? Mira qué notas, cuánta pasión aquí desperdiciada. Ahora solo queda dolor.

Si hubiese podido hacer entrar en razón a alguno de los dos, a Gaspard o a Chopin, no sé a cuál habría elegido. ¿Qué es mejor, ser infeliz por un amor correspondido que acaba en tragedia o por uno que se marchita a diario hasta morir? No sé qué habría contestado antes de conocer a Charlotte y a Adam. Ahora os digo que lo que vale la pena es esa clase de amor, el que Charlotte ha despertado en Adam y el que Adam ha hecho nacer en Charlotte, aunque ella aún no se haya dado cuenta del todo.

Tendremos que esperar a ver qué sucede con ellos, ¿no os parece?

Frédéric sabía que no se recuperaría ni de la tuberculosis ni del fracaso de su relación con Aurora. Escribió varias cartas a sus conocidos hablando de ello, de lo decaído que estaba. Empezó a perder alumnos, pero a él no parecía importarle. Si bien Gaspard se había apagado de repente y había muerto con la misma intensidad que había amado, Frédéric todo lo hacía más despacio. Era el mes de abril cuando nos fuimos de París con destino a Londres y ese viaje fue para Chopin como una bocanada de aire fresco, la última que le proporcionó un poco de vida y felicidad; el viaje y la compañía.

Hicimos un tour por Inglaterra acompañados por Jane Stirling y su hermana mayor. Jane me gustaba muchísimo, era una excelente pianista y una alumna brillante, y estaba enamorada de Chopin. No era un amor como el que Elle había sentido por Gaspard ni como el que Aurora, George Sand, había profesado por Frédéric. Era una mezcla de cariño, admiración y amistad y fue todo un regalo para los últimos días del compositor. Ojalá hubiese podido hacerle ver a Chopin que era un idiota por rechazarla —porque sí, amigos, la rechazó—, pero nunca he conseguido hacer que mis creadores me escuchasen.

Jane cuidó de Frédéric hasta su muerte, pagó su viaje de regreso a París y su apartamento en la place Vendôme. La muerte no le pilló por sorpresa. Llevaba años preparándose, incluso esperándola. La madrugada antes de morir me sacó del bolsillo de siempre y escribió unas últimas notas.

—Voy a mandarle mis partituras inacabadas a Alkan. Charles Valentin sabrá terminarlas y sabrá concluir mi método. —A mí no me apetecía lo más mínimo acabar en manos de Alkan, no parecía un hombre destinado a vivir una gran historia de amor, aunque tal vez me equivoqué en ese sentido—. Pero para ti he buscado otro final.

Por fin iba a acabarme, pensé durante unos segundos, aunque la idea carecía de armonía, de sentido.

—A ti te regalaré a Jane —añadió y, tras escribir dos compases con una fluidez y perfección extremas que dejaron claro que llevaba años guardándoselos para ese momento, preparó la carta:

«Sé que tú sabrás qué hacer con ella. Escribí unos compases de esta partitura en los meses más felices de mi vida. Termínala. Compón, toca el piano, vive. Ama. Con todo mi afecto, Frédéric».

Jane sabía que la gente la llamaba «la viuda de Chopin». Él le había dedicado dos de sus conciertos más famosos, dos de sus nocturnos, y la había dejado encargada de gestionar gran parte de su legado. Era una clase de amor, supongo, y a Jane le había bastado, pero cuando leyó la nota de Frédéric y me tomó entre sus manos, me apretó tan fuerte que creí que iba a romperme.

Era una mujer escocesa y sabía que lo que acababa de recibir era un premio de consolación, el mismo que nuestro Adam se ha negado a aceptar unas páginas más atrás. Jane se dio cuenta de que me estaba haciendo daño y aflojó despacio los dedos para leer mis notas.

Pasó los ojos por encima, los sentí como una caricia.

—Esto —tocó los primeros compases—, esto no lo escribiste tú, Frédéric. Gaspard... —susurró al recordar la historia que Chopin le había contado sobre su amigo—. Bueno, al menos tú sí que supiste lo que era el amor.

Jane tardó unos cuantos días en tocarme y, cuando lo hizo, sentí algo parecido a cuando me tocó Gaspard por última vez, aunque incluso más triste. Durante semanas me guardó en su mesilla de noche y siempre que viajaba a Londres o a algún otro lugar me llevaba con ella. Creía que nunca añadiría otro compás. En su casa de Edimburgo, los recuerdos de Chopin, sus muebles y otras partituras inacabadas se iban amontonando. Ella compraba todo lo que le recordaba a él e intercambiaba correspondencia con la madre de Frédéric. No sé qué sucedió esa noche de 1849, si tenía o no algo que ver con el compositor polaco, pero me alegro muchísimo de que sucediera, porque Jane cogió una pluma, un tintero y escribió los que hasta ahora son mis últimos compases (a falta de los de Adam). Son preciosos, poseen una delicadeza y una constancia que Chopin no tenía y también la resignación de la que Gaspard carecía. También poseen cierta rabia dormida, el reproche que se hacía a sí misma por haber amado tanto a un hombre que no se lo había ganado. El despecho, amigos, también es fácil de identificar, es verde y espeso y arde casi con la misma rapidez que los celos.

Unos días más tarde, Jane iba a meterme en un sobre junto con una nota brevísima y mandarme a Francia, a casa de George Sand. «A pesar de todo, él siempre te prefirió a ti. Haz con esto lo que quieras», escribió. Gracias a unas cartas de Chopin que había adquirido y guardado con esmero, Jane sabía que él había escrito en esa partitura cuando estaba en Mallorca. Si para él esa era la época más feliz de su vida, una época en la que ella ni existía, bien podía quedarse la partitura inacabada la mujer de entonces. No iba a ser ella quién me terminase a pesar de lo que le hubiese pedido Chopin. Sin embargo, Jane no tuvo bastante con ello...

29

Charlotte estaba instalada en una amplia habitación de uno de los mejores hospitales de Nueva York y, a pesar de que el doctor Logan insistía en que no tenía que preocuparse de nada y que todo entraba dentro de la normalidad, ella sabía que era imposible que su seguro médico cubriese aquella clase de gastos. La jequesa y la ópera que Adam le había prometido a cambio lo cubrían, aunque nadie parecía dispuesto a confirmárselo y al final dejó de preguntarlo porque tampoco quería parecer una loca o una desagradecida.

Sus padres y Thomas la acompañaron mientras el doctor Logan les explicaba los procedimientos a seguir. Aun en el caso de que apareciese un órgano trasplantable a tiempo tenían que mejorar el estado actual del hígado de Charlotte o el corazón volvería a pagar las consecuencias. Ella no solo no se había tomado la medicación correspondiente durante meses, sino que era evidente que había adelgazado y que no había dormido bien o descansado lo suficiente en todo ese tiempo. Por suerte para todos, Charlotte estaba en buena forma física y era joven, su cuerpo podía recuperarse y tenía muchas probabilidades de aceptar el trasplante. También por suerte el doctor Logan nunca había borrado el nombre de Charlotte de la lista de espera de trasplantes y la gravedad de su situación tras el infarto sufrido en Londres, sumado a su edad y al avanzado estado de su enfermedad crónica, la colocaban en una posición preferente.

—Os dejaré a solas para que podáis hablar. —El doctor Logan cerró la carpeta que había estado leyendo—. Me alegro de volver a verte, Lottie.

—Gracias, doctor.

Charlotte habría preferido que el doctor se hubiese quedado porque temía la reacción de sus padres. Gracias a Adam empezaba a comprender el daño que debía de haberles hecho y se sentía como cuando tenía cinco años y rompió el jarrón que les había regalado la abuela; a punto de ser castigada por haber actuado precipitadamente y sin pensar.

—Papá, mamá, yo...

No pudo terminar, porque los dos la abrazaron y no la soltaron hasta que ella dejó de llorar. Los tres sabían que tenían mucho de qué hablar, pero no hacía falta resolver todos sus problemas de golpe. Ella acababa de llegar de un vuelo transatlántico y estaba cansada, y el médico había insistido en que durmiese un poco. La dejaron sola, acompañaron a Thomas a la cafetería a por un café, le dijeron, pero Charlotte adivinó que en realidad le estaban dando unos minutos de privacidad. Buscó el móvil que una enfermera le había dejado en la mesilla que había al lado de la cama tras su insistencia y llamó a Adam.

Le echaba muchísimo de menos.

—¿Has llegado bien? —le preguntó él al contestar.

—Muy bien. Gracias. Estoy en el hospital, mis padres han ido a la cafetería un momento —estaba nerviosa, sentía como si su relación hubiese dado un paso hacia atrás, como si él hubiera dado un paso hacia atrás. «Se está protegiendo», intentó entenderle. Adam le había salvado la vida y no solo porque la había encontrado a tiempo en el suelo del baño.

—Me alegro. ¿Has hablado con tus padres?

—Me han abrazado mientras yo lloraba como una magdalena y me han besado como si tuviera cuatro años —intentó bromear—. Supongo que hablaremos después, pero las cosas pintan bien. Me he portado como una estúpida.

—No seas demasiado dura contigo misma. Date tiempo.

—Claro. —¿Tiempo con él o sin él? ¿Por qué no podía preguntárselo?—. ¿Y tú cómo estás? ¿Qué estás haciendo? —Se frotó la frente, estaba sudando y se estaba comportando como una adolescente.

—Estaba trabajando. He quedado para desayunar con Gabriel.

—Oh. Dale recuerdos.

—Se los daré.

—Será mejor que te deje volver al trabajo. ¿Puedo volver a llamarte?

—Por supuesto. Llámame siempre que quieras, Charlotte.

—Adiós, Adam.

Charlotte lo llamó a diario. Le contaba qué le habían dicho los médicos y si había algún cambio en su estado de salud y también se inventaba historias sobre las enfermeras para ver si conseguía hacerle reír. Era extraño hablar así con él, como si solo fuesen amigos y como si él no hubiese descubierto que ella había ido a morir a Londres ni le hubiese confesado que la quería. Era extraño, pero bonito. A Charlotte le gustaba creer que se estaban conociendo de una manera distinta, más pausada y también importante, que estaba creando nuevos lazos con él.

—Hoy ha venido la psiquiatra —le dijo en una de esas llamadas telefónicas.

Él cambió el tono de voz al instante, aunque intentó disimularlo.

—¿Y qué te ha dicho?

—Que mi comportamiento ante la enfermedad de Fern encaja con el de alguien que sufre estrés postraumático y que tengo que pasar el proceso del duelo como cualquiera. Cree que podrá ayudarme y que lo superaré. Me ha gustado, tiene mal carácter.

—Seguro que os llevaréis bien, cariño. —El término afectuoso le aceleró el corazón a Charlotte, pero Adam reculó—. Me alegro de que hayas decidido hacerlo.

—Yo también.

Charlotte oyó ruido, voces, mejor dicho.

—Tengo que dejarte. Montgomery ha insistido en que le acompañe a una gala de la Ópera. Los de la Royal están entusiasmados con el proyecto de la jequesa.

—¿Qué llevas puesto?

Adam soltó una carcajada y ella, a pesar de que se había sonrojado de la cabeza a los pies, también sonrió.

—Dime que no me has preguntado eso, Charlotte.

—Creo que sí, que te lo he preguntado.

—Esmoquin.

—Dios mío. Mátame ahora mismo.

—No bromees con eso.

—Lo siento —se maldijo por haber echado a perder el momento—. Lo he dicho sin pensar. Dile a Montgomery que me mande una foto.

—Ni hablar.

—Vale, pues le llamaré y se la pediré directamente y le mandaré una mía.

—Ni se te ocurra. Si yo no te veo, él tampoco; se pasaría horas torturándome. Será mejor que me vaya, me están esperando.

—Claro. No te preocupes, hablamos otro día.

—Buenas noches, Charlotte.

—Aquí aún no es de noche.

Él sonrió y a ella se le encogió el corazón.

—Pues entonces, buenas tardes, Charlotte.

—Buenas noches, Adam.

Charlotte intentó no darle demasiadas vueltas, pero eso de hablar con la psiquiatra sobre sus miedos y sus inseguridades y después comer en compañía de sus padres intentado resolver también sus antiguos problemas la había dejado muy sensible. No se había atrevido a preguntarle si Erika iba a estar allí, ni si la jequesa o alguna princesa árabe le estaba tirando los tejos. Ella no podía hacer nada y si alguien se merecía ser feliz en el mundo era Adam. Media hora más tarde seguía regodeándose en lo triste que estaba y en lo mucho que echaba de menos a Adam, y malgastando un minuto o dos en busca de maneras de eliminar la competencia a distancia, a un océano de distancia, cuando le vibró el móvil porque había recibido un mensaje. Lo abrió y encontró una foto de parte de Montgomery. En la imagen se veía a Adam de pie en una esquina de un elegante salón. Efectivamente, llevaba smoking y estaba increíble, pero Charlotte vio que había adelgazado y que tenía ojeras, y que sujetaba la copa con demasiada fuerza. Tendría que sentirse mal por alegrarse de verlo tan preocupado, pero no fue así. Y la frase que siguió a la fotografía aún la animó más: «recupérate pronto y vuelve a casa. Todos te echamos de menos. Monty».

Adam no le había preguntado a Charlotte si había accedido a realizar el trasplante. Ella agradecía que él hubiese mantenido su promesa de no presionarla y de darle la oportunidad de decidir por sí misma. Pero el día que el doctor Logan llegó con la noticia, ella lo llamó de inmediato.

—Adam, van a prepararme para el trasplante —le dijo al contestar y solo oyó silencio—. ¿Adam?

—Charlotte, cariño... —suspiró exhausto—, tenía tanto miedo.

—Yo lo aún tengo. ¿Puedes venir aquí conmigo? Por favor. Te necesito.

—Charlotte...

—Sé que estás dándome espacio y que mantienes las distancias porque no te fías de mí, de nosotros, y te prometo que intento entenderlo. Pero el trasplante me da mucho miedo y quiero que estés aquí.

—Por supuesto que estaré allí. Te dije que siempre podías contar conmigo y lo dije en serio. Solo —carraspeó—, solo me has dejado sin habla al decir que me necesitabas. Eso es todo.

—Oh, Adam. —Se le escapó una lágrima y se la secó—. Háblame de nuestra partitura —tenía que cambiar de tema o le confesaría por teléfono que le quería y le pediría una segunda oportunidad—. ¿Has averiguado algo más?

—Casi todo lo averiguaste tú, tus notas nos han sido de mucha ayuda.

—¿Nos?

—Gabriel me está ayudando. Hemos averiguado que George Sand recibió la partitura en una carta de parte de Jane Stirling, lo que demuestra casi con toda seguridad que Jane escribió esos compases.

—Bien por Jane.

—Gabriel dice que la partitura tiene poderes mágicos.

—¡Pero si él se rio de ti esa tarde en Notting Hill cuando insinuaste que era especial!

—Sí, creo que ha sucedido algo que le ha hecho cambiar de opinión.

—Oh, suena interesante. Tienes que averiguarlo y contármelo todo cuando vengas.

—¿Cuándo tiene previsto Logan hacer el trasplante?

—Como mucho dentro de dos días. —No le contó la cantidad de pruebas a la que la habían sometido y lo cerca que había estado de sufrir otro infarto.

—Estaré allí, no te preocupes. Ahora mismo compro los billetes. Llámame si sucede algo, ¿de acuerdo?

—De acuerdo. Adiós, Adam.

—Hasta dentro de nada, mi luz.

Escuchar esa última palabra la hizo más feliz que la noticia del trasplante.

Adam llegó por los pelos. El trasplante se adelantó un poco y su vuelo se retrasó, pero consiguió estar con Charlotte antes de que se la llevasen al quirófano. Cruzó la habitación a la que había llegado acompañado de una enfermera y Charlotte pensó que al final tantas precauciones no servirían de nada porque moriría de felicidad al ver a Adam entrando en el hospital con el bastón por delante y sin importarle quién lo mirase o con quién tropezase con tal de llegar a su lado.

—Adam, estoy aquí. —Lo guio con la voz y él no dudó ni un instante en acercarse—. Has llegado.

—He llegado.

El bastón cayó al suelo, la bolsa de viaje también, y Adam se agachó para besarla como si fuese él el que corría riesgo de muerte si sus labios no se encontraban.

—Te quiero, Charlotte.

—Yo...

Él le dio otro beso y le impidió de nuevo decírselo, y Charlotte pensó que tenía razón. Adam se merecía que le confesase su amor de verdad, no como una despedida.

—Estaré aquí cuando salgas —le aseguró él al apartarse—. Te lo prometo.

Y cumplió con la promesa. Horas más tarde, muchísimas horas más tarde, cuando Charlotte abrió los ojos, descubrió a Adam sentado a su lado y sujetándole la mano. Parpadeó y vio a sus padres también esperando nerviosos en el otro sofá y a Thomas de pie mirando por la ventana. Nadie parecía haberse dado cuenta de que había recuperado la conciencia y aprovechó para apretar suavemente la mano de Adam. Él levantó la cabeza al instante.

—¿Charlotte?

Ella tragó saliva. Le costaba recordar que no la veía cuando en realidad sabía que solo él había entrado en su alma y había encontrado algo que le había gustado. ¿Cómo era posible que ella no hubiese sabido valorarlo cuando lo tenía y hubiese estado dispuesta a sacrificarlo?

—Adam...

Él le acarició el rostro y arrugó las cejas al encontrar las lágrimas. Se agachó para darle un beso suave y el movimiento captó la atención del resto de ocupantes de la habitación que, preocupados, se acercaron a verla.

El trasplante había sido un éxito. Ahora tenían que esperar y ver si su cuerpo lo rechazaba. En el caso de que lo aceptase y todo fuera según lo previsto, empezaría entonces el largo proceso de recuperación. El primer día se lo pasó aturdida por culpa de la anestesia, el dolor y los medicamentos, pero el tercero se centró de golpe cuando Adam le dijo que se iba y volvía a Inglaterra.

—¿Te vas?

—Tengo que volver.

—¿Es por el trabajo? —le preguntó esperanzada.

—No, no es solo por el trabajo.

—¿Entonces?

—Tienes que recuperarte, tienes que resolver las cosas con tu familia y con Fern.

Ella lo miró confusa.

—¿Y crees que tú me molestas, que no puedo hacerlo contigo?

Él parecía enfadado, frustrado por las preguntas de Charlotte. Caminó hasta la ventana y después volvió a la cama y, sin previo aviso le sujetó el rostro con las manos y la besó. Era el primer beso que le daba desde la operación.

—Te quiero, Charlotte. Muchísimo. Y tengo miedo.

—¿De qué? La operación ha ido bien...

—En Londres tú no querías vivir. Nos encontramos por una partitura que uno de mis mejores amigos cree ahora que es mágica y empezaste una relación conmigo como regalo de despedida. No quiero ser tu fantasía ni tu salvavidas, quiero ser real para ti. Lo más real que exista.

—Lo eres.

—Ojalá. Espero serlo. Quiero creer que lo soy. Pero ahora mismo tú tienes que ponerte bien y salir de aquí. Ve a Nashville, recupera tu vida anterior, tu vida de verdad y, si de verdad me quieres, ven a buscarme o dime dónde quieres que te encuentre. Pero tiene que ser de verdad.

—¿Me estás poniendo a prueba? ¿En serio?

—Si vas a decir «después de lo que he hecho por ti», solo confirmarás mi decisión.

—No me he operado por ti, Adam. Lo he hecho por mí —afirmó furiosa y él, destrozado como estaba, volvió a besarla.

—Ve a Nashville y dime que no quieres ser Fern y que no vas a seguir comparándote con ella, dime que no estás enamorada de ese Joshua con la voz perfecta y los ojos perfectos y que lo que sucedió en Londres fue real. Tienes que vivir, Charlotte, y yo tengo que esperarte.

—Podría decirte todo eso ahora, Adam.

—Podrías, pero no vas a hacerlo. Te quiero, pero no voy a conformarme con un premio de consolación, creo que ya te lo dije. Tú y yo, nosotros, nos merecemos mucho más. Decidas lo que decidas, siempre me tendrás a tu lado.

—¿Y no vas a hacer nada para retenerme?

—Estoy escribiendo una ópera en la que cada nota lleva tu nombre. Cuando pienso en mi casa, pienso en nuestra casa. Me paso el día oliéndote por todas partes y me vuelvo loco si creo que tu perfume ha desaparecido de las sábanas. Y cada noche trabajo en la partitura, porque siento que tengo que hacerlo, que eso me mantiene atado a ti. Estoy haciendo todas esas cosas y ahora mismo estoy a punto de hacer la más difícil de todas, la que más me dolerá, porque tienes que saber que odio cada gota de océano que me separa de ti, cada día que me impide tenerte en mis brazos.

—¿Qué vas a hacer?

—Voy a irme y voy a esperar a que decidas si quieres tu vida de antes o una vida conmigo. Tienes que despedirte del pasado, Charlotte, llevas demasiado tiempo arrastrándolo. Ve y decide qué quieres hacer de verdad.

—¿Y tú me esperarás?

—Eres mi luz, ¿recuerdas? Solo te pido una cosa, si vas a romperme el corazón, dímelo, no me dejes a oscuras para siempre.

30

Adam llevaba dos meses esperando. No había vuelto a estar con Charlotte desde el trasplante y había días, muchos días, que creía que no volverían a encontrarse jamás. Hablaban por teléfono dos o tres veces por semana y siempre durante mucho rato, pero ella no había vuelto a mencionar la idea de regresar a Inglaterra y tampoco le había pedido que él fuera a visitarla como había hecho cuando la operaron.

Él tampoco le había dicho que la echaba tantísimo de menos y que cada mañana, cada noche, se sentía como un estúpido por haberle pedido, no, impuesto, que se quedase en Estados Unidos a resolver sus dudas.

—Podría habérmela traído conmigo —le dijo a Nocturna, que paseaba por entre sus pies—. Podría haberla ayudado a superar la muerte de Fern desde aquí. Soy un imbécil, Nocturna, lo soy.

La gata maulló y él interpretó el sonido como una riña. Había hecho lo correcto. Charlotte necesitaba recuperarse del trasplante y de todo lo demás en compañía de su familia y, si él quería que ellos tuvieran la mínima posibilidad de existir, ella tenía que enfrentarse al pasado y a las consecuencias de este.

—¿Y de qué me sirve saber que he hecho lo correcto si ella no está aquí? ¿De qué me sirve?

Fue a la cocina y se preparó la cena. Todo le recordaba a ella. Estaba tan desesperado que había llegado a pensar que era una suerte que estuviese ciego, porque al menos así no se torturaba con imágenes de ella. Se torturaba con todo lo demás: con el olor, el tacto, el sonido, los sentimientos que Charlotte le había despertado. Él era un hombre nuevo por haberla conocido y, aunque las cosas acabasen mal entre ellos, él jamás se arrepentiría de haberse enamorado de ella. Charlotte le había enseñado a sentir, a amar; le había devuelto la música y con ella, él había aprendido a querer de verdad. Adam jamás podría arrepentirse de eso.

La ópera para la jequesa de Qatar casi estaba acabada. La música parecía salir de Adam como si su vida dependiera de ello. Había descubierto que componer era lo único que hacía soportable la espera y cada nota que salía de sus dedos y aterrizaba en el piano estaba dedicada a Charlotte. Adam se estaba desmontando, convirtiendo en piezas muy pequeñas, casi microscópicas, y se escondía entre las teclas a la espera de que ella volviese y le dijese que quería estar con él, que le amaba, y que sentía haberle hecho daño.

Era viernes, tenía que acudir al acto de presentación de la Ópera de Qatar que su excelencia Mozah Bint Nasser al Missned había organizado en la galería Victoria Albert. Monty y Gabriel iban a acompañarle, no solo para darle apoyo moral, sino porque al final la Royal de Londres había firmado un acuerdo con la nueva ópera qatarí y porque Gabriel había estado ayudando a Adam en el trabajo.

A lo largo de las últimas semanas, Gabriel había pasado de ser un cínico a creer en la magia de la partitura y del amor, aunque Adam insistía en que ese cambio se debía a que por fin Alice y él se habían sincerado el uno con el otro y habían empezado a arreglar las cosas y no a los poderes sobrenaturales de un trozo de papel. De nuevo pensó en lo mal amigo que había sido antes de perder la vista. Si hubiese prestado más atención a Gabriel, habría podido decirle que estaba cometiendo un error arrancando a Alice de su vida y que, después de la tragedia de perder al bebé, alejarse de la mujer que amaba, y que a todas luces lo amaba a él, era la peor decisión posible. Tendría que haber estado allí, a su lado, y tendría que haber hecho todo lo que ahora Gabriel estaba haciendo por él.

—¿Por qué estamos aquí exactamente? —le preguntó Gabriel a Adam ajeno a lo que estaba pasando por la cabeza del compositor. Estaban de pie en una sala preciosa del Victoria Albert llena hasta los topes de miembros de la alta sociedad inglesa y árabe, periodistas, instagramers y algún que otro futbolista.

—La jequesa va a anunciar el programa musical de su ópera. Estás aquí como apoyo moral, Gabriel.

—Sí, lo había olvidado. —Chocó la copa de champán que sujetaba con la de Adam—. Felicidades por el éxito.

—Gracias —carraspeó—. Y gracias por estar aquí. De verdad. ¿Te he dicho ya lo mucho que me alegro de que Alice y tú volváis a estar juntos?

Sintió que la actitud del otro hombre, hasta entonces relajada e incluso burlona, cambiaba. Intentó recordar el aspecto que tenían los ojos de Gabriel cuando sonreía.

—Sí. Me comporté como un imbécil. Por suerte para mí, Alice está dispuesta a darme una segunda oportunidad. No puedo creerme que de verdad decidiera alejarme de ella por su bien, fui un idiota.

Adam lo entendía perfectamente.

La iluminación de la sala cambió de intensidad. En su otra vida, la que tenía antes de perder la vista y conocer a Charlotte, ese habría sido un momento de euforia, de triunfo. No todos los compositores creaban una ópera para inaugurar un nuevo enclave musical de la importancia que tendría el de Qatar. Pero Adam solo podía pensar en que era absurdo que él estuviera allí y Charlotte no, y en cuánto tardaría en llegar a Heathrow y subirse a un avión con destino Nashville.

Mozah Bint Nasser al Missned subió a una tarima, Gabriel le explicó a Adam que en ella había maniquíes vestidos con el atuendo de grandes personajes operísticos, y se dirigió a los invitados.

—La música y el arte siempre han sido una fuerza impulsora para mí. Las alas que me han permitido volar y descubrir mundo, vivir en otras épocas, sentir emociones que desconocía. —El relato siguió en ese tono poético destinado a crear grandes titulares hasta que se detuvo a hablar de los hechos—. Dentro de unos meses los invitaré a todos a asistir a la inauguración de la gran Ópera Qatarí. El edificio, como han podido ver en la prensa a lo largo de estos meses, les quitará el aliento. Hemos compartido con ustedes numerosas fotografías y los arquitectos han hablado ampliamente del proyecto. El gran secreto ha sido qué obra va a ser la primera en sonar en nuestra nueva Ópera.

Adam apretó el cuello de la copa que aún sujetaba.

—Va a ser muy emocionante —le susurró de repente Erika a su derecha. Él se obligó a no moverse, no quería que ella notase lo mucho que le molestaba su presencia y lo desprevenido que le había cogido. Supuso que Gabriel no la había visto antes pues de lo contrario le habría advertido.

—Sí, muy emocionante —respondió escueto.

—Al principio estaba interesada en una partitura inacabada que apareció en un ático de España y cuyo autor podría ser Chopin.

—Mierda —farfulló Montgomery.

—¿Qué diablos está haciendo? —El enfado de Gabriel fue evidente.

—Crear una noticia —apuntó Erika. Adam podía oír la sonrisa de satisfacción en su voz y, de haber sido otra clase de hombre, habría tropezado accidentalmente y le habría tirado la copa de champán encima.

El murmullo que se extendió entre los invitados.

—La misteriosa partitura está actualmente en manos de la Royal de Londres y las personas que la han escuchado afirman que es sublime.

—¿Cómo lo sabe? —Gabriel estaba atónito.

—No lo sabe —afirmó Monty—. Como ha dicho Erika, está creando expectación a costa de la partitura. Ya no vamos a poder mantenerla en secreto, voy a tener que hablar con la Chopin Society y con Stirling.

—¿Stirling? —Adam giró la cabeza hacia donde estaba Montgomery—. ¿Quién diablos es Stirling?

—Clark Stirling. Es descendiente de Jane Stirling, su bisnieto sobrino o algo así. Apareció ayer en la Ópera. Con todo esto, no he tenido tiempo de contártelo. Dice que lleva años buscando la partitura. Le dije que no sabía de qué me estaba hablando, pero no me creyó. Hemos quedado para hablar dentro de dos días, ¿quieres estar en la reunión?

—Por supuesto que quiero. —Adam tuvo un mal presentimiento—. ¿Cómo van las negociaciones con Varsovia? Valérie ha cumplido con su parte del trato y espera que nosotros cumplamos con la nuestra. ¿Crees que nos dejarán el corazón de Chopin?

—La verdad es que creo que el tal Stirling puede ayudarnos con eso.

Adam quería hacerle más preguntas a Monty. Se preguntó si sería de muy mala educación que se fueran ahora, pero las palabras que salieron de la boca de la jequesa interrumpieron sus pensamientos y le erizaron la nuca.

—Esa partitura, damas y caballeros, no es nada comparada con la obra que va a inaugurar la gran Ópera de Qatar. Yo he tenido el absoluto privilegio de escuchar la primera versión del solo de piano y —se estremeció— es la declaración de amor más pura y hermosa que se ha compuesto nunca. Y la historia que hay detrás... —suspiró—, la historia es... la más romántica que he escuchado en mi vida.

—¿Qué has hecho, Erika? —Adam no tenía la menor duda de que su ex estaba metida en eso y que por eso se había acercado a él, para ver su reacción en aquel preciso instante.

—¿Yo? Nada. Solo le dije a su excelencia que si quería convertir su Ópera en el centro del mundo tenía que ofrecer a la prensa un gran espectáculo. Y el amor es el mayor de todos.

—El autor está hoy entre nosotros —siguió la jequesa—. Adam Lewis.

Hubo aplausos y una sorpresa generalizada. Adam notó un foco de luz en la cara y que Gabriel le quitaba la copa de la mano. Montgomery se ofreció a acompañarlo al escenario, pero Adam sacó el bastón del bolsillo y se dirigió allí solo. Una vez arriba se limitó a dar las gracias y volvió a bajar, no iba a contarles a un montón de desconocidos lo que sentía en lo más profundo de su corazón.

Al día siguiente aparecieron en la prensa noticias de todo tipo. Las había que especulaban sobre la posibilidad de si existía o no de verdad una partitura inacabada de Chopin y, en el caso de que así fuera, debatían quién sería su propietario, ¿la Chopin Society, la persona que la había encontrado, los herederos de Chopin, los de Jane Stirling, la Royal? Había otra clase de noticias, las que hablaban del impresionante vestido de la jequesa y de las joyas que había lucido en el acto. Y otras que se metían en la vida de Adam y hablaban de su ceguera, del accidente que se la había causado, e intentaban averiguar quién era esa mujer que le había inspirado para escribir la ópera y cuál era su historia. Por desgracia, pensó Adam tras colgar a un reportero, Erika tenía razón y la prensa estaba entusiasmada con la idea de que esa ópera respondiese a una gran tragedia o a una gran historia de amor.

Estaba tumbado en la cama. Se había pasado el día tocando el piano, añadiendo compases a Folie para ver si así conseguía no subirse al primer avión que viajase a Estados Unidos, pero no había servido de nada. Había evitado ir a Heathrow, pero echaba tanto de menos a Charlotte que tenía miedo de volverse loco. La llamó, necesitaba oír su voz y tal vez ella le diría por fin que volvía a su lado para siempre.

Había sido un estúpido al no decirle claramente que la necesitaba. Correcto o no, había sido un estúpido.

—¡Adam! —ella le contestó eufórica y a él se le hizo un nudo en el estómago. Si tan feliz estaba, muchas ganas de volver a Inglaterra no debía de tener.

—Hola, Charlotte, ¿qué tal estás?

—Bien, muy bien. Estoy en Nashville con Joshua.

El nudo del estómago se apretó y le costó respirar.

—Me alegro.

—Es un poco raro estar aquí —siguió Charlotte—. Es el mismo lugar y al mismo tiempo es muy distinto. ¿Sabes a qué me refiero?

Adam lo sabía perfectamente, su propia casa era un lugar distinto antes y después de haber conocido a Charlotte.

—Lo sé.

—Hemos estado en uno de los locales donde Fern y yo tocábamos, me han preguntado si me apetecería dar un pequeño concierto algún día.

—¿Y qué les has dicho?

—Que me lo pensaré.

Tenía que colgar.

—Será mejor que cuelgue, pareces ocupada.

—No lo estoy. Quiero hablar contigo, pero lo cierto es que aquí hay mucho ruido y apenas te oigo, ¿hablamos mañana?

—Claro, llámame cuando quieras.

Adam sonrió un segundo. Ella sonaba como él siempre se había imaginado que sonaría cuando estuviese feliz. Se imaginó a Charlotte sonriendo, con aquel hoyuelo que él había acariciado tantas veces marcándosele en la mejilla derecha, el pelo suelto y los hombros relajados. En Londres ella siempre estaba tensa y apenas la había oído reírse dos veces. En cambio allí, en Nashville, parecía haber encontrado esa paz y felicidad que él tanto le deseaba. Se alegró por ella, permitió que esa felicidad le llenase el corazón, y después dejó paso a la tristeza. Había llegado el momento de asumir que ella no iba a volver. Él había formado parte de una etapa muy dolorosa de su vida y Charlotte por fin la había superado y había decidido pasar página.

Ella le llamó esa misma noche, unas horas más tarde.

—Hola, Adam, ¿te he despertado?

Él respiró despacio, probablemente sería la última vez que la oiría hablarle de esa manera, pero no podía retenerla a su lado.

—No, no podía dormir.

—Siento no haber podido hablar antes, ¿estás enfadado?

—No, no estoy enfadado. Estoy cansado —soltó el aliento—. No tiene sentido que sigamos con esto, Charlotte.

—¿Qué? —Él la oyó aguantar la respiración—. ¿De qué estás hablando?

—Suenas feliz, Charlotte. Muy feliz y no sabes cuánto me alegra oírte sonreír o saber que has hecho las paces con tus padres, que sales con tu hermano o que has ido a pasear con Joshua, pero...

—¡Espera un momento! ¿Estás enfadado porque no me pongo a llorar cada vez que hablo contigo y porque no te pido que vengas? Porque te lo pediría. Y lloro cada día —tragó saliva—. Pero pensaba que esto era lo que tú querías.

Adam se sentó en la cama, dejó caer los pies por un lado hasta apoyarlos en el suelo y se apretó el puente de la nariz. Aún se despertaba con pesadillas sobre esa noche. En ellas él llegaba tarde y se encontraba a Charlotte muerta en el baño. Se odiaba por ello, pero por mucho que lo intentaba no podía dejar de pensar que ella siempre, desde el principio, había tenido intención de dejarle.

—Quiero que estés bien, Charlotte —le contestó con la voz ronca de emoción—. Quiero que seas feliz. Y en Nashville eres feliz.

—Pero puedo ser feliz en Londres, Adam. No hagas esto. Por favor.

—Hace dos meses que no nos vemos, Charlotte. —Tenía que seguir adelante. Ahora que había empezado no podía detenerse, porque si lo hacía, no podría llegar hasta el final. Era mejor así. Esos dos meses habían sido muy duros, pero tenía a sus amigos, a su hermana, volvería a componer. Le bastaba con saber que Charlotte brillaba en otro lugar del mundo—. Lo que sucedió cuando estabas aquí ya pasó. Nuestro momento ya pasó. Tú tienes tu vida y yo la mía.

—Nuestro momento no ha pasado, Adam. Escucha lo que estás diciendo, por favor. Hace unos días la jequesa de no sé dónde dijo que tu música estaba llena de amor. Nuestro momento no ha pasado —repitió con lágrimas en la voz.

—La jequesa es una mujer muy lista y sabe cómo cautivar a la prensa. Nada de lo que ha dicho se basa en la realidad. Todo formaba parte del plan ideado por sus relaciones públicas, creo que ese detalle fue idea de Erika —añadió. Las lágrimas de Charlotte le habían hecho mucho daño, los rastros del amor que detectó en ellas amenazaron con hacerle flaquear, pero se recordó que no podía. Tenía que seguir adelante por ella, porque Charlotte era feliz en Nashville. Porque ella allí podía tener una vida increíble, llena de música, de amor, de amigos... y compartirla con un hombre que pudiera verla.

—¿Erika?

Se sintió como un canalla, como el hombre frío y distante que era antes de que la partitura y la luz de Charlotte entrasen en su vida.

—Sí, Erika. Ella también estaba en el evento de la jequesa. Lleva su caso. Nos hemos visto unas cuantas veces.

Rezó para que bastase con esa insinuación, porque no se veía capaz de decirle que había vuelto con su ex.

—Entiendo.

—Puedes llamarme siempre que quieras. Y si algún día visitas Londres nos encantará...

—Lo entiendo, Adam. No pasa nada. Adiós.

Ella pronunció esas últimas frases casi en voz baja sin ocultar el silencioso sonido de las lágrimas. Horas más tarde Adam seguía sentado en la cama con el móvil en la mano. No se había movido. ¿A quién estaba intentando proteger con esa decisión, a ella o a él?

Las relaciones a distancia no funcionaban, él ni siquiera podía ofrecerle esas charlas a través de Skype o FaceTime. Joder, él ni siquiera podía mandarle fotografías ni ver las de ella. Su vida justo ahora se estaba recuperando de Erika y todavía no sabía qué haría respecto al trabajo una vez terminase la partitura.

«Sí lo sabes», le susurró una voz, «volverás a componer gracias a Charlotte».

Lanzó el móvil contra la pared.

Había oído reír a Charlotte, ella estaba en Nashville y había ido a visitar uno de los locales donde había tocado con Fern. Joshua la había acompañado.

Joshua la había acompañado.

Joshua la había acompañado.

Ella volvería a tocar donde tocaba con Fern.

Ella se estaba planteando la posibilidad de alquilar un apartamento.

Ella era feliz en Nashville.

Él le había pedido a Charlotte que no le rompiese el corazón y al final se lo había acabado rompiendo él.

No le dijo nada ni a Gabriel ni a Montgomery, ni tampoco a Jennifer. Lo haría más adelante, cuando fuera capaz de hablar de ello. Adam sabía que Jennifer y Charlotte hablaban a veces por teléfono y que intercambiaban mensajes. Semanas atrás, Jennifer le había explicado que Charlotte le había pedido que la ayudase a cancelar el alquiler de su piso y que se estaba planteando la posibilidad de buscar algo en Tennessee. Tenía sentido, no significaba nada, era absurdo que ella mantuviese ese piso vacío en Londres durante meses. Aun así, tendría que haber adivinado que era la primera señal de que Charlotte no iba a volver.

—Creo que ya está acabada —le dijo Gabriel desde el sofá. Su amigo había ido a ayudarle un rato. Estaban trabajando en la partitura y sentía que de algún modo esas notas le unían a Charlotte.

«Es mejor así. Ella está feliz».

—No, aún le falta algo.

—¿El qué? —Gabriel dejó los papeles y se levantó—. Es perfecta, Adam. Joder, si casi me pongo a llorar la última vez que la has tocado.

—Le falta algo. No sé qué, pero le falta algo.

—¿No crees que deberías dejarlo durante un tiempo, Adam? Entre la ópera de la jequesa y esto, apenas descansas.

—No puedo dejarlo. Ahora no.

Gabriel se quedó en silencio observándole y Adam adivinó que se detenía en sus ojeras y en la barba sin afeitar. Pensó que insistiría de nuevo, pero se equivocó:

—¿Monty y tú habéis decidido qué diréis sobre la autoría de *Folie*?

—El autor de las primeras páginas es Gaspard Dufayel, de eso ya no tenemos ninguna duda, y son magníficas, es una lástima que no compusiera más. El grueso de después le pertenece a Chopin. Es lo mejor que compuso, la simplicidad, la belleza y la fuerza de esos compases es única.

—¿Entonces diréis que es de Chopin?

—No es tan fácil, al final hay dos páginas de Jane Stirling.

—¿De Stirling?

—Sí, su sobrino, o como sea que se llame lo que es Clark Stirling, nos ha proporcionado composiciones de su antepasada y no cabe duda. Las últimas páginas las compuso ella.

—Y ahora tú estás componiendo el final.

—Sí, supongo. Charlotte y yo. Aunque ella no esté aquí, esto le pertenece.

—Deberías llamarla y decírselo, Adam.

—No, es mejor así. —No la había llamado en dos días y ella tampoco—. En respuesta a tu pregunta, Clark ha encontrado también una carta de Chopin dirigida a Jane en la que dice que le regala una partitura inacabada, que la termine y que haga con ella lo que tenga que hacer. Monty cree que con esa carta la propiedad de la partitura queda clara.

—¿Y qué pretende hacer Stirling, venderla a otro jeque?

—No. Quiere regalarla. Dice que en su familia la música siempre ha sido importante y que su abuela siempre le contaba la historia de una partitura inacabada y maldita que impedía encontrar el amor.

—Lo estás diciendo en broma.

—No.

—Yo encontré la partitura y no estoy maldito. Todo lo contrario.

—A lo mejor solo maldice a los compositores.

—¿Te enfadarás mucho si te digo que el día que la toqué por primera vez anoté un par de notas al final?

—Estás de coña.

—No. Vi que faltaban, eso es todo.

Adam se pasó las manos por el pelo, no había ni un momento del día en que no pensase en Charlotte, en que no se preguntase qué estaría haciendo o si lo echaba de menos. Por más que se centrase en el trabajo o por más tiempo que pasase con sus amigos o con su hermana no podía alejar a Charlotte de su mente. No quería, pero tenía que intentarlo, así que retomó la conversación:

—La Royal ha recibido mucha atención desde que la jequesa nos hizo el favor de decirle a la prensa que teníamos la partitura.

—Sí, he leído algún que otro artículo sobre el compositor enamorado que la está terminando.

—Ríete, vamos, lo estás deseando.

—¿Qué vas a hacer cuando la termines?

Adam se quedó pensándolo y solo encontró una respuesta.

—No lo sé.

Esa noche Adam apenas durmió y se levantó temprano para volver al piano y añadir los compases que le habían estado persiguiendo en la cama junto con el sonido de la risa de Charlotte y el perfume de sus besos. Estuvo horas componiendo y tocando, solo se apartó del piano para ducharse, comer y beber el café necesario para seguir adelante. Aquel día se convirtió en dos más y aunque Jennifer, Gabriel y Monty intentaron hacerle parar o bajar el ritmo, él no quiso. No podía.

Hasta que llegó a la última nota.

Entonces sonó el timbre de la puerta y durante unos segundos su mente cansada se imaginó qué sucedería si apareciese Charlotte cuando la abriese. Sacudió la cabeza y se obligó a dejar de pensar en tonterías. Todo eso era culpa de que unas semanas atrás lo había llamado Richard Curtis, el director de Love Actually, para preguntarle si estaría interesado en componer la banda sonora de su próxima película. Le había contestado que se lo pensaría y obviamente su mente le estaba jugando ahora una mala pasada.

Descolgó el interfono.

—¿Quién es?

—Soy Clark Stirling. Montgomery Downright me ha dado tu dirección, Adam. Me ha dicho que ha intentado llamarte varias veces, pero que debías estar demasiado ocupado para contestar el teléfono.

—Sí, seguro que Monty ha dicho eso.

Clark se rio.

—No, no ha dicho eso, pero dado que me he presentado aquí sin avisar me ha parecido más prudente no reproducir las palabras de Downright. ¿Puedo pasar?

Adam apretó el botón y dejó pasar a Clark. Lo había conocido en el despacho de Monty dos días después del acto de presentación de la Ópera de Qatar y le había parecido un hombre listo y muy directo. Estaba seguro de que no les había contado toda la verdad sobre el papel que había tenido la partitura en el pasado de su familia, pero a Adam no le importaba.

—¿Qué puedo hacer por ti, Clark?

—Gracias por recibirme, Adam.

—No hay problema.

Adam cerró la puerta y lo invitó a pasar. No podía decir que conociese a ese hombre, aunque le gustaba que a él no pareciera incomodarle su ceguera. Cuando hacía referencia a ella, siempre era de una manera sobria y directa, práctica. No detectaba en él ni rastro de morbo.

—Hoy he tenido una charla muy interesante con Downright —empezó Clark sin ningún preámbulo y Adam sonrió al oír que se refería a Monty por su apellido, le pareció gracioso—. Me ha contado más detalles sobre la investigación que tú y esa chica, ¿Charlotte?, habéis llevado a cabo para averiguar quiénes son los autores de la partitura.

Adam escuchó atentamente y se sintió un poco avergonzado de no haber contestado las llamadas de Monty. Si lo hubiera hecho, tal vez ahora estaría mejor preparado para esa conversación, porque intuía que Clark no había ido solo para hablar.

—Ha sido un proceso muy laborioso. —Esperó que esa frase absurda animase al otro hombre a seguir hablando.

—Sin duda. Las cartas que tía Jane mandó a George Sand y a Ludwika Jędrzejewicz han obsesionado a mi familia durante años. No teníamos ni idea de que la partitura estuviese en Mallorca. Creíamos que estaba en Francia. Llevo años buscándola.

—¿Puedo preguntar por qué?

Adam oyó que Clark crujía los dedos de las manos y que después se reía con cierta amargura.

—Probablemente te parecerá que estoy loco, pero, en fin, ¿crees en el amor, Adam?

Un año atrás, meses atrás, Adam se habría burlado de esa pregunta, sin embargo, ahora no dudó en contestar.

—Sí.

—No fue Jane, sino mi madre, quien se la mandó a los descendientes de George Sand; lo hizo por mi padre, porque creía que así arreglaba una injusticia del pasado y que terminaría con una maldición familiar. El otro día, cuando la jequesa habló de la partitura, mis padres vieron la noticia y me dijeron que necesitaban escucharla.

—¿Una maldición familiar? ¿De qué me estás hablando y qué me estás pidiendo, Clark? ¿Quieres que te deje la partitura, que toque para tu anciano padre? No sacudas la cabeza, no puedo verte.

—Mierda. Lo siento. Se me había olvidado. —El órgano que ocupaba el vacío que el mismo Adam se había causado en el pecho se encogió. Aquel absurdo comentario le hizo pensar en Charlotte—. No, no quiero que me dejes la partitura, no sé tocar el piano, algo que en mi familia casi es un sacrilegio. Y tampoco quiero que toques la partitura para mi padre, no exactamente.

—¿Entonces qué quieres exactamente?

—¿Has terminado la partitura o la jequesa estaba exagerando?

—La he terminado.

—Bien. Si consigo traer el corazón de Chopin a Inglaterra, ¿crees que podrías tocar la partitura?

—¿El corazón de Chopin? ¿Pero qué os pasa con eso? Valérie ya se lo pidió a Montgomery, y si él no ha conseguido convencer al gobierno polonés para que nos lo preste, nadie lo hará.

Oyó que Clark sonreía.

—Sí, reconozco que Downright puede ser muy insistente y encantador, estoy seguro. Pero no te ofendas, el gobierno y la iglesia poloneses jamás le dejarían el corazón de Chopin a la Ópera de Londres o al gobierno británico.

—¿Y a ti sí que van a dejártelo?

—A mí tal vez no, pero a mis padres, sí. —Adam levantó una ceja—. Si consigo el corazón, ¿tú te encargarás del concierto? Downright dice que eres el más indicado para tocar la partitura y he hablado con Valérie. Sí, nos conocemos, y ella estará encantada de organizar el acto en la iglesia de Saint Martin.

A Adam le sudaron las palmas de las manos. No se había imaginado que tuviera que despedirse de la partitura tan pronto.

—Yo... no soy el más indicado para tocar la partitura.

—¿No?

—No.

Él había compuesto el final, en esas últimas páginas estaba todo el amor que sentía por Charlotte, las partes bonitas y las complicadas, la luz y la oscuridad. En esos compases había contado todos sus secretos, incluso aquellos que había conseguido ocultar en la ópera que había compuesto pensando en ella.

Él no podía tocarla.

—Si tú no eres el más indicado, ¿quién lo es?

—Charlotte.

31

Sexto compás de la partitura

Seguro que creíais que ya no ibais a saber más de mí, pero aún me queda algo que contaros.

Clark Stirling.

O, mejor dicho, tengo que hablaros de Richard Stirling y de los motivos por los que Clark, y gran parte de la familia, creen que no tienen suerte en el amor.

Todo tiene que ver con la noche que Jane Stirling decidió componer mis últimos compases. Esto que voy a contaros ahora lo averigüé después. Antes, cuando os he dicho que no sabía qué había pasado esa noche no os he mentido. Técnicamente. Fue como recomponer un rompecabezas, así que tened paciencia conmigo, por favor.

Corría el año 1849 y Chopin había muerto, pero él le había hecho una última petición a Ludwika, su hermana mayor: quería que su corazón estuviese enterrado en Varsovia.

Solo su corazón, porque Chopin sabía que era imposible que trasladasen su cadáver desde Francia a su Polonia natal.

La mayoría de personas, al menos las que se han cruzado en mi camino, interpretarían esa petición como algo simbólico, pero Ludwika Jędrzejewicz conocía a su hermano y se lo tomó al pie de la letra. Se encargó de que arrancasen dicho órgano del cuerpo sin vida de Chopin y lo guardasen en una caja de cristal herméticamente sellada llena de alcohol. Creo que era coñac. A su vez, dicha caja fue depositada con sumo cuidado en el interior de una urna de roble y caoba.

Ludwika escribió a Jane para ponerla al corriente de los preparativos, posiblemente porque esperaba que la señorita Stirling la ayudase a financiar la costosa operación. Supongo que ahora entendéis que Jane perdiese un poco la cabeza esa noche. El cuerpo de Chopin descansaba en el cementerio parisino de Père Lachaise y su corazón iba a viajar rumbo a Polonia. A ella solo le quedaban sus recuerdos, unos cuantos objetos y yo, una partitura inacabada que había escrito pensando en otra mujer, una que ni siquiera se había molestado en acudir a su funeral.

Antes de escribir mis compases, Jane se planteó destruirme, hacerme pedazos y quemarme en el fuego de la chimenea. No sé por qué no lo hizo, la verdad, aunque me alegro de que no fuera así.

Después, decidió meterme en un sobre y mandarme a George Sand sin terminar. Antes, sin embargo, hizo una copia...

Jane copió cada nota de mi historia, desde la primera nota que había escrito Gaspard hasta la última de Frédéric, y compuso otra carta para Ludwika.

«Querida Ludwika,

Por supuesto que el corazón de Frédéric tiene que estar en Varsovia, siempre lo estuvo. Tened cuidado, va a ser un viaje muy peligroso, y sabed que os tendré siempre en mis oraciones.

Esta es la última partitura de tu hermano, creo que le haría muy feliz pasar la eternidad con ella pues aquí, en estas notas, está el amor de su vida.

Afectuosamente,

Jane»

No sé qué pretendía Jane. Después del tiempo que pasé con ella creo que quería hacerle saber a Chopin que no iba a pasarse el resto de la vida pensando en él. O tal vez es todo lo contrario. A estas alturas supongo que os habéis dado cuenta que me cuesta mucho entenderos.

Jane mandó la copia a George Sand (copia que creo que perdió o rompió, ni lo sé ni me importa) y a mí me mandó a Ludwika.

A principios de 1850, Ludwika consiguió llegar a Varsovia con la urna que contenía el corazón de su hermano. Había tenido que transportarla escondida para evitar que las autoridades rusas o austríacas la detuvieran y se lo arrebatasen. Pero no fue hasta 1879 que dicha urna quedó instalada en la iglesia de Varsovia bajo un versículo del evangelio según San Mateo: «Porque donde esté vuestro tesoro, estará allí también vuestro corazón».

Y allí estaba yo, dentro de la urna que custodiaba el corazón de Chopin, y con la absoluta certeza de que nunca nadie me terminaría. Peor, estaba segura de que nunca me encontrarían. ¿Cómo diablos iba alguien a saber que dentro de esa caja de roble y caoba había un fajo de hojas escondido debajo de la cajita de cristal? Nadie lo sabía, solo Ludwika y a ella no parecía importarle dejarme en ese estado.

Me pasé años escuchando a la gente que venía a ver y a adorar el corazón de Chopin. No tenía otra cosa que hacer, y entendí que para ellos esa urna simbolizaba mucho más que el órgano vital de un gran músico y compositor. No voy a contaros la historia de Polonia, pero cuando el país fue declarado independiente en 1918, la iglesia y el corazón pasaron a ser todo un símbolo, y este detalle es importante por lo que sucedió unos años más tarde.

Estalló la Segunda Guerra Mundial y los nazis se obsesionaron con la iglesia de la Santa Cruz y el corazón de Chopin. Durante la ocupación de Varsovia, la iglesia fue asediada y un sacerdote alemán intercedió en nombre de las SS y le pidió al sacerdote que se hacía cargo de nosotros (de mí y del corazón) que nos entregase a su resguardo para que no sufriésemos ningún daño. Los clérigos de la Santa Cruz accedieron a tal petición tras una ardua negociación. Podía oírles, realmente no querían desprenderse de nosotros y al mismo tiempo sentían la necesidad de salvaguardarnos.

La urna con el corazón y conmigo en el fondo fue a parar a manos de Heinz Reinefarth, un alto mando de las SS, que nos instaló en el cuartel general de Erich von dem Bach-Zelewski, el brutal general que lideró las fuerzas nazis en Polonia durante todo ese tiempo y el artífice de Auschwitz.

Allí encerrada descubrí que me había pasado toda mi existencia convencida de que no tenía emociones, que solo las transmitía o, tal vez, transportaba, pero estaba equivocada. Tenía miedo, miedo por todo lo que oía y miedo de no volver a sentir jamás nada más. Quería volver a sentir la ilusión que sintió Gaspard cuando se enamoró de Elle, o la tristeza que lo embargó por la muerte de ella. O la pasión de Frédéric por George, o incluso el cariño y el respeto que tuvo por Jane. O la amistad que lo había unido con Gaspard.

No quería que el miedo lo borrase todo y, si nadie me tocaba o me terminaba, sería lo que acabaría pasando.

El general Erich von dem Bach-Zelewski, después de masacrar Polonia, decidió devolver la urna a la iglesia de la Santa Cruz, lo que fue interpretado como un gesto de buena voluntad ante la población de Varsovia, que organizó un espectáculo teatral para tal ocasión. La propaganda nazi solía promover esa clase de eventos. Iban a entregarme al arzobispo Szlagowski, pero este, obviamente, desconfiaba de los nazis y el destino lo ayudó a trazar un plan.

El destino o Richard Stirling.

Richard era sobrino nieto de Jane y había crecido escuchando la historia de que su famosa tía Jane Stirling había maldecido a toda su familia y por su culpa nadie encontraría jamás el amor o la felicidad. Richard no creía en esas cosas, aunque tenía que reconocer que la familia Stirling no se caracterizaba por estar llena de matrimonios felices. Richard era físico, era un hombre de ciencia y, curiosamente, de música y siempre le habían fascinado todos los recuerdos, muebles, papeles y objetos varios que su tía Jane había acumulado en honor a Chopin.

Richard no sabía de mi existencia, pero había encontrado una carta en la que Jane le confesaba a uno de sus hermanos que jamás tendría que haber enviado «esa maldita obra inacabada a Ludwika, tendría que haberla terminado y habérsela mandado a Sand. Tal vez entonces mi corazón, y el corazón de los Stirling, no estaría maldito».

—Cómo esto salga mal, te juro que de verdad creeré que los Stirling estamos malditos. —Fue lo primero que le oí decir a Richard cuando, haciéndose pasar por alemán, se llevó la urna de donde estaba—. Si mi tapadera se va a la mierda por esto, más me vale que me maten.

Estuvimos escondidos, podía oír a Richard farfullar y olí que fumaba. Odiaba no ver, la verdad. Sé que no puedo compararme a

Adam, pero ese es solo uno de los motivos por los que le admiro: porque no ha dejado que la oscuridad lo derrote.

Oí que empezaba el espectáculo en el que se suponía que el general iba a entregarnos al arzobispo y de repente hubo una poco de jaleo, como si algo no acabase de salir según lo planeado.

—Ha funcionado —dijo Richard.

—Disimula tu incredulidad, inglés, no es atractiva —oí la voz de una chica—. Ya te dije que nadie se daría cuenta de que la urna era falsa.

—Claro, y por eso no hemos escapado antes, porque me has pedido que saboteara los cables eléctricos porque te aburrías.

—Eran órdenes. Y tú eres insufrible, inglés. Necesitábamos tener más tiempo para escapar, ¿no podías...? ¿Cómo era eso que dijiste? ¡Ah, sí! Ya me acuerdo: subirnos a la camioneta de reparto y salir de aquí.

—¿Y crees que ahora tenemos tiempo?

—Si dejas de quejarte, sí. ¡Vamos!

Se pusieron a correr. Más tarde oí el ruido de un motor y, en medio, las distintas puyas que se lanzaban. Discutían, pero era innegable que existía afecto entre los dos.

Se detuvieron.

Intenté repetir mentalmente alguna de esas oraciones que la gente había rezado ante mí durante años.

La oscuridad se disipó un poco, la luz fue entrando a través de la apertura de la caja hasta que me cegó.

—Me alegro mucho de verlo, capitán Stirling —reconocí esa voz, pertenecía a uno de los sacerdotes de la Santa Cruz y, cuando escuché el apellido Stirling, por primera vez supe, presentí, que mi destino estaba a punto de cambiar. Otra vez.

—Yo también me alegro de verlo, padre.

—Tenemos que desmontar la urna. No podemos devolverla a la iglesia. Tenemos que esconderla.

—Estamos en Milanówek, aquí no va a buscarnos nadie. Nadie sabe lo que hemos hecho, Alina.

Ella se llamaba Alina.

—Ellos siempre acaban sabiéndolo todo, capitán.

—Gracias por aceptar esta misión —intervino el sacerdote—. No estábamos seguros de que los nazis nos fuesen a entregar la urna.

—¿Y cómo saben si esta es auténtica? —Nos zarandeó—. Ellos también pueden haber hecho una réplica, la auténtica bien puede estar ahora en Berlín.

El sacerdote se acercó a mirarnos.

—¿Por qué aceptó esta misión, capitán? Un alto rango del ejército como usted seguro que tiene mejores cosas que hacer.

—Estaba aquí durante el levantamiento y no pude hacer todo lo que quería. Nadie pudo. Murió demasiada gente.

Vi que Alina se acercaba a él y lo miraba con otros ojos.

—¿Entonces está aquí porque se siente culpable?

—¿Hay alguien en Europa que no se sienta jodidamente culpable, padre? —Richard sacó un cigarro y lo prendió—. Esta urna, el corazón de Chopin, es un símbolo para ustedes. —Dio una bocanada—. Y mi tía abuela era Jane Stirling.

El sacerdote abrió los ojos de par en par.

—Vaya. Pues quizá usted pueda ayudarnos a discernir si esta urna es una copia. Ven, Alina, necesito alguien con las manos pequeñas.

Alina se acercó y con mucho cuidado sacó la caja de cristal de dentro de la urna de madera. Durante unos segundos eché de menos aquel peso encima de mí, hasta que los dedos de Alina empezaron a desdoblarme.

—¿Qué es esto?

—Déjame ver —le pidió Richard, y él pasó las hojas hasta llegar a la última—. No puedo creérmelo, tía Jane decía la verdad. Dios santo.

—¿Le importaría explicarnos a Alina y a mí de qué está hablando, capitán?

—Esto —levantó los papeles— es una partitura inacabada de Chopin, y estos compases, los de esta última página, los escribió mi tía Jane.

—Entiendo —señaló el sacerdote—. Alina tenía razón, tenemos que separarnos y proteger el corazón de Chopin. Yo lo tendré a buen recaudo.

—Padre. Le ayudaré en todo cuanto pueda, pero esta partitura se queda conmigo. El nombre de Chopin no figura en ninguna parte y para mi familia es importante.

—¿Por qué?

—Chopin le pidió a mi tía que la terminase y que hiciese con ella lo que sabía que tenía que hacer, pero ella, visto está, no lo hizo. Desde entonces ningún miembro de mi familia ha encontrado el amor.

Alina rebufó.

—¿El amor, tú crees en el amor?

Richard la miró a los ojos.

—Sí.

El sacerdote carraspeó, yo también lo habría hecho de haber podido.

—Está bien. De acuerdo. Usted ha arriesgado su vida por nosotros, capitán. La partitura es suya. Tenga cuidado. Rezaré a Dios por usted.

32

—¿Estás seguro de que no quieres que te acompañe? —le preguntó Jennifer por enésima vez en Heathrow.

—Seguro. Tengo que ir solo. Tendría que haber ido hace mucho tiempo. —Abrazó a su hermana y respiró profundamente para que el perfume de ella le hiciese compañía cuando se separasen.

—No seas tan duro contigo, Adam. Los dos teníais que saber que podíais estar solos antes de estar juntos de verdad.

Él se apartó. En aquel instante deseó poder ver, no porque se hubiese olvidado del rostro de su hermana pequeña, sino porque le habría encantado mirarla con cara de asombro.

—Creo que tendría que pedirte consejo más a menudo. Tengo que irme, Jenn, ya han anunciado mi vuelo.

Ella volvió a abrazarlo y le dio un beso en la mejilla.

—Ten cuidado y llámame cuando llegues, ¿de acuerdo?

—De acuerdo.

Iba a tardar doce horas en llegar a Nashville, tenía que cambiar de vuelo. No había podido elegir y lo cierto es que habría estado dispuesto a ir nadando si con ello hubiese conseguido llegar antes. Ahora que por fin había decidido ir a buscar a Charlotte y suplicarle que lo perdonase y le diese una oportunidad, estaba impaciente por llegar.

Se había comportado como un cobarde.

Él, que la había acusado a ella de no luchar, de no creer en lo que estaba pasando entre ellos, se había escudado tras una excusa absurda, se había dejado llevar por los celos y la había arrancado de su vida como si ella, joder, no fuese su vida.

Tenía que llegar cuanto antes y tenía que hablar con ella.

Jennifer le había dado la dirección del apartamento que Charlotte había alquilado en Nashville. Adam no podía creerse que en eso hubiese tenido tanta suerte. Su hermana le había mandado un mensaje a Charlotte fingiendo que no sabía nada de la situación y le había pedido los datos para mandarle la bicicleta amarilla a Estados Unidos.

Cuando aterrizó el último avión, Adam fue a por su equipaje, una única bolsa de cuero, se lo colgó del hombro y, con el bastón por delante se, dirigió a la salida. Un par de miembros de la tripulación le ofrecieron ayuda, pero la rechazó porque tenía prisa. Antes de abandonar Londres le había pedido a Monty que le cargase en el móvil uno de esos programas de los que tanto le había hablado para leer mapas y se había pasado las horas de vuelo memorizando la distribución del aeropuerto y prácticamente de toda la ciudad de Nashville.

Le dio la dirección al taxista, que también le ofreció ayuda, y tras darle las gracias le pidió que, por favor, fuese lo más rápido posible. En el trayecto llamó a Jennifer para decirle que seguía vivo y ella le deseó buena suerte. Le gustó que su hermana no le recordase que tuviese cuidado, lo tomó como señal de que ella empezaba a dejar de sentirse culpable.

El conductor detuvo el vehículo y bajó a ayudarlo. Adam se lo permitió, no era idiota; por muchos mapas que hubiese escuchado él nunca había estado en esa calle y no tenía ni idea de cómo era.

—Aquí tiene su bolsa. La dirección que me ha dado está justo a cinco metros de usted en línea recta. Es una casa muy bonita. ¿Quiere que le acompañe hasta la puerta?

Adam tragó saliva.

—No es necesario. Muchas gracias.

El hombre se despidió y Adam esperó allí unos segundos. No tenía dudas, solo necesitaba aminorar los latidos del corazón. Desplegó el bastón y caminó hasta encontrar la puerta. Pasó los dedos por el interfono; el botón tenía relieve, era braille, aunque podía ser casualidad. Solo era el número de la casa y podían haberlo instalado los anteriores propietarios. Aunque intentó no hacerse ilusiones, se las hizo, y apretó el timbre aguantando la respiración.

La puerta se abrió sin que nadie le respondiese y dio un paso hacia delante.

—Hola, Adam —lo recibió Josh y Adam apretó los párpados tras las gafas de sol negras—. No te esperábamos.

No, seguro que no.

—Hola, Joshua. ¿Dónde está Charlotte?

Se detuvo, no quería tropezar con nada. Además, no estaba seguro de poder dar ni un solo paso más. Había llegado tarde. El simbolismo de esa situación: él fuera esperando y Joshua dentro, no le pasaba por alto. Se había comportado como un cobarde, como un idiota, y había llegado tarde. Tal vez debería irse antes de que Charlotte...

—Lottie está en el dormitorio.

Genial.

Debería irse antes de que Charlotte presenciase su humillación y tuviese que consolarlo. O mucho peor, que tuviera que apartarlo de Joshua, porque le estaba costando contener las ganas de pegarlo. No iba a irse, pensó al recordar todo lo que había escrito en la partitura, los compases que había compuesto pensando en ella. En ella. En su luz.

No iba a irse sin hablar con ella y decirle la verdad.

Se lo debía.

Se lo debía a sí mismo.

—¿Te importaría dejarnos solos, Joshua? Quiero hablar con Charlotte a solas.

A Adam no le hizo falta ver a Joshua para saber que su petición no le había hecho ninguna gracia. La tensión era palpable y se preparó para discutirse con el otro hombre.

—Está bien. Dile a Lottie que la llamaré luego para concretar a qué hora paso a recogerla para nuestra cita.

Adam apretó los puños.

—Se lo diré.

Oyó el sonido de unas llaves y que la puerta se abría detrás de él para después cerrarse. Se quitó las gafas y las guardó en el bolsillo. Esperó y unos segundos más tarde se aflojó la garra que le cerraba el pecho al oír la voz de Charlotte.

—¿Estás seguro de que es buena idea, Josh? No sé si a Fern le habría gustado... ¿Adam? —Ella debía de llevar zapatos planos, quizá unas bailarinas con las que él se había tropezado en su casa de Londres, porque distinguió el ruido hasta que Charlotte se detuvo—. ¿Adam?

Probablemente ella estaba parpadeando confusa, incapaz de creerse que él estuviera allí. A juzgar por cómo le latía a él el corazón,

Adam dedujo que ella estaba muy cerca, quizá a menos de un metro. Aun así, se había detenido y no había llegado a tocarle.

—Hola, Charlotte.

Oyó su respiración, la suya también se aceleró.

—¿Qué estás haciendo aquí, Adam? Creía que...

—Solo necesito hacerte una pregunta.

—¿Una pregunta? ¿Has venido hasta aquí para...?

—¿Le quieres? ¿Estás enamorada de Joshua?

Por fin había sido capaz de reconocer la raíz de su problema, el motivo por el que había echado a Charlotte de su vida tras esos meses de separación y de llamadas telefónicas. Lo de la relación a distancia había sido una excusa, lo de sus carreras profesionales, otra. Adam sabía que todo eso tenía arreglo, si se querían de verdad encontrarían la manera de solucionarlo y de estar juntos. Si se querían de verdad y si los dos querían vivir por el otro.

Él ya sabía que era capaz de vivir por él, de sobrevivir, de reconocer sus errores y enmendarlos, de luchar. Y sabía que ella también lo era, Charlotte había superado la depresión por la muerte de su hermana, se había curado, había aceptado el trasplante y había recuperado a sus padres y a sus amigos.

Ahora Adam quería vivir para ella y quería, más que nada en el mundo, que Charlotte esta vez viviese por él.

—¿Le quieres? —repitió.

—No. ¡No!

Adam dejó caer la bolsa al suelo y dio un paso hacia delante sin pensar y con la certeza de que Charlotte estaba frente a él. Hundió las manos en su pelo y con los pulgares en su rostro le separó los labios para besarla. Ella le devolvió el beso apasionadamente, se sujetó a su camisa y se pegó a él. Adam no contuvo nada, nada en absoluto, con la lengua buscó hasta la última reacción de Charlotte. Necesitaba arrancarle un suspiro, otro más, recuperar su sabor y eliminar esos meses que habían estado separados. Ella hizo lo mismo hasta que probablemente recordó que él se había comportado como un cretino y un cobarde y la había dejado por teléfono.

—¿Acaso crees que puedes aparecer aquí como si nada y que voy a...?

—Dame un minuto, ¿vale?

Apoyó la frente en la de ella y acercó los labios a su boca.

—No puedes...

Él la interrumpió besándola, fue un beso brusco, desnudo de pretensiones y lleno de amor y de pasión, y de lo mucho que la había echado de menos.

—Solo un minuto. Después puedes insultarme, reñirme, gritarme. Lo que tú quieras. Pero dame un minuto.

Le temblaban las manos, todo su cuerpo, y el sudor le había pegado la camisa a la espalda.

—Un minuto —le concedió al fin Charlotte y, cuando Adam notó la sonrisa en los labios de ella al besarla, se preguntó cómo había podido sobrevivir esos meses lejos de ella.

Estaba tan perdido en el beso que le costó reaccionar cuando Charlotte le empujó el pecho para separarse de él.

—He cambiado de opinión.

Adam cerró los dedos alrededor de los brazos de ella. La soltaría cuando ella se lo pidiese, encontraría la manera de hacerlo.

—No —tragó saliva y buscó fuerzas—. Dame una oportunidad. Yo...

Charlotte se puso de puntillas y esta vez fue ella la que lo besó para que dejase de hablar.

—Hablaremos después.

—¿Después? —Estaba confuso.

—Te necesito y te he echado mucho de menos. Quiero hablar contigo, quiero contarte todo lo que ha pasado estos días, y quiero que me cuentes qué has hecho tú, pero antes...

—¿Antes?

—Creo que a mí no me ha bastado con un minuto.

Charlotte se rio un poco y Adam comprendió que los dos habían echado mucho de menos ese sonido. Subieron al dormitorio y él la tumbó en la cama para quitarse la camiseta. Oyó que ella se movía por encima de las sábanas y deseó que también se estuviera desnudando, porque no se veía capaz de hacerlo él sin romperle la ropa. El recuerdo de esa primera vez, cuando él le desgarró la camisa, solo sirvió para empeorar su estado y para dejar en evidencia que esa mujer lo era todo para él.

Se tumbó en la cama, necesitaba tocarla y la buscó con las manos dejándose guiar por el instinto que siempre había reconocido que ella era su vida, su música, su luz.

—Adam —ella le sujetó el rostro—, te quiero. Te quiero muchísimo. Te quiero para siempre.

Esta vez él no le había pedido que contuviera las palabras y, cuando las escuchó por primera vez, notó que su corazón estallaba en cientos de pedazos que se recomponían de inmediato en una forma más grande, más fuerte, en un caparazón que, a partir de entonces, solo latiría para ella. Adam tuvo que apoyar la frente en la de Charlotte, porque empezó a temblar.

—Yo también te quiero.

Ella le acarició el rostro y juntos acabaron de desnudarse. Él entró en ella lentamente, dándoles tiempo a los dos para reencontrarse, de eliminar el dolor de la distancia y de esa separación que por fin terminaba.

Él apoyó una mano en la cama y la otra descendió por el cuerpo de Charlotte hasta encontrar la cicatriz del trasplante. Los dos se estremecieron al comprender lo cerca que habían estado de perderse.

—Te amo, Charlotte. No vuelvas a dejarme nunca.

—Nunca. Siempre has estado aquí dentro, Adam. —Se incorporó un poco para poder besarlo—. Te amo.

En cuanto los labios de ella atraparon los de él, Adam necesitó moverse más rápido y con más fuerza. No se había atrevido a imaginarse qué sucedería cuando ella volviera y, ahora que la tenía allí con él, descubrió que, aunque hubiese hecho mil planes, no habría podido cumplir ninguno. Lo único que podía hacer era moverse, besarla, tocarla, entrar dentro de ella y quedarse allí para siempre. El miedo de que aquello fuese un sueño o que no fuese a durar le erizó la espalda y su cuerpo se rebeló y buscó la manera de fundirse con el de Charlotte para que nada pudiera separarlos. Estaba demasiado excitado, iba demasiado rápido y tenía miedo de hacerle daño; ella había pasado por una operación muy grave y, aunque se había recuperado, él no quería hacer nada que pudiera ponerla en peligro.

Adam se mordió el labio inferior para contenerse y sacando fuerzas que no sabía que tenía consiguió intercambiar sus posturas y tumbarse él en la cama con ella encima.

—No quiero hacerte daño.

—Tú nunca me lo has hecho, Adam.

Charlotte lo besó, le acarició el torso con las manos y después se lo llenó de besos mientras no dejaba de moverse y de susurrarle lo mucho que le quería y le había echado de menos. Ninguno de los dos podía dejar de tocar al otro, de hundir los dedos en la piel y de retener esos besos, esas caricias en el lugar más eterno que existía y que solo creaban juntos. El orgasmo los hizo temblar, gritar, besarse aún con más fuerza y cuando terminaron no se soltaron, sino que siguieron besándose.

—Te quiero y quiero que estemos juntos —le dijo Adam un rato más tarde con la voz ronca.

—Yo también te quiero. ¿Por qué me dejaste ese día? ¿Por qué dijiste todas esas cosas? Me hiciste mucho daño, Adam.

—Tenía miedo. Tú parecías estar muy bien sin mí y... las relaciones a distancia no funcionan. Yo ni siquiera puedo verte cuando hablamos por teléfono.

Ella se movió hasta apoyarse en la cama y le depositó un beso en el pecho.

—Tampoco puedes verme cuando estoy delante de ti.

—Soy un imbécil —reconoció antes de besarla—. Te quiero. Te he echado mucho de menos, Charlotte.

—¿Por qué no me dijiste que era eso lo que te preocupaba, idiota? Las últimas semanas solo me preguntabas cómo estaba y después me hablabas de tu trabajo. Y después del trasplante dejaste de llamarme cariño o de decirme que me querías. Creía que habías encontrado a otra, que habías hecho las paces con Erika, y quería resignarme, porque después de lo que te hice...

No pudo decir nada más porque Adam se puso encima de ella, la besó y volvió a entrar en su cuerpo.

—Te amo, Charlotte. Lo eres todo para mí, cariño. Luz.

—Adam... yo también te amo.

—Creía que estaba haciendo lo correcto. —Se movió un poco—. No quería que estuvieras conmigo por lástima o por miedo a no encontrar nada mejor. —Un poco más—. O porque no te atrevías a intentarlo con Joshua.

—No quiero a Joshua y sé que jamás lo he querido porque tú, Adam, eres el único hombre al que he amado. Jamás he sentido por nadie, por nadie —le pasó los dedos por el pelo y Adam se sintió como si ella le hubiese entregado el mundo entero y no solo la luz, la música y el corazón—, por nadie, lo que siento por ti. Te quiero, Adam.

Adam sonrió y no paró de moverse hasta que Charlotte gritó su nombre en medio de otro orgasmo. Él la siguió y después la abrazó y se quedaron dormidos.

Lo despertó la música, la preciosa canción que llegaba del piso inferior y que le rozaba el alma nota tras nota. Nunca había escuchado nada tan hermoso. Se puso unos calzoncillos y bajó, no se detuvo hasta llegar al piano y tocar a Charlotte. Necesitaba asegurarse de nuevo de que no estaba soñando; supuso que tardaría días en dejar de hacerlo.

—Es precioso.

—Es para ti, esta música es para ti.

Adam no podía decir nada, le temblaban las manos y agachó la cabeza en busca de los labios de Charlotte. Ella lo besó y, cuando se apartó, siguió tocando y hablando en voz baja.

—Tenías razón, Adam, necesitaba despedirme de Fern y hacer las paces conmigo misma y con mi familia. Y tenías razón al decir que tú no podías estar aquí conmigo, no habría sido justo para ti que te hubiese utilizado como escudo o como muleta para seguir adelante.

—Habría dejado que lo hicieras

—Lo sé, pero no habría sido justo y yo jamás habría entendido que realmente no fue culpa mía que Fern muriera o que mis padres, si alguna vez me miraron con rencor o con amargura, lo hicieron solo debido al gran dolor que sentían. No puedo ni imaginarme lo horrible que tiene que ser perder a un hijo, yo creo que enloquecería si nos sucediera a nosotros. Fui cruel e injusta con ellos y conmigo, y también con Thomas y con Joshua.

—Me alegro de que hayas hecho las paces con ellos.

—Aún nos queda mucho camino por recorrer. Las visitas a la psiquiatra me ayudaron mucho al principio, pero ella coincide en que llega un momento en que todos debemos pasar página y seguir adelante. Me dio el alta hace unas semanas. —Ella apartó una mano del teclado un instante para tocar a Adam—. Quería volver a ti cuanto antes, pero sabía que tenía que estar bien antes de hacerlo. Ese día, cuando me dejaste, iba a decirte que tenía previsto comprar un billete para Londres para la semana siguiente.

—Soy un imbécil y por mi culpa nos he hecho daño a los dos —reconoció Adam—. Como si no hubiésemos sufrido ya suficiente.

—Sé lo que es huir, Adam, sé lo que es tener miedo. Y sé que no volverá a pasarnos nada parecido. Tú no fuiste jamás un regalo de despedida, Adam, ni un premio de consolación. El día que te vi por primera vez, supe que ibas a ser la mejor parte de mi vida y me puso furiosa pensar que ibas a estar conmigo tan poco tiempo. Fui a comprarme las pastillas entonces. Quizá no entendí lo que significaba, pero en cuanto apareciste en mi vida supe que tenía que encontrar la manera de alargarla.

—Habría muerto contigo, Charlotte.

—No digas eso, por favor. Nadie va a morir. Vamos a estar juntos y vamos a demostrar que la partitura es mágica. Me llevó hasta ti —bromeó—. Te quiero, Adam. Sé que tenías razón cuando me dijiste que tenía que vivir por mí y lo hice, lo hago, pero tengo que confesarte algo. No supe lo que era vivir hasta que te conocí. Así que voy a vivir porque no quiero estar sin ti, porque quiero pasar todo el tiempo posible contigo y porque si yo soy tu luz, tú, Adam Lewis, eres mi vida.

—Charlotte, te quiero. —Se agachó de nuevo para besarla sin disimular que una lágrima le resbalaba por la mejilla—. Y esta es la música más preciosa que he escuchado en toda la vida.

—Es para ti, Adam. Es la primera canción que compongo desde que murió Fern y es tuya. Eres tú. Es lo que tú me haces sentir.

Horas más tarde, después de hacer de nuevo el amor, Adam le contó a Charlotte que había terminado la partitura y que ella era la única persona que podía tocarla.

33

Charlotte volvió a Inglaterra con la certeza de que ya no huía de ninguna parte, ni de su pasado, ni de su familia ni de sí misma.

Adam se había quedado con ella dos semanas y hoy subían juntos por primera vez a un avión. No podía creerse que el nudo que tenía en el estómago fuese de felicidad y de ilusión, y no de dolor y resignación. A lo largo de esas dos semanas, Charlotte le había enseñado a Adam todos los lugares que había compartido con su hermana Fern y había compartido con él todos los recuerdos.

—Debutamos en este bar, era la primera vez que tocábamos delante de personas que no eran miembros de nuestra familia. Fern estaba muy nerviosa —le contó un día mientras él escuchaba y le acariciaba la mano con el pulgar, de esa manera que la hacía sentirse como si estuviesen conectados y nada pudiese hacerle daño—. Aquí es donde iba a acompañarme Joshua la tarde que llegaste. Me alegro de que estés tú y no él.

—El día que fui a buscarte, y él me abrió la puerta, le habría pegado. Tuve que contenerme para no hacerlo, me devoraban los celos y al mismo tiempo me sentía como un estúpido, porque sabía que si estabas con él era culpa mía.

—No estaba con él. Jamás he estado con él, Adam.

—Lo sé, luz. Lo sé. Y esos celos son solo culpa mía, no tuya. Me porté como un cobarde, justo cuando te había pedido que tú fueses tan valiente.

Charlotte se giró y le dio un beso largo y lento, lleno de amor y de promesas.

—La verdad es que Josh te provocó adrede, podría haberte explicado por qué estaba en casa y adónde íbamos.

—Lo hizo porque estaba enfadado conmigo, porque yo te había

hecho daño. Me contó que después de esa llamada telefónica, el día que te dejé, te consoló. Te quiere.

—Como amiga.

—Sí, como amiga, y sé que no tengo motivos para tener celos. Pero él siempre sabrá de qué color exacto tienes los ojos o...

Ella enredó los dedos en su pelo y tiró de él para besarlo.

—Tú me ves, Adam. Deja de decir tonterías y recuerda que tú eres el único que me ve de verdad. Y, lo más importante, te quiero. Te amo. Y a partir de ahora vamos a ser muy felices juntos.

—Está bien —suspiró sonriendo—, si insistes, supongo que podré acostumbrarme a ser feliz contigo. —Le acarició el rostro, recorrió las cejas y los ojos con los dedos, después los pómulos hasta llegar a los labios—. Te estás sonrojando, puedo notar que se te calienta la piel... y se te ha acelerado la respiración.

Charlotte atrapó los labios de Adam y tras un último beso le susurró al oído.

—Vamos a casa.

Aquel día abandonaron el bar donde había debutado Fern's Webb y se encerraron en casa de Charlotte. Apenas lograron llegar a la cama y pasaron las horas viéndose, besándose, acariciándose. Confesándose todo lo que habían tenido que guardarse durante esos meses de separación.

A diferencia de cuando se marchó tras la muerte de Fern, esta vez Joshua, Thomas y sus padres cenaron con ella y Adam la noche antes de que se fuera. Fue agradable; Thomas y Adam habían congeniado desde el principio y Charlotte sabía que, en cuanto su novio —prometido según él— le diese una oportunidad a Josh, también se harían grandes amigos. No tenía prisa por conseguirlo, tenía toda la vida por delante.

Después de cenar, Charlotte le dijo a Adam que tenía que ir a un sitio sola.

—¿De verdad no quieres que te acompañe, luz?

—De verdad, quiero hablar con Fern a solas.

—¿Estás segura?

—Lo estoy.

Ella se puso de puntillas para besarlo y se despidió de los demás con besos y abrazos. Sabía que cuando volviera a casa ya se habrían ido y ellos salían hacia el aeropuerto a primera hora. Volverían a verse, no sabía cuándo, probablemente en vacaciones. Lo importante era que ahora sabía que formaban parte de su vida y que, ninguno de ellos había querido nunca echarla de las suyas.

Charlotte entró en el cementerio. Antes de la muerte de Fern le daba miedo estar allí, pero después dejó de dársela, porque era el lugar donde estaba su hermana y, si ella estaba allí, tenía que ser un sitio hermoso.

—Hola, Fern.

Así empezó la conversación, después vinieron las lágrimas y las palabras salieron una tras otra por los labios de Charlotte. Las peticiones de perdón chocaron con las frases donde describía a Adam y lo mucho que le quería, lo feliz que era con él. Lo mucho que echaba de menos poder presentárselo. Le contó todo lo que había sucedido desde que se había ido a Londres, confesó que había tenido intención de morir en cuanto hubiese cumplido con la promesa de terminar los estudios de música, pero que no había sido capaz de hacerlo porque se había enamorado y había descubierto que quería vivir. Que necesitaba vivir a pesar de que se pasase el resto de su vida echando de menos a su hermana gemela.

No supo cuánto tiempo estuvo allí, pero de repente empezó a tener frío y, cuando iba a levantarse— se había sentado en el césped que rodeaba la tumba de Fern— notó que alguien la cubría con un abrigo.

—Adam.

—Josh me ha acompañado.

Charlotte descubrió a su amigo al lado de Adam, unos pasos más atrás, dándoles intimidad.

—Oh, Adam, la echo tanto de menos. —Se puso a llorar y él se agachó para abrazarla—. Le habrías gustado tanto. Te habría querido tanto.

—Y a mí ella, Charlotte. Pero nos conoceremos, estoy seguro. Tú vas a contármelo todo de ella y seguro que ella, esté donde esté, nos verá, oirá tus canciones y sabrá que eres feliz.

—Tú no crees en esas cosas —sonrió ella entre las lágrimas.

—Gracias a ti creo en todo, Charlotte. Vamos, levántate. Estás helada. —La besó muy despacio y le secó las lágrimas con los pulgares—. Te quiero muchísimo.

—Y yo también a ti, Adam. Gracias por venir a buscarme.

Él entendió que no se refería únicamente a esa noche en el cementerio y entrelazó una mano con la de ella antes de dar media vuelta y caminar hasta donde dedujo que seguía Joshua. Al llegar frente a él le tendió la que tenía libre.

—Gracias por acompañarme hasta aquí y por cuidar de Charlotte mientras yo no estaba. Me comporté como un idiota.

Joshua le estrechó la mano de un modo distinto al que había hecho hasta ese momento y Adam asintió.

—De nada. Cuida de ella, Adam. Si no os importa, yo me quedaré aquí un rato hablando con Fern.

Adam oyó que Charlotte abrazaba a Joshua y por primera vez no sintió celos sino respeto por ese hombre que tanto había perdido.

Llegaron a Londres sin ningún contratiempo y, para su sorpresa, Jennifer fue a recibirlos al aeropuerto.

Charlotte lloró de emoción al comprobar que la hermana de Adam se había convertido casi sin darse cuenta en su mejor amiga. Jenn no sustituiría jamás a Fern, nadie podía, pero Charlotte sintió que una parte hasta entonces vacía de ella empezaba a llenarse. Quizá de un modo distinto, pero también precioso. Atesoraría la amistad de Jenn y también la de Trace y Nora. Ellos dos la habían llamado a lo largo de todos esos meses —al principio se habían puesto furiosos con ella y Charlotte podía entenderlo—, pero, por suerte para ella, ni Trace ni Nora eran rencorosos y consiguió hacerse perdonar. Todavía tenía que recuperar mucho terreno con ellos, pero estaba dispuesta a hacerlo. Estaba viva, era feliz, tenía a su lado al hombre que la amaba y al que ella amaba con locura, e iba a tener amigos a los que cuidaría y daría lo mejor de ella.

Y tocaría el piano.

Llevaban tres días en Londres, instalados en casa de Adam —en «nuestra casa» como le recordaba él siempre que ella se olvidaba, aunque quizá a ella se le olvidaba adrede, porque él acompañaba esos recordatorios con un beso—, cuando Montgomery fue a verlos para decirles que el corazón de Chopin viajaba rumbo a Londres.

—El corazón de Chopin llegará esta semana, no conozco todos los detalles, porque Stirling se ha ocupado de todo.

—¿Cómo lo ha conseguido? —le preguntó Charlotte. Adam la había puesto al corriente de quién era Stirling y del parentesco que lo unía a Jane.

—Al parecer su padre y su madre salvaron el corazón de los nazis durante la Segunda Guerra Mundial. A la Chopin Society le gustaría que el concierto fuera este viernes en la iglesia de Saint Martin.

—¿Este viernes?

Era sábado, apenas tenía una semana para practicar e intentar contener los nervios.

—Sí, este viernes.

—No sé si puedo hacerlo, Adam. Lo siento mucho, Montgomery, no quiero fallarte, sé que has tenido que pelearte con la Chopin Society, porque ellos no querían que yo tocase, pero tengo miedo de no poder hacerlo.

Empezó a temblar y Adam la abrazó.

—Yo puedo tocar la partitura, Charlotte. Monty puede tocarla, incluso Gabriel. Pero solo tú puedes darle vida como has hecho conmigo.

—Adam, yo...

Él se agachó y la besó.

—Tenemos una semana —le dijo él al apartarse—. Practicaremos, yo estaré a tu lado. Tus amigos estarán a tu lado. Puedes hacerlo. Tienes que tocarla tú, lo he sabido desde el primer día.

—Mira, Lottie, te he oído tocar Folie y coincido con Adam, nadie excepto tú debe estar sentada al piano en Saint Martin. Pero no voy a insistir solo por eso. Soy el director de la Ópera y, si quisiera, podría encontrar a un pianista en menos de lo que canta un gallo. Voy a insistir porque siempre he creído que la música es mucho más que una nota detrás de otra, que son las emociones que han llevado a ese compositor a crear una partitura y las emociones que transmite el músico cuando la toca. Esta partitura forma parte de tu historia, de vuestra historia, de ti y de Adam. Tienes que tocarla tú. Esta partitura forma parte de Gaspard Dufayel, que perdió al amor de su vida antes de tiempo, de Frédéric Chopin, que entregó su corazón a George Sand cuando esta no supo cuidarlo, de Jane Stirling, que amó en silencio y perdió. Forma parte de Richard Stirling y de su esposa. Quizá también habla de Gabriel y de Alice, de todas las personas que se han cruzado en su camino hasta hoy, hasta este momento. No lo sé. Pero sé que esta partitura habla del amor y por eso tú debes tocarla.

Charlotte ensayó y ensayó. La primera vez que tocó el final que había compuesto Adam mientras ellos dos estaban separados, lloró todo el rato y, al terminar, tuvo que ir a buscarlo, besarlo y hacerle el amor. Le costó un poco contener esa clase de reacción. No podía evitar que se le erizase la piel siempre que llegaba a esos últimos compases, aunque al final lo consiguió.

No demasiado, a decir verdad, porque siempre que tocaba sentía que tenía que tener a Adam cerca y recordarle, a él y a sí misma, que estaban juntos. Pero se dijo que el día que tocase en la iglesia de Sain Martin conseguiría contenerse y le bastaría con un solo beso. Porque de ninguna manera iba a terminar de tocar Folie y no besar a Adam.

A lo largo de esos días la noticia del concierto apareció en la prensa y Adam tuvo que atender unas cuantas llamadas y responder a varias entrevistas. Él estaba increíble cuando hacía esas cosas, se mostraba profesional y les dejaba claro que solo hablaría de su música y de la partitura de Chopin, pero no de su vida privada.

—Ya se cansarán de preguntar. Es solo la novedad.

Charlotte dudaba que fuese solo eso. La ópera que Adam había compuesto para la jequesa estaba resultando ser todo un éxito internacional, había lista de espera de meses para comprar entradas y eso que todavía no habían terminado de construir la Ópera de Qatar.

En otras circunstancias, meses atrás, esa situación la habría llevado a un ataque de pánico, pero ahora no. Ahora besaba a Adam, le miraba y en su corazón sabía con absoluta certeza que, pasara lo que pasase, ellos dos iban a estar bien.

34

Séptimo compás de la partitura

El corazón de Chopin volvió a la iglesia de la Santa Cruz el diecisiete de octubre de 1945, en el noventa y seis aniversario de su muerte. En el 2008 un grupo de científicos solicitaron autorización al gobierno polonés para realizarle las pruebas de ADN al corazón, pero les fue denegada. Igual que el resto de peticiones que siguieron después.

Supongo que queréis saber qué pasó conmigo y con Richard y Alina cuando se separaron del sacerdote después de rescatarme de manos de las SS. Espero que queráis saberlo y lo cierto es que tiene relación con el concierto de Adam y Charlotte.

Richard me guardó en el bolsillo de su abrigo. Se había quitado el uniforme nazi, gracias a Dios, porque a mí me producía escalofríos, y estaba estudiando un mapa. Alina estaba recogiendo sus cosas y el sacerdote ya se había ido con la caja de cristal bien resguardada.

—Háblame de esa partitura —le pidió ella.

Él arrugó el mapa furioso y lanzó el cigarrillo a un lado.

—¿De verdad vas a fingir que lo de ayer no sucedió, Alina?

Me fijé en ella, le temblaban las manos, aunque se esforzaba por aparentar que no le importaba nada lo que estaba pasando allí. Fuera lo que fuese.

—Estamos en guerra, estas cosas pasan.

Richard se puso furioso y caminó hacia ella. Me pareció curioso que hubiese mantenido la calma mientras estábamos rodeados de una de las milicias más temidas del ejército alemán y que en ese instante, frente a esa chica, estuviese tan alterado.

—¿Estas cosas pasan? Ayer estuve dentro de ti. Eras virgen. —La sujetó por los brazos y sentí que a él se le aceleraba el corazón—. Maldita sea, Alina. Te quiero.

La besó, la pegó a él y ella tardó un segundo en reaccionar, pero cuando lo hizo lo besó con pasión y desesperación. Le besó y le entregó su corazón con cada suspiro.

—Yo también te quiero, Richard —reconoció ella—, pero no...

Él volvió a besarla, a juzgar por cómo la sujetaba, como si para él ella fuese lo más importante del mundo; no iba a permitir que un pero se interpusiese entre ellos.

—¿Me quieres? —le preguntó él incrédulo.

Después de los meses de horror que había pasado en ese despacho de las SS, se me aligeró el espíritu al presenciar como ese hombretón perdía el corazón por esa chica.

—Te quiero. Te quiero muchísimo. Pero no puedo irme contigo. Tengo que quedarme...

—¿Qué has dicho? No. ¡No! —Él la soltó y dio un paso hacia atrás—. No puedes quedarte aquí. Los nazis aún controlan Polonia. No puedes quedarte.

—Tengo que quedarme. Es mi casa, es...

—¡No! No puedes quedarte, Alina, yo te quiero. Tú me quieres. No puedes quedarte. Dios, ya has sacrificado demasiado por esta guerra. Es un jodido milagro que no te haya sucedido nada hasta ahora colaborando como colaboras con la resistencia. Si yo hubiese sido un canalla, podría haberte hecho mucho daño, Alina.

—Te quiero, Richard. Tú me has recordado por qué estoy luchando, por qué vale la pena correr estos riesgos.

—¡No! ¡No! No te estás despidiendo de mí. —Volvió a tomarla en brazos y a besarla—. No nos estamos despidiendo.

—Tú tienes que volver a Inglaterra, a tu Escocia.

Él la soltó y se quedó mirándola.

—No. Yo no tengo que volver a ninguna parte. Sin ti no pienso volver a ninguna parte. ¿De qué me serviría? Mi corazón se quedaría aquí contigo.

—Pero... Richard... yo no puedo pedirte... —Se le llenaron los ojos de lágrimas.

El caminó hasta ella y le acarició el rostro con las manos. Me sentí muy honrada de poder presenciar ese momento.

—Y no me lo has pedido, Alina. Te quiero y si tú me quieres y me lo permites, para mí será un honor quedarme contigo.

Richard se quedó y él y Alina se casaron en secreto pocos días después en una pequeña iglesia. Estuvieron en Polonia durante unos meses, hasta que, a principios del verano de 1944, Richard recibió órdenes del ejército de los aliados de dirigirse hacia la Riviera francesa para participar en la que sería la última ofensiva contra los nazis.

—Puedo negarme —le dijo a Alina.

—No, no puedes, Richard. Y no quieres. Sientes que es tu deber.

—Tú sientes lo mismo, Alina.

Ella lo abrazó asustada. Esos días había aprendido a escuchar a Alina, a entenderla, y era una mujer muy fuerte, pero al mismo tiempo amaba con más intensidad que la mayoría. Tal vez fuera porque nunca nadie la había amado a ella y ella, hasta que llegó Richard, no tuvo a nadie a quien darle amor.

—Iremos juntos.

—De acuerdo.

Dejamos la casa de Polonia y viajamos hacia Francia. Richard me guardaba en el bolsillo del abrigo; se hacían pasar por un profesor y su esposa, un hombre y una mujer sin importancia que habían logrado sobrevivir al horror de la guerra y buscaban un lugar donde instalarse y empezar de cero. Viajaban de día, por las rutas menos transitadas posibles, y dormían de noche en lugares que pudiesen vigilar y de los que fuese fácil huir.

Una de esas noches, después de hacer el amor, Richard tenía a Alina en sus brazos mientras le acariciaba el pelo.

—Cuéntame otra vez la historia de esa partitura —le pidió ella.

Y él se la contó. Así fue como fui descubriendo las piezas que me faltaban del rompecabezas.

—He estado pensando que mi tía debe de estar equivocada. Muy equivocada.

—¿Por qué lo dices?

—Porque, según ella, en nuestra familia estamos destinados a no encontrar nunca el amor porque ella no terminó esta partitura y le mandó una falsificación a George Sand. Y es obvio que no es verdad, porque yo te tengo a ti.

—Veo que sigues siendo tan engreído como cuando te conocí, inglés. —Él se agachó al mismo tiempo que le guiaba la cabeza hacia arriba con las manos y la besó apasionadamente—. Está bien, lo reconozco, te quiero. Te quiero y es imposible que estés maldito.

—Gracias.

—Pero si de verdad no crees que la partitura esté maldita, ¿por qué la llevas a todas partes? Solo es un trozo de papel.

No le tuve en cuenta que hiciera ese comentario.

—No lo sé. Supongo que quiero hacer lo correcto. Yo te he encontrado a ti y me gustaría que nuestros hijos también encuentren el amor, que toda nuestra familia sea feliz. Quiero asegurarme.

—Vaya, vaya, capitán, sigues siendo un romántico.

Llegaron a la Riviera francesa justo a tiempo y Richard, tras dejar a Alina en el alojamiento que les proporcionaron los aliados, fue a reunirse con los militares ingleses que lo estaban esperando.

Richard tenía que infiltrarse y conseguir información sobre los planes de los alemanes. Los aliados habían averiguado que en Italia se encontraba uno de los generales nazis a los que Richard había conocido en el pasado, cuando se hacía pasar por uno de ellos, y por eso le habían pedido que se incorporase a esa misión. Él era el único que podía llevarla a cabo, el tiempo apremiaba y no podían infiltrar a otro sin correr el riesgo de que toda la operación se fuese al traste.

Richard lo hizo. Volvió a vestirse con el uniforme nazi, cruzó las líneas enemigas y buscó la manera de entrar en contacto con el general alemán. Fueron unos días horribles. Yo podía sentir lo mucho que Richard echaba de menos a Alina y el miedo que pasaba cuando pensaba en ella. Era la primera vez que él participaba en una misión de esa clase desde que había descubierto el amor y podía afirmar que el terror que sentía no lo había sentido antes.

Consiguió la información que necesitaban los aliados. Estaba en un bar con varios generales alemanes y la cerveza y el vino italiano les aflojaron la lengua lo suficiente para que bajasen la guardia. Richard no podía creerse lo fácil que le había resultado. Pero entonces se puso en pie y se dirigió hacia la salida del establecimiento y entró un hombre.

Un hombre diminuto al que él y Alina se habían encontrado en su viaje y al que se habían presentado como el profesor y su esposa.

—Buenas noches, profesor, ¿cómo está su esposa?

Richard no tuvo tiempo de advertir al hombre, y el saludo no pasó inadvertido a los alemanes, que eran crueles y unos bastardos, pero no idiotas. Todos desenfundaron, Richard disparó y corrió hacia la noche. Consiguió huir y unos campesinos le encontraron a tiempo y llegó a Francia, pero estaba herido, había perdido mucha sangre y perdió la conciencia justo antes de saber que Alina lo estaba buscando.

Nunca he visto a una mujer más enfadada que Alina.

—Tienes que ponerte bien, ¿me oyes? —le exigía a Richard conteniendo las lágrimas—. No vas a hacerte el héroe y a morirte. Vas a ponerte bien.

—Tenemos que cortarle la pierna —le explicó un médico a Alina—. Pero ha perdido mucha sangre y podría no sobrevivir.

—¿Qué me está diciendo, doctor?

—Si no le cortamos la pierna, la gangrena lo matará. Si se la cortamos, tiene una posibilidad.

—Córtesela.

—Será mejor que salga.

—Yo no me voy a ninguna parte.

Alina sujetó a Richard por los brazos, presionó su torso en la cama cuando él intentó levantarse por el dolor, pero no se fue. No se fue nunca.

Cuando todo terminó, se sentó al lado de su esposo y le tomó la mano.

—No sé si tu partitura está maldita, Richard. Estoy asustada. Estoy sola y te quiero. Tengo miedo de perderte, nunca he tenido tanto miedo de nada. No puedo estar sin ti. No puedo. Tienes que despertarte, ¿me oyes? Tienes que despertarte y decirme que me quieres. Porque yo te quiero y quiero ir a Escocia y tener niños contigo. Muchos niños que se parezcan a ti.

Él no dijo nada, no se movió; estaba pálido y frío y no paraba de sudar.

—Por eso voy a hacer esto. Espero estar haciendo lo correcto. Te quiero —repitió entre lágrimas— y ahora mismo pactaría con el mismísimo diablo con tal de tenerte a mi lado, así que voy a mandar esta partitura a quien tú me dijiste. Es una tontería —no paraba de temblar—, seguro que me he vuelto loca.

Me guardó en un sobre, no se lo eché en cara; si hubiera podido, yo misma me habría metido en uno y me habría pegado un sello. Richard era muy especial; sí, él no me había escrito ni una nota, pero me había salvado y no podía soportar verlo morir. Si mi partida podía salvarlo y hacer que él y Alina fuesen felices, me iba gustosa.

Alina escribió una pequeña nota, decía que me había encontrado en Polonia junto con una carta de la fallecida Jane Stirling explicando lo que había hecho. Les pedía a los descendientes de George Sand que no se lo tuvieran en cuenta, que la perdonasen, porque había actuado con el corazón y seguro que podían entenderlo. Lo único que quería, decía en la carta al despedirse, era que la partitura estuviera por fin con ellos. No añadió que debían terminarla; en su mente solo tenía espacio para Richard, por lo preocupada que estaba por él, y sentía que debía alejar esas hojas de papel de su esposo cuanto antes.

Es un milagro que la carta llegase a su destino, en la dirección solo ponía Familia de George Sand y el nombre del pueblo donde vivían. Se lo había dicho Richard un día al contarle el relato de mi vida, ese que a ella tanto le gustaba escuchar.

Llegué a manos de una nieta de George y ella leyó la historia sorprendida. Habría podido ir a parar a manos de otra persona, a manos de cualquiera, pero esa chica me dobló con cuidado y me guardó entre las páginas de un libro.

No volví a salir a la luz hasta que Gabriel me encontró en ese ático de Mallorca.

35

Los turistas llenaban cada rincón de Trafalgar Square, los adolescentes que alimentaban los cursos de verano cruzaban la plaza formando filas eternas de colores dispares que se dirigían hacia la National Gallery o Charing Cross, o tal vez solo se fotografiaban en la escalinata o sentados en las esculturas de los leones. Pocos llegaban a detenerse ante la iglesia Saint Martin en circunstancias normales, pero ese día no era un día normal.

La preciosa iglesia anglicana que ocupaba un lugar privilegiado en esa plaza desde la época medieval, aunque obviamente había sido reconstruida en varias ocasiones, no estaba acostumbrada a recibir tanta atención. Llevaba varios años siendo la sede de conciertos de música clásica, algunos gratuitos, y recibiendo músicos y orquestas de toda Inglaterra y también de otras partes del mundo. Pero ningún concierto podía compararse al que estaba a punto de suceder esa tarde.

Ninguno.

Nadie había escuchado jamás la pieza que iba a salir del único piano que ocupaba la parte acústicamente más privilegiada de la iglesia, y la mujer que iba a tocarla generaba la misma expectación que la partitura, o quizá incluso más, según a quién le preguntasen.

Los invitados empezaban a llegar. El aforo era reducido y la Royal Opera House y la Chopin Society, los organizadores del concierto, habían sido muy selectos al elegir el público. Nada de famosos de medio pelo o de personas sin alma musical. Ese concierto iba a ser algo único, un regalo que les había ofrecido el destino y, después de todo lo que había sucedido para llegar hasta allí, habían decidido que ese criterio era el más lógico, el más honrado.

Sí, habían tenido que sacrificar unas cuantas entradas, al fin y al cabo, nadie quería que la reputación de la Royal, la Society o Chopin saliese perjudicada, pero se habían quedado con la mayoría y las habían adjudicado a quién de verdad se emocionaría al escuchar esas notas que llevaban siglos ocultas.

Les había costado, había sido el último obstáculo y había valido la pena sortearlo. Bastaba con ver las miradas y las sonrisas de las personas que ocupaban los primeros asientos para saber que habían hecho lo correcto.

La grabación del concierto estaría disponible al día siguiente, habría una versión gratuita y otra de pago con extras. La partitura sería accesible a todo el mundo y seguro que varios pianistas famosos, y no tan famosos, la tocarían y organizarían actos más o menos acertados para sus seguidores.

El primero en llegar fue Montgomery Downright, el director de la Ópera, que iba acompañado por su esposa y por la directora de la Chopin Society y la hija de esta. Ocuparon sus asientos en las primeras filas y Marianne Downright charló amigablemente con Valérie y la señora Swiatek mientras le apretaba la mano a su marido para darle ánimos y recordarle que todo iba a salir bien.

Después entraron Clark Stirling acompañado por su padre, Richard Stirling, un caballero imponente al que nadie diría que le faltaba una pierna, y su madre, Alina Stirling. Alina nunca se arrepintió de haberle mandado la partitura a la familia de George Sand, su esposo empezó a recuperarse en cuanto la carta abandonó el hospital militar y con él a su lado se veía capaz de enfrentarse a cualquier maldición (aunque nunca había llegado a creer en ella).

La historia de la partitura inacabada siempre había formado parte de la familia Stirling y Richard se había resignado a no volver a encontrarla, aunque su hijo Clark, aficionado a esta clase de misterios, siempre lo ayudó a buscarla. Era una especie de tradición entre ellos. Un vínculo muy especial que existía entre padre e hijo. Por eso, cuando la jequesa de Qatar habló de esa partitura, Clark supo que tenía que intentarlo una última vez. Su padre estaba muriéndose, todos lo sabían, y su madre también. La historia de su amor era tan épica que Clark y todos sus hermanos la contaban siempre a sus amigos. Todos seguían solteros y, aunque se negaban a decirlo en voz alta, todos creían que su falta de pareja se debía a esa partitura maldita. Por suerte, pensó Clark al llegar a la iglesia, Adam Lewis y esa chica americana, Charlotte, habían conseguido terminarla, así que tal vez su suerte cambiaría en ese sentido. Era absurdo creer en maldiciones en los tiempos que corrían, pero los Stirling estaban desesperados y eran escoceses, así que no lo veían tan mal.

Ellos tenían que escuchar esa partitura. Tenían que escucharla y, si además sus padres conseguían hacerlo con el corazón de Chopin allí cerca, sería el mejor regalo que podían hacerles.

Clark le contó a Adam esa verdad, la única que tenía, y Adam le prometió que, si el corazón de Chopin llegaba a Londres, la partitura sonaría de las manos de la mejor pianista del mundo, la única capaz de tocar esa pieza y trasmitir todo el amor que contenía.

Los Stirling se sentaron y esperaron; el matrimonio se tomaba de la mano, y Richard soltó a Alina un instante para abrazar efusivamente a su hijo y darle unos golpes en la espalda.

Otro de los bancos lo ocuparon Jennifer, Keisha y los amigos de Charlotte, Nora y Trace. Y también Gabriel y Alice. Gabriel estaba impaciente por ver a Adam y a Charlotte, estaba convencido de que, sin ellos dos, él jamás se habría atrevido a abrirle el corazón a Alice.

El resto de invitados fueron llegando y ocupando sus asientos. Los rostros de alegría eran evidentes y había un grupo, una familia de americanos, que iba a darle una gran sorpresa a Charlotte en cuanto ella tocase la última nota.

El ruido apenas llegaba a la parte trasera de la iglesia.

—Estás preciosa, Charlotte —le dijo Adam pasándole una mano por el pelo.

Lo sabía, no le hacía falta verla para saberlo. Ahora ya no dudaba de eso, igual que tampoco dudaba de su amor o de que, aunque tuvieran que enfrentarse a muchos problemas, nada los separaría.

Ella le sonrió y lo besó en los labios.

—Gracias, Adam. Te quiero.

—Yo también a ti, mi luz. Vamos, tenemos que salir allí fuera. Nos están esperando.

—Espera un segundo —le pidió ella.

Él se detuvo, estaba casi delante de la puerta, y volvió a su lado. Volvió a acariciarle el rostro.

—¿Sucede algo? ¿Estás nerviosa? Vas a...

—Sí. No. Estoy nerviosa, pero no por tocar. Folie es preciosa, tu final es maravilloso y he practicado tanto que las notas ya forman parte de mí.

—¿Entonces, por qué estás nerviosa?

Charlotte soltó el aliento.

—Tú viniste a buscarme a Estados Unidos. Tú me cambiaste la vida aquel día en The Scale cuando me pediste que no dejase de tocar. Tú me diste un motivo para vivir cuando yo tenía cientos para morir. Tú, Adam.

—Charlotte...

—Sé que vivo en tu casa —lo interrumpió antes de que él la besara—. Y sé que ahora mismo quieres corregirme y recordarme que es nuestra casa, Adam. Lo sé. Y eres maravilloso por ello. Y sé que a veces, cuando hablas de mí, me llamas tu prometida —tomó aire—, pero tengo que pedirte algo.

Él arrugó las cejas.

—¿Qué quieres pedirme?

Charlotte se apartó de él y caminó hasta donde habían colgado los abrigos. Del interior del suyo sacó una cajita y la abrió. Volvió a donde seguía Adam esperándola y le tomó la mano para acercársela al rostro y besarle la palma.

Él respiró entre dientes.

—Charlotte, me estás matando...

—¿Quieres casarte conmigo, Adam?

Dejó el anillo en su mano y le cerró los dedos alrededor. Él no la abrió, tiró de ella con la otra y la besó apasionadamente sin importarle el pintalabios ni el peinado que una peluquera de Londres le había hecho para la ocasión.

Cuando se separaron, Adam abrió la mano y tocó el anillo ensimismado.

—Hay una inscripción —le dijo ella en voz muy baja por los besos y la emoción.

—La estoy leyendo —él casi no podía hablar—. Dice te quiero y una fecha.

—Es el día que me besaste por primera vez. —Charlotte se puso a temblar—. Estuve buscando entre mis cosas y ese es el día exacto en que empecé a medicarme. Yo aún...

Adam levantó la cabeza y la abrazó contra su pecho.

—Charlotte.

—Es el primer día que quise vivir.

—Te quiero, Charlotte. Maldita sea, no sé qué hice ese día, pero volvería a hacerlo mil veces. Cientos de miles de veces.

—Yo también te quiero, Adam. Piénsate la respuesta, no hace falta que me contestes ahora. —Ella empezó a apartarse—. Yo saldré allí y tocaré Folie desde el corazón, quiero que todo el mundo sienta parte de esto.

Él cruzó las manos detrás de la espalda de ella y no dejó que siguiese alejándose.

—¿De verdad crees que necesito pensarme la respuesta? No asientas, no te veo.

—Bueno, yo...

Adam sonrió, a ella le fallaban las rodillas cuando le veía hacer eso, y la besó con todas sus fuerzas.

—La respuesta es sí. ¡Sí!

Charlotte volvió a besarlo y, al apartarse, le tomó la mano, le puso el anillo y entrecruzó los dedos con él para entrar en la iglesia y tocar la primera canción del resto de su vida.

Las notas de Folie llenaron Saint Martin. La partitura original estaba dentro de una vitrina en el fondo de la iglesia, desde su lugar podía ver el piano, la pianista, el hombre que la escuchaba desde la primera fila y que la amaba con toda el alma. También podía ver a la gente que había ido a escucharla y que sonreían, cerraban los ojos o se estremecían a medida que escuchaban sus compases.

Folie pensó que ese era el final que siempre había querido.

Nota de la autora

A fecha de hoy no se sabe de la existencia de ninguna partitura inacabada de Frédéric Chopin.

Gaspard Dufayel es un personaje ficticio y también lo son Richard Stirling y su hijo Clark. El resto de personajes, George Sand, Jane Stirling y Ludwika existieron de verdad y formaron parte de la vida del compositor polonés.

El corazón de Chopin se encuentra en la iglesia de la Santa Cruz de Varsovia en Polonia, en la urna que aparece en la novela y bajo la inscripción del evangelio de San Mateo que también aparece en esta historia. Podéis visitarla. Es uno de los símbolos más queridos del país.

La hermana de Chopin pagó para que le quitasen el corazón a su hermano y lo trasladó hasta Polonia sin que lo detectasen las autoridades pertinentes. Los nazis se apropiaron de él tras asediar la iglesia durante lo que se conoce históricamente como el Alzamiento de Varsovia, uno de los capítulos más crueles y despiadados de la Segunda Guerra Mundial. Los nazis, después de esa matanza, devolvieron el corazón en un acto de propaganda durante el cual se apagó la luz. Desde entonces han circulado varias historias sobre si el corazón que hay hoy en día en la iglesia es de verdad el de Chopin, pero el gobierno se ha negado a permitir que le realicen las pruebas de ADN.

La Chopin Society también existe, organiza muchos conciertos y contribuye con varios actos benéficos en Inglaterra. Puede visitarse y disponen de mucha información sobre el músico. La historia de la partitura es ficticia, pero estoy convencida de que existen amores tan fuertes que crean magia a su alrededor. Como el de Gaspard por Elle o el de Richard por Alina, y en especial el de Adam por Charlotte. Las personas que lo sienten saben que así es... Y deseo de todo corazón que este sea vuestro caso.

Podéis encontrar toda esta información en el tablero en Pinterest de esta novela: https://es.pinterest.com/CasanovasAnna/la-partitura/

Agradecimientos

Quiero dar las gracias a todo el equipo de Urano por haber estado a mi lado a lo largo de esta novela, desde mi correctora Berta hasta el departamento de marketing, y también a Luís por esta portada tan preciosa y tan perfecta para Adam y Charlotte. Son un equipo de personas brillantes y aprendo mucho con ellos. Pero en especial muchas gracias a Esther Sanz sin la cual La partitura no sería hoy esta historia.

Gracias también a los lectores de Herbarium. Las flores de Gideon, porque gracias a vuestros comentarios escuché las voces de Adam y de Charlotte con la mente abierta y con el corazón dispuesto a arriesgarme. Gracias.

Y gracias a Marc y a Ágata y a Olivia por demostrarme cada día que el amor existe y vale la pena cuidarlo.

ECOSISTEMA DIGITAL

NUESTRO PUNTO DE ENCUENTRO

www.edicionesurano.com

2 AMABOOK
Disfruta de tu rincón de lectura
y accede a todas nuestras **novedades**
en modo compra.
www.amabook.com

3 SUSCRIBOOKS
El límite lo pones tú,
lectura sin freno,
en modo suscripción.
www.suscribooks.com

DISFRUTA DE 1 MES
DE LECTURA GRATIS

1 REDES SOCIALES:
Amplio abanico
de redes para que
participes activamente.

4 APPS Y DESCARGAS
Apps que te
permitirán leer e
interactuar con
otros lectores.